KB033605

저기 개가 달려가네요

Вон бежит собака

카자코프 단편선

Published with the support of the Institute for Literary Translation, Russia.

이 책은 한국문학번역원, 러시아문학번역원의
지원을 받아 출간되었습니다.

목차

파랑과 초록

Голубое и зеленое

1956

저기 개가 달려가네요

1

"릴리아예요." 그녀는 낭랑하게 울리는 목소리로 말하며 자그 맣고 뜨거운 손을 내민다.

나는 릴리아의 손을 조심스럽게 쥐었다가 놓는다. 그러면서 우물거리듯 내 이름을 말한다. 내 이름을 말해줄 차례라는 것을 깨닫는 데에도 몇 초나 걸렸다. 방금 쥐었다 놓은 손이 어둠 속에 서 하얗게 빛난다. '정말 부드럽고 묘한 손이야!' 나는 속으로 감 탄했다.

우리는 안뜰 한가운데에 서 있다. ㅁ자 모양의 어두컴컴한 안 뜰에는 파랑, 초록, 분홍, 그리고 하얀색까지 각양각색의 창문이 수놓아져 있다. 이층의 파란 창문에서는 음악이 흘러나온다. 라 디오 수신기에서 재즈 음악이 흘러나온다. 나는 재즈가 참 좋다. 춤? 춤은 안 좋아하고 출 줄도 모른다. 그냥 듣는 것만 좋아한다. 재즈를 싫어하는 사람들도 있겠지만 나는 좋아한다. 좋아하면 안 되는 음악일지도 모르겠다. 나는 그냥 가만히 서서 이층의 파 란 창문에서 흘러나오는 재즈 음악을 듣는다. 아마 꽤 좋은 수신 기를 쓰나 보다.

아까 릴리아가 자기 이름을 말한 뒤 긴 침묵이 흐르고 있다. 그 녀가 내가 무언가 해주길 기대한다는 걸 안다. 어쩌면 내가 뭔가 재미있는 이야기를 해주길 바라고 있을지도 모른다. 아니면 질 문이라도 좋으니 아무 말이라도 들은 뒤 자기 얘기를 시작하고 싶을지도 모른다. 그러나 나는 입을 꾹 닫고 트럼펫의 독특한 리

듬과 은빛 선율에 흠뻑 젖어 있다. 노래가 나오는 덕분에 아무 말도 하지 않아도 되니 정말 다행이다!

드디어 우리는 움직인다. 우리는 밝은 거리로 나온다. 우리는 내 친구와 친구의 여자친구, 릴리아와 나 이렇게 넷이다. 우리는 영화관으로 간다. 여자랑 영화 보러 가는 것도, 여자를 소개받은 것도 처음이다. 릴리아는 손을 내밀면서 자기 이름을 말해줬다. 예쁜 이름이다. 아직도 귓가에 낭랑하게 울리는 것 같다. 우리는 지금 나란히 걷고 있지만, 생판 남인 데다가 서로에 대해 전혀 알지도 못한다. 이제 노래가 나오지 않아서 더 이상 숨을 데도 없다. 친구는 자기 여자친구랑 뒤에서 걸어오고 있다. 내가 잔뜩 얼어서 걸음을 늦추니까 자기들도 걸음을 늦춘다. 일부러 그러는 거다. 이렇게 단둘이서만 걷게 하다니 정말 너무한 것 같다. 이런 식으로 날 배신하다니!

무슨 말을 하지? 뭘 좋아할까? 옆에서 조심스레 그녀를 쳐다본다. 눈은 그 안에 불이라도 켜 놓은 것처럼 반짝반짝 빛났고 머리카락은 까맣고 엄청 뻣뻣해 보인다. 눈썹은 짙고 살짝 치켜 올라가 있어 엄청 단호한 인상이다. 두 볼은 왠지 모르게 살짝 힘이 들어가 있는 게 마치 웃음이라도 참고 있는 것 같다. 그건 그렇고 무슨 말을 하면 좋지? "모스크바 좋아해요?" 그녀가 갑자기 나를 똑바로 바라보면서 질문한다. 나는 그녀의 맑은 목소리에 움찔하고 놀랐다. 이런 목소리를 가진 사람이 있다니!

나는 잠깐 심호흡을 하며 시간을 번다. 마음을 굳게 먹고 입을 펜다. "네, 그럼요. 모스크바 좋아해요. 특히 아르바트 골목이랑 가로수길을 좋아해요. 다른 거리들도 좋아하고….." 이 말을 마지막으로 나는 다시 조개처럼 입을 다문다.

우리는 아르바트 광장으로 나온다. 나는 휘파람을 불며 주머니에 손을 꽂아 넣었다. 마치 오늘 이렇게 만난 게 별로 대단한 일도 아닌 것처럼. '잘 생각해! 드디어 집에 갈 찬스야. 저기 집이 보이잖아. 굳이 영화까지 보러 가서 저 떨리는 두 볼을 보면서 괴로워할 필요 없잖아.'

결국 우리는 영화관에 도착했다. 영화 시작까지 십오 분 정도 남았다. 우리는 로비 한복판에 서서 노래를 듣는 시늉은 하고 있지만 사실 잘 들리지는 않는다. 주변에 사람이 많은 데다가 다들 속닥거리고 있기 때문이다. 로비에 있는 사람들이 노래를 제대로 듣고 있지 않다는 건 한참 전부터 알고 있었다. 노래를 듣고 박수 치는 건 앞에 몇 줄뿐이고, 뒷줄은 아이스크림이나 사탕을 먹으며 서로 속닥속닥 이야기하고 있다. 어차피 노래도 잘 들리지 않으니 나는 그림 쪽으로 시선을 돌린다. 이전까지 나는 한 번도 그림에 관심을 가져본 적이 없었지만 지금은 아주 흥미롭다. 저 그림은 누가 그렸을까 하는 생각이 든다. 괜히 로비에 걸어 놓은 게 아닐 텐데. 어쨌든 그림들이 저기 걸려 있어줘서 정말 다행이다.

릴리아는 반짝이는 회색 눈으로 나를 바라본다. 정말 예쁘다! 그렇지만 완벽하지는 않다. 눈이 예쁘게 반짝거리고, 두 볼에 탄

력이 있고, 살짝 홍조를 띠고 있을 뿐이다. 웃을 땐 두 볼에 보조개가 생기고 두 눈썹이 벌어져 평소 단호했던 인상이 확 바뀐다. 이마도 넓고 깨끗하다. 가끔 이마에 주름이 패이기도 한다. 아마 지금도 뭔가를 곰곰이 생각 중인 것 같다.

으으, 더 이상은 못 버티겠어! 왜 저렇게 날 빤히 쳐다보는 거지?

"한 대 피우고 올게요." 나는 무뚝뚝하고 건조하게 말하고 흡연실로 빠져나간다. 흡연실에 앉아 안도의 한숨을 내쉰다. 이상하게도 흡연실 안에 담배 연기가 자욱하다 못해 뿌옇기까지 한 걸 보자 왠지 모르게 피우고 싶지 않아졌다. 주위를 둘러보니 많은 사람들이 서서, 혹은 앉아서 담배를 피운다. 어떤 사람들은 편안하게 이야기를 나누며 피우고, 또 어떤 사람들은 말없이 담배를 힘껏 빨아 마시며 뻑뻑 피워댄다. 뭘 저리 서두르는 거지? 재미있는 건 저렇게 뻑뻑 피워대면 담배에서 더 쓰고 신 맛이 난다는 거다. 담배는 모름지기 서두르지 않고 조금씩 빨아 마시는 게 최고다. 시계를 보니 영화 시작까지 오 분 남았다. 휴, 나는 진짜 바보인가 보다. 다른 사람들은 저렇게 쉽게 만나 하하 호호 이야기도 잘하는데. 또 어떤 재치 넘치는 사람들은 축구 이야기든 뭐든 하고 싶은 이야기를 자유자재로 하는데. 사이버네틱스에 대해 논쟁하는 사람들도 있다. 나는 죽었다 깨어나도 못할 것 같다. 나는 릴리아가 정말 만만치 않은 애라는 결론을 내린다. 머리카락도 뻣뻣하고. 나는 머리카락이 부드러운 편인데. 아마 그래서 내가 여기 앉아서 담배나 피우고 있는 것일지도 모른다. 전혀 담배를 피우고 싶지 않은데도 말이다. 뭐 어쨌든 조금만 더 있다가 나가야겠다. 근데 나가서 이제 어떡하지? 또 그림을 봐야 하나? 별로 잘 그린 그림도 아니고 왜 거기에 걸어 놓았는지도 알 수 없는 그림인데. 어쨌든 전에는 한 번도 그런 그림들을 눈여겨보지 않아서 참 다행이다.

결국 시간이 되었다. 나는 흡연실에서 아주 천천히 나와 사람들 속에서 릴리아를 찾는다. 우린 서로 쳐다보지도 않고 영화관에 들어가 자리에 앉는다. 불이 꺼지고 영화가 시작된다.

영화가 끝나 나와 보니 친구 커플이 온데간데없이 사라졌다. 나는 머리를 한 대 얻어맞은 것처럼 멍해졌다. 그냥 말없이 걸었다. 거리에는 사람도 거의 없다. 차들만 쌩쌩 지나다닌다. 나와 릴리아의 발소리가 벽에 반사되어 멀리 퍼져나간다.

그렇게 릴리아의 집 앞에 도착한다. 우리는 다시 안뜰에 멈춰 선다. 늦은 시간이라 불 켜진 창문도 몇 개 안 되었고, 두 시간 전보다 훨씬 어둡다. 분홍색과 흰색 창문들은 거의 다 불이 꺼져 있었지만 초록 창문들은 아직 환하다. 이층의 파란 창문도 아직 켜져 있지만 음악은 더 이상 나오지 않는다. 우리는 얼마간 아무 말도 하지 않고 서 있다. 릴리아가 갑자기 이상한 행동을 한다. 고개를 들고 창문을 보며 불이 켜져 있는 창문의 수를 세는 것 같다. 그녀는 거의 나를 등지다시피 서서 머리를 쓸어 넘긴다. 드디어 나는 마치 지나가는 말처럼 엄청 무뚝뚝하게 내일도 만나야겠다는 말을 툭 뱉는다. 주변이 캄캄한 덕분에 빨갛게 달아오른

내 귀가 보이지 않아 정말 다행이다.

릴리아도 좋다고 한다. 내일 보러 와야지. 릴리아 방 창문은 길가 쪽으로 나 있다. 방학이라 가족들이 다차(별장)에 놀러 가 있어서 좀 심심하다며 흔쾌히 승낙했다.

나는 작별 인사로 손을 잡아도 될지 생각 또 생각 중이다. 릴리아의 가녀린 손이 어둠 속에서도 희게 빛나며 다가온다. 또다시 따뜻함과 순수함이 느껴진다.

2

다음 날 해 질 무렵 다시 릴리아를 만나러 간다. 오늘은 안뜰에 사람이 많다. 그중 두 명은 자전거를 타고 어디론가 가려고 하고 있다. 그럼 빨리 가버리지 않고 뭐 하는 거지? 다른 사람들은 그냥 서 있다. 다들 나만 쳐다보는 것 같다. 다들 내가 왜 왔는지 훤히 다 알고 있는 것 같다. 나는 도저히 그들을 뚫고 지나갈 엄두가 안 나 거리 방향으로 나 있는 릴리아의 방 창문 쪽으로 향한다. 나는 창문을 흘끔 보고 헛기침을 한다.

"릴리아, 집에 있어요?" 큰 소리로 물었다. 그런데 목소리가 엄청 컸을 뿐만 아니라 떨리지도 않았다. 나도 이렇게 시원한 목소리를 낼 수 있다니, 정말 놀랍다.

다행히 집에 있다. 친구도 함께. 뭔가 흥미로운 주제에 대해 투닥거리며 이야기 중이다. 격해지기 전에 가서 말려야겠다.

"빨리 와요!" 릴리아가 나를 부른다.

그렇지만 도저히 안뜰에 있는 사람들을 뚫고 들어갈 엄두가 안 난다.

"창문으로 들어갈게요!" 나는 단호한 목소리로 말하고 창문으로 뛰어오른다. 가벼운 몸놀림으로 보기 좋게 뛰어올라 창문턱에 한 발을 걸친다. 그러자 방 안에서 릴리아의 친구가 장난스레 놀라는 모습과 릴리아의 당황스러운 표정이 보인다. 곧바로 나는 무언가 잘못되었다는 것을 알아챘고, 창문 위에 앉아 한쪽 발은 방 안에, 한쪽 발은 바깥에 걸친 채로 얼어버렸다. 나는 멍하니 앉아 릴리아를 바라본다.

"얼른 들어와요!" 릴리아가 성마르게 다그친다. 눈썹을 찌푸리는 그녀의 두 볼이 점점 붉게 달아오른다.

"여름엔 보통 남의 방에 불쑥 들어가지 않는 편인데…." 나는 당당한 얼굴로 우물쭈물 말했다. "밖에서 기다리는 게 낫겠네요."

나는 창문 밖으로 폴짝 뛰어내려 대문 쪽으로 걸어 나간다. 날 보고 어찌나 깔깔 웃어대는지! 여자애들은 하나같이 억세고 남자들을 이해할 줄 몰라. 여긴 왜 온 거지? 여기까지 와서 웃음거리나 되다니! 집에 가야겠다. 곧장 뛰어나가면 릴리아가 나오기 전에 거리 끝에서 꺾어 골목으로 들어갈 수 있다. 진짜로 갈까? 나는 잠시 망설인다. 그게 나으려나? 그러면서 고개를 돌렸는데 갑자기 릴리아가 보인다. 릴리아는 자기 친구랑 같이 나와서 양 볼에 보조개를 넣은 채 아직 웃음기가 가시지 않은 눈으로 나를 바라보고 있다.

나는 릴리아의 친구에게 눈길도 주지 않는다. 쟤는 왜 따라오는 거지? 저 둘이랑 뭘 해야 하지? 나는 조개처럼 입을 다물었고, 릴리아는 친구랑 이야기를 시작한다. 둘이서만 재잘거리며 이야기하고, 나는 입을 꾹 다물고 있다. 함께 계속 걷다 보니 문득 포스터가 눈에 들어온다. 나는 포스터를 꼼꼼히 뜯어본다. 포스터의 글자들을 뒤에서부터 거꾸로 읽다 보면 종종 우스운 발음이 나오곤 한다. 거리 끝에 다다르자 릴리아의 친구가 작별 인사를 한다. 나는 고마운 눈빛으로 그녀를 바라본다. 아주 예쁘고 똑똑한 친구다.

친구를 보내고 우리는 트베리 가로수길을 걷는다. 얼마나 많은 연인들이 이 길을 걸었을까! 그리고 지금 우리도 이 길을 걷고 있다. 아직 우린 연인이 아니긴 하다. 하지만 어쩌면 우리도 사귀고 있는 것일지도 모른다. 우리는 서로 꽤 떨어져서 걷는다. 1미터는 족히 떨어져 있는 것 같다. 보리수는 이미 꽃이 다 졌다. 대신 화단에 꽃이 흐드러지게 폈다. 이름을 아는 사람이 하나도 없을 것 같은 꽃이다. 향기도 전혀 나지 않는다.

우리는 봇물이 터진 듯 신나게 이야기한다. 대홧거리와 서로의 생각이 쉴 새 없이 쏟아져 나와 멈출 수 없는 지경이다. 처음엔 서로에 대해 이야기하다가, 그다음엔 서로의 지인들에 대해 이야기한다. 점차 화제가 빠르게 바뀌어 몇 분 전에 무슨 이야기를 했는지조차 잊어버린다. 그렇지만 그게 문제가 되지는 않는다. 우리는 시간이 많다. 기나긴 저녁이 우리를 기다리고 있으니 그때 까먹은 이야기를 다시 떠올려보면 된다. 밤새 릴리아와 함께한 모든 것들을 떠올려보면 더 좋을 거다.

문득 릴리아의 원피스가 풀어져 있는 것이 눈에 들어온다. 릴리아는 내가 평생 구경조차 해본 적 없는 화려한 원피스를 입고 있다. 옷깃에서부터 허리춤까지 작은 단추들이 이어져 있다. 그리고 그중 몇 개가 풀어졌지만 릴리아는 알아채지 못하고 있다. 릴리아가 이런 꼴로 온 거리를 돌아다니게 할 수는 없는데! 이걸 어떻게 말해주면 좋지? 직접 잠가 줄까? 아님 뭔가 웃긴 얘기를 한 다음에 자연스럽게 슬쩍 잠가 줄까? 그렇게만 되어준다면 참 좋을 텐데! 그렇지만 그렇게는 절대 못할 거야. 절대 불가능해. 결국 나는 몸을 돌리고 릴리아가 잠시 이야기를 멈출 때까지 기다렸다가 단추를 채우라고 말해준다. 릴리아는 곧장 입을 꾹 닫는다. 나는 지붕 위에 솟아 있는 큰 간판을 쳐다본다. 간판에는 누구나 만 루블을 손에 넣을 수 있다고 쓰여 있다. 굉장히 낙관적인 문구다. 언젠가 그 '누구나'가 '우리'가 되었으면!

나는 곧장 담뱃불을 붙인다. 불이 붙자 한참 동안을 피운다. 역시 힘든 순간에는 담배를 피우는 게 최고다. 아주 좋은 방법이다. 다 피우고 나서 릴리아를 슬쩍 바라본다. 단추들이 잠가져 있다. 릴리아의 볼은 사과처럼 발갛게 물들어 있었고 두 눈은 어둡게 경직되어 있다. 릴리아도 나를 보고 있다. 마치 내가 엄청 변하기라도 했거나, 아니면 릴리아의 어떤 중요한 점을 알아채버리기라도 한 것처럼. 어느새 우리는 조금 더 가까이서 걷고 있다.

계속 걷고, 이야기하고, 또 걷다 보니 시간이 정신없이 흐른다. 모스크바는 정말이지 끝없이 걸어 다닐 수 있을 것 같다. 우리는 푸시킨 거리로 갔다가, 푸시킨 거리에서 네글린나야 강을 따라 볼쇼이 극장으로 갔다가, 또 카멘니 다리로 갔다가… 정말 끝없이 계속 걸을 수 있다. 혹시나 해서 릴리아에게 힘들지 않냐고 물어본다. 릴리아는 전혀 지치지 않았고 마냥 좋다고 한다. 거리에 불빛이 하나둘씩 꺼진다. 어둠이 드리우자 하늘이 가까워지고 별이 더 크게 보인다. 곧이어 고요한 새벽이 찾아온다. 벤치마다 한 커플씩 앉아 있다. 나는 부러운 눈으로 그들을 쳐다본다. '언젠가 릴리아와 나도 저렇게 앉아 볼 수 있을까?'라는 생각이 머릿속을 메운다.

이제 거리에 사람은 거의 없고 경찰관들만 보인다. 경찰관들은 모두 우리를 쳐다본다. 그들 중 몇몇은 우리가 지나가니 뭔가 할 말이라도 있는 듯 헛기침을 한다. 아마 우리에게 할 말이 있지만 참고 있는 것 같다. 릴리아는 고개를 숙이고 발걸음을 재촉한다. 나는 왠지 웃음이 난다. 이제 우리는 거의 딱 붙어서 걷는다. 이따금씩 릴리아의 손이 나의 손을 스친다. 찰나의 순간이지만 또렷하게 느껴진다.

결국 우리는 고요하고 소리가 잘 울리는 안뜰에서 헤어진다. 모두가 잠든 시간이다. 이미 불 켜진 창문이 하나도 없다. 우리는

저기 개가 달려가네요

소리를 낮추어 속삭이듯 이야기하지만 그럼에도 소리가 크게 울린다. 누군가 우리 이야기를 엿듣고 있을 것만 같다.

새벽 3시가 되어서야 집에 간다. 이제서야 다리가 욱신거리는 게 느껴진다. 내가 이 정도인데 릴리아는 얼마나 힘들었을까! 나는 스탠드를 켜고 책을 읽는다. 릴리아가 준 『브로디 캐슬』이라는 책이다. 아주 멋진 책이다. 책을 읽는데 어째서인지 릴리아의 얼굴이 자꾸 눈에 아른거린다. 나는 이따금씩 눈을 감고 릴리아의 부드럽고 낭랑한 목소리를 떠올린다. 책장을 넘길 때마다 까맣고 긴 머리카락을 발견한다. 릴리아의 머리카락이다. 릴리아도 이 책을 읽었으니까. 왜 릴리아의 머릿결이 뻣뻣하다고 생각했을까? 비단결처럼 부드럽기만 한데. 나는 조심스레 머리카락을 집어 백과사전에 끼운 뒤, 최대한 눈에 띄지 않는 곳에 숨긴다.

날이 완전히 밝았다. 더는 못 읽겠다. 나는 누워서 창문을 바라본다. 우리 집은 칠 층이니 꽤 높은 편이다. 창문을 내려다보면 다른 집들을 덮고 있는 지붕들이 펼쳐져 있다. 햇빛이 비치는 방향으로 멀리 크렘린 탑의 별이 보인다. 여기서는 저 별 하나만 보인다. 나는 저 별을 한참 동안 바라보는 것을 좋아한다. 밤이 되어 온 도시가 고요할 때에는 크렘린 종소리가 들려온다. 밤에는 모든 소리가 아름답다. 나는 누워서 별을 바라보며 릴리아를 떠올린다.

3

일주일 후 나는 엄마와 함께 북쪽으로 떠난다. 봄부터 여태까지 손꼽아 기다린 여행이다. 아주 특별하고 의미 있는 여행이 될 거다.

난생처음 이런 숲에 들어와 본다. 야생의 숲 그 자체다. 숲 전체가 개척자들을 위한 즐거움으로 가득 차 있다. 9학년 때 부모님이 사 주신 총을 들고 사냥감을 찾아다닌다. 혼자의 몸으로 숲을 거닐고 있지만 전혀 지루하지 않다. 가끔 힘이 들기도 하는데, 그럴 때면 잠시 앉아 넓게 펼쳐진 강과 한껏 땅에 가까워진 가을 하늘을 바라본다. 8월이란 바로 그런 것이다. 이쪽 지역은 날씨가 안 좋은 날이 많다. 하지만 나는 날씨가 나쁘건 좋건 아침 일찍 일어나 숲으로 향한다. 숲에서 사냥도 하고, 버섯도 따고, 숲속 이곳저곳을 옮겨 다니기도 하고, 숲에 잔뜩 피어 있는 흰 데이지 꽃을 감상하기도 한다. 숲에선 심심할 새가 없다! 호숫가에 가만히 앉아 있으면 호수의 오리들이 퍼덕거리며 날아오르는 듯하다가 얼마 못 가 다시 내려앉곤 한다. 오리들은 처음엔 목을 쭉 빼고 앉아 있는 듯하더니 이내 잠수를 했다가, 첨벙거렸다가, 또 물살에 떠내려가는 듯하더니 다시 이리저리 헤엄치기도 한다. 나는 고개는 돌리지 않고 눈으로만 오리들을 좇는다.

어느새 해가 먹구름을 뚫고 나온다. 태양은 머리 위 나뭇잎 사이로 떨리는 손을 뻗어 물속 깊이 집어넣는다. 그러자 수련의 기다란 적갈빛 줄기가 드러난다. 줄기 주위로 큰 물고기들이 보인다. 해가 비치자 물고기들은 마치 햇볕을 쬐기라도 하는 건지, 아니면 잠에 든 건지 지느러미 하나 꼼짝 않고 가만히 있는다. 계속 보고 있으니 문득 무서운 생각이 든다. 눈을 떼지 않고 미동조차 없이 주변의 모든 것들을 햇빛에 비추어 바라본다.

숲속에서는 심심할 틈이 없다. 그냥 누워서 소나무 바스락거리는 소리를 들으며 릴리아에 대해 생각해보기도 한다. 릴리아와 대화를 나눌 수도 있다. 나는 릴리아에게 사냥과 호수, 숲에 대한 이야기와 총에서 나는 멋진 화약 냄새에 대한 이야기도 할 수 있다. 보통 여자애들은 사냥에 대해 알지도 못하고 좋아하지도 않는다. 하지만 릴리아는 보통 여자애들과 다르다.

나는 가끔씩 한밤중에 집에 돌아오곤 한다. 들판을 걷는데 살짝 무서운 마음이 든다. 내 손에는 장전된 총이 있다. 그렇지만 자꾸 주위를 둘러보게 된다. 아주 어둡다. 하늘을 한참 바라보면 희미한 빛을 발견할 수 있다. 그렇지만 주변은 여전히 캄캄하다. 머리 위로 부엉이들이 소리를 죽인 채 원을 그리며 날고 있다. 나는 부엉이들을 바라보며 귀를 기울여보지만 날갯짓 소리조차 들을 수 없다. 일순간 나는 방아쇠를 당긴다. 한 마리가 두렁에 툭 하고 떨어져 어둠 속에서 한참을 버둥거린다.

한 달 후 나는 모스크바로 돌아간다. 역에서 집에 도착하자마자 가방을 팽개쳐 두고 바로 릴리아에게 간다. 저녁이라 창문이 환하다. 즉, 릴리아는 집에 있다는 뜻이다. 나는 풀숲을 뚫고 릴리아 방 창문으로 다가간다. 집 수리 중인가 보다. 나는 커튼 사이로 시선을 옮긴다.

릴리아는 책상에 앉아 스탠드를 켜고 책을 읽고 있다. 생각에 잠긴 듯한 얼굴이다. 릴리아는 책장을 넘긴 다음 턱을 괴고 눈동자를 위로 굴려 스탠드 불빛을 바라보며 손가락을 들어 머리카락을 꼰다. 어쩜 눈동자가 저렇게 칠흑처럼 검을까. 어째서 전에는 저 눈동자가 회색이라고 생각했을까? 릴리아의 두 눈은 옻칠이라도 한 듯 검디검다. 나는 풀숲에 서서 소나무 향과 석회 냄새를 맡는다. 소나무 향을 맡으니 북쪽 지역에 두고 온 모든 기억이 숲속의 먼 메아리처럼 퍼져온다. 등 뒤로 행인들의 발소리가 들린다. 사람들은 아스팔트를 꾹꾹 밟으며 어딘가로 서둘러 발걸음을 옮긴다. 이 사람들도 각자의 생각을 가지고, 각자의 사랑을 품고, 각자의 삶을 살아간다. 모스크바는 소음과 불빛, 냄새, 북적거림으로 정신을 아득하게 만든다. 꼬박 한 달 만이다. 이렇게 거대한 도시 속에 사랑하는 사람이 있다는 사실이 얼마나 기쁜 일인지 생각하며 입꼬리를 살짝 올린다.

"릴리아!" 나는 목소리를 낮추어 말한다.

릴리아는 화들짝 놀랐는지 눈썹을 불쑥 치켜올린다. 그러고는 일어나서 창문으로 다가와 커튼을 치고 내 쪽으로 몸을 기울인다. 나는 가까이에서 기쁨에 차 검게 반짝이는 두 눈을 바라본다.

"알료샤!" 릴리아는 느릿하게 내 이름을 부른다. 그녀의 양 볼에 보조개가 보일 듯 말 듯하게 팬다. "알료샤! 너야? 진짜 너 맞아? 지금 나갈게. 같이 걸을래? 같이 걷고 싶은데. 바로 나갈게."

나는 풀숲에서 나와 반대쪽으로 걸어가며 릴리아 방 창문을 바라본다. 곧 불이 꺼지고 얼마 지나지 않아 대문 안 어두운 곳에서 릴리아의 모습이 나타난다. 릴리아는 곧바로 나를 알아보고 나에게 달려온다. 릴리아는 내 손을 붙잡고 한참을 쥐고 있다. 그새 살이 좀 빠지고 피부도 살짝 검어진 것 같다. 눈은 더 커진 것 같다. 릴리아의 심장이 빠르게 뛰고 호흡이 빨라진 것이 느껴진다.

　"나가자!" 마침내 그녀가 말한다. 그제서야 릴리아가 나에게 말을 놓았다는 것을 깨닫는다. 갑자기 다리가 풀려서 잠시 어디 앉거나 기대야 할 것 같다. 엄청 힘든 사냥 후에도 다리가 이렇게까지 후들거리지는 않았는데.

　그렇지만 릴리아랑 걷는 게 썩 좋지는 않다. 나는 잠시 릴리아를 바라본다. 내 옷차림이 영 마음에 안 든다. 여행 갔다 막 돌아온 탓에 군데군데 구멍이 난 스키복을 입고 있다. 사냥하다가 구멍이 몇 개 나긴 했다. 모닥불을 피우고 자면 윗도리랑 바지에 심심찮게 구멍이 생긴다. 안 되겠다. 더는 안 되겠어.

　"꼴이 그게 뭐니!" 릴리아는 유쾌한 목소리로 말하며 나에게 손을 내민다. 나와 이야기를 하고 싶어 하는 눈치다. 오늘은 친구도 데리고 나오지 않았고, 부모님은 다차에 계시고, 또 릴리아는 끔찍하게 심심했고 애타게 나를 기다렸다고 말한다. 그런데 스키복이나 입고 오다니? 그건 그렇고 난 편지를 왜 안 써줬을까? 사람 애태우는 걸 즐기는 것도 아니고?

우리는 다시 모스크바를 걷는다. 엄청 이상하고 정신이 나갈 것 같은 밤이다. 빗방울이 하나둘씩 떨어지자 우리는 빠르게 뛰어 동굴처럼 소리가 울리는 현관으로 몸을 피한 뒤 숨을 헐떡이며 비 오는 거리를 바라본다. 빗방울이 배수관을 때리는 소리가 귀를 가득 메운다. 가로수길은 반짝반짝 빛을 낸다. 자동차들은 흠뻑 젖은 채 거리를 활보한다. 축축한 아스팔트에 자동차들이 흘리는 하얗고 붉은 빛깔이 번진다. 잠시 비가 멈추자 우리는 현관에서 나와 깔깔거리며 물웅덩이를 넘어 다닌다. 이내 비가 다시 쏟아지자 우리는 몸을 피한다. 릴리아의 머릿결이 빗물에 젖어 반짝인다. 하지만 더욱 반짝이는 것은 릴리아가 나를 바라보는 눈빛이다.

"너도 내 생각 했어?" 릴리아가 묻는다. "나는 거의 온종일 네 생각만 했어. 그러고 싶지 않을 때도 말이야. 왜 그러는지 모르겠어. 우리는 서로 잘 알지도 못하는데. 그치? 책을 읽다가 문득 내가 준 책이 네 맘에 들었을까 하는 생각이 들었어. 귀는 안 빨개졌네? 무언가를 한참 생각하면 귀가 빨개진다던데. 나는 볼쇼이 극장도 안 갔어. 엄마가 티켓을 한 장 줬는데도 말이야. 혹시 오페라 좋아해?"

"좋아하고 말고! 나는 어쩌면 가수가 될지도 몰라. 사람들이 그러는데 내 목소리가 꽤 듣기 좋은 바리톤이래."

"알료샤! 바리톤이라고? 노래 불러줘! 조그맣게. 나 말고 다른 사람은 못 듣게."

나는 처음에는 거절하는 척하다가 이내 못 이기는 척 입을 뗀
다. 발라드와 아리아를 부른다. 노래에 심취해 어느새 비가 그치
고 사람들이 지나가며 우리를 쳐다보고 있다는 것조차 알아채
지 못했다. 릴리아도 주위가 어떤지 전혀 모르는 눈치다. 릴리아
는 반짝이는 눈으로 내 얼굴을 바라본다.

4

어리다는 건 참 안 좋다. 인생은 빠르게 흐른다. 흐르고 흘러 어
느새 열일곱, 혹은 열여덟이 되었지만 아무것도 해 놓은 게 없다.
어떤 재능을 가지고 있는지도 모른다. 나는 파란만장한 삶을 살
고 싶은데! 모든 사람들이 줄줄 욀 정도로 유명한 시를 쓰고 싶
다. 아니면 웅장한 교향곡을 만들고 오케스트라에 들어가는 것
도 좋다. 창백한 얼굴에 연미복을 입고, 머리카락을 이마까지 오
게 길러서…. 그리고 릴리아를 꼭 VIP석에 앉히는 거다! 그러려
면 무얼 해야 하지? 인생이 부질없이 흘러가지 않으려면, 매일이
처절한 전투와 승리의 달콤함으로 가득 차도록 하려면 어떡해
야 하지! 나는 내가 영웅이나 선구자가 아니라는 사실이 너무 괴
롭고 우울하다. 나도 큰일을 할 수 있는 걸까? 모르겠다. 나한테
역경을 이겨내고 위대한 일을 이루어 낼 만한 힘이 있는 걸까?
가장 끔찍한 건 아무도 나의 괴로움을 알지 못한다는 것이다. 모
두 나를 그저 평범한 남자애로만 본다. 심지어는 열 살짜리 꼬마

애 다루듯 머리를 헝클어트리기도 한다! 오직 릴리아만이 나를 이해한다. 나는 릴리아한테만 완전히 마음을 열 수 있다.

우리는 한창 학교에서 공부 중이다. 릴리아는 8학년, 나는 9학년이다. 나는 수영을 열심히 해서 소련 챔피언이 된 다음 세계 챔피언이 되기로 마음먹었다. 벌써 삼 개월째 수영장에 다니고 있다. 자유형은 가장 훌륭한 영법이다. 또 가장 빠른 영법이기도 하다. 그래서 마음에 든다. 저녁때는 공상을 하곤 한다.

겨울의 황혼은 짧은 순간이지만 하늘과 지붕 위의 눈을 진청색, 혹은 보라색으로 물들이곤 한다. 나는 창문에 서서 열린 창으로 보랏빛 눈을 바라보며 포근한 입김을 뱉는다. 왠지 눈앞에 긴 여행과 낯선 나라, 그리고 미지의 산이 펼쳐지는 것 같다. 나는 붉은 수염을 덥수룩하게 기른 채로 굶주림과 싸운다. 타들어갈 듯 강렬한 햇빛, 혹은 뼛속까지 스며드는 한기가 나를 괴롭힌다. 나는 죽어가지만, 결국 자연의 비밀을 하나 풀어낸다. 얼마나 멋진 인생인가! 이런 탐험을 떠날 수만 있다면 얼마나 좋을까!

나는 사무소와 국가 기관들이 줄지어 있는 거리를 지난다. 모스크바에는 이런 건물들이 많다. 이런 건물들은 하나같이 그럴듯하고 수수께끼 같은 간판을 걸고 있다. 탐험대를 파견하는 기관들이다. 중앙아시아, 우랄 지역, 그리고 북쪽 지방으로 말이다. 물론 사람이 필요하겠지. 내 전공은 뭐지? 음, 나는 전공이 없다. 정말 안타깝지만 어쩔 수가 없다. 공부를 해야겠다. 일자리? 현장에서 구하면 된다. 열심히 해야지!

나는 다시 학교에 가서 수업을 준비한다. 어쩔 수 없다. 주변 환경에 순응할 수밖에. 그래, 나는 10학년을 마치고 대학에 갈 거다. 지금이야 아무래도 좋다. 대학에 가서 엔지니어나 선생님이 되는 거다. 그렇게 된다면 사람들은 내 얼굴에서 위대한 탐험가의 모습은 찾지 못하겠지만.

12월이다. 나는 시간만 나면 릴리아와 만난다. 나는 그녀를 더 사랑하게 되었다. 나는 사랑이 이렇게 끝없는 것인 줄 몰랐다. 사랑은 정말로 끝이 없다. 한 달, 두 달 시간이 지날수록 난 릴리아가 더욱 소중해진다. 릴리아를 위해서라면 못 할 일도 없다. 릴리아는 자주 전화를 건다. 우리는 한참을 이야기한다. 그렇게 이야기하고 나면 도저히 책이 손에 잡히지 않는다. 매서운 눈보라가 치기 시작했다. 엄마는 지방으로 내려갈 생각이지만 엄마에게 따뜻한 외투라고는 한 벌도 없다. 교외에 사는 이모가 낡았지만 따뜻한 숄을 가지고 있다. 이모에게 가서 그 숄을 받아와야 한다.

일요일 아침, 나는 집을 나선다. 하지만 나는 기차역에 가는 대신 릴리아를 보러 간다. 릴리아와 스케이트를 타고 트레티아코프스카야 미술관에서 몸을 녹인다. 트레티아코프스카야 미술관은 겨울에 무척 따뜻한데, 그 안에 있는 의자에 앉아서 소곤소곤 이야기할 수 있다. 우리는 홀을 따라 천천히 걸으며 그림을 감상한다. 나는 특히 세로프의 <복숭아를 든 소녀>를 좋아한다. 그림의 소녀가 릴리아와 참 닮았다. 릴리아는 내가 이 얘기를 하면 얼굴을 붉히며 웃곤 한다. 이따금씩 우리는 서로를 바라보며 속삭이며 이야기하느라 그림은 완전히 잊어버리기도 한다. 그건 그렇고 해가 참 빨리 진다. 얼마 안 지나 미술관이 문을 닫고 우리는 찬 바람이 쌩쌩 부는 바깥으로 나온다. 문득 숄을 가지러 가야 한다는 사실이 떠올랐다. 나는 깜짝 놀라 릴리아에게 숄 이야기를 한다. 릴리아도 함께 가기로 했다. 뭐, 잘됐다.

우리는 각자의 집으로 돌아갈 필요가 없어졌다는 사실에 기뻐하며 길을 떠난다. 눈에 덮인 승강장 한복판에 나 있는 길을 따라 걷는다. 앞뒤로 우리와 함께 열차를 타려는 사람들로 붐빈다. 여기저기 웃고 떠드는 소리가 들려오고, 담뱃불이 붉게 달아오른다. 가끔 길바닥에 담배꽁초를 버리는 사람들이 있다. 우리는 버려진 꽁초 쪽으로 다가간다. 꽁초가 버려진 눈에는 작은 선홍색 얼룩이 진다. 우리는 그런 얼룩을 밟지 않는다. 어둠 속에서 잠시나마 빛을 발하도록 놔둔다. 그런 다음 우리는 얼어붙은 강을 건넌다. 발밑의 나무로 만든 다리가 삐걱삐걱거린다. 보통 추위가 아니다. 우리는 어두운 숲속 길을 걷는다. 양옆으로 검은 소나무와 전나무가 빽빽하다. 거리에 솟아 있는 나무들보다 훨씬 더 검다. 몇몇 다차에서 창문을 통해 흘러나오는 빛이 눈 위에 노란 줄무늬를 그려낸다. 많은 다차들이 캄캄하고 고요하다. 아마 겨울에는 비어 있나 보다. 모스크바에서는 찾아볼 수 없는 자작나무 새싹과 깨끗한 눈의 향기가 코를 간지럽힌다.

마침내 이모 댁에 가까워진다. 왠지 릴리아와 같이 들어가면 안 될 것 같은 느낌이 든다.

"릴리아, 여기서 잠깐 기다릴래?" 나는 머뭇거리며 말한다. "빨리 갔다 올게."

"그래." 릴리아가 대답한다. "대신 빨리 와야 돼. 너무 추워서 다리랑 얼굴이랑 다 얼었어. 아니다. 신경 쓰지 마. 너랑 여기까지 같이 와서 좋아! 아무튼 빨리 와야 돼, 알겠지?"

나는 캄캄한 숲길에 릴리아를 혼자 내버려두고 이모 댁으로 간다. 마음이 아주 불편하다.

이모와 친척 누이가 깜짝 놀라 기쁘게 맞아 주었다. 왜 이렇게 늦게 왔고, 언제 이렇게 훌쩍 컸으며, 이제 사내가 다 되었다며. 여기서 자고 갈 거냐며.

"엄마는 잘 지내시니?"

"네, 엄청 잘 지내세요."

"아빠는 계속 일하시고?"

"네, 계속 일하세요."

"다들 잘 계시지? 삼촌은?"

어휴, 질문이 쏟아진다! 친척 누이가 열차 시간표를 확인한다. 가장 빠른 열차가 11시다. 어쩔 수 없이 겉옷을 벗고 차를 계속 마셔야 할 것 같다. 그러고 나서 모두의 시선을 나에게 집중시키고 쌓인 이야기를 다 해야 한다. 일 년 만에 왔으니 말이다. 일 년은 참 긴 시간이다.

나는 반강제로 겉옷을 벗는다. 난로에 불이 지펴지고, 분홍색 전구가 환한 빛을 내고, 낡은 시계가 똑딱거린다. 온몸이 녹고 나니 차 생각이 간절하다. 아니, 릴리아는 캄캄한 숲길에서 나를 기다리고 있는데!

결국 나는 사실을 털어놓는다.

"죄송해요, 진짜 빨리 가야 해요…. 사실 혼자 온 게 아니거든요. 밖에 친구가… 기다리고 있어요."

귀에 딱지가 앉게 꾸중을 들었다. 나는 무례하기 짝이 없는 사람이 되었다. 어떻게 이런 추위에 친구를 밖에다 둘 수 있냐며! 친척 누이가 밖으로 서둘러 나간다. 곧 창밖으로 뽀드득 뽀드득 눈 밟는 소리가 나더니 점점 멀어진다. 얼마 후 다시 눈 밟는 소리가 나고 점점 가까워진다. 누이가 릴리아를 집으로 데려왔다. 릴리아는 창백하게 질려 있었다. 겉옷을 벗기고 난로 앞에 앉힌다. 발에는 따뜻한 부츠를 신긴다.

우리는 잠시 몸을 녹인다. 어느 정도 몸이 녹은 후 차를 한 잔 마신다. 릴리아는 난로 열과 당혹스러움에 얼굴이 발갛게 물들었다. 찻잔에서 거의 눈을 떼지 않고 있다가 이따금씩 무서울 정도로 정색을 하고 나를 쳐다본다. 그러나 양 볼은 긴장되어 있고 보조개가 떨리고 있다. 나는 이게 무슨 뜻인지 잘 알고 있다. 엄청 행복하다는 뜻이다. 나는 차를 벌써 다섯 잔이나 비웠다.

곧 우리는 자리에서 일어난다. 떠날 시간이다. 우리는 주섬주섬 옷을 걸친다. 이모가 나에게 숄을 걸쳐 주신다. 이모는 잠시 고민하는 듯하더니 릴리아의 겉옷을 벗기고 숄을 둘둘 말아 준 다음 그 위로 겉옷을 껴 입혀 주신다. 겨우 껴 입히고 나니 릴리아는 몸이 눈사람처럼 커졌고, 숄이 얼굴을 거의 다 덮어서 눈만 반짝거린다.

밖에 나오니 처음엔 캄캄해서 아무것도 보이지 않는다. 릴리아는 내 손을 꼭 잡고 걷는다. 집에서 멀어져 가니 어느 정도 주변 오솔길이 눈에 들어오기 시작한다. 릴리아가 갑자기 까르륵 웃는다. 릴리아가 두 번이나 넘어지는 바람에 일으켜주고 소매를 털어주어야 했다.

"아까 너 엄청 웃기던데!" 릴리아가 숄 안에서 겨우 말을 뱉는다. "내가 집에 들어오니 무슨 타조라도 본 것 같은 얼굴이던데!"

나도 박장대소를 한다.

"알료샤!" 릴리아가 갑자기 장난스레 놀라는 척하며 말한다. "갑자기 뭐가 나타나면 어떡해!"

"뭐가?"

"음, 모르지! 깡패가 나타날 수도 있고…. 나타나서 우리를 죽일지도 모르지."

"그런 소리 하지 마!" 내가 소리쳤다.

그런데 너무 크게 말한 것 같다. 왠지 모르게 주변에 한기가 서리는 듯하다. 우리가 차 마시면서 이야기하는 동안 추위가 더 강해진 것 같다.

"그런 소리 하지도 마!" 내가 다시 말했다. "그럴 일 없어!"

"만약에 있으면?" 릴리아가 주위를 둘러보며 곧바로 대답한다. 나도 주위를 둘러본다.

"무섭니?" 릴리아가 또랑또랑한 목소리로 묻는다.

"아니! 하나도…. 너는?"

"어휴, 나는 엄청 무서워! 우리는 옷을 몽땅 뺏기고 말 거야. 나는 직감이라는 게 있거든."

"직감을 믿어?"

"그럼. 그렇지 않으면 내가 왜 여기까지 왔겠어? 그건 그렇고 나는 같이 와서 너무 좋아."

"그래?"

"어! 만약에 누가 우리를 홀딱 벗기고 죽여도 나는 상관없어. 너는? 너는 나를 위해서 죽을 수 있어?"

나는 입을 다물고 손을 더 강하게 잡는다. 만약 그런 상황이 와서 내 마음을 보여줘야 한다면!

"알료샤…."

"어?"

"물어보고 싶은 게 있는데… 나 쳐다보면 안 돼. 쳐다볼 생각도 하지 마! 음… 무슨 말을 하려고 했더라? 다른 데 봐 봐!"

"자, 다른 데 보고 있어. 네가 길은 봐줘야 해. 어디 부딪히지 않으려면."

"괜찮아. 잔뜩 껴입었잖아. 넘어져도 안 아플 거야."

"그래?"

"알료샤… 너 뽀뽀해봤어?"

"아니, 한 번도. 왜?"

"단 한 번도?"

"한 번 해봤어…. 근데 1학년 때였어. 어떤 여자애였는데. 이름도 생각 안 나."

"정말? 이름도 기억 안 난다고?"

"어, 한 글자도."

"그럼 그건 안 한 거야. 그땐 어렸기도 하고."

"맞아. 그랬지."

"알료샤… 너는 나한테 뽀뽀하고 싶지 않아?"

나는 갑자기 굳어버렸다. 나는 더 이상 고개를 돌릴 수가 없다. 그저 길만 뚫어져라 쳐다본다.

"언제? 지금?" 내가 질문한다.

"아니, 아니야… 만약 우리가 죽지 않고 역까지 가면 해줄 거야."

나는 입이 굳었다. 너무 추워서 그런 것 같다. 감각도 없다. 볼은 엄청 따뜻하다. 아니 뜨겁다. 너무 빨리 걸어서 그런가?

"알료샤…."

"어?"

"나는 한 번도 안 해봤어."

나는 아무 말 없이 별을 바라본다. 그러다가 모스크바 위로 보이는 노르스름한 빛으로 시선을 옮긴다. 삶이란 어찌나 기적 같은지!

"뽀뽀하면, 음, 부끄럽지 않아? 너는 어땠어?"

"너무 오래돼서 잘 기억 안 나는데…. 그렇게 부끄럽진 않았던 것 같아."

"그래, 오래된 일이니까. 근데 나는 좀 부끄러울 것 같아."

우리는 어느새 숲길을 지나 앞이 뻥 뚫린 길을 걷는다. 올 때와 달리 지금은 허허벌판에 우리 둘뿐이다. 앞으로도 뒤로도 사람이라곤 눈 씻고 찾아 봐도 없다. 타다 남은 꽁초를 버리는 사람도 없다. 릴리아와 내가 뽀드득거리며 걷는 소리만 울려 퍼진다. 갑자기 앞에 허여멀건 개똥벌레 같은 것이 반짝인다. 멀리서 반짝이는 촛불 같다. 몇 번을 반짝거리며 흔들리다가 사라진다. 그러다 갑자기 환해지더니 코앞으로 온다. 우리는 작게 반짝이는 것을 관찰하다가 마침내 정체가 무엇인지 알아낸다. 이건 손전등이다. 그러고 나자 자그맣고 검은 형체 몇 개가 눈에 들어온다. 역을 향해 똑바로 나아가고 있다. 열차에서 내린 사람들인가? 아니다, 아직 열차가 도착했을 리가 없다. 열차가 도착하는 소리 비슷한 것도 듣지 못했다.

"저기 봐…." 릴리아가 곁에 바싹 붙으며 말한다. "내 이럴 줄 알았어. 이제 저 사람들이 우릴 죽일 거야. 깡패들이야."

무슨 말을 해야 하지? 나는 아무 말도 하지 않는다. 우리는 검은 형체 쪽으로 매우 천천히 걸어가고 있다. 나는 자세히 보며 머릿수를 센다. 여섯 명이다. 주머니 속에서 열쇠를 찾아내고 갑작스레 뜨거운 무언가가 밀려오고 용기가 솟아난다. 저 사람들이랑 어떻게 싸우지! 긴장감에 숨이 거칠어지고 심장이 격하게 뛴

다. 검은 형체들은 시끄럽게 무언가에 대해 떠들다가 우리가 열두 발자국 정도 거리까지 다가오자 말을 그친다.

"아까 해버릴걸." 릴리아가 슬픈 목소리로 말한다. "이제 어떡해…."

결국 우리는 검은 형체들과 맞닥뜨린다. 검은 형체 여섯은 멈춰 서서 손전등을 켠다. 불그스름한 옅은 빛이 눈밭을 지나 우리를 비춘다. 우리는 눈을 찡그린다. 검은 형체들은 우리를 보며 아무 말도 하지 않는다. 그들 중 둘은 풀어헤친 외투를 입고 있다. 한 명은 피우던 담배를 서둘러 마저 피우고 눈밭에 침을 튀뱉는다. 나는 경계 태세를 취한다. 그러나 어떤 반응도 보이질 않는다. 우리는 그들을 지나간다.

"여자애는 아무렇지도 않아 보이네." 누군가 뒤에서 안타깝다는 듯이 말한다. "어이, 거기 조그만 친구, 쫄지 마! 사내자식이 말이야!"

"겁먹은 거야, 응?" 잠시 후 릴리아가 묻는다.

"아니! 나는 네가 걱정돼서…."

"나를?" 릴리아는 옆에서 이상한 눈으로 나를 쳐다보며 걸음을 늦춘다.

"나는 하나도 안 무서웠어! 숄이 조금 답답했을 뿐이야."

역에 도착할 때까지 우리는 아무 말도 하지 않는다. 역 근처에서 릴리아는 발끝으로 서서 눈을 흠뻑 맞고는 소나무 가지 하나를 꺾어 주머니에 넣는다. 그러고 나서 우리는 승강장으로 올라

간다. 아무도 없다. 매표소에는 램프 하나가 환하게 켜져 있어서 승강장의 눈이 소금처럼 반짝인다. 우리는 눈을 밟기 시작한다. 엄청 차갑다. 릴리아는 갑자기 나에게서 떨어지더니 난간에 기댄다. 나는 승강장 끝, 레일 위에 서 있다. 목을 빼고 열심히 열차 불빛을 찾는다.

"알료샤…." 릴리아가 나를 부른다. 목소리가 이상하다.

나는 릴리아에게 다가간다. 다리가 떨리고 갑자기 뭔가 무서운 마음이 든다.

"가까이 와 줘, 알료샤." 릴리아가 말한다. "나 꽁꽁 얼었어."

나는 릴리아를 안고 몸을 착 붙인다. 내 얼굴이 릴리아의 얼굴과 거의 닿을 것 같다. 나는 가까이서 릴리아의 두 눈을 본다. 이렇게 가까이서 보는 건 처음이다. 짙은 속눈썹에 서리가 껴 있고, 숄 사이로 삐져나온 머리카락 몇 가닥에도 서리가 껴 있다. 어쩜 눈이 이렇게 큰지! 놀란 토끼 눈을 하니 더 크다! 발밑에 있는 눈이 뽀드득 소리를 낸다. 꼼짝하지 않고 가만히 서 있는데도 계속 소리가 난다. 뒤쪽에서 갑자기 딸깍하는 소리가 울려 퍼진다. 소리는 마치 언 강을 미끄러져 나가듯 승강장 끝까지 퍼져 나간 뒤 사그라든다. 그런데 우리 둘 다 왜 아무 말이 없지? 하긴, 할 말도 없긴 하다.

릴리아가 입술을 내민다. 두 눈이 칠흑처럼 까맣게 빛난다.

"뽀뽀 안 해줄 거야?" 릴리아가 작게 속삭인다. 서로의 입김이 뒤섞인다. 릴리아의 입술을 바라본다. 릴리아는 다시 입술을 내밀고 입을 살짝 오므린다. 나도 고개를 숙여서 한참 동안 입을 맞춘다. 온 세상이 고요하게 빙그르르 돈다. 입술이 참 따뜻하다. 릴리아는 입을 맞추면서 짙은 속눈썹을 치켜 올리고 나를 바라본다. 입을 맞추며 나를 바라보는 릴리아를 보니 릴리아가 나를 얼마나 사랑하는지 느껴진다.

그렇게 우리는 처음으로 입을 맞추었다. 입맞춤을 끝내고 릴리아는 차가운 볼을 나의 얼굴에 붙인다. 나는 릴리아의 어깨 위로 승강장 뒤 어두운 겨울 숲을 바라본다. 닿아 있는 얼굴에서 어린아이처럼 따뜻한 숨결이 느껴진다. 빠르게 뛰는 심장 소리도 들려온다. 아마 릴리아도 내 심장 소리를 듣고 있겠지. 그러다가 몸을 살짝 움직이며 숨소리를 낮춘다. 나는 몸을 기울여 릴리아의 입술을 찾은 뒤 다시 입을 맞춘다. 이번엔 릴리아가 눈을 감는다.

멀리서 낮은 기적 소리가 울려오고 별빛이 눈부시게 반짝인다. 열차가 들어온다. 곧 우리는 흰색과 검은색으로 칠해진 열차에 올라타 문을 탕 소리가 나게 닫고 따뜻하게 덥혀진 좌석에 앉는다. 열차에 사람이 별로 없다. 어떤 사람들은 이따금씩 신문을 펄럭거리며 읽어 내려가고, 또 어떤 사람들은 흔들리는 열차에 몸을 맡긴 채 이리저리 흔들리며 꾸벅꾸벅 졸고 있다. 릴리아는 조용히 창문 밖으로 지나가는 길을 바라본다. 창문도 얼어 있고 바깥도 깜깜해서 눈을 크게 뜨고 보아도 거의 아무것도 보이지 않을 텐데.

5

사랑에 빠지는 정확한 시점을 알아내는 것은 절대 불가능한
일이다. 나도 정확히 언제 릴리아에게 빠졌는지 도저히 알 수가
없다. 나 혼자 북쪽 지역으로 여행 갔을 때인가? 아니면 승강장
에서 처음 입 맞췄을 때인가? 그것도 아니면 처음 만났을 때 릴
리아가 자기소개를 하면서 손을 건넸을 때? 모르겠다. 확실한 건
이제 나는 릴리아 없이는 살 수가 없다는 거다. 내 인생은 릴리아
를 만나기 전과 후로 나뉜다. 릴리아가 없었으면 어떻게 살고 있
었을까? 상상도 하기 싫다. 가까운 사람이 죽는 것을 상상하는
것만큼이나 끔찍하다.

우리의 겨울은 기적처럼 흘러갔다. 모든 순간이 우리였고, 모
든 순간에 항상 함께했다. 과거도, 미래도, 기쁨도, 마지막 숨을
내뱉는 순간까지도 함께할 것이다. 매일이, 아니 매 순간이 머리
가 핑 돌아버릴 것처럼 행복하다.

그러나 봄이 되자 무언가 알 수 없는 느낌이 들기 시작했다. 아
니, 아무것도 아니다. 그저 무언가 새로운 것들이 시작되니 조금
아픈 것뿐이다. 뭐라고 표현해야 할지 모르겠다. 단지 우리 둘의
성격이 다르다는 게 조금씩 드러나고 있을 뿐이다. 릴리아는 나
의 눈빛을 마음에 들어 하지 않는다. 나의 꿈을 비웃는다. 잔인할
정도로 말이다. 조금씩 다투기 시작했다. 그러고 나서… 그러고
나서는 모든 것이 나락으로 떨어지고 있다. 모든 것이 점점 더 빠
르게, 점점 더 끔찍하게 변하고 있다. 릴리아를 찾아갔을 때 집에

있지 않는 날이 점점 많아지고, 대화가 부자연스러운 웃음이나 공허함으로 끝나는 경우도 점점 잦아진다. 릴리아가 한 발짝, 두 발짝 멀어지는 것 같은 기분이 든다….

세상에 열일곱 살짜리 여자애들은 셀 수 없이 많다! 그러나 눈을 바라볼 때마다 반짝임과 깊이, 촉촉함이 느껴지고, 눈물이 날 정도로 감동적인 목소리를 가지고 있고, 입 맞추기조차 떨리는 아름다운 손을 가진 여자는 오직 한 사람뿐이다. 그녀는 이야기를 하고, 이야기를 들어주고, 까르르 웃고, 또 침묵하기도 한다. 나는 그녀에게 필요한 유일한 사람이다. 그녀의 인생은 내가 전부이고 나를 위한 것이다. 그녀는 나 하나만을 사랑한다. 내가 그녀에게 그러하듯이.

하지만 처음에 내게 따뜻함과 반짝임, 생명을 주었던 그 두 눈이 차갑게 식어 이젠 예전의 모습을 더는 찾아볼 수 없다. 그녀의 모든 것이 손 닿을 수 없이 먼 곳으로, 다시 되돌릴 수 없는 먼 곳으로 사라졌다. 이 모든 것이 끔찍할 정도로 확실하게 느껴진다. 마음속 가장 순수한 소용돌이, 마음속 가장 깊은 자긍심 같은 건 더 이상 그녀를 위한 것이 아니다. 나는 그녀를 뒤쫓는다. 점점 초조해진다. 점점 조급해진다. 그러나 손에 잡히지 않는다. 모든 것이 달라졌다. 그녀가 내 손에서 미끄러져 떠나간다. 범접할 수 없는, 무언가 신비하고 독특한 그녀만의 세계로 떠나간다. 나는 죄인이다. 천국은 더 이상 내게 허락된 곳이 아니다. 지독한 절망과 원망, 후회와 슬픔이 나를 뒤덮는다! 공허와 배신, 황폐함과 불행만이 남아 있다. 모든 것이 사라졌다. 텅 빈 손으로 멀뚱히 서 있을 뿐이다. 미지의 신에게 고통과 무력함을 호소하며 수없이 무너지고 울부짖는다. 내가 무너지고 울부짖을 때마다 그녀는 나를 바라본다. 그녀의 눈에는 공포와 경악, 연민이 서린다. 내가 간절히 바라는 것들은 더 이상 내 눈앞에 나타나지 않는다. 그녀가 나에게만 보여주던 눈빛과 사랑, 생기로움은 더 이상 나의 것이 아니다. 남은 인생 동안 온 나라가 자랑스러워하는 영웅이나 천재는 될 수 있을지언정 그녀가 내게만 보여주던 그 눈빛은 더 이상 볼 수 없다. 마음이 갈기갈기 찢긴다. 삶이란 이토록 잔인한 것이다.

그리고 이미 봄이 왔다···. 햇빛이 환히 비추고, 하늘은 푸르며, 가로수길에는 보리수 향이 퍼진다. 만물이 힘차게 소생하여 5월을 맞이할 준비를 한다. 나도 마찬가지로 준비를 한다. 5월 선물로 백 루블을 받았다. 지금 나는 그 누구도 부럽지 않은 부자다! 그리고 삼 일이라는 자유시간이 남아 있다. 이삼일은 릴리아와 보낼 것이다. 릴리아도 이 기간 동안은 시험공부를 쉬겠지! 이삼일은 아무 데도 안 가고, 아무도 안 만나고 온전히 릴리아랑만 보낼 거다. 못 본 지 벌써 한참 됐으니까···.

하지만 그럴 수 없게 되었다. 릴리아는 큰아빠가 계신 다차에 가야 한다고 했다. 큰아빠가 몸이 편찮으시고 적적해하셔서 가족들과 함께 5월을 맞고 싶어 하신다고. 릴리아도, 부모님도 모두 함께. 잘됐다! 다차에서 5월을 맞는다는 건 정말 멋진 일이니까.

그래도 나는 릴리아가 너무 보고 싶은데…. 그럼 5월 2일에는 괜찮으려나?

"2일?" 릴리아는 이마에 주름을 지으며 생각에 잠기더니 얼굴이 살짝 붉어진다. 집에 돌아오자마자 뛰쳐나올지도 몰라…. 당연히 릴리아도 내가 엄청 보고 싶을 테니까! 만난 지 벌써 한참 되었기도 하고. 2일 저녁에 고리키 거리 전신국 앞에서 보기로 했다.

약속 시간에 나는 전신국 앞에 서 있다. 사람이 엄청 많다! 머리 위로 지구본이 보인다. 벌써 땅거미가 지고 있지만 바다의 푸른빛과 대륙의 노란빛이 빛나며 조용히 회전하고 있다. 황금빛 꽃망울과 청록색 불꽃을 닮은 전구 장식들이 반짝반짝 빛난다. 불빛이 비추는 사람들의 얼굴이 모두 빨갛게 보인다. 내 주머니엔 백 루블이 있다. 어제 쓰지 않고 가져왔다. 릴리아랑 어디를 가면 좋을까. 공원도 좋고 영화관도 좋다…. 나는 인내심을 가지고 기다린다. 주변이 온통 신경질적인 잡음으로 가득 차 있지만 나는 놀라울 만큼 차분하다.

거리 한복판은 많은 사람들로 북적인다. 여자들도 많고 아이들도 많다. 다들 노래를 부르고, 무언가를 외치고, 아코디언을 연주하기도 한다. 집집마다 깃발과 슬로건, 불꽃이 걸려 있다. 다들 노래를 부른다. 나도 부르고 싶다. 나는 목소리가 좋으니까. 나는 바리톤이다. 언젠가 가수를 꿈꾸기도 했다. 그러고 보니 꿈이 참 많았네….

갑자기 릴리아가 저기 보인다. 사람들을 뚫고 나를 만나러 계단을 올라온다. 모두가 릴리아에게서 눈을 떼지 못한다. 그만큼 릴리아는 예쁘다. 나는 릴리아처럼 예쁜 사람을 본 적이 없다. 심장이 빠르게 뛰기 시작한다. 릴리아는 빠르게 모든 사람들을 훑어본다. 그녀의 눈이 사람들의 얼굴을 빠르게 훑는다. 누군가를 찾고 있는 듯하다. 나를 찾고 있는 게 분명하다. 나는 릴리아가 있는 곳으로 가기 위해 발을 뗀다. 겨우 한 발짝을 뗐을까, 갑자기 날카로운 고통이 내 심장을 찌른다. 입이 바짝 마른다. 릴리아는 혼자가 아니다! 릴리아의 옆에는 챙이 있는 모자를 쓴 남자가 서서 나를 바라보고 있다. 잘생겼다. 남자는 릴리아의 손을 잡고 있다. 그래, 저 남자는 릴리아의 손을 잡고 있다. 내가 두 달 만에 겨우 용기를 내어 잡았던 그 손을.

"안녕, 알료샤." 릴리아가 말한다. 목소리가 미묘하게 떨리고 두 눈에 당황스러움이 담겨 있다. 아주 미묘한 당황스러움이다, 알아채기 힘들 만큼.

"오래 기다렸어? 좀 늦은 것 같네…."

릴리아는 지구본 아래 달린 커다란 시계를 보며 약간 인상을 쓴다. 그러고 나서 고개를 돌려 남자를 바라본다. 남자를 바라보는 릴리아의 목선이 참 곱다. 나를 바라볼 때도 그랬을까?

"만나서 반가워!"

남자와 인사를 한다. 나의 손을 억세게 잡는다. 손아귀에서 자신감이 느껴진다.

"저기, 알료샤, 오늘 우리는 너랑 같이 못 놀 것 같아. 우리는 지금 볼쇼이 극장에 갈 거거든···.혹시 화난 거 아니지?"

"아니, 화 안 났어."

"같이 좀 걸을래? 어차피 지금 딱히 할 일도 없잖아."

"그러자. 마침 엄청 한가하던 참인데."

우리는 수많은 사람들 사이에 끼여 오호트니 라트 역으로 내려간다. 그런데 나는 왜 같이 가고 있는 거지? 어떡해야 하지? 여기저기서 노래를 부른다. 아코디언 소리도 들린다. 집집마다 지붕에서 확성기가 쩌렁쩌렁 울려댄다. 내 주머니에 백 루블이 있는데! 정말 빳빳한 새 지폐로. 그런데 나는 왜, 어디로 가고 있는 거지!

"큰아빠는?" 내가 물었다.

"큰아빠? 웬 큰아빠···? 아 어제 얘기하는 거구나?" 릴리아는 입술을 물어뜯으며 휙 하고 남자 쪽을 쳐다본다. "큰아빠는 회복 중이셔···.5월 맞이도 엄청 좋았어. 진짜 재밌었는데! 춤도 추고···. 너는? 잘 있었어?"

"나? 잘 있었지."

"그렇구나!"

우리는 볼쇼이 극장 쪽으로 길을 꺾는다. 우리는 셋이서 나란히 걷는다. 이제 릴리아의 손을 잡는 건 내가 아니다. 릴리아 곁의 잘생긴 저 남자다. 릴리아는 이제 더 이상 내 곁에 있지 않다. 저 남자의 곁에 있다. 릴리아는 이제 나와 천 베르스타(과거 러시아에서 쓰던 길이(거리) 단위)는 떨어져 있는 듯하다. 왜 갑자기 목이 메지? 눈은 또 왜 따갑지? 어디가 아픈가? 볼쇼이 극장에 도착해 걸음을 멈춘다. 입을 굳게 다문다. 아무 할 말이 없다. 남자가 릴리아의 팔꿈치를 슬쩍 꼬집는 게 눈에 들어온다.

"그럼 우린 갈게. 잘 가!" 릴리아가 내게 웃어 보이며 말한다. 어쩜 저렇게 뻔뻔한지, 게다가 웃는 건 또 어찌나 텅 빈 껍데기 같은지!

나는 릴리아의 손을 잡는다. 여전히 아름다운 손이다. 저 둘은 몸을 돌려 유유히 건물로 들어간다. 나는 서서 릴리아의 뒷모습을 바라본다. 일 년 동안 많이 성장했다. 하긴 벌써 열일곱이니. 릴리아는 날씬한 몸매를 가지고 있다. 어디서 처음 봤더라? 아, 북쪽 여행에서 돌아와 그 어두운 대문에서 처음 봤다. 나는 그때 받은 충격을 잊을 수가 없다. 콜론니 홀과 음악원에서는 그저 멍하니 바라보기만 했다. 무도회에서도…. 정말 멋진 겨울 무도회였는데! 갑자기 릴리아가 극장에서 나와 나를 쳐다본다. 전에 릴리아는 헤어지기 전에 항상 나를 돌아보곤 했다. 가끔은 다시 돌아와 내 얼굴을 꼼꼼히 살피며 묻곤 했다.

"뭐 해줄 말 없어?"

"아니, 없는데." 나는 릴리아가 돌아봐 주어 행복한 마음에 웃으며 이렇게 말하곤 했다.

릴리아는 두리번거리며 주위를 살피고 말하곤 했다.

"뽀뽀해줘!"

나는 광장이나 길모퉁이에서 서리 향이 나는 릴리아에게 입을 맞추곤 했다. 릴리아는 이렇게 길거리에서 짧게 입 맞추는 것을 좋아했다.

"다른 사람들은 알 게 뭐야!" 릴리아는 우리가 입 맞출 때 주위에 다른 사람들이 있으면 이렇게 말하곤 했다. "그 사람들이 뭘 알겠어! 우리가 남매 사이일 수도 있는 거잖아. 안 그래?"

이제 릴리아는 뒤돌아보지 않는다. 나는 영혼이 빠져나간 것처럼, 기둥이라도 된 것처럼 가만히 서 있다. 사람들이 나를 스쳐 간다. 가끔 웃음소리가 들려온다. 둘이나 셋이서, 아니면 여럿이서 무리를 지어 오간다. 혼자인 사람은 없다. 혼자인 사람에게 축제날 바깥 거리는 정말 가혹한 장소다. 혼자인 사람들은 아마 집에 있을 것이다. 나는 눈동자도 움직이지 않고 멍하니 서 있다…. 그들은 이미 불 켜진 입구로 들어갔다. 꼭 붙어 앉아서 밤새 오페라를 보겠지. 머리 위로 보랏빛 하늘이 떠다닌다. 날개 달린 사두마차가 결코 날아오를 수 없는 하늘이다. 주머니에는 어제 쓰지 않고 가져온 새 백 루블이 덩그러니 남아 있다….

6

일 년이 지났다. 세상이 무너지거나, 혹시 삶이 멈춰버리거나 하는 일은 일어나지 않았다. 나는 릴리아를 거의 잊은 것 같다. 아니, 잊었다. 솔직히 말하면 생각하지 않으려고 애썼다. 생각할 필요가 없으니까. 길거리에서 한 번 마주친 적이 있었다. 그 자리에 얼어붙는 기분이었지만 애써 태연한 척했다. 더 이상 릴리아라는 사람에 대한 관심은 남아 있지 않다. 나도, 릴리아도 서로 안부도 묻지 않았다. 내 인생에는 새로운 일이 잔뜩 일어났는데 말이다. 일 년은 긴 시간이니까!

나는 대학에 다닌다. 공부도 열심히 하고 있다. 놀자고 불러내는 사람도 없고, 공부에서 눈을 돌리게 할 만한 것도 없다. 공부말고도 이것저것 하기 시작했다. 수영을 열심히 해서 벌써 1단계 시험도 통과했다. 드디어 자유형도 마스터했다. 자유형은 가장 빠른 영법이다. 아무튼, 그게 중요한 게 아니다.

어느 날 릴리아에게서 편지가 왔다. 다시 봄이 되었다. 5월이다. 산뜻한 5월. 기분이 아주 산뜻하다. 나는 봄이 좋다. 나는 시험을 통과해 2학년으로 올라간다. 그런데 갑자기 편지가 온 것이다. 릴리아가 결혼을 했단다. 남편과 함께 북쪽으로 떠난다고, 그러니 꼭 와 달라는 내용이다. 나를 '그리운' 사람이라고 부른다. 편지 끝에는 '너의 오래디오랜 친구 릴리아가' 라고 쓰여 있다.

나는 한참 동안 가만히 앉아 벽지만 뚫어져라 바라본다. 정교한 무늬가 아름답게 수놓아져 있다. 종종 이렇게 벽지를 바라보곤 한다. 물론 릴리아가 원한다면 갈 거다. 못 갈 건 뭐야? 원수지간도 아닌데. 나한테 해코지한 것도 없고. 갈 거다. 그건 그렇고 한참을 잊고 있던 기억들이 다시 떠오른다. 인생은 역시 한 치

앞도 모르는 법이다! 일 년 전에 일어났던 일들이 생생하게 떠오른다!

당일 약속 시간에 맞춰서 역으로 나갔다. 승강장에 도착해 한참을 두리번거리다 마침내 릴리아를 발견한다. 갑자기 발견해서 움찔하고 놀랐다. 릴리아는 환한 색의 오프숄더 드레스를 입고 있었다. 봄 햇살에 벌써 팔과 얼굴이 살짝 그을렸다. 손은 여전히 부드러워 보인다. 얼굴은 전과 달리 더 여성스러워졌다. 더 이상 소녀라고 부를 수 없는 완연한 여자가 되었다⋯. 그 옆에는 친척들과 그때 보았던 남자가 서 있다. 다들 큰 소리로 웃고 떠들고 있다. 그런데 릴리아는 초조한 듯 이리저리 두리번거리고 있다. 나를 기다리고 있나 보다.

나는 천천히 다가간다. 릴리아가 나의 팔을 붙잡는다.

"잠깐만." 릴리아는 남편에게 부드럽게 웃으며 말한다.

남자는 고개를 끄덕이고 반가운 얼굴로 나를 바라본다. 나를 기억하고 있다. 남자는 흔쾌히 내게 손을 내민다. 악수를 하고 나와 릴리아는 자리를 옮긴다.

"보다시피 나도 이제 유부녀야. 이제 곧 떠나. 모스크바도 안녕이네." 릴리아가 역 안의 첨탑을 슬프게 바라보며 말한다. "와 줘서 기뻐. 뭔가 되게 이상하네⋯. 너 되게 많이 컸다. 잘 지냈어?"

"잘 지냈지." 나는 대답하며 웃어 보이려고 애쓴다. 하지만 왠지 모르게 얼굴이 굳어서 잘 웃어지지 않는다. 릴리아는 나를 유심히 바라본다. 이마에 주름이 패인다. 무언가 생각할 때마다 항상 그러곤 했는데. "무슨 일 있어?" 릴리아가 묻는다.

"별일 없어. 그건 그렇고 잘됐다…. 결혼한 지는 얼마나 됐어?"

"이제 일주일 됐어. 행복이 이런 건가 싶어!"

"그치, 이런 게 행복이지."

릴리아가 웃는다.

"결혼한 건 어떻게 알았어! 그런데 잠깐, 얼굴이 왜 그래!"

"음 그게. 햇빛 때문이야. 그리고 좀 피곤하기도 하고. 시험 봤거든. 독일어…."

"그 망할 독일어 말이야?" 릴리아가 웃는다. "내가 그때 도와줬던 거 기억나?"

"그럼, 기억나지." 나는 입꼬리를 올리고 웃어 보인다.

"알료샤, 나 좀 봐 봐, 무슨 일 있지?" 릴리아가 몸을 기울이며 걱정스레 묻는다. 다시 릴리아의 예쁜 얼굴이 가까이 다가온다. 나만이 알고 있던 무언가는 이미 사라지고 없다. 릴리아의 얼굴은 내가 전에 알던 얼굴이 아니다. 이제 완전히 낯선 얼굴이 되었다. 내가 알아보지 못할 정도로 변했다면 좀 나았을까. "너 나한테 뭐 숨기고 있지?" 릴리아는 추궁하듯 말한다. "전에는 안 그랬는데!"

"아니, 아니야. 오해야." 나는 단호하게 말한다. "밤새 잠을 못 자서 그래."

릴리아는 시계를 본 다음, 뒤를 돌아본다. 남자가 릴리아에게 고개를 끄덕여 보인다.

"금방 갈게!" 릴리아가 남자에게 큰 소리로 말하고 다시 내 손을 잡는다. "정말 얼마나 행복한지 몰라. 축하해줘. 우리는 북쪽으로 갈 거야. 일 때문에…. 전에 네가 북쪽 지역 이야기해줬던 거 기억나? 그랬었는데…. 축하해주는 거 맞지?"

도대체 왜 그런 질문을 하는 거지! 갑자기 릴리아가 웃으며 말을 잇는다.

"아, 나 기억났어…. 겨울에 왜 우리 뽀뽀했던 거 기억나? 내가 너한테 뽀뽀했는데, 네가 하도 떨어서 승강장이 다 덜컹거렸는데. 하하하…. 그때 진짜 바보 같았는데."

릴리아가 웃는다. 웃음기가 담긴 회색빛 눈으로 나를 바라본다. 낮에는 회색이다. 밤에만 검어진다. 두 볼에 보조개가 떨린다.

"우리 둘 다 참 바보 같았지!" 릴리아는 쾌활하게 말하며 남편을 바라본다. 릴리아의 눈빛에 부드러움이 묻어난다.

"맞아, 참 바보 같았지." 나는 맞장구를 친다.

"아니야, 바보는 좀 아닌 것 같고…. 우리 둘 다 어려서 뭘 잘 몰랐던 거야. 그치?"

"맞아, 그랬나 봐."

저 앞 신호등에 녹색 불이 들어온다. 열차 쪽으로 걸어간다. 다들 릴리아를 기다리고 있다.

"그럼, 안녕!" 릴리아가 말한다. "아니, 다음에 봐! 연락할게, 꼭!"

"그래."

연락하지 않을 거라는 건 알고 있다. 절대 할 리가 없다. 물론 릴리아도 알고 있다. 릴리아는 나를 힐끗 보고 얼굴을 살짝 붉힌다.

"어쨌든 와 줘서 고마워. 언제나 그랬던 것처럼 꽃 한 송이 없이 말이야! 너는 나한테 꽃 한 송이를 안 주더라!"

"맞아, 나는 너한테 아무 것도 준 게 없지…."

릴리아는 내 손을 놓고 남자의 손을 잡는다. 둘은 열차 칸으로 올라간다. 남은 사람들은 승강장에 서 있다. 릴리아의 친척들이 뭐라고 물어보는데 무슨 말인지 하나도 모르겠다. 눈앞의 기차는 낮고 긴 기적을 울린다. 객차들이 연결된다. 놀라울 정도로 부드럽게 연결된다! 다들 웃으며 손수건이나 모자를 흔들고 열차를 따라 걸으며 큰 소리로 무언가를 말한다. 곧이어 여기저기서 하모니카 소리가 들려오고 한 객차에서는 누군가 큰 목소리로 노래를 부른다. 대학생들인 것 같다. 릴리아는 이미 저 멀리 가고 있다. 한 손은 남자의 어깨에 얹고 다른 손을 들어 우리에게 흔들어 보인다. 이렇게 멀리서 보아도 릴리아의 손은 정말 곱다. 더할 나위 없이 행복해 보이는 릴리아의 웃는 얼굴도 눈에 들어온다.

열차가 떠난다. 나는 담배를 물고 손을 주머니에 쑤셔넣은 채 다른 배웅객들과 함께 광장으로 나가는 출구로 걸어간다. 나는 입술로 담배를 물고 은색 가로등을 바라본다. 햇빛에 반사되어 눈이 부실 정도로 빛난다. 시선을 떨군다. 이제 나는 인정할 수 있다. 일 년 내내 마음속 깊은 곳 어딘가에는 미련이 남아 있었음을. 이제 다 끝났다. 그래 뭐, 잘 지낸다니 기쁘다. 정말 진심으로! 왠지 모르게 심장이 떨어질 듯 아파올 뿐이다.

여자로 태어나 결혼한다는 건 흔한 일이다. 전에도, 그리고 앞으로도 그것은 변하지 않는다. 그리고 결혼한다는 건 참 좋은 일이다. 울 수 없는 나 자신만이 불행할 뿐이다. 마지막으로 운 게 열다섯 살 때였다. 이제 나는 열아홉이다. 심장이 목까지 차오르는 것 같다. 계속해서 차오른다. 심장이 곧 입 안까지 차올라 어금니에 닿을 것 같다. 그래도 울 수는 없다. 여자로서 결혼한다는 건 정말 좋은 일이니까….

광장으로 나오니 카잔 역 시계 초침이 눈에 밟힌다. 숫자 대신 이상한 글자가 새겨져 있다. 전혀 알아볼 수 없는 글자다. 나는 음료수 판매원에게 다가간다. 처음에 시럽이 든 것으로 달라고 했다가 잠시 고민한 뒤 그냥 물로 주문을 바꾼다. 지금처럼 심장이 터질 것처럼 아플 때에는 시럽이 든 물을 먹으면 속이 안 좋다. 나는 차가운 물이 든 잔을 집어 들고 입에 물을 털어 넣는다. 그런데 물이 넘어가지를 않는다. 꾸역꾸역 한 모금을 삼켜낸다. 그렇게 한 잔을 다 털어 넣는다. 좀 나은 것 같다.

지하철을 타러 내려간다. 얼굴에 뭐가 묻었는지 사람들이 나를 뚫어져라 쳐다보는 게 느껴진다. 집에서도 잠시 릴리아 생각을 한다. 이내 나는 벽지의 무늬를 감상하기 시작한다. 자세히 보면 흥미로운 점이 많다. 정글 속에서 코를 한껏 치켜 올린 코끼리들이 보인다. 망토를 두르고 베레모를 쓴 이상한 사람들이 보이기도 한다. 아는 얼굴이 보일 때도 있다. 릴리아의 얼굴은 벽지무늬에서조차 찾을 수 없다….

아마 릴리아는 이제 우리가 처음 입을 맞추었던 승강장을 지나가고 있을 거다. 지금쯤 온통 초록빛으로 물들어 있을 텐데. 릴리아가 알아보려나? 내 생각도 할까? 아니지, 그럴 리가 없지. 지금쯤 남편을 보고 있겠지. 릴리아는 그 남자를 사랑한다. 훤칠하게 잘생긴 그 남자가 이제 릴리아의 남편이다.

7

세상에 영원한 건 없다. 슬픔도 예외가 아니다. 인생도 멈추지 않는다. 아니, 원래 인생은 멈추지 않는다. 모든 슬픔이라는 것은 멋대로 영혼에 스며들었다가 연기처럼 사라져버린다. 인간의 슬픔이라는 미미한 감정은 삶의 거대함과 비교했을 때 그저 티끌처럼 사소한 것에 불과하다. 이런 게 바로 세상의 이치다.

곧 대학을 졸업한다. 나의 젊은 시절은 끝났다. 이미 저 먼 곳으로 영원히 사라졌다. 그래서 좋다. 나는 어른이 되었고 이제 뭐든 할 수 있다. 더 이상 아무도 어린애 다루듯 머리를 헝클지도 않는다. 나는 곧 북쪽으로 떠난다. 어째서인지 모든 것들이 북쪽을 가리킨다. 거기서 행복하게 사냥하러 돌아다니던 기억이 있어선지도 모르겠다. 릴리아는 완전히 잊었다. 몇 년이 지났는데! 잊지 않았다면 정말 살기 힘들었을 거다. 다행히도 거의 잊었다. 물론 릴리아는 북쪽으로 간 후로 연락하지 않았다. 지금 어디에 사는지도 모르고, 알고 싶지도 않다. 릴리아에 대한 생각은 전혀 하지 않는다. 나는 지금 잘 살고 있다. 물론, 시인이나 음악가가 되지는 않왔다…. 뭐, 시인을 아무나 할 수 있는 것도 아니니까! 대회에, 콘퍼런스에, 연습에, 시험에, 너무 바빠서 눈코 뜰 새도 없다. 아 참, 춤도 배우러 다닌다. 거기서 똑똑하고 예쁜 여자들을 많이 알게 됐다. 그리고 그중 몇 명이랑은 마음이 통하기도 했다….

그런데 종종 릴리아가 꿈에 나온다. 다시 릴리아의 목소리와 부드러운 웃음소리를 듣고, 손을 잡고, 이야기를 한다. 무슨 이야기를 했는지는 기억이 안 난다. 어느 날은 슬프고 아련한 얼굴로, 또 어떤 날은 양 볼에 남들 눈에는 보이지 않을 만큼 작은 보조개를 띠우며 즐거운 얼굴로 나타난다. 그럴 때면 나도 열일곱, 처음 사랑에 빠졌던 때로 돌아가 어리고 수줍은 마음에 같이 웃곤 한다.

나는 보통 아침에 일어나 수업을 들으러 갔다가 노동조합위원회 사무실에서 근무하거나 공산청년동맹 회의에 참석한다. 그런데 오늘 따라 왠지 모르게 혼자 있고 싶고, 어디든 가서 눈을 붙이고 가만히 있고 싶다.

자주 이러지는 않는다. 일 년에 네 번 정도. 눈을 붙이면 계속해서 꿈을 꾼다. 꿈을 꾸고, 또 꿈을 꾼다…. 꾸고 싶지 않은 꿈을!

나는 꿈이 싫다. 나는 꿈속에서 노래 듣는 것을 좋아한다. 오른쪽으로 누워서 자면 꿈을 안 꾼다던데. 나는 오른쪽으로 돌아누워 잠을 청한다. 나는 푹 자고 아침에 상쾌하게 눈 뜨게 될 것이다. 인생이란 참 멋진 것이니까!

부디 꿈 없이 잠들길!

사냥개, 푸른 별 아르크투르

Арктур-гончий-пёс

1957

-M.M.프리시빈을 기억하며

1

그 개가 어떻게 도시에 나타나게 되었는지는 알려진 바 없다. 개는 어느 봄날 도시로 흘러들어와 살기 시작했다. 개는 아무도 귀찮게 하지 않았고, 그 누구에게 복종하거나 억압받지 않았다. 개는 자유로웠다.

어떤 사람은 봄에 도시를 지나가던 집시들이 개를 버린 거라 말했다. 집시들이란 얼마나 이상한 자들인지! 집시들은 이른 봄에 길을 떠난다. 어떤 이가 기차를 타면, 다른 이는 증기선이나 뗏목을 타고, 또 다른 이는 수레를 끌고 느릿느릿 걸으며 옆에서 질주하는 자동차를 적의에 찬 눈빛으로 쳐다본다. 남쪽의 피가 흐르는 사람들, 집시들은 가장 외딴 북쪽 구석으로 향한다. 집시들은 홀연히 도시 아래 무리를 짓고, 며칠 동안 시장을 누비면서 물건을 뒤적이고 사고팔다가, 집으로 가 점을 치고 싸우고 웃는다. 그들은 거무스레하고 아름다운 낯에 귀에는 귀걸이를 걸치고 화려한 옷을 입는다. 하지만 집시들이 도시를 떠날 때면 왔을 때처럼 홀연히 사라져 다시는 여기서 그들을 볼 수가 없다. 다른 집시들이 오겠지만, 왔던 이들은 또 오지 않을 것이다. 세상은 넓고, 집시들은 이미 한 번 와 봤던 곳에 오고 싶어 하지 않으니까.

그렇게 많은 사람들은 봄에 집시들이 그 개를 버린 것이라 확신했다.

또 어떤 이들은 개가 봄 홍수에 떠내려온 얼음장을 타고 왔다고 했다. 그들의 말에 따르면 개는 하얗고 파랗게 얼음이 조각조각 부서져 떠다니는 사이로 주변 모든 것이 움직이고 있었지만 홀로 움직임 없이 우뚝 서 있었다. 그리고 그 위로 백조들이 날아오르며 '꿱꿱!'거렸다.

사람들은 언제나 기대에 부풀어 백조를 기다린다. 그리고 백조가 날아오면, 새벽녘 우렁차게 '꿱꿱!' 소리를 내며 백조가 세차게 흐르는 강 위를 날아오르면 그 모습을 눈으로 좇는 사람들의 심장에 피가 끓기 시작한다. 그제야 사람들은 봄이 왔다는 것을 알게 된다.

얼음이 강을 따라 사각사각 조용히 부서지며 흘러가고, 백조가 우는 가운데 개는 꼬리를 내리고 조심스럽게 주저하며 얼음장 위에 서서 주변이 어떤지 주의 깊게 냄새를 맡고 귀를 기울였다. 얼음장이 강변에 다다르자 개는 흥분하기 시작하더니 어설프게 뛰어올라 물에 빠졌다. 하지만 빠르게 강변으로 기어 나와 덜덜 떨며 무성한 숲속에 몸을 숨겼다.

어찌 되었든 개는 햇살의 반짝임과 시냇물 흐르는 소리, 나무껍질 냄새로 가득 찬 봄날 도시에서 살게 되었다.

그 개의 과거가 어땠는지는 그저 추측해볼 뿐이다. 그 개는 아마도 어딘가 현관 아래, 짚단 위에서 태어났을 것이다. 코스트롬스카야 지역 하운드 순종이었던 어미견은 긴 몸에 부푼 배를 이끌고 때가 되자 몰래 위대한 일을 행하기 위해 현관 아래로 사라졌다. 어미견은 사람들이 불러도 응하지 않고 아무것도 먹지 않은 채 스스로에게 온 집중을 다하며 세상에서 제일 중요한 일, 사냥과 인간, 자신의 주인님과 신보다도 중요한 일을 마쳐야 한다고 느꼈다….

모든 새끼가 그러하듯 그 개도 눈이 보이지 않는 상태로 태어나 자신을 핥아 주는 어미견의, 아직 진통으로 경직된 따뜻한 배 근처에 눕혀졌다. 그가 숨 쉬는 데에 익숙해지며 누워 있는 동안 형제자매가 늘어났다. 강아지들은 꼬물거리고 낑낑대며 우는 소리를 내려 했는데, 그 개처럼 잿빛 털에 주린 배를 부여잡고 짧은 꼬리를 와들와들 떨고 있었다. 금세 모든 일이 끝났다. 새끼들은 각자 젖을 찾아 물고 조용해졌으며 색색거리는 소리, 젖을 빠는 소리와 어미견의 무거운 숨소리만이 자리를 채웠다. 그렇게 그들의 삶이 시작됐다.

때가 되자 새끼들 모두 눈을 떴고, 환희에 차 지금까지 그들이 살았던 세상보다 훨씬 위대한 세상이 존재한다는 사실을 깨달았다. 그 개 역시 눈을 떴지만 단 한 번도 세상을 볼 수 없었다. 개는 눈이 멀어 있었다. 부옇게 흐린 눈이 두꺼운 회색 막으로 그의 시야를 가렸다. 개에게는 슬프고 험난한 삶이 기다리고 있었다. 만약 그가 자신이 볼 수 없다는 사실을 인지할 수 있었다면 삶은 더 끔찍했을 것이다. 하지만 개는 자신이 볼 수 없다는 사실을 알지 못했고 알 기회도 없었다. 개는 자신에게 주어진 삶을 그대로 받아들였다.

어쩌다 보니 개는 무너지지도 죽지도 않았다. 그랬다면 물론 무력하고, 사람들에게 필요 없는 새끼에게는 자비로운 처사였을지도 모른다. 개는 살게 됐고 몸과 마음을 이른 시기에 담금질하고 혹독하게 몰아붙이는 위대한 고난을 견디어냈다.

개에게는 머물 곳을 내주거나 먹이를 주고 친구처럼 돌봐줄 주인이 없었다. 그는 집 없는 떠돌이 개, 음울하고 꼴사납고 의심 많은 개가 되었다. 어미견은 그를 어느 정도 기르고 나서 그의 다른 형제들에게 그랬듯 금세 모든 관심을 잃었다. 개는 늑대처럼 길고 음울하고 쓸쓸하게 우는 법을 익혔다. 그는 더러웠고 종종 아팠으며, 식당가 근처 쓰레기장을 헤집고 다니고 똑같이 집 없는 굶주린 개들과 나란히 발길질을 당하며 더러운 물통 세례를 받았다.

개는 빨리 뛰지 못했다. 다리, 그의 튼튼한 다리는 도대체가 쓸모가 없었다. 개는 언제나 자신이 날카롭고 잔혹한 무언가를 향해 달려가는 것 같다고 느꼈다. 다른 개들과 싸울 때면(그는 살면서 여러 번 싸웠다) 개는 적을 볼 수 없었고, 숨소리와 으르렁대는 소리, 낑낑대는 소리와 적의 발이 땅을 스치는 소리를 듣고 달려들어 물어뜯었으며 종종 허공에 이를 드러냈다.

어미 개가 그를 낳으며 어떤 이름을 지어줬는지는 모른다. 어쨌든 어머니는 개라 할지라도 언제나 자식들의 이름을 알고 있는 법이다. 사람들에게 불릴 이름은 없었다…. 그 개는 계속 도시에 살게 됐을 수도, 아니면 떠나거나 협곡 어딘가에서 슬픔에 차 개를 위한 신에게 기도하며 죽게 됐을 수도 있었다. 하지만 그의 운명에 사람이 끼어들면서 모든 것이 변했다.

2

그해 여름 나는 작은 북부 도시에 머물렀다. 도시는 강변에 자리 잡고 있었다. 강을 따라 하얀 증기선과 적갈색 바지선, 길쭉한 뗏목, 선수가 널찍하고 뱃전이 까만 타르로 지저분하게 칠해진 범선이 돌아다녔다. 강변에는 포대 자루와 밧줄 냄새, 치즈 썩은 내와 비릿한 냄새가 나는 부두가 있었다. 그 부두에 정박해 내리는 사람은 별로 없었으며 교외의 음울한 집단농장원들만이 회색 코트를 입고 농장에서 제재소로 파견 갈 때 지나가곤 했다.

도시 주변에는 낮고 완만한 언덕을 따라 원시림이 빼곡하게 펼쳐져 있었다. 강 상류 쪽 숲은 뗏목다리를 만들기 위해 벌목되었다. 숲에는 넓은 풀밭과 주변이 거대한 늙은 소나무들로 둘러싸여 있는 깊은 호수가 있었다. 소나무들은 언제나 작게 사락거렸다. 북극해에서 습기를 머금은 서늘한 바람이 먹구름을 몰며 불어오면 소나무가 무섭게 웅웅대며 솔방울을 땅에 떨구었다.

나는 도시 변두리에 오래된 집의 꼭대기 방을 빌렸다. 집주인은 의사였는데 항상 바쁘고 조용한 사람이었다. 의사는 예전에 대가족을 이루고 살았다. 그러다 아들 둘이 전선에서 죽고 아내도 숨을 거두었으며 딸은 모스크바로 떠났다. 이제 의사는 혼자 살며 아이들을 치료했다. 그에게는 괴짜 같은 면이 하나 있었는데, 노래 부르기를 좋아하는 것이었다. 의사는 고음을 낼 땐 감미롭게 소리를 내며 아주 가느다란 가성으로 온갖 아리아를 부르곤 했다. 꼭대기 방 아래층에 방 세 개가 있었는데, 의사는 그쪽으로 거의 가지 않았으며 테라스에서 점심을 먹고 잠을 잤다. 그래서 방들은 어두컴컴했고 먼지 냄새, 약국과 오래된 벽지 냄새가 풍겼다.

내 방 창문은 구스베리, 산딸기, 우엉이 무성하고 울타리를 따라 엉겅퀴가 자란 관리 안 된 정원 쪽으로 나 있었다. 아침마다 창밖에 참새들이 노닐고 지빠귀들이 구스베리를 쪼아 먹으러 구름 떼처럼 날아들었다. 의사는 새들을 쫓지 않았으며 열매를 수확하지도 않았다. 때때로 이웃집 암탉들이 수탉과 함께 울타리로 푸드덕 날아올랐다. 수탉은 목을 추어올리고 큰 소리로 울어댔으며 꼬리를 떨면서 호기심에 정원을 쳐다보았다. 마침내 수탉이 버티지 못하고 아래로 떨어졌다. 수탉을 따라 암탉들도 내려와 황급히 구스베리 덤불 근처를 헤집기 시작했다. 고양이들도 정원에 들러 우엉 근처에 몸을 숨기고 참새들을 주시했다.

이 도시에서 지낸 지 어느새 두 주가 돼가지만 나는 도무지 사이사이 풀이 자란 나무판자 길로 이루어진 조용한 거리와 삐거덕거리는 계단과, 밤마다 들리는 증기선의 기적 소리에는 익숙해질 수가 없었다.

특이한 도시였다. 거의 여름 내내 도시는 백야 상태였다. 해안과 거리는 요란하지 않고 차분했다. 밤마다 집 근처에서 따각따각거리는 소리가 귀에 박혔다. 가끔 보이는 야간 근무를 마친 노동자들이 지나가는 소리였다. 잠든 사람들 귀로 밤새 사랑에 빠진 이들의 발걸음 소리와 웃음소리가 들렸다. 집집마다 벽이 얇은 데다 도시가 몰래 주민들의 발걸음에 귀 기울이는 듯했다.

내가 살던 집 정원에서는 밤에는 구스베리와 이슬 냄새가 났으며 테라스로부터 의사의 코 고는 소리가 조용히 흘러나왔다. 강에는 배가 모터 소리를 내며 웅얼거렸고 코맹맹이 소리로 노래를 불렀다. 두—두우….

어느 날 집에 식구가 하나 늘었다. 그러니까 사건은 이렇다. 의사가 일을 마치고 집으로 돌아오는 길에 눈이 먼 개를 보았다. 개는 목에 노끈이 매인 채 통나무 사이에 몸을 숨기고 앉아 떨고 있었다. 의사는 이전에도 몇 번 개를 본 적이 있었다. 그는 이번에는 걸음을 멈추고 자세히 개를 들여다봤다. 의사는 입술을 빨더니 휘파람을 불고 노끈을 잡아 눈먼 개를 집으로 들였다.

집에서 의사는 비누를 푼 따뜻한 물로 개를 깨끗이 씻기고 밥을 줬다. 개는 습관적으로 먹는 내내 몸을 움찔거리며 웅크렸다. 개는 허겁지겁 먹었는데, 서두르다가 목이 막히기도 했다. 개의 이마와 두 귀는 하얗게 변한 흉터들로 덮여 있었다.

"자, 이제 그만!" 개가 실컷 먹고 나자 의사가 말했다. 그러고는 개를 테라스 밖으로 밀어냈다.

개가 저항하며 떨기 시작했다.

"음…" 소리를 내며 의사는 흔들의자에 앉았다. 저녁이 됐다. 날이 어두워졌지만, 빛이 완전히 스러지지는 않은 하늘이었다.

제일 큰 별들이 밝게 빛났다. 사냥개는 테라스에 드러누워 꾸벅꾸벅 졸았다. 개는 말랐는데, 갈빗대가 튀어나와 있었으며 등은 뾰족하고 어깨뼈가 삐죽 올라와 있었다. 개는 간간이 죽은 눈을 반쯤 뜨고 귀를 쫑긋하고 코를 쿵쿵대며 고개를 돌렸다. 그러나 다시 발에 주둥이를 묻고 눈을 감았다.

의사는 곤혹스럽게 개를 쳐다보며 흔들의자에 미끄러지듯 앉아 개의 이름을 고민했다. 뭐라고 부르지? 아니면 아직 늦지 않았으니까 내보내는 게 나을까? 개가 뭐가 필요해서! 의사가 생각에 잠겨 시선을 위로 향했다. 지평선 위로 나지막이 커다란 별이 푸른빛을 내며 아른거리고 있었다.

"푸른 별, 아르크투르⋯." 의사가 중얼거렸다. 개가 귀를 발록이며 눈을 떴다.

"푸른 별, 아르크투르!" 의사가 떨리는 마음으로 다시 한 번 말했다.

개가 고개를 들고 주저하며 꼬리를 흔들기 시작했다.

"아르크투르! 이리 온, 아르크투르!" 의사가 이제는 당당하고 권위 있게, 그리고 즐거운 목소리로 개를 불렀다.

개는 일어나서 가까이 다가가더니 조심스레 주인의 무릎에 코를 박았다. 의사는 웃기 시작하며 개의 머리에 손을 얹었다. 그렇게 누구에게도 영원히 불린 적 없던 눈먼 개의 이름, 어미견이 부르던 이름이 사라지고 개에게 사람이 지어준 새 이름이 생겼다.

사람과 마찬가지로 개도 개 나름이다. 가난한 개, 거지인 개가 있는가 하면 자유롭고 음침한 떠돌이, 바보같이 잔뜩 신이 난 거짓말쟁이도 있다. 비굴한 개, 먹을 것을 구걸하고 휘파람을 부는 사람이라면 아무에게나 엉금엉금 다가가는 개도 있다. 몸을 꼬며 꼬리를 흔들고 노예처럼 알랑거리는 개도 있는데, 그런 개들은 자기를 공격하거나 손만 치켜들어도 공포에 질린 채 낑낑대며 멀리 도망쳤다.

나는 충성심 넘치는 개, 순종적인 개, 변덕스러운 개, 거만한 개, 대쪽 같은 개, 아첨하는 개, 무관심한 개, 약삭빠른 개, 게으른 개는 많이 봤다. 아르크투르는 이 중 어느 하나와도 닮지 않았다. 아르크투르의 주인에 대한 감정은 특별하고 고결했다. 그는 열렬하고 낭만적으로, 그리고 어쩌면 목숨보다 더 주인을 사랑했다. 하지만 아르크투르는 고결했으며 끝까지 그런 모습을 자주 보이지 않았다.

주인은 잠깐씩 기분이 나쁠 때도 있었으며 때때로 무심하게 굴기도 했다. 주인에게서는 종종 오데코롱 냄새가 코를 찔렀다. 그래도 주인은 대체로 친절했는데, 그럴 때 아르크투르는 애정에 어쩔 줄 몰랐으며 털이 부풀어 오르고 온몸이 바늘에 찔리는 것처럼 짜릿했다. 아르크투르는 숨이 막히도록 기쁘게 짖으며 뛰어올라 마구 달리고 싶었다. 하지만 참았다. 귀를 늘어트리고 꼬리도 가만히 뒀으며 몸은 힘을 푼 채 멈칫거렸다. 심장만이 크고 빠르게 뛸 뿐이었다. 주인이 아르크투르를 밀고, 간지럽히고, 쓰다듬고, 달콤하고 나직하게 띄엄띄엄 끊기는 웃음소리를 내면 그보다 더 즐거울 수가 없었다! 의사의 목소리는 그럴 때면 느릿하고 짤막하게 들렸으며 소곤소곤 발깍거렸는데, 물 흐르는 소리와 나무들이 사락거리는 소리와 똑 닮아 그 무엇도 흉내 낼 수 없는 소리였다. 소리 한 음, 한 음이 마치 물방울이 물 위에 파동을 만들듯 어떤 불꽃과 희미한 냄새를 만들어냈다. 아르크투르에게 그 모든 것은 한때 겪어봤지만 너무 오래되어서 어디서 언제 그랬는지 도저히 기억해낼 수 없는 것처럼 느껴졌다. 아마 그런 행복한 기분은 그가 눈이 보이지 않는 새끼일 적에 어미의 젖을 빨았던 때 느꼈을 것이다.

3

나는 금세 아르크투르의 삶에 대해 더 알아갈 수 있게 되었고 흥미로운 사실을 많이 알게 되었다.

이제 나는 아르크투르가 자신의 불완전한 상태를 어떻게든 알고 있었으리라 생각한다. 보기에 아르크투르는 배에도 주둥이에도 적갈색 반점이 나 있고 단단한 다리에 등은 까만 완연한 성견이었다. 아르크투르는 그 나이 또래보다 강하고 대단했지만, 매 움직임에 불확실성과 긴장이 묻어났다. 거기다 아르크투르의 주둥이와 몸 전체에는 특유의 겸연쩍은 궁금증이 어려 있었다. 아르크투르는 주위의 살아 있는 모든 존재가 자신보다 자유롭고 재빠르다는 사실을 잘 알고 있었다. 그들은 그 어떤 것에도 걸려 넘어지거나 부딪히는 일 없이 빠르고 자신 있게 달렸으며 편안하고 단단하게 걸음을 옮겼다. 그들의 발걸음 소리는 아르크투르와 달랐다. 아르크투르 자신은 언제나 조심스럽게 천천히, 그리고 조금 비스듬하게 걸었다. 종종 여러 물체가 그의 길을 막았다. 하지만 암탉, 비둘기, 개와 참새, 고양이, 사람과 다른 여러 동물은 용감하게 계단을 뛰어오르고, 도랑을 뛰어넘고, 골목을 돌고, 날아오르고, 그로서는 알 길이 없는 장소로 사라졌다. 그에게 불확실성과 조심성은 숙명과도 같은 것이었다. 나는 한 번도 아르크투르가 자유롭고 평온하게, 그리고 빠르게 걷거나 뛰는 모습을 본 적이 없다. 폭이 넓은 길이나 목초지, 혹은 우리 집 테라스가 아닌 이상에야…. 하지만 아르크투르가 동물과 사람들을 알아볼 수 있고 어떻게든 자신을 그들과 비슷한 존재라 생각했지만 자동차, 트랙터, 오토바이와 자전거의 경우 전혀 이해할 수 없었으며 두려워했다. 증기선과 배들은 처음에는 아르크투르에게 엄청난 흥미를 불러일으켰다. 그러다가 그 수수께끼를 풀게 될 일이 절대 없을 것이라는 사실을 깨닫고 나서 아르크투르는 관심을 끊었다. 바로 그런 이유로 아르크투르는 비행기에도 관심을 보인 적이 없었다.

아르크투르는 아무것도 볼 수 없었지만, 그렇기 때문에 그 어떤 개와도 비교할 수 없는 존재였다. 아르크투르는 차차 도시의 모든 냄새를 익혀나갔고 길을 잘 찾아다녔다. 그가 길을 잃고 집으로 돌아오지 못하는 경우란 없었다. 모든 물건의 냄새를 맡았다! 냄새는 다양했으며, 그 모든 냄새가 소리를 내고 자신이 여기 있다고 큰 소리로 외치고 있었다. 아르크투르는 고개를 들어 바람이 잡아끄는 방향의 냄새를 맡아야 했다. 그러면 곧바로 매립지와 쓰레기장, 돌집과 나무집, 울타리와 헛간, 사람, 말과 새가 꼭 눈에 보이는 것처럼 선명하게 느껴졌다.

매립지 뒤 강변에는 땅에 거의 파묻혀 있는 거대한 회색 바위가 있었다. 아르크투르는 그 바위 주변을 돌며 냄새를 맡는 것을 특히 좋아했다. 바위의 냄새 자체는 특별할 게 없었지만, 갈라진 틈과 구멍에서 가장 놀랍고 예상치 못한 냄새가 오랫동안 남아 있었다. 그 냄새는 오랫동안, 어떨 때는 몇 주씩 남아 있곤 했으며 강한 바람만이 냄새를 날려버릴 수 있었다. 뛰다가 그 바위 주변을 지나갈 때면 아르크투르는 그쪽으로 몸을 돌려 오랫동안 바위를 탐사했다. 아르크투르는 코를 쿵쿵거리고 흥분했으며, 자리를 떴다가 또 더 자세히 살피려고 다시 돌아오곤 했다.

아르크투르는 우리가 절대 들을 수 없는 아주 미세한 소리도 들을 수 있었다. 그는 밤마다 잠에서 깨 눈을 뜬 다음 귀를 세우고 소리를 들었다. 아르크투르는 수 킬로미터 주변의 모든 부스럭거리는 소리를 들을 수 있었다. 아르크투르는 모기의 노랫소리와 다락방의 벌집이 윙윙대는 소리를 들을 수 있었다. 그리고 정원의 쥐가 바스락거리고 고양이가 헛간 지붕 위에서 조용히 걷는 소리를 들을 수 있었다. 우리와 달리 그에게는 집도 조용하거나 죽어 있지 않았다. 집 역시 살아 있었다. 집은 삐거덕거리고, 바스락거리고, 버적거리고 추위에 부르르 떨었다. 배수관을 타고 이슬이 흘러내려 가다가 아래로 고이면서 납작한 바위 위에 점점이 떨어졌다. 아래에서 강에 물 튀기는 소리가 희미하게 들려왔다. 제재소 근처 방책에서 통나무의 두꺼운 층이 살짝 흔들렸다. 노 걸이가 조용히 삐걱거렸다. 누군가 보트를 타고 강을 건너고 있었다. 아주 멀리 시골 마을에서 수탉이 마당을 돌며 작게 울었다. 그건 바로 삶이었다. 우리에게는 불가사의하고 들리지 않지만 아르크투르에게는 익숙하고 명료한 삶.

아르크투르에겐 특별한 점이 하나 더 있었다. 그는 삶이 아무리 그에게 모질게 굴어도 절대 동정받기 위해 날카로운 소리를 내거나 낑낑거리지 않았다.

하루는 내가 도시를 떠나 길을 걷고 있었다. 날이 저물고 있었다. 러시아의 평온한 여름 저녁에만 종종 찾아볼 수 있는 따뜻하고 조용한 날이었다. 저 멀리 길 위에 먼지가 일고 있었고 소 울음소리, 가늘고 단조롭게 외치는 소리, 채찍 휘두르는 소리가 들렸다. 목초지에서 소 떼를 몰고 오는 것이었다.

문득 소들을 향해 민첩하게 길 위를 달리는 개가 눈에 들어왔다. 그 특유의 경직되고 주저하는 뜀박질에 나는 곧장 그 개가 아르크투르임을 알아보았다.

지금껏 아르크투르는 도시 밖을 벗어난 적이 없었다. '어디로 가는 거지?' 나는 그런 생각을 하다가 갑자기 벌써 가까워진 소 떼 사이에 감도는 이상한 흥분을 눈치챘다.

암소들은 개를 좋아하지 않는다. 늑대개에 대한 암소들의 두려움과 혐오는 대생적인 것이었다. 그렇게 앞줄에 있던 소들이 무리를 향해 달려오는 까만 개를 보자 바로 멈췄다. 이제는 담황색의 작지만 단단한 황소가 코뚜레를 건 채 앞으로 나왔다. 황소는 다리를 벌리고 뿔을 땅 쪽으로 겨누었다. 그러더니 딸꾹질을 하고 피부를 팽팽하게 긴장시킨 채 피투성이가 된 다람쥐들을 굴리며 포효하고 있었다.

"그리쉬카!" 누군가 소리쳤다. "빨리 앞으로 달려, 암소들이 멈췄잖아!"

아르크투르는 아무것도 모른 채 서툰 걸음으로 종종거리며 길을 가고 있었으며 벌써 소 떼의 코앞에까지 다다랐다. 나는 깜짝 놀라 아르크투르를 불렀다. 그는 몇 걸음 더 뛰다가 갑자기 멈춰 내 쪽으로 방향을 돌렸다. 바로 그 순간 황소가 쉭쉭거리며 이상하리만치 빠른 속도로 아르크투르에게 달려들어 뿔로 들이받았다. 개의 까만 그림자가 노을을 배경으로 아른거리다 암소 떼 한복판에 떨어졌다. 개가 떨어지자 마치 폭탄이 떨어진 것 같았다. 암소들이 쉰 목소리로 울고 서로 뿔을 부딪치며 사방으로 날뛰었다. 뒤따르던 소들이 앞으로 뛰쳐나왔고 모두가 뒤엉켰으며 먼지가 뭉게뭉게 피어올랐다. 나는 고통스럽게 긴장한 채로 죽을 것 같은 비명이 들리길 기다렸지만 어떤 소리도 들리지 않았다.

그러는 동안 소몰이꾼들이 달려와 채찍을 후려치고 온갖 목소리로 소리를 치기 시작하더니 길이 열렸고, 나는 아르크투르를 볼 수 있었다. 아르크투르는 먼지 속을 뒹굴고 있었으며 먼지 덩이 혹은 길에 버려진 오래된 헝겊같이 보였다. 아르크투르는 몸을 움직이더니 일어나 길 가장자리로 비틀비틀 다리를 절며 걸어갔다. 우두머리 소몰이꾼이 아르크투르를 발견했다.

"저놈의 개!" 그가 심술궂게 소리치고 욕설을 퍼붓더니 채찍으로 아르크투르를 아주 세고 재빠르게 후려쳤다. 아르크투르는 낑낑 소리 한 번 내지 않고 몸을 움찔거릴 뿐이었으며, 서둘러 먼눈으로 소몰이꾼 쪽을 보더니 도랑까지 가서 발을 헛디뎌 아래로 떨어졌다.

황소는 길 한가운데 서서 땅을 파헤치며 으르렁거리고 있었다. 소몰이꾼이 마찬가지로 세고 재빠르게 황소를 채찍으로 후려치자 황소가 금세 잠잠해졌다. 암소들 역시 잠잠해졌다. 그렇게 소 떼는 우유 냄새가 나는 먼지를 일으키고 길에 마른 똥을 남기며 천천히 앞으로 나아갔다.

나는 아르크투르에게 다가갔다. 아르크투르는 흙투성이가 된 채 혀를 내밀고 힘겹게 숨을 쉬고 있었다. 갈비뼈가 튀어나와 있었다. 옆구리에는 뭔지 모를 젖은 선들이 보였다. 뒷발은 으스러져 떨리고 있었다. 나는 아르크투르 머리에 손을 얹고 말을 걸었지만 아르크투르는 반응하지 않았다. 아르크투르의 모습 자체가 고통과 곤혹, 분노를 보여주고 있었다. 아르크투르는 왜 그가 짓밟히고 맞았는지 이해하지 못했다. 보통 이런 상황에서 개들은 심하게 낑낑거리며 운다. 아르크투르는 울지 않았다.

4

그럼에도 불구하고, 앞으로의 삶이 고귀하며 영웅적인 의미를 갖게 되는 행운의 순간이 아르크투르에게 찾아오지 않았더라면, 아르크투르는 그저 집에서 키우는 개로 남아 어쩌면 나중에 뚱뚱하고 게을러졌을지도 모를 일이다.

사건은 이렇다. 아침에 나는 여름에 안녕을 고하는 마지막 활기를 보기 위해 숲으로 갔다. 이른 낙엽이 지기 시작할 터라는 것을 이미 알고 있었다. 내 뒤를 아르크투르가 따랐다. 나는 몇 번씩 아르크투르를 기다려줬다. 아르크투르는 멀리 앉아 조금 기다리다가 다시 내 쪽으로 달려왔다. 나는 금세 아르크투르의 이해할 수 없는 고집에 질려 그에 대한 관심을 껐다.

아르크투르는 숲을 보고 얼이 빠졌다. 그는 도시의 모든 것에 익숙했다. 도시에는 나무판잣길, 넓은 포장도로, 강변을 따라 세운 판자, 잘 닦인 오솔길이 있었다. 여기서는 온 사방에서 그가 잘 모르는 물체들이 갑자기 튀어나왔다. 벌써 조금 억세진 길게 자란 풀, 가시덤불, 썩은 그루터기, 쓰러진 나무, 탄력 있는 어린 전나무, 그리고 사락거리는 낙엽이 있었다. 거기다 냄새, 냄새들! 의미를 알 수 없는 익숙지 않은 냄새, 무서운 냄새, 약하거나 강하게 나는 냄새들이 얼마나 많은지! 아르크투르는 그 모든 냄새 나는, 사락거리는, 버적거리는, 따끔거리는 물체와 마주치면서 몸을 움찔거렸고 코로 쿵쿵 소리를 냈으며 내 다리에 바짝 달라붙었다. 아르크투르는 어쩔 줄 몰라하며 겁에 질려 있었다.

"아, 아르크투르!" 내가 작게 말했다. "불쌍한 녀석 같으니! 넌 세상에 밝은 태양이 있는 줄도, 아침마다 나무와 덤불이 얼마나 초록색 물이 오르는지도, 풀 위의 이슬이 얼마나 반짝이게 빛나는지도 모르겠구나. 우리 주변을 하얀색, 노란색, 파란색 그리고 빨간색 꽃이 뒤덮고 있다는 것도, 회색 전나무들과 노랗게 변한 나뭇잎들 사이로 마가목 열매 송이와 찔레꽃 열매가 얼마나 곱게 붉은색으로 물들었는지도 모르겠지. 네가 밤마다 달과 별을 볼 수 있었더라면, 넌 아마도 기분 좋게 하늘을 향해 짖었을 텐데. 말도, 개도, 고양이도 다 각기 다른 색이라는 걸, 울타리도 갈색, 초록색, 아니면 그냥 회색인 것도 있다는 사실을 네가 어떻게 알 수 있겠니. 해 질 무렵 창문의 유리가 얼마나 반짝이며 빛나는지, 강이 얼마나 타오를 것 같은 색으로 넘실거리는지 말이야! 네가 정상적이고 건강한 개였다면 네 주인은 사냥꾼이었을지도 몰라. 그렇게 되면 넌 아침마다 힘찬 뿔피리 소리와 평범한 사람들은 절대 낼 리 없는 야성적인 목소리를 들었겠지. 넌 숨 막히도록 컹컹 짖으며 잔뜩 흥분해서 짐승을 뒤쫓고 생긴 지 얼마 안 된 흔적을 따라 맹렬하게 뛰면서 너의 지배자인 사냥꾼을 위해 일할 거야. 그리고 너에게 있어 그것보다 더 중요한 일은 없겠지. 아, 아르크투르, 불쌍한 녀석 같으니!"

나는 그런 식으로 아르크투르가 너무 무서워하지 않도록 조용조용 말을 걸며 숲속으로 더 깊이 들어갔다. 아르크투르는 조금씩 조금씩 원상태로 돌아가더니 더 용감하게 덤불과 그루터기를 탐사하기 시작했다. 새롭고 특이한 것을 얼마나 많이 찾던지, 그리고 얼마나 기뻐하던지! 이제 아르크투르는 이 중요한 일에 열중하느라 더 이상 내 옆에 바싹 붙어 있지 않았다. 가끔씩 멈춰서 하얗게 죽은 눈으로 내 쪽을 쳐다보고 자신이 맞게 가고 있는지, 내가 뒤에 있는지 확인하고 싶어 귀를 기울일 뿐이었다. 그러고는 다시 숲을 돌아다니기 시작했다.

우리는 금세 목초지까지 와 주변을 돌았다. 이상한 흥분이 아르크투르를 사로잡았다. 풀을 씹고 흙덩이에 걸려 넘어지며 아르크투르가 덤불 사이를 기웃거렸다. 아르크투르는 큰 소리로 헐떡거리더니 나에게도 가시덤불 가지에도 더 이상 관심을 가지지 않고 곧장 앞으로 기어 들어갔다. 결국 아르크투르는 참지 않고 눈을 감은 채 버스럭 소리를 내며 덤불에 들어갔다. 그렇게 사라진 아르크투르는 부스럭 소리를 내며 쿵쿵거리기 시작했다. '뭔가 냄새를 맡았나 봐!' 나는 그렇게 생각하며 멈췄다.

"멍!" 덤불 속에서 또랑또랑하면서도 주저하는 소리가 들렸다. "멍, 멍!"

"아르크투르!" 내가 초조하게 불렀다.

하지만 그 순간 뭔지 모를 일이 일어났다. 아르크투르가 날카로운 소리를 내더니 울부짖기 시작했으며 시끄럽게 덤불 속 깊이 들어갔다. 아르크투르의 우는 소리가 흥분에 차 짖는 소리로 빠르게 바뀌었으며, 나는 덤불 윗부분이 흔들리는 모습을 보고 아르크투르가 맹렬하게 싸우고 있다는 사실을 알 수 있었다. 나

저기 개가 달려가네요

는 걱정이 되어 앞으로 뛰어 들어가 큰 소리로 아르크투르를 불렀다. 하지만 내 외침은 오히려 아르크투르의 흥분만 가중시키는 듯했다. 걸려 넘어지고 수풀 사이에 끼어 헐떡거리며 나는 작은 빈터로 달려갔다가 또 다른 빈터로 향했다. 협곡으로 내려가 깨끗한 곳으로 뛰어가니 곧장 아르크투르가 보였다. 아르크투르는 덤불에서 떨어져 나와 나를 향해 바로 달려왔다. 아르크투르는 알아보기 힘든 몰골로 펄쩍펄쩍 빠르고 우습게 뛰고 있었는데, 평범한 개가 뛰는 모습과 다르기는 했지만 그래도 확신 있고 대담하게 뒤를 쫓았으며 가느다랗게 새끼 적 소리를 내며 끊임없이 숨 막히도록 짖었다.

"아르크투르!" 내가 외쳤다.

아르크투르는 악을 쓰며 으르렁거렸고 거의 나를 물 뻔했으며 눈에는 피가 한가득 고여 있었다. 나는 그를 진정시키고 주의를 돌리기 위해 온 힘을 다 써야 했다. 아르크투르는 완전히 녹초가 되어 몸에는 할퀸 상처가 나 있었고 왼쪽 귀를 땅 쪽으로 늘어뜨리고 있었다. 아르크투르는 어딘가를 여러 차례 공격당한 듯했는데, 수난이 컸던 만큼 흥분했었는지 아픈 줄도 몰랐다.

5

그날 이후 아르크투르의 삶은 다르게 흘러갔다. 아르크투르는 아침부터 숲에 들어가 혼자 뛰어다니다가 어떨 때는 저녁나절에, 어쩔 때는 다음날 돌아왔으며 매번 완전히 지치고 두들겨 맞은 모습으로 눈에는 피가 고여 있었다. 아르크투르는 그 시간 동안 강하게 자랐는데, 가슴이 넓어지고 목소리가 강건해졌으며 발은 용수철처럼 빠르고 튼튼해졌다.

아르크투르가 혼자 짐승을 쫓는 것도, 무너지지 않는 것도 나는 이해할 수 없었다. 아르크투르는 아마도 그 외로운 사냥에 뭔가 부족하다는 점을 어찌 되었든 느끼고 있었을 것이다. 어쩌면 아르크투르는 모든 사냥개에게 필요한 사람의 허락, 지지를 기다렸는지도 모른다.

나는 한 번도 아르크투르가 만족스럽게 숲에서 돌아오는 모습을 본 적이 없었다. 그의 뜀박질, 눈먼 개의 서투른 뜀박질은 당연하게도 느리고 확신이 없었다. 아르크투르에게 숲은 조용한 적이었다. 숲은 그를 때렸으며, 주둥이와 눈을 후려갈기고 그를 발아래에서 공격하고 멈춰 세웠다. 아니, 아르크투르는 단 한 번도 자신의 적을 따라잡거나 적에게 이빨을 꽂아 넣지 못했다! 오직 냄새만이, 야성적이고 끊임없이 신경을 자극하며 그를 부르는 참을 수 없을 정도로 좋으면서 적대적인 냄새만이 그에게 다다랐다. 수천 개의 흔적 중 단 하나만이 아르크투르를 더 앞으로, 앞으로 이끌었다.

어떻게 아르크투르는 미친 듯한 뜀박질을 멈추고 위대한 꿈에서 깨어나 집으로 오는 길을 찾는단 말인가? 풀이 사락거리는 소리와 축축한 협곡 냄새가 나는 깊은 숲속의 수 킬로미터 떨어진 어딘가에서 완전히 탈진하고 녹초가 되어 숨을 헐떡이고 목이 쉰 채 집으로 돌아오려면 도대체 어떤 공간 감각과 지형 감각, 그리고 얼마나 위대한 본능이 필요하단 말인가!

모든 사냥개는 사람의 허락이 필요하다. 개는 짐승을 쫓고 전부 잊어버린다. 가장 흥분한 순간조차 개는 똑같이 흥분에 사로잡혀 있는 자신의 주인, 사냥꾼이 짐승들이 다니는 통로를 넘나들고 있다는 사실, 그리고 때가 되면 그의 총성이 모든 것을 해결한다는 사실을 알고 있다. 그럴 때면 주인의 목소리는 사나워지고 개에게도 흥분이 전염된다. 주인 역시 덤불 사이에 기어들어가고, 달리고, 쉰 목소리로 소리를 치며 개가 흔적을 쫓을 수 있게 돕는다. 모든 일이 끝나면 주인은 개에게 토끼 발을 던져주며 뭔가에 취한 듯한 야성적이고 행복한 눈으로 개를 바라보며 환희에 차 소리친다. "너, 이 녀석! 요 귀여운 놈!" 그리고 귀가 젖혀지도록 쓰다듬어준다.

아르크투르는 그런 면에서 혼자였고 괴로웠다. 주인에 대한 사랑이 아르크투르 내면에서 사냥에 대한 흥분과 충돌했다. 나는 이른 아침 아르크투르가 정원을 뛰논 후 즐겨 자는 테라스 아래에서 기어 나와 의사가 있는 방 창문 아래에 앉아 그가 깨길 기다리는 모습을 몇 번씩 봤다. 예전에 아르크투르는 늘 그렇게 했는데, 의사가 기분 좋게 일어나 창문 쪽을 보고 '아르크투르!' 하고 부르면 그 개가 어땠는지, 정말! 아르크투르는 성대하게 그 창문에 다가가 목을 바르르 떨며 고개를 치켜들고 제자리걸음을 하며 휘청거렸다. 그러고 나서 아르크투르가 집으로 들어가면 소란스러워지기 시작하더니 행복한 소리와 의사의 아리아, 발걸음 소리가 방마다 들렸다.

아르크투르는 지금도 의사가 깨길 기다린다. 하지만 이제는 다른 무언가로 인해 매우 불안해했다. 아르크투르는 초조하게 몸을 움찔거리고, 털이 곤두서도록 떨고, 귀를 긁고, 위를 한 번 보고 몸을 일으켰다가 다시 자리에 앉아 조용히 낑낑거리기 시작했다. 그러고는 테라스 주변을 아주 크게 돌며 뛰었다가 다시 창문 아래에 앉았다. 심지어 기다리다 못해 짧게 짖는 소리를 내고 귀를 쫑긋 세운 채 머리를 이쪽저쪽 숙이기를 반복하며 오래도록 귀를 기울였다. 드디어 아르크투르가 일어나 초조하게 기지개를 켜고, 하품을 하고, 울타리 쪽으로 가 단호하게 구멍으로 기어들어 갔다. 얼마 안 있어 나는 멀리 들판에서 아르크투르가 규칙적이면서 조금 긴장 어린, 확신 없는 걸음으로 빠르게 움직이는 모습을 볼 수 있었다. 그는 숲으로 가고 있었다.

6

한번은 내가 장총을 들고 폭 좁은 호수를 둘러싼 높은 지대를 걷고 있었다. 그해 오리가 이상할 정도로 잘 자랐고 수도 많았으며, 저지에는 종종 도요새가 나와 사냥이 쉽고 재미있었다.

나는 편해 보이는 그루터기를 골라 앉아 쉬었다. 앞으로 솔솔

불던 바람이 수그러지고 오롯한 사색의 순간이 찾아오자 나는 아주 멀리서 이상한 소리를 들었다. 누군가 규칙적으로 은종(銀鐘)을 치는 것 같은 소리였는데, 그 따뜻하고 부드러운 소리가 전나무 숲을 헤매다 강한 바람을 타고 강해졌다가 웅장한 화음을 만들어내며 숲 전체로 퍼져나갔다. 소리는 점점 분명해졌는데, 그 소리에 집중해보니 어딘가에서 개가 짖고 있다는 사실을 알 수 있었다. 개가 짖는 소리가 호수 반대편, 소나무 숲 안쪽에서 들려왔는데 깨끗하고, 작고, 멀리서 나는 소리였다. 이따금 소리가 완전히 멈추었다가 다시 꾸준히 계속되었으며, 이제는 점점 가까이서 더 크게 들렸다.

나는 그루터기에 앉아 고개를 돌려 벌써 듬성듬성해지기 시작한 노란 자작나무들과 하얀 이끼, 그 위로 멀리 사시나무의 진홍빛 이파리를 바라보았다. 개가 짖는 소리가 쟁쟁하게 들려왔는데, 꼭 근처의 마른 이랑에 몸을 숨긴 다람쥐와 멧닭, 그리고 자작나무도, 빽빽한 초록빛 소나무도, 그 밑의 호수도 나와 함께 그 소리를 듣는 것 같았으며 거미들이 짜놓은 집이 흔들리는 것 같았다. 곧 이 아름다운 음악과도 같은 짖는 소리에서 나는 익숙한 뭔가를 느꼈으며, 문득 그게 아르크투르가 뭔가를 쫓는 소리라는 것을 깨달았다.

그게 바로 내가 아르크투르의 소리를 들은 순간이었다! 미약하고 쟁쟁한 메아리가 소나무 사이로 울려 퍼졌고, 그로 인해 꼭 개 여러 마리가 짖는 듯했다. 한번은 아르크투르가 떨어져 나갔는지 조용해졌다. 그 침묵은 오랫동안 길어졌으며 숲은 금세 텅 비어 생기를 잃었다. 나는 개가 흰 눈을 깜박이며 자신의 본능 하나만 믿고 빙글빙글 도는 모습을 본 것만 같았다. 어쩌면 나무에 부딪힌 걸까? 어쩌면 지금 아르크투르가 몸을 일으킬 힘도 없이 피투성이가 되어 쓸쓸하게 녹초가 된 가슴을 안고 누워 있는 것은 아닐까?

하지만 추격은 새로운 활력을 얻고 다시 시작되었고 벌써 호수와 상당히 가까워져 있었다. 호수는 모든 오솔길과 온 짐승이 다니는 통로가 지나는 길목에 위치해 있었으며 호수를 거치지 않는 것이 없었다. 나는 그 호수 근처에서 흥미로운 것들을 많이 봤었다. 이번에도 나는 자리를 잡고 기다렸다. 금세 소리쟁이로 인해 다갈빛이 된 크지 않은 풀밭 한편에서 여우가 펄쩍 튀어나왔다. 지저분한 회색빛에 꼬리가 푸석푸석하고 얇은 여우였다. 여우는 순간 앞발을 들고 멈춰 서서 귀를 쫑긋 세운 채 유심히 가까워진 추격자의 소리를 들었다. 그러다가 침착하게 풀밭 위를 지나 숲의 가장자리로 달려갔으며 협곡으로 뛰어들어가 어린 나무 숲에 몸을 숨겼다. 이제는 아르크투르도 풀밭으로 뛰쳐나왔다. 아르크투르는 흔적에서 조금 떨어져서 걷다가 끊임없이 사납게 소리를 내며 언제나처럼 서툴게 높이 뛰어올라 달리기 시작했다. 아르크투르는 여우의 흔적을 따라 협곡으로 뛰어 내려가 어린 나무 숲에 들어가더니 날카로운 소리를 내며 울부짖었다. 그러다가 어딘가 복잡한 곳을 빠져나오느라 조용해지더니 다시 은종을 울리는 것처럼 낮고 규칙적으로 짖기 시작했다.

마치 이상한 연극을 보는 것처럼 내 앞에서 영원히 화해할 수 없는 개와 짐승이 휙 지나가다가 사라졌다. 나는 다시 고요 속에서 멀리 들리는 개가 짖는 소리와 함께 혼자 남았다.

7

특이한 사냥개에 대한 명성은 얼마 안 있어 도시와 지역 전체에 빠르게 퍼졌다. 아르크투르는 멀리 로시바 강에서, 언덕 위 숲을 뒤로한 들에서, 가장 깊은 숲속 길 위에서 보이곤 했다. 아르크투르에 대해 시골에서, 부두에서, 그리고 나루터에서 말이 오갔으며, 그에 대해 벌목공들과 제재소 일꾼들은 안주 삼아 논쟁을 하곤 했다.

우리 집으로 사냥꾼들이 찾아오기 시작했다. 사냥꾼들은 보통 소문을 믿지 않았다. 그들 자신도 사냥 이야기의 가치를 알고 있었다. 사냥꾼들은 아르크투르를 자세히 살펴보고, 아르크투르의 귀와 다리에 대해, 그의 끈기와 추격 속도, 그리고 다른 사냥 능력에 대해 논했다. 사냥꾼들은 아르크투르의 단점을 찾아내고는 의사에게 개를 팔라고 설득했다. 그들은 너무나도 아르크투르의 근육을 만지고 발과 가슴을 보고 싶어 했지만 아르크투르가 어찌나 음울하고 날카로운 상태로 의사의 발치에 앉아 있던지 아무도 감히 그에게 손을 뻗지 못했다. 의사는 얼굴이 빨개지고 화가 나서 이 개는 파는 게 아니며 이제 다들 그걸 알 때도 되지 않았냐고 열 번은 말했다. 사냥꾼들이 상심하며 떠나면, 이어서 다른 이들이 찾아왔다.

하루는 전날 심하게 녹초가 되었던 아르크투루가 테라스 아래에 누워 있었는데, 정원에 늙은이 한 명이 나타났다. 늙은이의 왼쪽 동공은 적출되어 가려져 있었고, 타타르식으로 기른 턱수염이 언뜻 보였으며 머리에는 구겨진 사냥꾼 모자를 쓰고, 발에는 찌그러진 사냥 장화를 신고 있었다. 나를 보고 늙은이는 눈을 깜박이기 시작하더니 모자를 벗고 머리를 긁다가 하늘을 바라보았다.

"날씨가 오늘, 날씨가…." 얼버무리며 말을 시작하더니 '카' 소리를 내며 쉴 새 없이 떠들었다. 나는 무슨 상황인지 감을 잡고 물었다.

"개 때문에 오신 건 아니죠?"

"당연히 그렇지!" 늙은이가 활기를 띠며 모자를 썼다. "애초부터 무슨 의미가 있어? 의사한테 개가 뭔 소용이야? 그 자한테는 아무 쓸모도 없지만, 나한텐 그 개가 필요하다고! 곧 있으면 사냥도 하고 이것저것…. 이봐, 나도, 나한테도 사냥개가 있긴 해, 참 별로지. 멍청하고, 흔적도 못 찾고 소리도 별로야. 근데 이것 봐! 눈이 멀었다지, 응? 사냥을 한다니, 진짜 굉장하잖아! 최고의 개야, 십자가에 대고 맹세하건대!"

늙은이가 한숨을 쉬더니 코를 풀고 집으로 향했다. 그리고 오

분 후 아주 새빨개져서 얼떨떨한 모습으로 돌아왔다. 내 근처에 서서 끙끙거리며 오랫동안 담배를 피웠다. 그러고는 얼굴을 찌 푸렸다.

"왜요, 거절당하셨어요?" 이미 답을 알고 있지만 내가 물었다.

"말도 마!" 늙은이가 원통하게 소리쳤다. "그쪽이 한번 말해 봐! 난 어릴 때부터 사냥꾼이었어."

"저기, 눈은 사냥하다가 잃으신 거예요?"

"내 아들들도 마찬가지야, 다 그렇다고. 이봐, 우리 일에는 개 가 필요해. 일에 말이야! 아니, 안 된다더군…. 오백 루블을 주겠 다 했어."

"가격 말씀이군요, 그죠?"

"근데 안 먹혔어, 안 된다더군! 여차하면 소리를 지를 뻔했어, 어? 소리를 질러야 하고 말고! 사냥하기 딱인데, 개가 없다고!"

늙은이는 원통하게 정원과 울타리를 둘러보았다. 그리고 갑 자기 그의 얼굴에 뭔가가, 교활하고 영리한 뭔가가 스쳐 지나갔 다. 늙은이는 곧바로 좀 더 얌전해졌다.

"그 개가 이 집 어디서 지내지?" 문득 궁금해졌다는 듯 늙은이 가 물으며 눈을 깜박였다.

"이제는 개를 훔치시려고요?" 내가 물었다. 늙은이가 당황하 더니 모자를 벗고 얼굴에 안대를 내린 후 나를 유심히 쳐다보았 다.

"미안하네!" 늙은이가 말하고 웃기 시작했다. "정말 돌아버리겠네. 한번 생각해봐! 그 자한테 개가 왜 필요해? 한번 말해보라고!"

늙은이는 입구에 거의 가까워졌지만 가지 않고 길에 서서 신나게 나를 보았다.

"목소리 말이야, 목소리! 자네가 목소리를 알아? 순수한 핵심이야, 바로 그거라고!"

그러고는 돌아와 내게 가까이 오더니 윙크를 하고 집의 창문을 가리키며 속삭였다.

"기대해, 그건 내 개가 될 거야. 그 자한테 개가 왜 필요해? 머리를 쓰는 양반이잖아, 사냥꾼이 아니라…. 개를 팔게 될 거야, 십자가에 대고 맹세하건대, 팔 거라고. 성모제까진 멀었으니까 뭐든 생각해내겠지. 그래서 한번 말해봐… 어!"

늙은이가 떠나자마자 의사가 빠르게 정원으로 나왔다.

"저자가 뭐랍니까?" 의사가 흥분해서 말했다. "하, 저 끔찍한 노인네! 저 인간 눈이 어떤지 봤어요? 완전 강도의 눈이었습니다! 도대체 어디서 개에 대해 들은 걸까요?"

의사가 초조하게 손을 문질렀다. 의사의 목은 빨개져 있었으며, 회색 머리칼이 이마로 내려와 있었다. 아르크투르는 주인의 목소리를 듣고 테라스 아래에서 다리를 절며 기어 나와 우리에게 다가왔다.

"아르크투르!" 의사가 말했다. "넌 절대 날 배신하지 않을 거지?"

아르크투르는 눈을 감고 의사의 무릎에 코를 박았다. 의사는 힘에 밀려 서 있지 못하고 자리에 앉았다. 아르크투르의 고개가 아래로 떨어지더니, 그는 거의 잠에 빠져들었다. 의사는 즐겁게 나를 바라보고 웃기 시작하더니 아르크투르의 귀 뒤를 쓰다듬었다. 의사는 사냥개가 이미 자신을 배신했다는 것을, 나와 숲에 간 순간부터 배신했다는 사실을 알지 못했다.

8

8월이 끝자락을 향해 가고, 날씨가 궂어졌다. 아르크투르가 사라질 무렵 나는 떠날 채비를 했다. 아르크투르는 아침에 숲으로 떠나 저녁에도, 그다음 날에도, 여러 날이 지나도 돌아오지 않았다….

함께 살던 친구가, 매일 얼굴을 보면서 종종 건성으로 대했던 친구가 떠나서 더 이상 돌아오지 않으면 추억이 남는 법이다.

그렇게 나는 아르크투르와 함께 보낸 모든 날을 되돌아보았다. 아르크투르가 주저하는 기색, 당황, 그의 서툴고 조금 비스듬한 뜀박질, 아르크투르의 목소리, 습관, 사랑스럽고 소소한 것들, 그의 주인에 대한 사랑, 심지어는 냄새까지, 깨끗하고 건강한 개의 냄새까지도 기억했다…. 나는 그 모든 것을 기억해내며 아르크투르가 내 개가 아니었음에, 그에게 이름을 준 사람이 내가 아니며 그가 사랑한 사람이 내가 아니라는 사실에, 아르크투르가 수 킬로미터의 추격에서 벗어나 어둠 속에서 돌아오는 곳이 내

집이 아니었다는 것이 슬펐다.

그 며칠간 의사는 말라갔다. 의사는 곧장 전에 왔던 늙은이를 의심했으며, 우리는 오랫동안 아르크투르를 찾았지만 결국에는 찾지 못했다. 하지만 늙은이는 아르크투르를 본 일이 없다고 단언하며 신께 맹세했고 우리와 함께 아르크투르를 찾겠다며 자청했다.

아르크투르의 실종 소식이 순식간에 도시 전체를 휩쓸었다. 많은 이들이 아르크투르를 알고 좋아했으며 모두가 의사를 도와 수색할 용의가 있다는 사실이 드러났다. 모두 온갖 앞뒤가 안 맞는 소리 소문으로 바빴다. 누군가가 아르크투르를 닮은 개를 봤다면, 다른 누군가는 숲에서 아르크투르가 짖는 소리를 들었다….

아이들, 의사가 치료해준 아이들과 의사가 전혀 모르는 아이들이 숲으로 가 소리를 지르고 숲에 있는 모든 초소를 뒤지며 돌아다녔으며, 하루에 열 번씩 의사에게 찾아와 신비로운 사냥개가 오진 않았는지, 개를 찾지는 않았는지 물었다.

나는 아르크투르를 찾지 않았다. 나는 어쩐지 아르크투르가 길을 잃을 수 있다는 사실이 믿어지지 않았다. 그러기엔 아르크투르의 본능이 너무 뛰어났다. 하지만 아르크투르는 사냥꾼 따위를 찾아가기에는 자신의 주인을 너무나 사랑했다. 아르크투르는 당연히 죽었을 것이다…. 하지만 어떻게, 어디서? 그걸 알 수가 없었다. 자신이 어디서 죽을지는 알 수 없는 법이다!

며칠 후 의사 역시 그 사실을 깨달았다. 의사는 어쩐지 곧바로 슬픔에 잠겨 저녁마다 오랫동안 잠들지 못했다. 아르크투르가 없는 집은 텅 비어 조용해졌고, 고양이들은 이제 누구도 두려워하지 않은 채 자유롭게 정원을 오갔으며 강 근처의 바위 주변을 돌며 냄새를 맡는 이도 더 이상 없었다. 쓸모없는 바위는 쓸쓸하게 땅 위에 솟은 채 비를 맞아 까맣게 변했으며, 바위의 냄새를 필요로 하는 이는 없었다.

내가 떠나는 날 나와 의사는 오래도록 갖가지 이야기를 나누었다. 우리는 아르크투르에 대한 기억을 떠올리지 않으려 애썼다. 딱 한 번, 의사가 젊었을 때 사냥꾼이 되지 못한 것을 후회했을 뿐이었다.

9

한 이 년이 지나 나는 다시 그곳에 가게 되어 의사의 집을 방문했다. 의사는 예전과 마찬가지로 혼자 살았다. 아무도 발톱으로 바닥을 긁지도 않았으며, 코를 쿵쿵거리고 꼬리로 고리버들 가구를 치지 않았다. 집은 조용했으며 방에는 먼지와 약국, 오래된 벽지 냄새가 났다.

그래도 봄이었고, 텅 빈 집이 괴로운 인상을 주지는 않았다. 정원에 싹이 텄고 참새가 울고 있었으며, 도시공원의 숲에서 왁자지껄 떼 까마귀들이 우는 소리가 들렸다. 의사는 가성으로 아리아를 불렀다. 아침마다 도시 위로 쪽빛 안개가 일었고 강은 눈 닿는 곳마다 넘쳐흘렀다. 범람하는 강 위에 백조들이 휴식을 취했으며 아침이 되면 끊임없이 '꿱꿱' 소리를 내며 날아올랐다. 화려한 배들이 코 먹은 소리로 신호를 보내고 고집스러운 예인선들이 단조롭게 윙윙거렸다. 즐거운 풍경이었다!

도착한 다음날 홀린 듯이 발걸음을 옮겼다. 숲에 황금빛 안개가 피어올랐으며 사방이 방울방울 떨어지고, 짤랑거리고, 발칵거렸다. 땅은 벌거벗어 강하고 날카로운 냄새가 났으며, 사시나무 껍질, 썩어가는 나무, 젖은 나뭇잎과 같은 다른 냄새도 몇몇 있었는데 전부 땅의 강하고 날카로운 냄새에 덮여버렸다.

노을이 타오를 듯 넘실거리는 아름다운 저녁이었다. 멧도요들이 빽빽하게 날아올랐다. 나는 네 마리를 쏜 뒤 그것들을 어두운 이파리 사이에서 간신히 찾아내었다. 하늘이 파랗게 물들며 어둠 속에 잠기고 첫 번째 별들이 쏟아져 내릴 즈음, 나는 하늘과 헐벗은 자작나무, 별들이 비치는 범람하는 강 주변을 돌며 조용히 다듬어지지 않은 익숙한 길을 걸어 집으로 향했다.

그렇게 작은 이랑을 따라 강이 범람한 곳 중 하나를 돌면서 나는 문득 뭔가 밝은 것이 앞에 있다는 사실을 알아차렸다. 처음에는 마지막 남은 눈 조각이라 생각했지만, 더 가까이 가보니 개의 뼛조각들 일부가 이리저리 흐트러져 있었다. 심장이 소리 없이 뛰기 시작했다. 유심히 살펴보니 파랗게 변한 동으로 만든 버클이 달린 목줄이 보였다…. 그래, 이건 아르크투르의 유골이었다.

모든 것을 주의 깊게 살펴보며 완전히 땅거미가 지자 나는 비로소 무슨 일이 있었는지 알 수 있었다. 아직 그리 늦지 않은 마른 소나무에 낮게 옹이가 하나 져 있었다. 모든 나무가 그렇듯 이 나무옹이도 바싹 말라 허물어져 꺾여 있었으며, 아직은 날카롭게 헐벗은 가지가 되지 않은 상태였다. 그 가지에 생긴 지 얼마 안 된 냄새의 흔적을 따라서, 앞으로 뻗어 나가는 냄새 흔적을 제외하고는 아무것도 이해하지 못한 채, 아무것도 모른 채 앞으로 앞으로 달리다가 그 가지에 아르크투르가 찔린 것이다.

완전히 어둠 속에 잠긴 채 나는 더 걸어서 숲의 가장자리로 나왔고, 철벅철벅 젖은 땅을 밟아가며 그곳에서 나와 길에 들어섰다. 하지만 머릿속은 아직도 꺾어진 마른 소나무가 있던 작은 이랑으로 돌아가 있었다.

사냥꾼들은 소리 내어 부르는 이름에 이상한 애착을 가진다. 사냥개들의 이름은 얼마나 다양한지! 다이애나, 안티이오스, 포이베, 네로, 비너스, 그리고 로물루스…. 하지만 아마도 그 위대한 이름에, 꺼지지 않는 푸른 별 아르크투르란 이름에 그토록 잘 맞은 개는 한 마리도 없었을 것이다!

테디

Тэдди

1956

저기 개가 달려가네요

1

갈색 털의 큰 곰을 테디라 불렀다. 다른 동물들도 이름이 있었지만 테디는 기억하지 못하고 계속 헷갈려 했다. 하지만 제 이름은 확실하게 알고 있어서 테디라고 부르면 그곳으로 가고, 시키는 대로 했다.

테디의 일상은 매우 단순했다. 처음 서커스단에 들어온 게 언제였는지 기억이 가물가물했다. 그는 거의 대부분의 시간을 우리 안에서 보냈고 이미 그 생활에 익숙해져서 특별히 무엇을 더 필요로 하지 않았다. 테디는 그 어떤 것에도 관심을 보이지 않았고 무관심했으며 자기를 가만히 내버려 뒀으면 좋겠다고만 생각했다. 그러나 테디는 다년간의 경험을 가진 예술가였다. 그래서 여기저기 불려 다니는 처지였다.

저녁이 되어 테디가 밝은 조명이 비치는 서커스장으로 불려 나갈 때면 서커스장 한가운데에서 창백한 얼굴의 키 큰 남자가 천천히 거닐고 있었다. 남자는 금색 실이 수놓인 연보라색 재킷을 걸치고 하얀 바지를 입고 부드러운 검은색 부츠를 신고 있었다. 테디는 그의 바지, 재킷, 그리고 창백하고 냉담한 얼굴을 볼 때면 항상 강렬한 인상을 받았지만, 그중에서도 그의 눈을 바라볼 때 두려움을 느꼈다.

예전에 언젠가 테디가 짐승의 야생성을 표출한 적이 있었다. 그는 구슬프게 포효하며 우리를 부쉈고, 그 어떤 강력한 조치로도 그를 진정시킬 수 없었다. 그때 창백한 얼굴의 사람이 우리 근처로 다가와 한동안 테디를 응시했고 그제야 테디는 진정되어 한 시간쯤 후에는 서커스 훈련을 하러 나갈 수 있었다.

이제 테디는 야생성을 드러내지 않았다. 언제나 온순한 태도로 불편하거나 필요 없어 보이는 일, 심지어 그다지 하고 싶지 않은 일도 시키는 대로 따랐고 하얀 바지를 입은 사람도 그를 눈빛으로 위협하지 않은 지 오래였다. 그리고 테디에 관해 얘기할 때 '착하고 나이 많은 테디'라고 불렀으며, 그럴 때마다 목소리에서 애정이 느껴지곤 했다.

가죽 재갈을 물은 테디가 서커스장 무대로 나와 기쁘게 손뼉을 치는 관객에게 인사한다. 테디는 앞발을 자전거 손잡이에 단단하게 고정시키고 자전거에 앉아 안장 위로 다리를 들어 올렸다가 바닥에 발을 구른 뒤 페달을 힘차게 밟으며 서커스장을 한 바퀴 돈다. 큰 소리로 음악이 울려 퍼지고 관중들은 웃거나 손뼉을 쳤다.

그 외에도 테디는 몇 가지 재주가 더 있었다. 공중에서 손을 빠르게 휘젓거나 둥그런 나무토막에 올라타거나 얇은 금속 판에 올라가 균형을 잡곤 했다. 작고 검은 털의 곰과 글러브를 끼고서 서로를 때리는 시늉을 하기도 했다. 테디는 웃는 방법을 잃어버렸다. 아니, 정확하게 얘기하면 웃음 포인트가 달랐다. 테디는 혐오감에 휩싸여 불편하고 불쾌한 행동을 할 때마다 사람들이 재미있어 하는 이유를 전혀 이해하지 못했다.

테디는 잠들지 못한 적도 많았다. 복도에는 작은 등이 어렴풋이 빛나고 있었고 항상 맛있는 냄새를 묻히고 다니는 경비원 할아버지가 코를 골고 있었다. 자면서 테디는 으르렁거리거나 색색거리는 소리를 냈고 우리에서는 짙은 짐승의 냄새가 풍겼다. 구석은 어두웠는데 바닥에는 뻔뻔한 큰 쥐들이 돌아다니거나 뒷발로 서 있곤 했으며 그럴 때마다 긴 그림자가 드리워졌다.

테디는 잠깐 생각하며 뒤척이다가 몸을 깨끗이 하기로 결정했다. 그는 오랫동안 발과 배를 모두 깨끗이 핥고 마침내 발과 배가 축축하고 끈적끈적해지자 옆구리와 등으로 넘어갔다. 그러나 등을 핥는 자세가 불편해서 얼마 지나지 않아 피곤해졌고 우울한 생각에 잠겼다.

테디는 어린 시절과 어머니를 생각했다. 어머니는 부드러운 발과 크고 따뜻한 혀를 가진 아름다운 곰이었다. 그러나 테디는 금빛 모래가 빛나는 작은 시냇가 외에는 어린 시절 대부분을 기억하지 못했다. 모래는 매우 보드라웠고 따뜻했다. 비록 아직까지 맛보지 못했지만 시큼하고 달콤한 향기를 풍기는 개미도 떠올렸다.

그는 서커스단에서 가끔 주던 맛있는 음식도 기억했다. 한번은 작은 당나귀 한 마리가 아파서 밤새 우리 안에서 끙끙 앓다가 아침이 되어서야 조용해진 적이 있었다. 음침한 사람들이 와서 죽은 짐승을 데려갔다. 그날 테디의 저녁 식사는 평소와는 다른 귀리죽이었는데 양푼 그릇에서 고기 향이 진동을 했다. 그날은 테디에게 잔칫날이었다.

테디는 그 외에도 많은 것을 생각했다. 무엇인가 그의 안에 들어와 악과 열기로 그의 가슴을 가득 채울 때면 울부짖으며 어디론가

가고 싶었고 짐승 본연의 그 무엇인가를 표출하고 싶었지만 그는 그저 새벽 내내 크게 심호흡을 할 뿐, 다음 날에는 기력 없고 우울한 기분으로 억지로 연습에 나가곤 했다.

2

어느 날 서커스단은 기차를 타고 어디론가 멀리 떠났다. 테디도 함께였다. 그는 이미 수없이 많은 여정을 떠났기 때문에 어떤 걸 보아도 놀라지 않았다. 자동차가 내뿜는 기름 냄새만 싫었을 뿐이었다.

평소처럼 큰 소란이 발생했다. 역에서 짐승 우리를 열차 칸 안으로 밀어 넣고, 사람들이 소리를 지르고 싸우고, 무엇인가를 벽에 붙이고…. 끝내 문이 쾅 닫히고 열차가 덜덜거리며 흔들리기 시작했다. 테디는 몹시 졸렸다. 그렇게 이틀이 지나자 조용해졌다. 문이 열리고 짐승 우리가 열차에서 자동차로 옮겨질 때 주변 풍경과 냄새가 완전히 달라졌지만 테디는 놀라지 않았다.

짐승들을 싣고 더 이동하기 전에 밥을 먹이기로 되어 있었다. 관리자가 와서 우리를 청소하고 음식을 주었다. 테디의 우리 안으로 삶은 감자, 빵, 귀리죽이 담긴 대야를 밀어 넣은 관리자는 문을 잠그는 걸 깜빡하고 잠시 다른 일을 하러 떠났다.

곰은 열린 문은 신경 쓰지 않고 감자와 귀리죽을 게걸스레 먹는 데에만 집중했고 심지어는 매우 허기졌기 때문에 쉽게 뒤로 획 돌 수 있었다. 테디는 밥을 다 먹고 입술을 핥으며 습관처럼 문 쪽으로 음식 그릇을 밀쳤고 그제서야 문이 잠겨 있지 않다는 걸 인식했다. 그는 매우 놀라 머리를 밖으로 내밀어 이리저리 둘러보다가 하품을 하고 다시 뒤로 물러나 누워서 눈을 감았다. 하지만 일 분 뒤 다시 일어나 머리를 내밀었다가 아예 기차 밖으로 나왔다. 곰은 기지개를 쭉 펴고 호기심을 갖고 기차 주변을 맴돌기 시작했다.

바로 그때 열차 운전사가 다가왔다. 그는 겨드랑이에 모자를 끼고 무언가를 씹고 있었다. 바람이 그를 지나자 테디는 소시지 냄새를 맡고 그에게로 다가갔다. 곰을 보고 운전사는 씹는 걸 멈추고 그 자리에서 얼어붙었다. 테디는 뒷발로 일어서 조용히 으르렁거렸다. 그때 운전사가 빠르게 뒤돌아 모자를 떨어뜨린 채 문 위에 간판이 달린 낮고 긴 집으로 온 힘을 다해 달렸다.

"도와주세요!" 운전사가 공포에 질려 소리쳤다.

테디는 앞발을 내리고 혹시 몰라 뒤로 물러섰다. 심지어 다시 자기 우리로 돌아가려고 몸을 앞으로 숙이기까지 했지만 기차 안에서 사람들이 뛰쳐나와 곰을 향해 거칠게 소리쳤다. 테디는 놀라 옆으로 돌아서며 아는 얼굴이 있나 찾아봤지만 익숙한 얼굴은 보이지 않았다. 무서워진 테디는 도망쳤다. 지나가면서 동물이 묶여 있는 밧줄을 봤다. 곰을 본 말이 놀라 울기 시작했다. 테디도 으르렁거리며 발걸음을 빨리했다.

테디는 텃밭으로 뛰어가다 막대기에 걸려 발을 헛디뎠지만 울타리를 넘어 들판을 지나 저 멀리 숲으로 내달렸다. 귀가 아플 정도로 빠르게 달리며 콧김을 뿜고 여태껏 느껴보지 못했던 강렬한 만족감을 느꼈다. 하지만 첫 번째 관목이 나왔을 때 숨을 헐떡이며 멈췄고 놀라 앞을 바라봤다. 역도 사람도 기차도 보이지 않았다. 아무것도 없는 평야와 지붕 너머로 어둠만이 보일 뿐이었다. 곰은 그리움이라는 감정에 휩싸였다. 다시 서커스단으로 돌아가 어두운 복도에 머물며 새벽마다 맛있는 냄새를 풍기는 기관사의 코 고는 소리를 듣고 싶어졌다.

앞으로 나아가기엔 무서웠던 테디는 조용히 으르렁거리며 뒷발로 서서 좌우로 뒤뚱거리며 걸었다. 그런 다음 뒤로 돌아 숲을 바라보고 몇 차례 콧김을 뿜어 코를 깨끗이 하고 냄새를 맡았다. 단 송진, 버섯 냄새와 테디의 흥미를 불러일으키는 여러 냄새가 났다. 테디는 숲으로 들어갔다.

곰은 천천히 관목 사이를 지나갔고 깨끗한 공간이 나올 때마다 수위나 하얀 바지를 입은 인간이 등장해 "테디!"라고 외쳐주길 바라며 앞을 바라봤지만 아무도 나타나지도, 테디를 부르지도 않았다. 적막만 흘렀다. 숲에서 더 명백하고 위력 있는 부름이 들려왔다. 테디는 공포와 호기심이라는 상반된 감정에 뒤섞인 채 더 깊은 숲으로 들어갔다.

3

테디는 운이 없었다. 사람이 살고 있는 쪽 숲으로 온 것이다. 나무는 거의 남아 있지 않았고 임산사업소가 있었으며 숲에는 어울리지 않는 좁은 철길, 끊어진 밧줄, 기름 묻은 천, 사방으로 펼쳐진 도로, 큰 소리가 나는 통나무 판자가 땅에 놓여 있었다. 새나 짐승은 없었지만 밤이면 숲이 내지르는 적대적인 고요와 모터 소음, 철을 두드리는 소리, 아득한 열차 소리가 들려왔다.

테디는 숲이 낯설었고 두려웠다. 처음엔 어떻게 하면 사람들과 만날 수 있을까 고민했다. 바로 그때 무엇인가 곰이 자동차 소리가 나는 곳으로 가는 걸 방해했다. 테디는 초조했고 아무것도 먹지 않았으며 거의 잠을 자지 못했고 매우 야위었다. 그는 누군가 자기를 알아보고 먹이를 주지 않을까 싶어 서커스단에서 평생 연마했던 기술을 선보이기도 했다. 테디는 두 앞발로 물구나무를 선 채로 뒷발은 우스꽝스럽게 공중에서 허우적대며 돌아다녔다.

그런 다음 한 바퀴 공중회전을 했고 춤을 췄고 '죽은 척'을 했다. 스스로 만족해하며 다시 일어나면서 혹시나 먹이를 주지 않을까 이리저리 두리번거렸다. 그러나 그 누구도 기뻐하지도, 칭찬해주지도 않았고 환상적인 맛의 귀리죽도 나타나지 않았다. 곰의 작은 눈에는 망연자실한 슬픔이 떠올랐다. 결국 이해할 수 없는 숲에 절망한 테디는 사람들에게 가고 싶기만 했다. 그때 테디가 사람을 무서워하게 된 사건이 발생했다.

어느 아침 이슬로 뒤덮인 숲에서 테디는 계곡 저 깊은 아래를 침울하게 어슬렁거리며 아무 풀이나 뜯어 먹었다.

테디가 갑자기 고개를 들었을 때 위쪽에 서 있는 사람과 눈이 마주쳤다. 놀란 테디는 뒷발로 계곡을 오르기 시작했다. 테디는 기뻐서 울부짖기까지 했다. 그러나 테디의 기대와는 달리 그 사람은 기뻐하지 않았고 '테디'와 비슷한 단어는 입에 올리지도 않았다. 그 사람은 창백해지더니 등에서 총을 꺼내 들었다. 불꽃이 튀더니 천둥 같은 소리가 테디의 귀를 스쳤고 테디는 으르렁거리며 풀밭으로 넘어져 네 발을 공중에서 휘저었다. 곰은 아프고 놀라고 분한 마음에 울부짖었고 흉악한 일을 저지른 사람은 도망갔다. 테디는 울부짖는 와중에도 그 사람의 발소리가 얼마나 빨랐는지, 그가 뛰어가면서 흙이 튀는 소리가 어땠는지 들었다.

일 분이 지나 테디 안에서 광폭한 야생성이 깨어나 사람에게 돌진했지만 어딘가 잘 숨은 건지 그새 도망간 건지 그의 모습은 보이지 않았다. 그때부터 테디는 사람을 무서워하기 시작했고 더욱 인기척이 없는 장소를 찾아 헤맸다.

무성한 숲에서 인적이 드문 곳으로 가기 위해서는 강을 건너야 했지만 테디는 이를 알지 못했다. 그의 처지는 점점 더 암울해져갔다. 테디는 몇 번이나 강으로 나가 물에 떠다니는 통나무를 바라보며 슬퍼하다가 다시 숲으로 들어가기를 반복했다.

4

그렇게 해가 두 번 뜨고 졌다. 셋째 날 밤 테디는 다시 강가로 나가 절망에 휩싸여 멈춰 섰다. 강가에 큰 선박이 정박해 있었다. 선박 가운데에는 작은 건축물이 있었다. 달은 휘황찬란하게 떠 있었고 강가에 선글라스를 쓴 하얀 선원들이 서 있었다. 주변엔 아무도 없었고 그 어떤 소리도 들리지 않았다. 통나무배 사이에서 조용히 물이 흐를 뿐이었다. 테디는 뒷발로 서서 코로 킁킁댔다. 배 위에 딸린 집에서 참을 수 없을 정도로 맛있는 호밀빵과 감자 냄새가 났다. 테디는 선박에 가까이 다가가 뒷발을 들썩였다. 긴장한 테디는 잠시 생각에 잠겼다.

냄새가 나는 곳으로 가기엔 무서웠다. 왜냐하면 그를 싫어하는 사람들이 있을 것이기 때문이었다. 테디 또한 그들이 싫었다. 귀가 아팠던 그 기억은 절대 잊히지 않았다. 하지만 너무나 유혹적인 냄새가 풍겨오자 곰은 강가로 가 발을 물에 담그고 배 맞은편에 멈춰 섰다. 어쩌나 맛있는 냄새인지!

배가 완전히 땅에 정박한 건 아니었다. 강가 한쪽에 잔교가 놓여 있었지만 테디는 서두르다 보니 이를 눈치채지 못했고 돌연히 물속으로 들어가 수영해서 순식간에 배에 다다랐다. 그는 통나무를 아슬아슬하게 밟으며 배에 딸린 집으로 다가가 주위를 한 바퀴 돌았다. 안에서 크게 코 고는 소리가 들리자 테디는 서커스를 떠올리고 힘을 냈다. 창문 안을 들여다봤지만 아무것도 보이지 않았다. 그러자 테디는 문을 당당히 열었고 들어가자마자 침을 꿀꺽 삼켰다. 발싸개, 그리고 빵과 감자의 맛있는 냄새가 풍겼다. 빵과 감자가 탁자 위에 놓여 있었다. 테디는 탁자로 다가가 쇠 난로 위에 달궈진 접시를 내던지고 쇠 난로를 쓰러뜨리고 으르렁거리고는 허겁지겁 빵을 먹기 시작했다.

"아!"

누워 있던 사람이 갑자기 코 골기를 멈추고 소리쳤다.

"누구야? 표도르, 너야?"

곰은 놀라 주저앉았지만 다시 으르렁거리며 미쳐 날뛰며 발로 책상을 쳤다. 쇠 난로와 접시가 바닥으로 쓰러졌다. 그 순간 사람으로는 보이지 않는 무엇인가 침대에서 바닥으로 떨어져 네 발로 재빨리 기어서 문가로 다가가 숨었다가 뗏목에 올라타 강가로 도망갔다.

테디는 상황이 좋지 않다는 걸 깨달았지만 쩝쩝거리고 으르렁거리고 바닥에 침을 흘리며 허겁지겁 먹는 걸 멈추지 않았다. 스스로도 인간에게 잘못하고 있다는 것을 알고 있었다.

일 분이 흘렀다. 곰은 이미 마지막 빵을 다 먹어 치운 후였다. 그때 강가에서 굉장히 큰 소동이 일어났다. 테디는 배 밖으로 나가야 했지만 완전히 배가 부르지는 않았기에 바닥에서 감자 몇 개를 주워 들고 바로 문으로 향했다. 곰을 알아본 사람들이 예전에 역에서 그랬던 것처럼 한꺼번에 소리를 질렀고 테디는 어안이 벙벙하여 멈춰 섰다. 강가로 돌아갈 방법이 없었다. 그는 뗏목의 가장자리에 안착하길 기대하며 몸을 기울여 뛰쳐나갔지만 눈앞으로 긴 불꽃이 번쩍였고 '탕' 하는 총소리가 들렸다. 곰은 놀라 다시 배 근처로 돌아갔다. 사람들이 그를 쫓아왔고 주변을 반원으로 둘러싸 배 가장자리로 몰았다. 또다시 뒤쪽에서 총소리가 들렸고 통나무들 사이로 물이 튀어 올랐다. 그들은 곰의 배를 쏘아 맞추려고 했다. 테디가 으르렁거리며 물로 뛰어들자 달빛에 비친 튀어 오른 물기둥 색이 은빛을 냈다. 테디는 태어나서 단 한 번도 수영을 해본 적이 없었다. 처음엔 어떻게 해야 할지 몰라 머리를 물속에 넣고 코로 숨을 쉬었다. 그러나 물속에서 자연스럽게 발이 움직였고 테디는 있는 힘껏 발을 굴렀고 코를 위로 별을 향해 치켜들었다. 물은 부드럽게 그를 아래로 끌고 내려갔고 사람들은 배에 남아 계속해서 소리를 질렀다. 곰은 더 세게 발을 움직이며 재채기를 하거나 헐떡이며 코를 물 위로 다시 내밀었다.

깜깜한 은빛 물속에서 거의 삼십 분을 헤엄친 테디는 근처에서 빽빽하고 칠흑 같은 숲을 발견했다. 조금 전 그 숲이 아니었다. 창고나 벌채 장소나 사람 사는 집이 없는 숲이었다.

스스로 기진맥진한 상태라는 걸 인지한 테디는 무거운 몸을 이끌고 강가로 나가 멈춰 섰다. 물줄기가 그의 털 주변을 간질이며 지나갔다. 테디는 주변을 둘러보다 저 멀리 위쪽의 약한 불과 어둠 속 희미한 하얀 빛을 발견하고는 그곳에 사람들, 그들이 묵는 거처, 배가 있다는 걸 알았다. 또한 그곳은 위험하고 시끄럽지만 그가 다다른 곳은 조용하고 괜찮다는 걸 깨달았다. 총성과 배 바닥에 놓여 있던 감자를 떠올리며 잠깐 불평했으나 이내 몸에서 물기를 털어내고 장엄한 절벽을 타고 굳건한 소나무와 전나무 쪽으로 기어 올라갔다.

테디

5

테디가 다다른 곳은 위로는 수만 킬로미터에 달하고 아래로는 강이 흐르는 매우 거대한 숲이었다. 게다가 숲은 동쪽으로 우랄 산맥까지, 북쪽으로는 툰드라까지 이어져 있었다. 숲에는 언덕과 호수, 이층 주택이 드문드문 위치한 시골 마을이 있었다. 테디가 향한 쪽은 조용해서 사람의 발길이 거의 닿지 않았고 탁 트인 평야가 펼쳐져 있어 모든 종류의 짐승과 새들에게 안성맞춤이었다.

이곳에는 늑대와 여우, 다람쥐, 토끼가 많았고 알 수 없는 노란 눈을 한 사슴과 살쾡이가 서식했으며 매우 폐쇄적인 장소로 누구라도 통과하기가 불가능했다. 나무들은 수년간 쓰러진 채 썩어 있거나 계속 땅으로 파고들어 가고 있었다.

알 수 없는 이유로 화재가 발생한 적도 있었다. 마치 숲 스스로 불을 지른 것 같았다. 당시 불은 엄청난 면적의 숲과 풀을 태우며 수천 마리 짐승의 목숨을 앗아갔다. 날뛰는 말처럼 숲을 휩쓸던 불은 마치 스스로 꺼진 듯 점차 사그라들었다. 불이 지나간 자리 엔 검은 석탄과 재, 희미하게 불타는 나무 줄기만 남았다.

타고 남은 재에서 강렬한 붉은색의 억센 풀이 자라기 시작했고 그 후 도로엔 월귤나무, 어린 자작나무와 소나무가 자라났다. 강 연안에는 들장미와 산딸기 덤불이 생겼다. 타고 남은 자리는 짐 승들에게 더 이상 무서운 야생의 공간이 아닌 어두운색의 새와 수줍은 꿩, 멧닭과 토끼의 무한한 식량 창고가 되었다. 사슴 또한 이곳으로 와 희고 부드러운 이끼에 깊은 발자국을 남겼다.

사람의 발길이 닿지 않은 숲은 활기를 띠었다. 과거엔 이곳에서 끝없는 싸움이 벌어졌었고 앞니와 발톱의 법이 지배했으며 아름다운 연안의 눈에 띄지 않는 곳곳에서 수많은 뼈와 깃털이 썩어가고 있었다! 하지만 그 위험한 싸움도 인간들의 싸움처럼 절망적이지는 않았다.

이따금 숲에서 총소리가 나기도 했다. 그럴 때면 언덕마다, 침엽수림마다 크고 긴 총성이 울려 퍼졌고 그 소리는 강을 지나 다른 연안까지 닿았다가 더 느릿하고 작아진 소리로 되돌아오곤 했다. 다람쥐는 열매를 떨어뜨리며 나무 꼭대기까지 올라가 말로는 표현할 수 없는 엄청난 호기심을 갖고 아래를 바라보았다. 토끼들은 차례로 은신처에서 나왔다. 사슴은 귀를 쫑긋 세우고 일 분 동안 귀를 기울이다 소리 없이 다른 곳으로 이동했다. 살쾡이는 덤불을 움직이며 순간 샛노란 눈을 뜨고 귀를 부들부들 떨었다. 오로지 사람과 그나마 제일 가까운 늑대만이 회색 그림자를 드리우며 모든 걸 버리고 가까운 작은 언덕으로 뛰어 올라가 바람을 타고 오는, 갈망하면서 두려운, 증오스러운 인간의 냄새를 맡고자 했다.

뿐만 아니라 이곳엔 조용한 시냇물 소리도 들렸다. 가장 더운 날에도 시내 주변은 시원했다. 여기저기 눈에 띄지 않게 펼쳐진 계곡은 덤불, 까치밥나무, 황철나무 숲을 지나 길게 굽이굽이 이어져 강에 다다랐다. 계곡 부근은 너구리나 여우가 굴을 파기에 좋았고 시냇가 근처에는 늑대 굴이 있었다.

6

테디는 마치 선원이 나침반을 쥐듯 옆에 강을 끼고 밤새 북쪽으로 향했다. 깊은 숲으로 들어가는 건 무서웠다. 숲은 미지의 세계로 가득 차 있었다. 하지만 강은 익숙했고 한 번 그를 구해준 적이 있었기에 믿었다. 그가 알고 있었어야 할 갖가지 소리가 사방에서 들려오고 여러 가지 냄새가 났다. 그중 몇 가지 소리와 냄새는 익숙했다. 그는 살쾡이의 흔적이 남은 길을 두 번 건넜고 이내 서커스단의 살쾡이를 떠올렸다. 서커스단 살쾡이의 냄새가 더 옅긴 했지만 말이다. 야생에 사는 짐승의 냄새가 더 짙다. 그는 큰 전나무의 아랫부분에 있는 나뭇가지에서 자고 있던 꿩을 쫓아내고 스스로도 놀랐지만 단순히 새라는 걸 깨닫고 바로 안정을 찾았다. 여우의 흔적도 바로 알아차렸다.

하지만 계속해서 긴장하게 만드는 새로운 것들의 향연이 펼쳐지자 너무 지친 테디는 결국 전나무 잔가지들로 사방이 둘러싸인 메마르고 작게 움푹 파인 공간에 누워 아침까지 잠에 빠져들었다.

이상하게도 이 덩치 큰 짐승은 숲에서 완전히 무력한 존재였다. 오랜 세월 숲에서 떨어져 있으면서 어렸을 때 배웠던 많은 것들을 잊어버렸다. 자연이 그에게 부여한 직감은 잠들었으며 특정 행동을 요구하는 일들 앞에서 어찌할 바를 몰랐다. 테디는 항상 매우 배가 고팠다. 풍부한 먹이에 익숙해졌던 위는 이제 텅 비었고 고통스러웠다. 그러나 매일 그에게 먹이를 주었던 관리인은 이곳에 없었다. 테디는 직접 먹이를 찾아 나서야 했지만 어떻게 해야 하는지, 무엇을 먹어야 하는지 알지 못했다.

아마도 야생의 짐승처럼 어미가 어떤 존재인지 온전히 느끼고 이해하는 생물은 없을 것이다. 어미는 자식에게 숨는 법, 싸우는 법, 도망치는 법을 가르쳐주고 누가 적이고 친구인지 알려준다. 어미는 어디에 월귤 열매가 있고 어디에 개미가 있는지, 어디에 산딸기, 맛있는 즙이 많은 뿌리, 쥐구멍, 물고기와 개구리가 있는지 안다. 어미는 어디에 깨끗한 물이 있고, 어디가 조용한 장소이며, 어디에 개미집과 햇빛이 비치는 키 크고 부드러운 풀로 가득한 평원이 있는지 안다. 냄새와 이동의 비밀도 알고 있다. 또한 어미는 숲에 사는 짐승 중 그 누구도 오래 살지 못한다는 걸 안다. 모두에게 죽음이 찾아오며 스스로를 더 오래 보호하고 후대를 남기기 위해서는 매우 민첩하고 용감해야 한다는 걸, 조심해야 한다는 걸 안다.

만약 테디가 동물원에서, 그 후에 서커스단에서 사람들과 살지 않았더라면, 만약에 인생의 스승이 다른 이들에게는 난폭하지만 오로지 어린 곰인 테디에게만 무한한 친절을 베푸는 곰이었다면, 현재 테디는 야생의 짐승으로서 꼭 알아야 하고 또 알 수 있는 모든 것에 통달한 위력적인 짐승이 되었을 것이다. 그러나 테디는 하얀 바지를 입은 사람에게서 인생을 배웠고 길들일 수 없는 짐승의 영혼은 어릴 때부터 억눌려왔다. 그는 숲에 사는 생물들이 알지 못하고 두려워하는 것들만 배웠다. 테디는 당연하게도 도시에서 더 노련했으며 다른 그 어떤 곰보다 영리하게 행동했지만 그가 살던 세계에서 가치가 있던 지식은 이곳에서는 필요가 없었다! 그는 숲에서 다시 아무것도 알지 못하고 두려움에 떠는 고립무원의 불쌍한 아이로 돌아갔다. 차이는 오로지 테디가 더 이상 작은 아기 곰이 아니고 노란 송곳니에 격자무늬 엉덩이를 지닌 거대한 곰이라는 점과 그를 보호하고 많은 걸 알려줄 따뜻하고 영민한 어머니가 곁에 없다는 점이었다.

7

테디는 새들을 깨웠다. 작은 새들은 아침 이슬로 촉촉이 젖은 나뭇가지에서 거의 소리를 내지 않고 날아갔다. 동쪽 언덕 저 너머 해가 떠오르고 있었다. 소나무 사이에 투명한 안개가 꼈고 이슬이 빛났으며 공기가 맑고 신선했다. 테디는 잠자리에서 벗어나 절룩거리며 북쪽으로 걷기 시작했다. 아직 온 지 둘째 날밖에 되지 않았지만 거친 숲에 적응하지 못해서인지 발바닥이 아팠다. 하지만 이곳은 왠지 모르게 마음에 들지 않았기 때문에 무작정 앞으로 가기 시작한 것이다. 그리고 테디는 북쪽으로 가면서 마치 새들처럼 아무 생각도 하지 않았다. 그의 안에 내재되어 있는 직감이 꿈틀대는 걸 느꼈다. 테디는 한 번도 가보지 못한 곳으로, 해가 자주 뜨고 먹을 것과 깨끗한 물이 풍족하며 고요한 곳으로 이끌리고 있었다.

저기 개가 달려가네요

낮이 되었을 때 곰은 태양 빛이 내리쬐는 평원을 가로지르고 있었다. 순간 특이한 냄새가 코를 간질였고 가슴에 여러 기억들이 일렁였다. 이 달콤하고 기분 좋은 냄새는 어디에서 풍겨오는 것일까? 테디는 동쪽으로 몸을 틀어 몇 걸음을 옮겼다. 그런데 냄새가 사라졌다! 그는 다시 긴장하고 걱정하면서 제자리로 돌아왔다. 다시 유혹적인 냄새가 풍겨왔다! 테디는 빙빙 돌기 시작했다. 개미집을 찾을 시간이 필요했다. 그가 맡았던 냄새는 개미의 향기였고 몇 년간 맡지 않았는데도 바로 알아챘던 것이다.

개미가 얼마나 매력적인 먹이던가! 이 세상에 그보다 더 맛있는 게 있을까! 새콤하고 기름지며 식욕을 돋우고 자극할 뿐 아니라 평생 질리지 않을 맛이다.

테디는 개미집에 코를 들이밀고 만족스러워서 코를 쿵쿵댔다. 주변만 해도 유혹적인 냄새가 진동했다. 테디는 좀 더 가까이 코를 대고 입맛을 다시고 실눈을 뜨고 축축한 혀를 내밀었다가 집어넣었다. 거대하고 붉은 개미들이 순간적으로 악의에 휩싸여 테디에 올라타 귀로 기어갔지만 테디는 오로지 머리를 흔들고 바닥에 꼬리를 대고는 더 크게 쩝쩝거렸다. 결국 테디는 참을 수 없어 숨을 고르려고 뒷발로 앉았다. 그 순간 그는 오랫동안 잊고 있었던 그 무언가를 기억해내고 손으로 개미들을 쫓아냈다. 바로 그때 개미들이 발바닥으로 달려들었고 혀로 개미를 핥기만 하면 되었다. 너무나 쉬운 일이었다. 개미들은 더 이상 코나 귀로 기어오르지 않았으며 바닥으로 떨어지지도 않았다. 테디는 마지막 개미까지 다 먹어 치운 뒤에야 자리에서 일어났다.

개미를 모두 먹어 치워버린 테디는 큰 언덕을 넘고 꼭대기엔 아무것도 없는 전나무 숲을 지나 골짜기를 넘어 딸기나무 숲에 다다라 깊은 밤이 될 때까지 그곳에서 나오지 않았다.

처음에 테디는 날아오르는 꿩과 다른 새들이 내는 소리, 작은 호수에서 물고기들이 첨벙거리는 소리, 숲의 소음, 지나가는 사슴 떼가 움직이는 소리 때문에 놀랐다. 낯설고 이상하며 강렬한, 거의 느껴지지 않는 여러 냄새도 그를 놀라게 했다. 그러나 테디는 공포감을 이겨내고 계속해서 여러 소리와 냄새를 연구해 다음에 맞닥뜨리게 되었을 때 반길지 도망갈지, 아예 무시할지 분별하고자 했다.

현재 그의 삶엔 예전엔 상상할 수 없었던 행복의 요소가 한 가지 생겨났다. 인간 말고는 두려워할 게 아무것도 없다는 사실이었다. 늑대도 사슴도 작은 닭도 무섭지 않았다. 이들은 작은 짐승이나 새들에게 위협적인 존재다. 아무도 테디를 건드리지 않았기 때문에 숨거나, 가벼운 발걸음 소리를 내며 뒤쫓아오는 것들로부터 도망칠 필요도 없었다. 반대로 모두가 그를 무서워했다. 왜냐하면 테디는 이 숲에서 의심할 여지없는 가장 크고 위험한 짐승이었기 때문이다.

곰이 이 사실을 깨달은 건 커다란 두 마리 늑대가 쓰러뜨린 사슴 새끼의 시체를 봤을 때였다. 테디는 늑대를 보고 당황하여 멈춰 섰지만 늑대들은 악의에 차서 으르렁거리다가 어쩔 수 없다는 듯 곰에게 자리를 양보하며 물러났다. 그리고 곰이 사슴 새끼를 맛있게 먹고 있는 동안 늑대는 주변을 뱅뱅 돌기만 할 뿐 다가올 용기를 내지 못했다. 그때 테디는 기쁘게 스스로의 위용을 깨닫게 되었으며 실컷 배를 채운 뒤에도 몇 번이나 그 자리로 돌아가 자기가 나타났을 때 배고픈 늑대들이 시체에서 자리를 비키던 모습을 만족스럽게 떠올렸다.

8

하루는 여기에서, 이틀은 다른 장소에서 머물렀던 테디는 계속해서 북쪽으로 나아갔다. 소나무는 더 두껍고 높아졌으며 나무보다 산딸기와 월귤나무가 더 많아졌다. 주변엔 사람의 손길이 닿지 않은 끝없는 천연의 아름다움이 펼쳐져 있었고 고요함이 가득했다. 더할 나위 없었다! 그러나 거의 잃어버린 어린 시절 기억을 더듬어보아 분명하진 않지만 확실한 건 여기는 그가 있을 곳이 아니라는 사실이다. 그런 느낌이 들었다. 그는 자신의 나라로, 곰의 천국으로 가고 싶었다.

테디는 자신의 관점에서 좋은 장소를 찾기 위해 여기저기를 돌아다녔다. 그는 썩어 문드러진 나무 그루터기를 뽑았고 쥐와 다람쥐의 보금자리를 무너뜨렸고 하얀 이끼가 자라나는 돌을 뒤엎었고 달팽이와 새끼벌레들을 찾아다녔다.

한번은 좁고 긴 호수에서 나오다가 사방에 물을 튀기면서 멈

춰 섰다. 호숫가에서 첨벙대다가 곰 때문에 풀밭으로 나온 강꼬
치 고기가 다시 차가운 호수로 첨벙 들어갔다. 테디는 호수와 사
초를 주의 깊게 바라보며 주변을 어슬렁거리다가 갑자기 움직
임을 멈추기를 반복했다.

테디는 물고기가 어떤 맛인지 몰랐지만 그의 안에서 누군가가
물고기 한 마리를 잡아보라고 속삭였다. 그는 마침내 움직이지
않는 물고기의 어두운색 등을 바라보고 몸을 최대한 바닥으로
수그리고 살금살금 다가갔다. 제3자가 보기엔 웃긴 모습이었다.
테디가 실제로 땅에 가까이 댄 건 앞발과 주둥이뿐, 등은 오히려
위로 우뚝 솟은 채로 우스꽝스럽게 움직였기 때문이었다. 그러
나 곰은 아무런 소리도 내지 않았으며 작은 눈을 매섭게 번뜩였
다.

그는 물고기가 있던 자리를 짧고 빠르게 쳤고, 울부짖으며 앞
발로 물속에 들어갔다. 그는 처음에 물고기를 잡았는지 놓쳤는
지 알지 못했지만 흙과 파도를 일으키며 계속해서 두 앞발을 움
직였다. 그러자 그의 앞에 얼룩이 있는 물고기가 반짝이는 하얀
배를 내놓고 떠올랐고 곰은 물고기를 물가로 내던졌다. 테디는
아무것도 남기지 않고 물고기를 먹어 치웠고 훗날을 위해 맛을
기억했다.

이 주간 테디는 많은 걸 배웠다. 테디는 항상 자기가 왔던 곳으
로 머리를 두고 자는 습관을 들였다. 그는 열매와 뿌리 옆에는 항
상 맛있는 버섯이 있다는 걸 알게 되었다. 테디는 이제 더 이상

첫날처럼 무엇인지 알기 전엔 입에 넣지 않았다. 그는 가장 수분이 많은 뿌리는 습한 지역에 있다는 것을 알게 되었다. 테디는 이제 흐르는 깨끗한 물만 마셨고 바람을 이용하는 법을 배웠다. 감각이 더 예민해져 아주 미세한, 시간이 많이 흐른 뒤 남아 있는 냄새도 맡을 수 있게 되었으며 쓴 경험을 통해 숲에 있는 것 중 먹을 수 없는 게 있으며 열매와 버섯이 있지만 손대지 않는 게 더 낫다는 것도 깨달았다.

테디는 건강해졌고 덜 피곤해했다. 처음엔 아팠던 발바닥이 이젠 거칠거칠해졌고 서커스단에 있을 땐 짧게 깎았던 발톱도 이제는 길게 자라났다. 테디는 거의 소리를 내지 않고 조용히 다닐 수 있게 되었다. 가는 길마다 잡히는 건 뭐든 열중해서 잡아보았고 그럴 때면 숲 전체에 소리가 울려 퍼졌다.

처음에 테디는 서커스단에서처럼 밤에 더 많이 잤다. 그러나 이내 낮보다 밤에 숲을 돌아다니는 게 더 재미있다는 걸 알아차렸다. 담비, 토끼, 여우가 남겨놓은 흔적이 더 생생했다. 무엇인가 풀에서 움직이거나 덤불 안에서 몸을 뒤척였고 무언가는 계곡과 평원을 왔다 갔다 뛰어다녔고 고요 속에서 기묘한 울음소리가 들리기도 했다. 게다가 밤이 되면 테디를 그토록 괴롭히던 파리와 등에가 사라졌다. 그래서 테디는 더 자주 밤에 돌아다니기 시작했고 낮에는 비밀스러운 공간에서 잠을 청했다.

9

어느 날 테디는 오래되고 방치된 숲길 근처에서 마을 쪽에 있는 크지 않은 귀리 밭을 보게 되었다. 그리고 자연 상태로 조성된 귀리 밭이 아니라 인간과 관련이 있는 밭이라는 걸 바로 알아차렸다.

테디는 밭 주변을 돌아다녔다. 귀리가 그의 몸을 살짝 간질였다. 느낌이 매우 좋았다. 평원을 둘러봐도 별로 흥미로운 걸 찾지 못하자 자리를 떴지만 조금 시간이 지난 후 되돌아와서 귀리 밭 안으로 아예 들어가 달에 비친 밝고 부드러운 섬에 누워 귀리를 한 움큼씩 집어먹기 시작했다. 그렇게 귀리의 맛을 알게 되었고 거의 잊고 있었던 귀리죽 맛이 생각났다. 그는 식탐에 휩싸여 처음엔 귀리와 줄기를 마구 먹어댔지만 조금 지나고 나서는 알맹이만 먹었다. 동이 틀 무렵이 되자 테디는 넓게 비어버린 귀리 밭을 뒤로하고 떠났다.

테디는 귀리를 매우 좋아해서 그다음 날에도 귀리 밭으로 가 새벽 내내 잔치를 벌였다. 그는 다음날 밤에도 가려 했지만 작은 늪에 빠지면서 세 마리의 개구리를 놀라게 했고 오랜 시간 동안 그들을 잡느라 온몸이 더러워져서 다음날 아침 내내 씻어야 했기 때문에 가지 않았다.

테디는 그날 아침 낡은 도로를 따라 마차를 탄 사람들이 찾아와 오랫동안 평원을 살펴보고 싸우다 떠났다는 것을, 밤에 다시 도끼와 판자를 가지고 돌아와 큰 소리를 내지 않으려 애쓰며 그들에게 매우 편리한 낡은 도구를 사용해서 오랜 시간 동안 소나무를 잘랐다는 것을 알지 못했다.

"주문 받은대로 했어!"

무리 중 한 명이 반복해서 말했다. 괴이하고 잔혹한 미소가 그들의 얼굴에 떠올랐다.

그런 다음 사람들은 한쪽에 모여 담배를 피우며 담뱃재를 풀에 떨어뜨렸고 마차에서 총을 꺼냈다. 두 명은 소나무에 엎드렸고 한 명은 차를 타고 다시 돌아갔다. 마차 안에서 양동이를 두들기며 노래를 불렀고 그 소리는 꽤 오랫동안 들렸다.

테디가 잠에서 깨어났을 때 달이 숲 위로 올라왔다. 곰은 고개만 움직이면서 냄새를 맡으며 오랫동안 완전한 고요 속에 가만히 누워 있었다. 그러다 일어나 하품하고 기지개를 켜고 귀리를 떠올리고는 서둘러 뒤뚱뒤뚱 귀리 밭으로 향했다. 가다가 어떤 냄새에 이끌려 멈춰 서기도 했고 풀에 코를 대고 오랫동안 숨을 들이켰고 달짝지근한 풀을 뜯어 쩝쩝거리며 먹기도 했다. 곰은 조용히 먹는 법을 알지 못했다.

테디는 황철나무 숲 사이로 가운데에 검은 점이 있는 하얀 귀리 줄기가 보일 정도로 그가 두 밤 내내 있었던 귀리 밭에 가까워졌다. 열에서 열다섯 걸음만 움직이면 귀리 밭이었다. 그런데 갑자기 테디가 멈춰 섰다.

그는 아무런 냄새를 맡지도, 소리도 듣지 못했지만 분명 어떤 검은 그림자가 살짝 움직이는 게 느껴졌다. 직감이 그에게 경고 신호를 보냈다. 테디가 없는 동안 무엇인가 바뀌어 있었다.

테디는 약하게 빛나고 있는 귀리 줄기에서 눈을 떼지 않은 채 귀리 밭으로 가지 않고 숲 오른쪽으로 방향을 틀었다. 곰의 등에 있는 털은 쭈뼛 곤두섰지만 습관처럼 으르렁대지는 않았다. 마치 그의 안의 무엇인가가 으르렁대지 말라고 하는 것 같았다. 귀리 밭엔 아무것도 없었고 주변엔 아무런 움직임도 없었다. 어딘가에서 산들바람이 불어오는 게 느껴졌지만 너무나 미약해서 거의 풀이 움직이지 않을 정도였다. 그러나 귀리 냄새는 더욱 강해져서 테디의 코는 더 축축하고 차가워졌다. 그러나 테디는 입을 벌리지 않고 조용히 침을 삼키고 나무들의 준엄한 검은 그림자가 드리워진 밝은 도로로 나갔다. 그 순간 가라앉았던 목덜미 뒤 털이 다시 쭈뼛 섰다. 옅지만 강한 타르, 말, 담배, 사람 냄새가 그의 코를 찔렀다. 곰은 멈춰 서서 오랫동안 냄새를 맡았다. 마침내 테디는 이곳에 말을 탄 사람들이 왔다가 서서 담배를 피우고 떠났다는 걸 알게 되었다. 조금 용기를 낸 테디는 도로를 따라 이동하다가 길을 건넜고 귀리 밭 반대편으로 가게 되었다.

테디는 낮에 있었던 사람들이 이미 떠났다는 건 확실하게 느낄 수 있었다. 하지만 이상했다! 위험하다는 느낌이 떠나지 않았고 등에 쭈뼛 선 털도 가라앉지 않았다. 테디는 이런 공포감을 주는 장소에서 어서 빨리 벗어나고 싶었다. 왜냐하면 느껴보지 못한 공포감이었기 때문이다. 숲으로 돌아가야 했지만 약간 우회하여 귀리 밭으로 돌아갔다.

테디에겐 어미가 없었기 때문에 수상하면 그곳에서 어서 벗어나야 한다는 걸 배운 적이 없었다. 그래서 귀리 밭으로 돌아온 테디는 전나무 그림자 안에 서서 오랫동안 약하게 풍겨오는 맛있는 귀리 냄새를 맡으며 공포감에서 벗어나려고 감정을 안으로 삭이면서 진정하려고 애썼고, 그러다 부주의해졌다.

곰은 조금씩 움직여서 그림자에서 나와 기지개를 켰다. 그러나 바로 그 순간 어떤 요란한 소리가 공기를 갈랐다. 위쪽에서 무엇인가 움직였다. 큰 불빛이 번쩍였을 때 테디는 물러나지도, 고개를 들지도 못했다. 순간 꽝음과 함께 무서운 총성이 새벽의 고요함을 갈랐고 무엇인가 찌르는 듯한 통증이 곰의 왼쪽 앞발에 느껴졌다. 테디는 총에 맞아 쓰러졌다. 총소리가 났을 때 테디는 가장 위험한 적인 인간과 마주쳤다는 걸 알았고 도망가야 한다고 생각했기 때문에, 순간적으로 화가 났지만 벌떡 일어나 자기를 살려줄 어두컴컴한 숲으로 도망을 쳤다.

테디는 할 수 있는 한 최대한 빨리 도망갔지만 두 번째 점프를 하다가 다시 넘어져 스스로도 놀랐다. 그리고 휘어진 소나무 위쪽에서 귀를 찌르는 듯한 두 번의 총성이 또 울렸다. 너무 가까워서 앞에서 들린 소리라고 느껴질 정도였다. 그러나 지금 테디는 총성이나 부서지는 소리가 아니라 뛰지 못하고 넘어진 스스로에 놀랐다. 곰은 다시 펄쩍 뛰어올라 귀리 밭에서 떨어진 채로 달렸지만 알 수 없는 무서운 일이 그에게 벌어졌다. 주둥이부터 바닥에 넘어진 것이다. 그제서야 테디는 앞발이 없어진 것 같은 느

낌을 인지했다. 왼쪽 앞발이 마비되어 움직이지 않았고 그 발로
는 일어설 수조차 없었다. 그러자 테디는 오른발로 무게를 실어
큰 소리를 내며 빨리, 더 빨리 달려갔다. 테디는 공포에 휩싸여
어디가 길인지 분간하지도 못하고 뒤뚱거리며 뛰다가 발을 헛
디뎌 가슴부터 바닥으로 넘어졌다. 이곳에서 벗어나야 해!

   마치 뒤에서 누군가 소리를 내며 쫓아오는 것처럼 느껴졌다.
테디는 겨우 힘을 쥐어짜내어 오랫동안 속도를 내서 달렸고 꽤
도망쳤다고 느꼈을 때 멈춰 서서 적을 마주하고자 으르렁거리
며 뒤로 돌았다. 테디는 으르렁거렸고 귀에 발을 댔다가 더 이상
참을 수 없는 고통이 느껴지는 왼발을 꽉 누르며 자리에 앉았다.
테디의 눈은 활활 타올랐으며 옆구리는 부풀어 올랐고 등과 옆
구리에 있는 모든 털이 두려움과 분노에 쭈뼛 섰다. 그의 숨소리
외에는 아무것도 들리지 않아 주변 소리를 듣고자 숨을 잠시 멈
췄다. 아무 소리도 들리지 않았다. 적이 어딘가에 숨어 있을 거라
는, 이렇게 고요할 리 없다는 생각에 테디는 다시 으르렁거렸고
계속 뒤를 돌아보며 그곳을 떠났다.

   그러나 아무도 따라오는 사람은 없었으며 테디의 울부짖음에
놀란 숲은 그 어떤 소리도 내지 않았다. 테디는 가다가 앞발을 핥
기 시작했다. 따뜻한 피가 그를 일깨웠다. 아픔은 잦아들었지만
이상한 만족감을 느꼈다. 테디는 더욱 세게 왼발을 핥았다.

   그리고 그 덕분에 살아났다. 해가 떠오르길 기다린 사냥꾼들
은 총을 들고 핏자국을 따라가며 테디가 풀에 피를 묻히고 덤불

을 무너뜨리고 발톱으로 땅을 긁어대며 얼마나 고통스러웠을지 추측했다. 또한 사냥꾼들은 특히 피가 흥건하고 풀이 구겨져 서로 엉겨 붙어 있는 장소를 보고 곰이 이곳에 앉았고 자신들을 바라보고 있었으리라 짐작했다. 그러나 그다음 곰의 흔적은 옅어졌다. 바닥에 피가 점점 드문드문 떨어져 있는가 싶더니 조금 더 가서는 아예 사라졌다. 더 이상 곰의 흔적을 찾지 못한 사냥꾼들은 가까이에 있는 계곡을 샅샅이 살피다가 빈손으로 마을로 돌아갔다.

10

그때 테디는 어두운 숲의 메마른 섬 저 멀리에 누워 고통스러워하고 있었다. 왼발은 부풀어 올라 아팠으며 하루 종일 그 자리에서 움직일 수가 없었다. 새벽이 되었지만 왼발의 고통으로 인해 테디는 쉬이 잠들지 못했다. 게다가 알 수 없는 새로운 초조함이 그를 에워쌌지만 테디는 어찌할 바를 몰라 숨을 세게 들이쉬면서 불안의 원인을 찾았다. 갑자기 숲에 고요함이 찾아왔다. 모든 생물이 자취를 감추어 그 어떤 작은 소리도 들리지 않았고 죽음과 같은 고요는 점점 더 곰을 옥죄어 오며 긴장하게 만들었다.

숲에 긴장감이 감돌고 곰의 숨은 막혀왔다. 처음엔 미약했으나 빛이 점점 지평선을 넘어 숲 전체를 밝게 비추기 시작했다. 소리 없이 비밀스럽게 주변이 밝아지고 있었지만 우거진 숲속에서는 잘 보이지 않았다. 오직 소나무 꼭대기만이 희미하게 하얗게 빛났다. 그런 다음 조용히, 매우 멀리서 천둥소리가 들리기 시작했다. 테디는 우울하게 으르렁거리며 전나무 밑에서 불안하게 소리를 냈다. 주변엔 불길한 고요만이 맴돌고 있는데 저 멀리서 점점 더 분명하게 끊임없이 천둥소리가 들려와 테디는 어디론가 몸을 숨기고만 싶어졌다. 그러나 숨을 곳이 없어 나무에 더 가까이 붙을 뿐이었다.

소나기가 매우 빠른 속도로 내리기 시작했다. 나무 사이로 보이던 별들은 칠흑 같은 어둠에 가려졌으며, 하얀 번개가 암흑을 가르며 소나무 언덕에 내려앉거나 무언가 터지는 소리와 마치 하늘이 기침하는 것처럼 '쾅! 우르르르 쾅!' 하는 무섭고도 날카로우면서도 요란한 소리가 났다.

바람이 불어오자 소나무와 전나무 꼭대기는 쉬쉬 소리를 냈다. 나무 밑은 조용했으며 아무것도 움직이지 않았다. 바람이 휙 스치는가 싶더니 이내 비가 내렸다. 단순히 나뭇잎을 살짝 스치고 지나가거나 테디가 자주 봤던 비가 아니었다. 비는 곧바로 숲을 습격하여 떨어지는 물소리로 숲을 가득 채웠다. 빗소리 말고는 아무 것도 들리지 않았다. 오직 번개만이 계속 장엄한 포효를 할 뿐이었다.

아침이 다 되어서야 번개가 그쳤고 그제야 숲이 태양 빛에 스며들어 빛나기 시작했다. 반짝이는 물방울이 윗나무 가지에서 아래에 있는 나뭇가지로, 풀밭으로 떨어졌다. 땅은 모든 물방울을 받아들였고 숲에서 아침 내내 바스락거리는 소리가 났다.

불쌍하고도 불쌍한 테디! 사람들과 소나기로 아픔과 고통에 시달린 불행한 테디는 잠도 못 자고 비에 쫄딱 젖은 채로 오래된 전나무 앞에 앉아 있었다. 태양이 떴다고 좋아할 수도 없었고 아픔 때문에 어딘가로 가서 먹이를 찾아야 한다는 생각도 할 수 없었다. 그렇게 테디는 힘없이 고독하게 누워 낮과 밤, 그다음 낮이 되도록 일어나지 않았다. 상처가 어느 정도 회복되고 극심한 배고픔이 테디를 고요한 곳에서 벗어나도록 하기 전까지 말이다.

침울한 테디는 세 발로 절뚝거리며 조심스럽게 언덕들을 넘어 다녔다. 그리고 덤불, 마른 나뭇가지, 나무뿌리, 아니면 억세고 키 큰 풀이 테디를 괴롭힐 때면 분노에 휩싸이곤 했다. 그렇게 며칠이 더 지났다. 테디는 이제 조심스럽게 왼쪽 발로도 걷기 시작했으며 점점 우울한 생각에서 벗어나 즐거워지고 힘이 생겼다.

그러나 다시 사람들과 만나게 되었다. 테디가 특유의 느긋하고 느린 걸음으로 강가에 다다랐을 때였다. 그날따라 새벽 날씨가 따뜻했고 유독 많은 산딸기와 마주했다. 그러나 테디는 초조했다. 꿈을 꾸었을 때 테디는 멧닭을 쫓고 있었다. 멧닭은 어리석게도 날개를 푸드덕거리며 덤불로 들어갔고 나무에 부딪혀 넘어졌다. 몇 번이나 거의 잡을 뻔한 걸 놓쳤다. 결국 멧닭은 자작나무로 날아갔고 테디는 사냥에 실패했다. 화가 났다.

협곡을 내려간 테디는 시냇물을 양껏 마시고 다른 협곡으로 올랐다. 갑자기 연기 냄새가 났고 사람들의 목소리가 들렸다. 그는 조용히 연기가 나는 쪽으로 가 형형한 모닥불이 타오르는 평원으로 나가 보았다. 두 개의 천막이 설치되어 있었고 끈에 묶인 말들이 있었다. 과학 탐사대였다. 하지만 이 사실을 알지 못하는 테디는 크게 놀라며 더 자세히 살펴보기 위해 자리에 앉았다. 모닥불 주변 사람들은 앉아 있거나 돌아다니며 큰 소리로 웃고 떠들었다. 그때 주변 나무들 사이에서 거대한 그림자가 움직였다.

　테디는 평원의 가장자리를 따라 가며 잠시 생각하다가 천천히 천막 쪽으로 다가갔다. 그리고 자기도 모르게 갑작스러운 분노가 일어 으르렁거리기 시작했다. 그 순간 말들이 놀라 숨을 몰아쉬었고 퇴적 더미로 다가갔으며 이 때문에 천막에서 개가 뛰쳐나와 크게 도약하여 테디에게 달려들었다. 그러나 열 걸음 정도 뛰었을 때 개는 달리는 걸 멈추고 두려움에 떨며 맹렬하게 짖어댔다. 테디는 개에게서 조금 떨어져 다른 방향에서 천막 쪽으로 접근하려고 했지만 다시 개가 앞을 막아섰다. 모닥불 근처에 있던 사람들은 벌떡 일어났다. 두 사람은 총을 챙기러 천막 안으로 들어갔다. 테디는 총자루 끝의 빨간 불빛을 발견하고 뒤로 돌아 도망갔다. 개는 승리와 추격의 기쁨에 취해 멈추지 않고 테디의 뒤를 쫓았다. 평원 가장자리를 뛰어가며 테디는 늪지대로 방향을 틀어 격분하며 개를 향해 돌아섰다. 그러자 개는 잠잠해져서 온 힘을 다해 천막으로 달려갔다. 테디는 천막을 부숴버리고 싶었지만 총을 떠올리고는 강 쪽으로 먹이를 찾아 떠났다.

　테디는 지체하지 않고 북쪽으로 20킬로미터 정도 이동했다. 이제 테디는 처음 숲으로 온 날처럼 고립무원의 처지였다. 그의 앞에 여러 냄새들의 향연이 펼쳐졌다. 테디는 점점 놀라는 일이 줄어들었고 더 많은 주변 물체와 현상을 이해하게 되었다. 그는 가장 하찮게 여겨지는 새이긴 하지만 어치와 까치를 항상 믿어야 한다는 걸 깨달았다. 그는 까막딱따구리가 우는 이유를 추측할 수 있게 되었다. 마른 나무 위에 올라가 앉아 있으면 멀리서 부리를 깨끗이 하고 있는 까마귀, 그 밑에 꼬리를 내린 채 움직이지 않고 아래를 내려다보고 있는 까치의 존재가 느껴졌다. 테디는 감각을 사용하지도 않고 바로 그곳으로 갔다. 왜냐하면 배부른 까마귀가 있는 곳엔 항상 먹을 게 있기 때문이다. 테디는 그리 나무를 잘 타지는 못했지만 가지가 보기 좋게 사방으로 뻗은 나무를 볼 때면 항상 올라갔고, 으르렁거렸으며, 나무 꼭대기에서 주의 깊게 주변을 바라보았다. 그럴 때마다 어치와 까치가 지나친 관심을 보이는 점만 싫었을 뿐이다. 테디는 그들을 쫓아내려 으르렁거리곤 했지만 울음소리를 내며 떠나지 않고 나무에서 나무로 뛰어다닐 때면 오래 생각하지 않고 숨어서 기다렸다. 그러곤 영리하게 그들과 주변 나무들을 살펴보고는 이 집요한 추적자들이 보이지 않으면 만족스러운 소리를 내고 가던 길을 계속 갔다. 짧은 시간 동안 강하고 위험한 존재가 된 테디는 도시에서 살면서 얼마나 많은 걸 모르고 있었는지를 깨달았다. 테디는 남들이 보기에 진정한 짐승이 되었다. 하지만 완전히 그런 건 아니었다.

어느 아침에 목을 축이러 강가로 간 테디는 벼락에 맞은 것처

럼 멈춰 섰다. 강 근처에서 곰의 냄새가 난 것이다! 다른 곰이 이
틀 전쯤 이곳에 있다가 간 듯한 오래된 냄새였다. 그러나 이 미약
한 냄새 때문에 겁먹은 테디는 목이 마른 것도 잊어버리고 오랫
동안 주변을 살폈다. 등에 쭈뼛 곤두선 털은 가라앉을 기미를 보
이지 않았다. 테디는 자기가 숲의 유일한 황제가 아니라는 걸, 또
다른 곰이 있다는 걸 깨닫고 그를 쫓는 걸 무서워했다. 그날부터
테디는 마음이 진정되지 않았다.

　테디는 무너진 개미집과 먹다 남은 산딸기와 한 데 모인 월귤
나무에 점점 더 자주 찔리기 시작했다. 저 멀리서 풍겨 오는 죽은
짐승 냄새를 맡고 찾아가면 이미 다른 곰이 다녀간 후여서 시체
의 냄새만 남아 있을 뿐이었다. 이제는 숲 전체에 낯선 곰의 냄새
가 풍겼고 이는 테디를 미치게 만들었다. 테디의 적의는 점점 심
해져갔고 곧 무얼 해야 할지 명백히 깨달았다. 이 변방에서 둘이
공존할 수는 없었다. 한 마리는 이곳을 떠나야 했다. 이곳이 마음
에 들지 않았다면 테디는 고민하지 않고 떠났을 것이다. 그러나
이곳은 먹을 게 많아서 테디의 마음에 들었던 것이다. 그래서 테
디는 적을 쫓아내기로 마음먹고 찾아다니기 시작했다. 가끔은
시간이 얼마 지나지 않은 흔적을 발견하기도 했으나 오래된 흔
적과 더 자주 마주쳤으며 단 한 번도 직접 곰을 보지는 못했다.

　만남은 예상치 못하게 이뤄졌다. 아침에 테디는 오후 내내 누
워 있을 만한 장소를 찾아 하얗고 마른 이끼로 뒤덮인 소나무 사
이 어두운 평원에 자리를 잡았다. 갑자기 가까운 곳에서부터 풍

겨오는 다른 곰의 향기가 테디의 코를 찔렀다. 테디는 냄새가 나는 쪽을 바라보았고 마침내 자기가 찾던 적과 마주했다. 이 뻔뻔한 놈에게 어떻게 본때를 보여주지? 어떻게 처리하지? 테디의 눈은 광기로 번뜩였다. 다른 곰은 순식간에 소나무들 사이에 숨었다가 평원으로 나왔다.

이 곰은 너무나도 거대했다. 테디는 산토끼처럼 제자리에 얼어붙었다. 몇 초 전만 해도 테디는 성나 있었고 싸움에 목말라 있는 짐승이었다. 그러나 상대 곰 앞에서 테디의 야생성은 내놓을 수도 없는 정도였다! 상대 곰은 철과 같은 발톱, 덥수룩한 턱수염과 털, 근육으로 뒤덮인 흉포한 눈빛의 진정한 짐승이었다. 테디도 거대한 짐승이었으나 공포에 온몸이 굳어져버렸다.

상대 곰은 고개를 아래로 내리고 있었고 그 때문에 등이 위로 곤두서 있었다. 그는 가만히 테디를 주시하고 있었다. 아무런 소리를 내지도, 움직이지도 않았다. 테디는 이 아름다운 변방에서 떠나야 하는 건 자기라는 걸 깨달았다. 감히 이 거대하고 공포스러운 존재와 대결할 수 있겠는가!

그 순간 테디의 생각을 상대도 읽었다. 상대도 테디가 무슨 생각을 하는지 알아차렸다. 아니다. 상대 곰은 테디를 죽이려 달려들지 않고 작게 으르렁거리기만 했다. 그의 으르렁거리는 소리는 테디가 내는 가장 낮은 울음보다도 낮았다. 사람들의 귀로는 미묘한 차이를 느끼지 못해 똑같은 소리로 들릴 것이다. 테디는 상대 곰이 무엇을 원하는지 바로 알아차렸다. 그의 크지 않은, 약간 멸시하는 듯한 울음소리는 짧은 말을 뜻했다.

'이곳에서 떠나라!'

이 명령은 곧 테디의 목이 부러지고 가슴이 찢긴 채로 하얗게 마른 이끼에 떨어질 것이라는 의미였다. 테디는 아무 소리도 내지 않고 뒤로 돌아 빠르게 달아났다. 숲속으로 몸을 거의 숨긴 테디는 마지막으로 뒤를 돌아봤다. 그 곰은 빽빽한 소나무 몸통 사이를 배경으로 우뚝 솟은 건초 더미처럼 움직이지 않고 서 있었다.

이로써 테디는 지나다니다 턱수염이 많은 숲의 군주와 마주치지 않기 위해 붉은 개미와 붉은 월귤나무가 풍부한 숲을 완전히 떠나게 되었다. 테디는 태어나 처음으로 싸움에서 약한 존재가 되었으며 깨끗이 패배했다. 떠나길 잘했다.

11

수많은 언덕을 넘고 큰 강의 물줄기를 따라 오른쪽으로 이동하던 어느 날 아침 테디는 넓은 평원에 다다랐다. 그 무렵 모든 잎사귀들이 자작나무와 사시나무에서 떨어져 두터운 언덕을 만들었고 새들은 무리에서 길을 잃었으며 산딸기 대신 버섯이 많아졌고 첫 서리가 시작되었다.

밑으로는 시냇물이 흘렀고 거대한 소나무들이 조용히 웅웅거렸으며 희미한 태양 빛을 기를 쓰고 바라보는 그해 마지막 들국화가 피었다. 시냇가 연안 곳곳에 멧닭의 흔적이 남아 있는 부드러운 황금빛 모래가 펼쳐져 있었다. 물은 음악을 연주하듯 끝없이 흘렀다. 평원에서 발걸음을 멈춘 테디는 불현듯 먹이가 풍부한 장소를 찾았다는 걸, 마침내 어린 시절을 보냈던 곳으로 왔다는 걸 깨달았다. 더 이상 다른 곳으로 가고 싶은 충동에 휩싸이지 않았다. 그 어디로도 이동하고 싶지 않았다. 여정이 끝난 것이다.

이곳은 테디가 이름을 갖기도 전 고작 작고 멍청한 아기 곰이던 시절 그대로였다. 어린 테디가 개미와 산딸기로 배를 가득 채우고 나면 어미 곰이 그의 목덜미를 잡고 오랫동안 시냇가에서 씻기고 기다란 분홍색 혀로 부푼 배를 세게 핥았던 그 시절 모습을 간직하고 있었다. 아주 멋지고 말로 형용할 수 없을 정도로 행복한 날들이었다. 마치 그때로 다시 돌아간 것 같았다. 하지만 당연하게도, 그럴 리 없었다. 아니다. 그의 어린 시절 기억은 어두운 시간의 연기 속에서 사라져 돌아갈 수도, 다시 오지도 않고 햇빛과 초록색 풀로도 되돌릴 수 없다. 아, 다시 어린 시절로 돌아가 어미를 만나 그녀의 따뜻한 옆구리에서 목놓아 울고 싶다! 그럴 수 없다는 게 얼마나 슬픈 일인가….

낮과 밤에 돌아다니면서 테디는 자기가 군림할 지역이 어디까지인지 생각하며 차근차근 변방을 둘러보았다. 그는 시냇가, 늪, 골짜기, 습기 찬 초원, 변두리와 황량한 장소들을 살폈다. 수많은 늑대와 사슴, 다람쥐, 수달, 산토끼의 흔적이 있었다. 어떤 것에는 무관심했지만 어떤 것을 보고는 동요했다. 테디는 휘젓고 다니며 땅을 흩뜨려 놓거나 나무껍질을 벗겨서 땅과 숲, 심지어 공기에까지 그의 권리를 공표하고자 했다.

새와 멧닭은 마른 잎사귀를 흩날리며 특이하면서 센 소리를 내며 코앞에서 날아갔지만 이제 그 무엇도 테디를 놀라게 하지 못했다. 테디는 모든 걸 응당 그러한 일로, 오래전부터 알고 있다는 듯 받아들였다. 테디는 더 이상 걱정과 호기심을 품은 채 동물들이 남기고 간 흔적들의 냄새를 맡지 않았다. 그저 지나가면서 '여긴 사슴이 지나간 곳이군. 세 마리였어', 혹은 '여우가 달아났네. 입에 메추리를 문 채로 매우 날세게 달려갔어' 하며 속으로 생각할 뿐이었다.

그의 털은 호두색을 띠며 자라 복슬복슬하고 윤기가 흘렀다. 앞발도 더 이상 아프지 않았고 그루터기를 돌려서 뽑거나 쓰러져 있는 무거운 나무를 뒤집을 때 앞발을 사용하기도 했다. 테디는 엄청난 식욕에 내몰려 많이 돌아다녔다. 그러나 이곳엔 먹을거리가 풍부했고 그 어느 때보다도 자유롭고 강한 스스로의 모습에 엄청난 만족감을 느꼈다.

자유란 위대한 것이다! 자유는 태양과 별로 가득한 광활한 하늘과 같다. 자유란 일정하게 불어오는 따뜻한 바람이나 빠르게 소리를 내며 흘러가는 물과 같다.

그 누구도 두려워할 필요 없다! 하기 싫은 건 하지 않아도 된다!

원할 때 잠에서 깨어나고 원하는 대로 갈 수 있다!

멈춰 서서 강물 위를 날아다니는 기러기 떼를 오랫동안 눈으로 바라볼 수 있고 사방에서 바람을 맞을 수 있는 언덕에 오를 수도 있다. 언덕에서는 모든 냄새가 풍겨왔으며 그중 원하는 냄새를 골라 그를 부르는 그곳으로 갈 수 있다!

벌레 먹은 마른 나무가 많은 숲으로 들어가 곰의 위대하고 자유로운 힘으로 마르고 죽어버린 나무들을 쓰러뜨리는 걸 즐겼다. 그럴 때면 나무들이 안타깝게 부러지는 소리를 내며 쓰러질 것이다!

강한 냉기가 서리는 11월이 왔다. 가을 사슴 추격이 시작되었다. 테디는 흥분하여 언덕을 돌아다니며 그들의 울음소리에 귀를 기울였다. 그는 몇 번이나 멀리서 뿔이 큰 커다란 사슴을 보았다. 사슴은 조심성을 잃고 관목림 사이와 마른 풀이 무성한 언덕을 돌아다녔고 끊임없이 울부짖었다. 곰은 점점 이 시끄러운 이웃이 마음에 들지 않았다. 위험한 짐승인 테디는 이따금 제멋대로 굴고 시끄럽게 굴긴 했으나 계속되는 소음은 참기 어려웠고 예전에 다른 곰을 미워했듯 사슴을 싫어하기 시작했다.

어느 날 테디는 오래되지 않은 사슴의 흔적과 마주했다. 그리고 오랫동안 봤던 큰 사슴과 암컷 사슴들의 흔적이라는 걸 바로 알아차렸다. 그날 테디는 유독 화가 난 상태였고 바로 철면피 같은 그 사슴을 쫓아가고 싶은 충동에 휩싸였다. 격노한 테디는 사슴의 배변을 흩뜨리고 흔적을 따라 빠르게 이동했다. 언덕을 오르다 흔적을 놓친 테디는 다시 내려가 작은 반원으로 돌고 다시 사슴이 어디 있는지 감지했다. 곧 사슴들이 보였다. 그들은 앙상한 황철나무 숲에서 가장 부드러운 나뭇가지에 입술을 갖다 대며 배를 채우고 있었다.

테디는 으르렁거리며 사슴들을 향해 엎드렸다. 사슴들은 놀라 옆으로 확 밀려나며 높이 점프하면서 아래로 뛰어 내려갔지만 수컷 사슴은 예상치 못하게 코를 킁킁대더니 곰을 마주하며 뛰어왔다. 옛날이었다면 테디는 생각 없이 암사슴을 뒤쫓았을 것이다. 지금은 숱한 승리의 경험으로, 뜨거운 가슴으로 용기 있게 적과 마주했다. 둘은 풀밭에서 서로를 마주 보았다. 테디는 매섭게 으르렁거렸다. 사슴은 센 콧김으로 대답했다. 사슴의 피부는 싸움을 향한 열망으로 떨렸고 눈으로 피가 몰렸으며 콧구멍은 떨렸고 가벼운 숨은 바람을 일으켰다. 강력한 목과 가벼운 엉덩이를 지닌 거대한 뿔의 사슴은 힘이 펄펄 넘쳤다.

이러한 만남을 예상치 못한 테디는 놀란 건 아니지만 혼미해졌다. 그는 잠시 멈춰서 어떻게 하면 잘 도망갈 수 있을까 궁리했다. 그러나 곰이 멈춘 의미를 나름대로 해석한 사슴은 갑자기 머리를 숙여 눈을 감고 테디에게 돌진했다. 테디는 미처 물러서지 못했고 사슴이 그의 다리를 공격했다. 사슴이 넘어진 곰의 머리로 달려들면 테디가 죽을 수도 있는 상황이었다. 그러나 사슴의 머리는 곰의 어깨로 향했다. 단단한 곰의 뼈는 부러지지 않고 버텨냈지만 싸우고 싶은 마음은 싹 사라져버렸다. 오직 살아서 이곳을 떠날 수만 있다면!

사슴이 원하는 방향으로 머리를 들이밀지 못했다는 걸 깨닫고 다시 달려들었지만 테디는 물러섰다. 이번엔 사슴이 실수했다. 아까처럼 사슴이 고개를 위로 쳐들고 돌진했다. 테디는 살짝 피하며 관목으로 뛰어올랐고 사슴은 바로 멈출 수 없었다. 사슴은 몸의 중심이 자꾸 아래로 향하면서 절뚝거리는 곰을 향해 뒤돌았다. 승리, 단 한 번도 거머쥐지 못한 승리가 아름다운 사슴의 손안에 들어오는 것 같았다. 하지만 사슴은 이에 만족하지 못했다. 적을 파멸시키거나 멀리 쫓아내고 싶었다. 그래서 사슴은 곰의 흔적을 따라 달려가 단숨에 따라잡았고 가는 도중 몇 번이나 테디를 공격했다. 사슴에게 맞은 불행한 테디는 폭풍에 숨겨진 나무들 사이 가장 깊은 곳으로 들어가 오랫동안 끙끙대며 코로 식식 숨을 쉬며 패배의 수치심을 느꼈다. 얼마 전엔 턱수염이 많은 곰에게 쫓겨났고 이번엔 사슴을 죽이지 못했다. 가장 끔찍한 것은 이제 모든 사슴을 경계해야 한다는 것이었다. 한 사슴이 그를 때렸다는 건 다른 사슴들도 그를 만만하게 볼 수 있다는 의미였다. 그날부터 테디의 삶은 매우 고달파졌다. 짓궂게도 어딜 가든 사슴의 흔적이 남아 있었다. 월귤나무, 개미, 물을 마시러 간 강에도 사슴의 흔적이 남아 있었고 그럴 때마다 테디는 바로 뒤돌아 떠났다.

그러나 막다른 상황은 그리 오래가지 않았다. 테디 안에서 갑자기 야생의 본능이 깨어나 적을 찾아 죽이도록 테디를 사납게 몰아붙였다. 테디는 숲을 돌아다니며 사슴의 흔적을 찾았고 땅을 발톱으로 맹렬히 할퀴며 지배권을 주장했으며 오랫동안 미동도 하지 않고 매복해 있기도 했다. 한번은 강가에서 오래되지

테디   123

않은 사슴의 흔적이 많은 걸 보고 관목 사이로 들어가 기다리기 시작했다. 테디는 땅에 엎드려 나뭇가지 사이로 숲길을 바라보았다. 도처에 축축한 노란색 잎사귀가 두텁게 쌓여 있었다. 나무는 앙상했고 무엇이 무엇인지 잘 분간이 되지 않는 숲속에서 빽빽하고 어두운 전나무가 특히 두드러져 보였다. 아침엔 서리가 내려앉았지만 지금은 다 녹아 있었다. 음산하고 추운 날이었다.

오후가 되자 위에서 가볍게 부스럭거리는 소리가 났다. 테디는 고개를 들고 공기를 빨아들였다. 사슴의 냄새가 났다. 테디의 귀는 쫑긋 세워졌고 등의 털은 위로 쭈뼛 곤두섰다. 테디는 땅으로 납작 엎드려 뒷발을 배 밑으로 놨다. 두어 번 사슴들이 멈춰섰다. 그들은 주변 소리에 귀를 기울이며 나뭇가지 같은 걸 뜯어 냈다. 테디는 이를 눈치채지 못하고 인내심을 가지고 엎드려 있었다. 마침내 관목 위에서 뿔이 보이더니 사슴이 나타났다. 수사슴 뒤에는 세 마리의 암사슴이 서 있었다. 그들은 멈춰 서서 귀를 쫑긋 세우고 조심스럽게 아래를 내려다보다가 물이 있는 곳으로 왔다. 먼저 수사슴이 내려오고 그다음 암사슴들이 내려왔다.

어쨌든 사슴은 곰의 냄새를 맡고 제자리에 못이 박힌 듯 멈춰섰다. 테디는 조용히 으르렁거리며 모습을 드러냈다. 사슴은 잠깐 눈을 감았다가 곰에게 달려들었다. 이번엔 사슴을 피한 테디는 앞발로 사슴의 옆구리를 할퀴었다. 발톱 공격은 가볍고 순간적이었지만 사슴의 옆구리에는 상처가 나 피가 흘렀다. 피 냄새를 맡은 테디는 야수가 되었다. 태어나서 처음으로 살아 있는 생명체를 찢어 죽이고 숨이 끊기기 전 씩씩거리는 숨소리를 듣고 싶은 충동이 일었다. 한편 사슴은 뒤돌아 다시 달려들었다. 곰은 무게가 많이 나갔지만 사슴의 움직이는 뿔 앞에서는 고양이가 되었다. 테디는 저번처럼 바닥에 굴렀지만 사슴의 목에도 피가 흐르는 상처가 새로 생겼다. 테디는 뛰어오르면서 온몸이 흔들릴 정도로 크게 포효했고 사슴의 옆에서 달려들 기회를 노렸다. 사슴의 뿔은 무기라는 건, 그 앞에선 어쩔 도리가 없다는 걸 깨달았기 때문이다.

둘은 습기 어린 마른 풀과 땅을 파헤치고 주변에 있는 모든 걸 부수면서 싸웠다. 눈에 띄게 사슴의 힘이 빠졌다. 사슴의 몸 여기저기서 피가 뿜어져 나왔고 추위 속에 입김을 내뿜었다. 마침내 곰은 사슴의 옆구리로 달려들어 사슴의 움직이는 목덜미를 할퀴면서 동시에 뒷발로 옆구리를 잡아 뜯었다. 그런 후에 왼발로 지탱하며 이빨로 사슴의 목덜미를 꽉 물면서 엄청난 힘으로 사슴의 왼쪽 목을 친 다음 아래로 끌어내리며 척추뼈를 부러뜨렸다. 그러자 사슴이 쓰러졌다. 곰은 사슴의 가슴을 찢었다. 그러나 사슴은 가슴이 찢기고 목이 부러진 채로 일어나 곰에게 달려들려고 했다. 그렇게나 강했던 것이다! 테디는 꼬르륵거리는 소리를 내거나 기침을 하면서 이미 죽어버린 사슴의 피를 삼켰고 이내 제정신을 차렸다.

끊임없이 울부짖던 곰은 숲으로 들어갔다가 다시 돌아와 사슴을 질질 끌고 가려 했다. 끌고 가는 건 힘들고 불편했다. 그래서 테디는 죽은 사슴을 쓰러진 나무 아래 묻기 시작했다. 주변을 온통 엉망으로 만들어 놓으며 어떻게든 죽은 적을 묻은 테디는 마침내 그 장소를 떠났다. 아무도 이렇게 하라고 가르쳐주지도 않았고, 이제껏 한 번도 해본 적이 없는 일이었지만 이제는 그렇게 해야 한다는 걸 알았다.

이틀이 지나고 이미 사슴에 대해 잊고 있었던 테디는 달콤한 냄새가 바람에 실려 풍겨올 때 우연히 그 근처를 지나게 되었다. 순간 테디는 모든 걸 기억해내고 사슴을 묻은 곳으로 가서 배를 채웠다. 그가 오기 전 이미 늑대들이 왔었다. 늑대들이 남기고 간 흔적으로 알아낸 것이다. 때문에 테디는 자리를 떠나지 않고 근처에서 잠을 청했다. 그렇게 일주일 내내 죽은 사슴이 있는 곳을 찾아가던 테디는 이제 주변 모든 생명의 지배자라는 걸, 수염 많은 곰이 있는 곳처럼 그 누구도 이곳을 침범할 수 없다는 걸 느꼈다.

12

얼마간의 시간이 흘렀다. 마지막으로 오래된 아픔이 밀려왔다. 사람이 그리웠던 것이다. 본능보다도 더 강한 힘이 그를 숲 밖으로 밀어냈다. 그리고 얼마 전 고독과 자유를 갈망했던 것처럼 지금은 사람과의 만남을 고대했다.

테디는 나흘 동안 탁 트인 공간에 다다를 때까지 남동쪽으로 이동했다. 그의 앞엔 약간 경사진 언덕이 있었다. 언덕에서는 초록

저기 개가 달려가네요

색 가을 작물이 선명하게 자라나고 있었다. 테디가 멈춰 선 수풀 변두리에는 트랙터가 놓여 있었으며 자동차나 느린 마차가 근처를 자주 지나다녔다.

테디는 앞발을 든 채 수풀 변두리에 서서 사람에 대한 그리움으로 울부짖었다. 그러나 테디에겐 사람이 필요한 게 아니라 흰 바지를 입은 옛 주인이 필요했다. 오직 그 사람이 테디에게로 와 귀를 쓸어주며 부드럽게 '테디!'라고 불러주길, 그의 단단한 손이 설탕 한 움큼을 내어주길 바랐다….

그렇게 테디는 오랫동안 서 있었다. 그러곤 예전과 전혀 다른, 다시 위대하고 비밀스러운 인생의 진리를 깨달은 테디는 비로소 과거와는 완전히 이별했다. 그는 사람들을 향해 도로로 나가지 않았고 서커스단에서 배웠던 우스꽝스러운 그 어떤 동작도 하지 않았다. 그저 슬퍼할 뿐이었다. 그런 다음 내적 변화가 생긴 듯, 마치 내면의 마지막 멍에가 사라지기라도 한 듯, 사람과 연결된 마지막 한 가닥의 실이 끊어진 듯 다시 숲으로 돌아갔다. 나흘 후 테디는 다시 본연의 모습을 되찾았다.

하루가 다르게 추워졌다. 이제 테디는 더 많이 자고 덜 돌아다녔다. 아침마다 작은 호수와 얕은 강에서는 얼음 소리가 들렸다. 언제나 괴롭던 배고픔이 어느덧 뒤로 밀려나더니, 무엇인가 더욱 강한 충동이 테디를 사로잡았다. 서커스단 생활을 할 때 테디는 겨울잠을 잘 수 없었다. 공연을 해야 했기 때문이다. 그러나 이곳에서는 숲의 법칙이 우선이다. 자고 싶었다. 테디는 어디가 좋을지 말 그대로 간을 보면서 돌아다녔지만 어딜 가든 너무 개방되어 있거나 편하지 않았다.

어느 날 새벽에 눈이 내리고 다음 날 아침이 되자 모든 게 하얗게 변했다. 멀리 보이는 언덕들은 안개를 뚫고 빛을 냈고 테디는 점점 더 잠에 빠져들고 싶어졌다. 심지어 그가 걸을 때 눈에 찍히는 발자국조차 놀랍지가 않았다. 한번은 전나무 밑 마른 잎사귀들이 쌓인 곳에 자리를 잡아 사흘간 잠을 잤지만 다시 일어나 하얀 눈 위 검게 살아 있는 까마귀를 우울하게 바라보며 어딘가로 향했다.

마침내 그는 필요한 걸 찾았다. 단풍잎과 침엽수 잎사귀로 뒤덮인 깊은 구덩이였다. 구덩이 위는 관목으로 뒤덮였고 마침 전나무 토막도 쓰러져 있었다. 언젠가 사람이 나무 위를 톱으로 자르고 밑동은 남겨놓은 것이었다. 침엽수 잎사귀도 구덩이로 떨어졌지만 통나무 자체로도 매우 우거져서 테디가 그 안으로 들어갔을 때 하늘이 거의 보이지 않을 정도였다. 하지만 테디는 모든 게 마음에 들지 않았다. 테디는 다시 구덩이에서 기어 나와 마른 나뭇가지를 가져와 쌓아 올리기 시작했고 저녁이 다 되어서야 다시 구덩이 안으로 들어갔다. 그곳에서 테디는 오랫동안 뒤척였다. 도저히 편하게 누울 수가 없었다. 결국에는 편한 자세를 찾아서 몸을 핥기 시작했다. 차츰 어두워졌고 조용히 눈이 내렸다. 그리고 완전히 어두워졌을 때 소나무 위 눈이 연보랏빛을 잃었을 때 테디는 잠들었다.

그는 어떤 꿈을 꾸었을까?

서커스단과 어두운 복도와 연습장의 눈부신 빛으로 나뉘는 오랜 배우의 삶을 꿈꿨을까? 이동, 열차 칸, 바퀴 소리, 석탄과 기름 냄새, 웃고 맹렬히 소리 지르는 사람들, 하얀 바지를 입은 사내의 꿈을 꾸었을까?

아니면 새롭고 자유로운 삶, 달콤한 개미들, 졸졸 소리 내는 차가운 강물, 무서운 번개, 그를 쫓아낸 곰, 사슴과의 전투?

어린 시절을 꿈꿨을까? 곰이 있는 장소까지 부드럽고 현명한 숲의 향기가 날아들었을까?

누가 알까?

테디는 다음 날이 아닌 이틀 후에 잠에서 깨어났다. 눈이 쏟아져 내렸고 관목은 매일 눈이 쌓여 복슬복슬해졌고 길은 미끄러워졌으며 소나무와 전나무는 하얗게 변했다. 오직 자작나무만이 앙상하게 남아 있었고 저녁마다 멧닭이 와서 꽤 오랫동안 앉아 있었다. 매서운 추위가 몰려와 진정한 러시아의 겨울이 숲을 휩쓸기 시작했다!

테디는 점점 더 깊은 꿈에 빠져들었고 더욱 천천히 숨을 쉬었다. 더 이상 곰이 있는 구덩이 위에 안개가 끼지 않았다. 곧 눈으로 뒤덮인 구덩이는 작은 틈이나 나뭇가지 위에 노랗게 변해버린 서리를 누군가 우연히 보게 된 게 아니라면 발견할 수 없게 되었다.

"저기 개가 달려가네요!"

"Вон бежит собака!"

1961

하늘 높이 붉게 물들었던 한여름 저녁노을은 오래전 저물었고, 형광등이 빛나는 한산한 저녁나절 여러 도시를 뒤로한 채 버스는 가까스로 도시를 벗어나 처량하고 단조로운 '쥬-쥬-쥬-쥬-쥬-쥬-' 소리를 내며 넓고 평탄한 고속도로를 달렸다. 창문 너머 모터 소리가 들려왔고, 버스는 일정한 속도를 유지한 채 몸을 살짝 기울여 구부정한 길을 돌아, 위아래의 모든 전조등 불빛을 저 멀리 넓게 퍼뜨리며 의기양양하고 위협적인 모습으로 어둠 속을 질주했다.

버스 안에서 신문과 잡지가 바스락거리는 소리가 가볍고 조용하게 들려왔고, 승객들은 몰래 병나발을 불며 입가심을 했고, 앞쪽으로 담배를 피우러 왔다 갔다 했다. 이윽고 승객들은 조용해졌고, 의자를 젖히고 몸을 뒤로 뉘었으며, 밝은 유백색의 전등들을 끄고 잠에 취해 의자 쿠션 위로 머리를 흔들기 시작했다. 한 시간쯤 지났을까, 여러 냄새가 뒤섞인 버스 안은 따뜻하고 어두웠으며, 모두 잠들어 있었다. 통로 아래쪽 바닥의 파란 불빛만이 버스 안을 밝혔고, 그보다 더 아래, 차체 아래로 기름칠 된 고속도로가 흘러갔고, 바퀴들이 격렬하게 굴러갔다.

크리모프와 그 옆자리에 앉은 여자만 잠을 자지 않고 있었다.

모스크바의 기계공 크리모프는 오랜만에 모스크바를 벗어나는 터라 지금 행복감에 젖어 잘 수 없었다. 그리고 자신만의 특별한 비밀 장소에 삼 일간 낚시를 하러 간다는 사실과 아래 짐칸의 여러 사람들의 트렁크와 가방 사이 사과 향 가득한 어둠 속에 자신의 배낭과 낚시 도구들이 놓여 있다는 사실, 새벽이 오면 드디어 고속도로 커브 길에서 내려 촉촉한 들판을 지나 잠시 동안의 낚시의 희열이 기다리고 있을 강가로 간다는 사실에 크리모프는 행복했다.

크리모프는 가만히 앉아 있을 수가 없었다. 빠르게 스치는 어둡고 불명료한 차창 밖 풍경을 바라보며 몸을 돌려 목을 쭉 빼고 운전기사 어깨너머 전면 유리창을 통해 저 멀리 전방의 희미한 고속도로를 바라봤다.

크리모프의 옆자리 여자도 웬일인지 잠을 자지 않고 있었다. 여자는 눈을 살짝 감고 지금은 어둠 속에서 까맣게 보이는 빨간 입술을 깨물고 미동도 없이 앉아 있었다.

버스 안에는 잠을 자지 않는 사람이 한 명 더 있었는데, 바로 운전기사였다. 운전기사는 흉하게 뚱뚱했고 털이 덥수룩했으며 단추를 온통 풀어헤쳐 그 사이로 살이 튀어나와 있었다. 곧은 가르마로 머리카락을 정갈하게 빗은 그의 머리만은 조그마했는데 어둠 속에서도 언뜻 번쩍거릴 만큼 번들번들했다. 팔꿈치까지 소매를 걷어 올린, 털이 북슬북슬하게 난 힘찬 두 팔은 얌전히 운전대 위에 올려져 있었고, 마치 부처인 듯, 마치 모든 승객과 길과 그 어떤 공간보다도 높은 차원의 무언가를 알고 있는 듯 아주 평온했다. 그의 뒷모습만 보였는데, 뒤쪽은 어두웠고 앞쪽은 계기판과 길가의 불빛이 반사되어 희미하게 빛났다.

크리모프는 담배를 피우고 싶은데, 옆자리의 여자에게 폐를

끼치고 싶지 않아서 앞쪽으로 나가는 대신 담배를 꺼내어 몸을 숙여 조심스럽게 라이터를 탁탁 켜 불을 붙이고는 한 모금 깊게 빨고 어둠 속에서 보이지 않는 가는 담배 연기를 발 아래쪽으로 내뿜었다.

"담배 있어요?" 옆자리의 여자가 속삭이며 말했다. "담배를 몹시 피우고 싶군요…."

담배를 꺼내 들고 크리모프는 여자를 가볍게 스치며 그녀의 얼굴을 가까이 봤으나, 오직 검은 눈동자와 입술을 한 창백한 얼굴과 어깨까지 내려오는 생머리만 볼 수 있었다. 크리모프는 여자에게 담배를 건넸고 다시 한 번 라이터로 탁탁 불을 붙였다. 옆자리 여자 역시 크리모프와 마찬가지로 몸을 숙인 후, 라이터 불을 양 손바닥으로 가리며 담배에 불을 붙였는데, 두 손바닥은 일순간 투명하게 분홍색으로 빛났다. 크리모프는 이번에도 여자의 얼굴을 제대로 살펴보지 않았는데, 곧은 코와 광대, 밑으로 내린 속눈썹만 보였다.

"아, 정말 좋군요!" 한 모금 빤 후, 크리모프 쪽으로 몸을 기울인 채 여자가 말했다. "'향이 있는 담배'인가요? 감사합니다. 독한 담배로군요!"

여자에게서 애처롭고 부드러운 향수 냄새가 났으며, 그녀의 속삭임 속에는 감사의 뜻 이외에도 "자, 어서 저에게 말을 걸고 자기소개 좀 해줘요, 그렇지 않으면 심심하단 말이에요"라고 부탁하는 듯, 다른 어떤 이상한 의도가 숨겨져 있는 듯했다. 그러자 순간, 크리모프는 음탕한 의도를 숨긴 채 빙빙 돌려 말하고자 하는, 의도적인 떨림이 깃든 노골적인 목소리로, 마치 우연인 듯 여자의 가슴을 툭 건드리며, 창문 너머의 무언가를 보는 듯 몸을 구부리고 얼굴을 가까이 대 여자의 머리카락을 건드린 뒤 여자가 피하지는 않는지 확인하는, 그런 식의 여행의 가벼움이 밀려오는 것을 느꼈다. 그리고 그 후엔 물론, "당신은 나를 오해했어요", "당신 뭡니까! 제가 정말로 그렇다고요?"와 같은 말들이 오갈 것이다. 그리고 틀림없이 주소와 전화번호를 수첩에 적어주거나, 만약 둘이 같은 장소에 간다면, 간단하게 언제 어디서 만날지 그냥 정해버릴 수도 있을 것이다.

크리모프는 몸을 부르르 떨었고, 심장이 뛰는 것을 느꼈으며, 호흡이 거칠어졌다. 하지만 그가 고대하고 있는 다음 날 아침의 강렬한 행복을 떠올리자 모든 감정이 곧바로 사라졌다.

"그런데 말이죠!" 벌써 낚시 생각에 가득 찬 크리모프가 속삭였다. "버스나 일터에서 담배를 피우는 것은 사실 피우는 것도 아니죠, 바로 아침에 강가에서, 아시겠지만, 물고기가 미끼를 물고, 다른 사람들이 다 저쪽에 있을 때, 땡잡은 거죠! 뭍으로 끌어올리고, 낚싯바늘에서 빼낸 다음 풀로 던지면 물고기가 튀어 오르죠. 아하! 그럼 그때 담배를 피우고 또 피우는 거죠…!"

"낚시꾼이세요?" 여자가 속삭이며 말했다.

"낚시광이죠!" 크리모프는 담배를 깊게 빨아들이고 만족스럽게 콧살을 찌푸렸다. "저는 기계공입니다. 몇 달간 강을 보지 못했어요. 공장에서 생산직으로 일하고 있습니다. 당신과 어울리는 일은 아니에요, 앉아 있지도 못할 겁니다…. 제가 마지막으로 낚시한 게 언제인지 아십니까? 5월이에요! 지금 벌써 7월이죠. 제가 일을 잘해서, 뭐, 저에게 많이 떠넘깁니다. 삼 일간의 비정기 휴가를 받았어요. 뭐, 괜찮습니다, 곧 휴가니까요, 드디어 얻었어요!"

"어디로 가시는 건가요?" 여자가 물었다. 크리모프는 그녀의 속삭임에서 질문 이상의 야릇한 그 무엇, 혹은 다른 질문이 있음을 다시 느꼈다.

"그런 장소가 하나 있습니다." 크리모프가 내키지 않는 듯 애매하게 중얼거렸다. "그런데 당신은 주무시지 않으시네요? 곧 내리세요?"

"아니요, 전 종점까지 가요…. 삼 일이라고 하셨죠? 그럼 언제 돌아가시는 건가요?"

"화요일에요."

"화요일이요? 잠시만요… 화요일이라…."

여자는 생각에 잠겼고, 그 후 한숨을 쉬고는 물었다.

"그러는 당신은 왜 잠을 자지 않죠?"

"저는 새벽 4시에 내립니다."

크리모프는 잠바 소매를 걷어 올리고 오랫동안 시계를 바라보며 몇 시인지 확인했다.

"세 시간 남았어요. 결국 잠이 오지 않는군요. 이제는 자지 않

는 게 나을 것 같네요. 그렇지 않으면 너무 오래 자버려서 낚시
할 때 꾸벅꾸벅 졸게 될 거예요."

　운전기사는 주변을 둘러보고는 다시 길을 쳐다보기 시작했
다. 뭔가 주저하는 듯했다. 그러고서 조심스럽게 손을 뻗어 라
디오 수신기를 켰다. 수신기는 지지직거리는 소리를 내기 시작
했고, 운전기사는 놀라서 소리를 낮췄고 신중하게 채널을 돌리
기 시작했다. 첫 번째, 두 번째, 세 번째 채널까지 돌려봤지만 모
든 채널이 옛날 방송이거나, 외국어 방송이거나, 또는 민속음
악 방송이었고, 사실 이러한 채널들은 운전기사에게는 별반 필
요가 없는 듯했다. 마침내 소음에서 희미한 재즈가 흘러나왔
고, 그제야 운전기사는 수신기에서 손을 뗐다. 흥겨움에 미소
까지 지었고, 뒤에서도 그의 포동포동한 두 뺨이 귀 쪽으로 올
라가는 것이 보였다.

　재즈는 조용했고 단조로웠으며, 피아노에서 색소폰, 트럼펫,
전자 기타로 끝없이 넘어가는 동일한 멜로디의 음악이었다. 크
리모프는 옆자리의 여자와 각자의 생각에 빠진 채로 아무 말
없이 음악에 귀를 기울였고, 콘트라베이스의 리듬을 따라 조금
씩 몸을 흔들었다.

　창문 너머로 이따금 외롭게 주차된 밤의 화물차들이 쌩하고
지나갔다. 화물차들이 움직이지 않고 외롭게 주차된 것을 보니
기분이 이상했다. 마치 세상에 무슨 일인가 일어난 듯했다. 그
래서 운전기사들이 작별 인사로 보조 전조등을 차 지붕 위에

켜놓은 채 떠났고, 그 전조등들은 배터리가 다할 때까지 오랫동안 빛을 밝힐 것만 같았다.

화물차보다는 드물게 크리모프가 타고 있는 버스와 똑같은 시외버스가 맞은편에서 달려오곤 했다. 버스 두 대가 만나기 전까지 지평선 너머로, 고속도로의 돌출부 뒤로 노을빛이 흔들리기 시작했고, 그다음 헤아릴 수도 없이 먼 곳에서 반짝이는 점이 나타났고, 점차 가까워졌으며, 커졌고, 두 개가 되고 세 개가 되더니, 마침내 다섯 개의 강력한 위아래 전조등이 모습을 드러냈다. 갑자기 전조등을 껐다 켜고, 다시 끈 뒤 두 버스는 속도를 줄이고 결국 정차했다. 운전기사들은 머리를 밖으로 내밀고 잠깐 동안 어떤 이야기들을 나눴고, 모터에서는 연기가 새어 나왔으며, 기울어진 기둥 모양으로 전조등 불빛들이 연기를 꿰뚫고 나아갔다. 그 후 버스들은 움직이기 시작했고, 머지않아 각자 가던 방향으로 다시금 어둠 속으로 질주했다.

'어디로 가는 걸까?' 크리모프는 이따금 옆자리의 여자에 대해 생각했다. '결혼은 했으려나? 담배는 왜 피우기 시작한 거지? 그냥? 아니면 슬퍼서?'

그러나 크리모프는 곧바로 그녀에 대한 생각을 멈추고 창밖의 길을 바라보았다. 새벽을 기다리며 강가에서 머물게 될 삼 일에 대한 생각에 빠져들었다. 크리모프는 텐트에 물이 새지는 않을까, 비가 오면 큰일인데, 버스가 뭔 일이 생겨 길에서 시간을 지체하게 되지는 않을까 걱정했다. 그 사이에 아침 낚시는 물거품이 돼버리고 말 텐데….

　행복한 불안감이 크리모프를 덮쳤고, 옆자리 여자는 생각에
빠져 있었다. 그녀는 이제 의자 쿠션에 머리를 기대고 눈을 살짝
감은 채 아무 말도 하지 않았다. 그러나 크리모프가 앞쪽의 길이
나 창문을 아주 오랫동안 본 후 그녀를 바라봤을 때, 매번 그녀의
얼굴이 자신 쪽으로 반쯤 돌려져 있고 두 눈은, 어둠 속에서 잘
보이지는 않았지만, 속눈썹 아래로 자신을 지켜보고 있다는 느
낌을 받았다.

　'이 여자는 도대체 누굴까?' 궁금했지만 감히 물어보지는 못했
다. 그러고는 옆자리의 그녀가 조용히 속삭이며 말했던 대화를
곱씹으며 추측해보려 애썼다. 이상하게도 크리모프는 저녁엔
그녀를 제대로 관심 있게 지켜보지 않았고, 그럴 여유도 없었지
만, 이제는 그녀가 예뻤으면 좋겠다고 생각했다.

　"담배 한 대 주세요!" 그녀가 갑자기 속삭이기 시작했다. "그리
고 무슨 이야기라도 해주세요…. 이렇게 말없이 가서 뭐 해요, 잠
도 안 잘 건데!"

　크리모프는 여자의 말 속에 들어 있는 성화를 감지했고 놀랐
다. 그러나 별다른 대답 없이 순순히 담배 한 대를 주었다. '무슨
이야기를 하란 거야?' 크리모프는 약간 화가 올랐다. '이상한 여
자라니까.' 그러나 실상은 다음과 같이 말했다.

　"저는 언제나 여자들에 대해 생각하곤 합니다. 여자들은 사냥
을 좋아하지 않는다고요. 낚시도 마찬가지죠. 그런데 사실 낚시

와 사냥은 대단한 즐거움인데요! 그런데 당신들은 좋아하지 않는 것뿐 아니라, 어찌 된 게, 이해조차 못 한다는 거예요. 마치 이게 무슨 의미가 있냐는 듯 말이죠. 도대체 왜 그런 건가요?"

어둠 속에서 여자가 살짝 움직이며 머리카락을 뒤로 젖히고 이마를 닦는 것이 보였다.

"사냥은 죽이는 행위죠. 그런데 여자는 엄마이고, 엄마에겐 그 죽이는 행위가 두 배로 더 거부감이 드는 거죠. 물고기가 뛰는 걸 보는 게 즐거움이라고 하셨는데요, 저에게는 구역질이 나는 짓이에요. 그런데 저는 당신을 이해하긴 해요, 당신이 사냥을 하고 낚시를 하는 게 성격이 모질기 때문이 아니라는 것을 이해한다는 거예요. 예를 들면, 톨스토이는 사냥 후 죽음에 대해 회상하면서 아주 고통스러워했어요. 프리시빈도 그랬지요…."

'후, 헛소리가 시작됐구만!' 크리모프는 침울한 생각이 들어 시계를 쳐다봤다.

"한 시간 반 남았네요!" 크리모프가 기쁘게 말했다.

그때 옆자리의 여자는 담뱃불을 끄고, 우비의 깃을 올렸고, 두 다리를 접고 머리를 돌려 뒤통수를 크리모프 쪽으로 놓고 의자 쿠션을 베고 누웠다.

'자고 싶은가 보네.' 크리모프는 판단했다. '그래, 뭐, 잘 시간이 오래전에 지나긴 했지. 차에서 떠드는 건 별로야! 그래도 내가 결혼을 하지 않았다는 것은 좋네.' 크리모프는 갑자기 이런 생각이 들었다. '그렇지 않았다면 죽이는 것에 대해 논의하고, 설교를 늘

어 놓고, 뭐 그랬겠지….정신 나간!'

그러나 크리모프는 어딘지 모르게 불쾌했고, 아침 낚시에 대해서만 생각하려고 했지만, 이전의 깊고 감동적인 기쁨을 이제는 느낄 수 없었다.

운전기사는 길에서 눈을 떼지 않은 채, 앞쪽으로 몸을 숙이고는 한 손으로 운전대를 잡고, 다른 한 손으로 아래쪽을 더듬으며 무언가를 집었다. 그러고는 다시 바로 앉아, 여전히 왼손으로 운전대를 잡은 채로 무릎 위에서 뭔가를 꼼지락거리기 시작했다. 크리모프는 관심 있게 운전기사를 주시하기 시작했다. 마침내 운전기사는 병을 입으로 갖다 댔고, 머리를 뒤로 젖혀 조금 들이켰다. 한 번 크게 숨을 쉬고 나서 다시금 머리를 뒤로 젖히고 병에 든 무언가를 마셨고, 꿀꺽꿀꺽하며 뭔가를 삼킬 때 그의 목이 커졌다가 작아지는 것이 보였다.

'뭘 마시는 거지?' 크리모프는 생각했다. '맥주야 설마? 아니겠지, 운전 중에 마시면 안 되니까…. 아, 레모네이드구나! 더 빨리 도착했으면 좋겠는데!'

그리고 곧바로 크리모프는 배낭에 든 자신의 커피를 떠올렸고, 커피를 마시고 싶어졌다.

동이 트며 주위가 눈에 띄게 밝아지기 시작했지만, 나무들의 녹음은 아직 어두웠으며, 들판에 드문드문 서 있는 작은 집들이 아침의 흰빛을 뿜내며 감동을 주었다. 크리모프는 흡연과 갈증으로 인해 목이 바싹 말랐지만, 기분은 더 좋아졌다. 이미 옆자리의 여자를 완전히 잊었으며 자신만의 낚시터에 대해, 강에 대해, 안개에 대해서만 생각했고, 애타게 앞을 바라봤다.

운전기사는 전조등을 껐고, 여명은 더욱 밝아지기 시작했다. 매 순간 환해졌으며 모든 것, 이정표와 광고판, 교통 표지판, 심지어 서쪽의 지평선도 뚜렷하게 보였다.

버스는 500킬로미터를 달려왔고, 뒤를 바라본 운전기사는 크리모프의 궁금해하는 눈빛을 읽고는 머리를 한 번 끄덕였다. 잠시 후 운전기사는 속도를 낮추고 우측 길가로 차를 뺐다. 급커브 길이 보였고, 넓은 들판이 눈에 들어왔다. 들판 저 멀리, 고속도로에서 700미터 정도 떨어진 곳에서 버드나무 숲의 윗부분이 까맣게 보였다.

버스는 공회전하며 점점 더 느리게, 조용히 얌전하게 달렸다. 타이어의 스파크도 윙윙거리는 소리를 더는 내지 않았고, 이따금 낮은 소리를 냈으며, 마침내 모든 것이 완전히 멈춘 듯했다. 모래가 바퀴 아래서 와작와작 부서지는 소리만이 버스가 거의 다 왔다는 사실을 알려주었다. 모든 것이 잠잠해졌고, 운전기사는 운전대에서 손을 떼고 온몸을 밖으로 밀어내는 듯 달콤하게 기지개를 켜고 하품을 한 후 문을 열었다. 운전기사는 제일 먼저 밖으로 나갔고, 아래쪽 짐칸에서는 쿵 하는 소리가 났다.

"죄송해요!" 황급히 일어서다 옆자리에 앉은 여자의 어깨를 스치자 크리모프가 말했다.

"음?" 여자가 놀란 듯 말했다. "벌써요? 도착했어요? 부디 잘 가세요….뭐라고 말해야 하죠? 성공을 빈다고 하면 될까요?"

'감사합니다!' 앞쪽으로 나가면서, 사냥하던 습관대로 크리모프는 마음속으로 대답했다. 크리모프는 밖으로 뛰어내리듯 나갔고, 제일 먼저 기쁜 마음으로 들판을 바라봤고, 그 후 버스 쪽으로 고개를 돌렸다. 먼지에 살짝 뒤덮인 거대하고 긴 버스의 타이어와 모터는 뜨거웠고, 아침 추위 속에서 온기를 내뿜고 있었다. 오른쪽 짐칸이 열려 있었다. 크리모프는 짐칸으로 다가가 트렁크와 가방들을 밀어내고 자신의 배낭을 꺼내 들었고, 낚시 도구를 간신히 찾아 들었다. 운전기사는 쇠로 된 짐칸 덮개 문을 쾅 소리가 나게 닫고 잠근 후, 버스 앞쪽으로 돌아 숲속으로 들어갔다.

"그런데, 당신의 낚시터는 어디죠?" 뒤쪽에서 소리가 들려왔다. 크리모프는 뒤를 돌아봤고 옆자리에 앉아 있던 여자를 발견했다.

여자는 버스에서 나와 머리카락을 뒤로 넘기며 들판을 바라보고 서 있었다. 여자는 아름다웠고 영화배우를 연상시키는 외모를 갖고 있었지만, 크리모프는 이미 그녀에 대해 관심이 없었다.

"그럼, 작별의 의미로 담배 한 대만 더 주세요." 여자가 옅은 미소를 지으며 수줍게 다가와 말했다. "정말로 친절하시네요! 제가 밤새 담배 달라고 괴롭혔죠…."

여자는 담뱃불을 붙이면서 입술과 손을 너무 심하게 떨었고, 오랫동안 담배 끝을 불에 갖다 대지 못했다. '왜 저러는 거지?' 크리모프는 놀랐고, 자신의 배낭을 바라봤다. "이제 가 봐야 합니다,

그럼!"

"행복한 분이세요!" 여자가 담배를 단숨에 빨아들이며 말했다. "이렇게 조용한 곳에서 삼 일을 보내시겠군요." 여자는 침묵했고, 짧아진 담배꽁초를 입술에서 떼며 주위에 귀를 기울였다. "새들이 잠에서 깼나 봐요. 들리세요? 그런데 저는 프스코프로 가야 해요…."

'가야 하나 말아야 하나?' 크리모프는 여자의 말을 듣지 않고 갈등했다. 그러나 지금 바로 떠나기엔 곤란한 상황이었다. '떠날 때까지 조금 기다리지 뭐, 한 시간 동안 여기 있을 것도 아닌데 뭐!' 그렇게 마음을 먹고는 크리모프도 담배를 피우기 시작했다.

"음, 네…." 뭐라도 말을 해야겠다 싶어 크리모프는 일단 말을 뱉었다.

"그거 아세요? 저는 오랫동안 텐트에서 지내보는 걸 꿈꿔왔어요. 텐트 갖고 계시나요?" 크리모프를 옆에서 자세히 지켜보며 여자가 말했다. 여자는 갑자기 슬픈 표정을 지었고, 그녀의 입꼬리가 떨리다 아래로 처졌다. "저는 모스크바 사람이라서요, 뭐 그럴 기회가 없었죠…."

"음, 네…." 여자를 쳐다보지 않고, 우물쭈물하며, 황량한 고속도로와 운전기사가 사라진 숲을 바라보며 크리모프가 또 한차례 말했다.

그 후 여자는 얼굴을 찌푸리고, 씩씩대며, 담배를 몇 번 빨고는 꽁초를 버린 뒤 입술을 깨물었다.

마침 그 순간, 길가 수풀에서 개 한 마리가 나타났고, 고속도로를 비스듬히 가로지르며 달리기 시작했다. 개는 이슬에 젖어 있었고, 배와 두 발 위의 털은 곱슬곱슬하게 말려 있었으며, 주둥이와 두 귀 위에 맺힌 이슬방울들이 벌써 붉게 물든 동쪽 하늘을 따라 월귤나무 색으로 반짝였다.

"저기 개가 달려가네요!" 크리모프가 별다른 생각 없이, 기계적으로 외쳤다. "저기 개가 달려가네요!" 마치 기억하고 있는 시구절을 별 의미 없이 반복하며 되뇌듯 천천히 만족스럽게 크리모프가 외쳤다.

개는 주위를 둘러보지 않고, 어디로 가야 하는지 이미 아는 듯 능숙하게 뛰어갔다. 아스팔트 위로 달각거리는 개의 발톱 소리가 들릴 정도로 고요했다.

이윽고 운전기사가 숲에서 나와 고속도로로 향했고, 개를 보고는 휘파람을 불었지만 그 개는 뒤도 돌아보지 않고 달렸다. 운전기사는 버스로 다가가 마치 처음 보는 듯한 표정으로 버스를 바라봤다. 운전기사의 부츠는 이슬에 젖어 있었고, 심지어 털이 북슬북슬한 두 팔에도 이슬이 맺혀 있었다. 이슬을 떨쳐내기 위해 발을 시끄럽게 굴렀고, 타이어를 발로 차며 버스를 빙 돌아가 안으로 올라탔다.

"그래요, 담배 고마워요!" 이렇게 말하곤 여자도 계단에 올라섰다.

"잘 가세요." 크리모프가 배낭을 멘 채, 몸을 숙이며 중얼거리듯 말했다.

모터가 으르렁거리는 소리를 내기 시작했고, 버스가 움직였으며, 버스 안에서 새벽의 불행해 보이는 얼굴 하나가 작별의 의미로 크리모프를 바라봤다. 그리고 크리모프는 손을 살짝 흔들었고 미소를 짓고는 둑 아래로 내려가 강가로 곧바로 걸어갔다.

"저기 개가 달려가네요! 저기 개가 달려가네요!" 크리모프는 들판을 지나며 걸음걸이에 박자를 맞추고는 노래하듯 혼잣말로 되뇌었다.

그리고 크리모프는 희열을 느끼며 반짝거리는 들판과 하늘을 바라봤고, 가슴 가득 숨을 들이쉬었으며, 그에게는 '누군가 이 시간에 나보다 먼저 와서 내 자리를 선점하지 않았을까' 하는 걱정이 가득 차 있었다.

강 쪽으로 다가가 크리모프는 높지 않은 벼랑에서 아래의 모래사장으로 뛰어내렸고, 먼저 도착했을지도 모를 누군가를 시샘하듯 주위를 둘러봤다. 그러나 모래사장 위엔 그 어떤 발자국도 보이지 않았다. 강은 넓지 않았고, 천천히 굽이와 굽이 사이의 수역을 따라 갈대밭과 모래 언덕 곁을 흘러갔다. 강은 느릿느릿 들판 위를 굽이쳤고, 잠잠했다.

크리모프는 재빨리 배낭을 풀었고 커피와 주전자, 설탕을 꺼내 들고 물을 뜬 후, 마른 나무토막을 모아 곧바로 모래사장 위에 작은 모닥불을 피웠다. 그러고는 모래 위에 끝이 갈라진 말뚝 두 개를 박고는 주전자를 걸고 기다리기 시작했다.

멀리서 피어오르는 연기와 축축한 강, 그리고 건초 냄새가 났다. 앉아 있던 크리모프는 지금의 행복감에 몹시 놀랐다. 크리모프 자신도 이 아침에, 이 강에, 그리고 혼자라는 사실에 이토록 기뻐할 수 있을지 예상하지 못했다.

'커피를 마시고 나서 미끼를 던져야지!' 크리모프는 결심했고, 익숙한 시선으로 강과 타는 불, 주전자에 든 물이 천천히 원을 그리며 끓기 시작하는 것을 동시에 바라보며 낚시 도구를 배치하기 시작했다.

"저기 개가 달려가네요!" 크리모프는 주문을 외듯 되뇌었다. "저기 개가…. 커피를 마시고 나서 미끼를 던져야지!"

반대편 갈대 아래에서 창꼬치가 시끄럽게 철썩거리며 헤엄쳤다. 크리모프는 전율했고, 얼어붙었으며, 순식간에 땀을 흘렸고 소리가 나는 쪽을 바라봤다. 거센 파도를 일으키며 원형으로 물결이 퍼지고 있었다.

'아니야, 미끼를 먼저 던져야겠어, 커피는 서두르지 않아도 되니까!' 크리모프는 낚싯줄을 고리에 끼우고 자신이 가장 아끼는, 빨간 깃털이 달린 물고기 모양의 회색 금속 미끼 '바이칼'을 묶으면서 곧바로 결심했다. 벌써 다른 곳으로 옮겨간 창꼬치가 다시금 물을 철썩였고, 곧이어 강가 근처에서 작은 황금치가 놀라 반짝였다.

'봐, 보라고! 저기 개가 뛰어간다! 봐….' 크리모프는 환희에 차 생각했다. 그러고는 낚싯대 손잡이에 실타래를 끼워 넣었다.

주전자의 물이 끓기 시작했고, 거품이 쏟아져 주전자 가장자리를 타고 흘러내렸고, 숯 위에 떨어져 쉬쉬 소리를 냈으며, 구름 같은 수증기가 피어올랐다. 크리모프는 이를 보곤 주전자를 아래로 내려놓은 후 마른 입술을 핥았다. '이런, 제기랄! 어쨌든 커피 끓이는 것도 일이구만!' 곁눈질로 조심스럽게 강을 흘겨보고 커피가 든 병의 마개를 열며 크리모프는 생각했다. 병에 코를 들이밀고 냄새를 맡고는 재채기를 했다.

"와아!" 낚싯대를 두 무릎 사이에 꽉 끼운 후, 크리모프는 소리 내어 말했고 커피를 끓이기 시작했다.

아침노을은 더욱더 붉게 타올랐고, 갈대와 물의 색은 끊임없이 변했으며, 안개는 강과 함께 굽이굽이 흘렀고, 버드나무 잎들은 옻칠을 한 것처럼 반짝였다. 이미 오래전부터 갈대숲을 넘어 저 멀리, 숲속과 그 근방의 버드나무 속 어딘가 둥지에서 새들이 각양각색의 소리로 지저귀고 있었다. 첫 번째 산들바람은 쓰고 달콤하며 따뜻한 여름 공기 냄새를 몰고 왔으며 갈대들을 살살 간지럽혔다….

크리모프는 행복했다!

크리모프는 낚시를 하며 혼자만의 시간을 즐겼으며 텐트에서 잠을 잤다. 밤에 갑작스레 잠에서 깨곤 했지만 스스로도 그 이유를 알지 못했으며, 모닥불에 부채질을 하며 커피를 끓였다. 그리고 휘파람을 불며 새벽 동이 트기를 기다렸다. 낮에는 따뜻한 강물에서 수영을 했으며, 저쪽까지 헤엄쳐 가 갈대 숲에 기어올라

늪지 냄새를 들이켰다. 그후 다시 물로 들어가 몸을 씻고, 실컷 목욕을 즐기고는 편안하게 햇볕 아래에 누워 몸을 말리곤 했다.

그렇게 두 번의 낮과 두 번의 밤을 보냈고, 셋째 날 저녁 즈음에 배낭에 창꼬치 두 마리를 넣고 가무잡잡하고 홀쭉해진 크리모프는 홀가분하게 고속도로로 나와 담배를 피우며 모스크바행 버스를 기다리기 시작했다. 편안하고 행복하게 두 다리를 벌리고 배낭에 기대어 앉아 마지막으로 자신이 조금 전까지 머물던 들판과 저 멀리 있는 버드나무 숲을 바라봤고, 속으로 그 숲 아래에 있는 강과 조용히 굽이치는 강물을 떠올렸으며, 이 모든 것이 이제 영원히 그의 삶으로 들어왔다고 생각했다.

태양 빛에 붉게 빛나는 화물차들과 우유 수송차들, 뒤쪽 차축 '볼가'가 살짝 내려앉은 거대한 은빛의 냉장차들이 고속도로를 내달리고 있었다. 그리고 크리모프는 기쁜 마음으로 차들을 눈으로 좇고 있었고, 이미 도시와 불, 신문, 일을 바라고 있었으며, 내일 일터에서 맡게 될 뜨거운 기름 냄새와 기계들이 붕붕거리며 작동하는 상상을 했고, 동료 모두를 떠올렸다.

그러고서 크리모프는 삼 일 전 새벽 이곳에서 내린 것을 맥없이 회상했다. 버스 옆자리에 앉았던 여자를 생각했고, 담뱃불을 붙이며 심하게 떨던 그녀의 입술과 손을 떠올렸다.

"도대체 왜 그랬던 걸까?" 크리모프는 중얼거렸고 갑자기 숨을 죽였다. 찌르는 듯한 열기가 그의 얼굴과 가슴을 뒤덮었다. 크리모프는 숨이 막히고 답답해지고, 날카로운 그리움이 밀려들었다.

"아-아-아!" 크리모프는 끈적이는 침을 뱉으며 중얼거렸다. "아-아-아! 왜 그랬지? 응? 이런, 난 개자식이야, 아-아-아-! 응?"

크고 아름다우며 슬픈 무언가가 그의 위에, 들판과 강 위에 멈춰 있었지만, 이제는 사라져버린 그 멋진 무엇이 크리모프를 동정하고 안타까워했다

"아, 난 참으로 비열한 인간이구나!" 숨을 헐떡이고 소매로 땀을 닦으며 크리모프는 중얼거렸다. "아-아-아!" 그리고 크리모프는 아플 만큼 세차게 자신의 무릎을 주먹으로 내리쳤다.

고요한 아침

Тихое утро

1954

저기 개가 달려가네요

아직 잠에서 덜 깬 새벽 수탉들이 막 울기 시작하고 오두막집 안이 아직 어두울 때, 어머니가 소 젖을 짜기도 전, 목동이 가축들을 들판에 풀어놓기 전에 야슈카는 잠에서 깼다. 침대에 앉아 푸르스레 김이 서린 창문들과 어렴풋이 희끗 보이는 난로를 휘둥그레 뜬 눈으로 오랫동안 바라보았다….

새벽녘 잠이 달콤하고, 머리가 베개에서 떨어지지 않으며, 잠결에 눈이 감기지만, 야슈카는 졸음을 견디고, 발을 질질 끌며, 침대와 의자를 잡고 낡은 바지와 셔츠를 찾아 오두막집 안을 어슬렁거리기 시작했다.

빵과 우유로 요기를 한 후, 야슈카는 현관에서 낚싯대를 꺼내서 현관 입구로 나갔다. 마을은 마치 큰 솜이불처럼, 안개를 덮고 있었다. 근처의 집들은 분간할 수 있지만, 멀리 있는 집들은 어두운 점처럼 겨우 보일 정도이며, 강가 쪽 더 먼 곳은 이미 아무것도 보이지 않아서 낮은 언덕 위의 풍차도, 소방서의 망루도, 학교도, 지평선 위의 숲도 예전부터 아예 없었던 것 같았다…. 지금 모든 것이 사라지고 숨어들어서, 야슈카의 오두막집은 고립된 작은 세계의 중심에 있었다.

누군가 야슈카보다 먼저 일어나 대장간에서 담금질을 하고 있다. 금속 부딪히는 날카로운 소리가 자욱한 안개를 뚫고 나가 보이지 않는 큰 헛간까지 울려, 작은 메아리가 들려왔다. 마치 한 명은 세게, 한 명은 약하게, 그렇게 두 명이 담금질을 하는 것 같았다.

야슈카는 현관 입구에서 튀어나와 낚싯대를 둘러메고 발에 치이는 수탉을 향해 낚싯대를 휘두르며 잰걸음으로 곳간 쪽을 향해 뛰어갔다. 곳간의 판자 아래서 녹슨 도끼를 꺼내 들고 땅을 파기 시작했다. 땅을 파자마자 불그스름하고 연보랏빛 차가운 지렁이들이 모습을 드러내기 시작했다. 굵은 지렁이들과 가느다란 지렁이들 모두 푸석푸석한 흙으로 숨어들었지만 야슈카는 지렁이들을 재빠르게 잡아챘고, 곧 지렁이로 거의 한 병을 채웠다. 지렁이에 생흙을 뿌려준 후, 야슈카는 오솔길을 따라 아래쪽으로 뛰어 내려갔고, 울타리를 넘어 뒷마당 새 친구 볼로쟈가 자고 있는 헛간 다락으로 몰래 기어 들어갔다.

야슈카는 흙으로 더럽혀진 손가락을 입에 넣고 휘파람을 불었다. 그 후 흙을 퉤 뱉어냈고 귀를 기울였다.

"볼로드카!" 야슈카가 볼로쟈를 깨웠다. "일어나!"

볼로쟈가 건초 더미 위에서 슬슬 움직이기 시작했고, 그 위에서 오랫동안 몸을 꿈틀대며 바스락거리더니 마침내 무안한 듯 풀린 신발 끈을 밟으며 더미 위에서 내려왔다. 잠에서 막 깨 생기가 없어 보이는 볼로쟈의 얼굴은 마치 장님처럼 흐리멍덩했고 머리카락에는 건초 부스러기들이 다닥다닥 붙어 있었으며, 그 건초 부스러기들은 볼로쟈가 야슈카 근처에 누워 어깨를 쓸며 등을 긁었으니 셔츠에도 분명 떨어졌을 것이다.

"일찍 온 거 아냐?" 쉰 목소리로 볼로쟈가 물었고, 하품을 하며, 몸이 흔들리자 손으로 계단을 붙잡았다.

야슈카는 무척 화가 났다. 한 시간이나 먼저 일어나 지렁이를 잡고 낚싯대를 가져왔는데…. 사실대로 말하자면, 오늘 야슈카는 이 허약한 놈 때문에 일어났고, 볼로쟈에게 낚시터를 보여주고자 한 것이었다. 그런데 고맙단 말은 못 할망정 '일찍 온 거 아냐?'라니!

"어떤 사람에겐 이른 시간이지만, 또 다른 사람에겐 이르지 않지!" 야슈카가 악에 받혀 대답했고, 볼로쟈를 머리부터 발끝까지 멸시하는 눈빛으로 훑어보았다.

밖을 내다보고 활기를 되찾은 볼로쟈는 눈을 반짝이며 부랴부랴 부츠 끈을 조여 매기 시작했다. 그러나 야슈카는 아침이 주는 모든 황홀함을 이미 잃어버렸다.

"너 어쩌려고, 부츠 신고 가게?" 야슈카가 경멸 조로 물었고 자신의 튀어나온 맨발 발가락을 바라보았다. "덧신 신을 거야?"

볼로쟈는 대답이 없었고 얼굴을 붉히며 다른 한쪽 부츠를 신기 시작했다.

"음… 그래." 벽에 낚싯대를 세워놓으며 야슈카가 우울하게 대화를 이어갔다. "너네 모스크바에서는 아마 맨발로 다니지 않겠지…."

"그래서 뭐?" 볼로쟈는 부츠를 신다 말고 비웃음이 섞이고 악에 받친 야슈카의 넓적한 얼굴을 올려다보았다.

"그래 그럼… 집으로 가. 외투 챙기고."

"그렇게 그럼, 간다 가!" 볼로쟈는 이를 악물고 대답했고 그의 얼굴은 더욱 붉어졌다.

야슈카는 답답했다. 쓸데없이 엮였다…. 진짜 낚시꾼인 콜카도 젠카도 다들 마을 낚시터에 저 녀석이 안 오는 게 낫다고 했었다. 그저 사과밭이나 보여주라고 했었고! 그런데 어제 이 녀석이 오더니 얌전하게 애원한 거다. '제발, 제발 부탁이야….' 이 녀석을 흠씬 때려버릴까?

"넌 넥타이나 매." 야슈카가 독설을 퍼부었고 쉰 목소리로 웃기 시작했다.

"우리 마을에서는 넥타이를 매지 않고 물에 들어오면 물고기가 화를 내니까."

볼로쟈는 마침내 부츠를 다 신고 모욕감에 콧구멍을 벌렁거리며 헛간 밖으로 나갔다. 야슈카는 별수 없이 그를 따라 나왔고 두 친구는 아무 대화도 없이 서로를 보지도 않고 길을 따라 걸었다. 둘은 마을을 돌아다녔고 안개는 끊임없이 새로운 오두막집과 헛간들, 학교, 길게 늘어선 유백색의 농장 건축물들을 펼쳐 보이며 그들 앞에서 뒷걸음질 쳤다…. 마치 구두쇠 주인인 듯, 안개는 이 모든 것을 찰나의 순간만 보여주고, 이내 다시 뒤에서부터 바짝 좁혀 들어왔다.

볼로쟈는 매우 고통스러웠다. 야슈카에게 무례하게 답한 자신에게 화가 났고, 바로 그 순간 스스로가 졸렬하고 초라하게 느껴졌다. 자신의 졸렬함에 부끄러워했고, 이 불쾌한 감정을 어떻게든 억누르려고 볼로쟈는 격분하며 생각했다. '그래, 그러라지

저기 개가 달려가네요

뭐… 비웃어라, 야슈카는 내 진면목을 알게 되겠지, 더 이상 나를 무시하지 못하게 해주겠어! 맨발로 가는 게 중요하다고 생각하라지!' 그러나 그 순간 볼로쟈는 노골적인 질투에 휩싸여, 심지어는 황홀감에 젖어 야슈카의 맨발과 물고기 담는 삼베 가방을, 그리고 야슈카가 낚시하려고 일부러 입은 누덕누덕 기운 바지와 쥐색 셔츠를 바라보았다. 볼로쟈는 야슈카의 구릿빛 피부와 걸을 때마다 어깨와 날갯죽지, 심지어 귀까지 흔들리는, 그리고 마을의 수많은 아이들이 남다른 세련미로 평가하는 그 특별한 걸음걸이가 부러웠다.

둘은 풀이 무성하게 자란 낡은 통나무를 쌓아 올려 만든 우물을 지나갔다.

"거기 서!" 야슈카가 음침하게 말했다. "잠시 목 좀 축이자!"

야슈카는 우물로 다가가 쇠사슬을 절그렁대며 물이 찬 무거운 양동이를 끌어올렸고, 게걸스레 물을 들이켰다. 목이 마른 것은 아니었지만, 이렇게 좋은 물은 어디에도 없다는 생각에 매번 우물을 지나칠 때마다 물맛을 맘껏 즐기며 물을 마셨다. 물이 넘쳐 흘러 맨발에 튀자, 발을 꽉 움츠렸고, 이따금 쉬어가며 크게 호흡하곤 마시고 또 마셨다.

"자, 마셔!" 야슈카는 소매로 입술을 훔치며 이제야 볼로쟈에게 말했다.

볼로쟈 또한 마시고 싶지 않았지만, 결정적으로 야슈카의 화를 돋우지 않기 위해 순순히 양동이에 머리를 대고 뒷골이 당길 때까지 차디찬 물을 홀짝홀짝 빨아들이기 시작했다.

"그래, 물 어때?" 볼로쟈가 우물에서 비켜 서자 야슈카는 의기양양하여 물었다.

"그럴 만하네!" 볼로쟈는 대답했고 몸을 떨었다.

"아마 모스크바엔 이런 물 없겠지?" 야슈카는 악독하게 눈을 찌푸리며 말했다.

볼로쟈는 아무 대답도 하지 않았고, 그저 이를 악물고 숨을 들이켜며 화해의 미소를 건넸다.

"너 낚시해본 적 있어?" 야슈카가 물었다.

"안 해봤어…. 모스크바 강가에서 사람들이 낚시하는 걸 본 게 다야." 낮은 목소리로 볼로쟈가 대답했고 소심하게도 야슈카를 흘끔 바라봤다.

이러한 볼로쟈의 자백이 야슈카의 화를 다소 누그러뜨리긴 했지만, 지렁이가 든 병을 더듬고는 내친김에 야슈카가 말했다.

"어제 우리 지배인이 플레샨스크 호수 아래에서 메기를 봤는데…."

볼로쟈의 눈이 반짝거리기 시작했다. 야슈카에 대한 반감을 즉시 잊고는 빠르게 되물었다.

"컸대?"

"당연하지! 2미터 정도…. 어쩌면 3미터일 수도 있어. 어둠 속에서 제대로 식별하는 건 불가능하니까. 우리 지배인조차도 몹시 놀라서 악어인 줄 알았다네. 안 믿어져?"

"거짓말!" 볼로쟈는 열광하며 단숨에 대답했고 어깨를 들썩였다. 그러나 볼로쟈가 야슈카가 한 모든 말을 의심할 나위 없이 믿고 있다는 사실이 눈동자에 다 드러나 있었다.

"내가 거짓말하는 것 같아?" 야슈카가 감탄하며 되물었다. "저녁에 낚시하러 갈래? 어때?"

"가도 돼?" 귀가 발그스름해진 볼로쟈가 기대감을 품고 물었다.

"안 될 게 뭐 있어!" 야슈카는 침을 뱉고는 소매로 코를 훔쳤다. "나 어구 갖고 있어. 개구리랑 미꾸라지 잡자…. 지렁이 잡아서, 거기에 황어도 산다던데, 가서 이틀 밤 자고 오자! 밤에는 모닥불 지피고…. 갈래?"

볼로쟈는 대단히 기분이 좋아졌으며, 이제는 이른 아침에 집을 나오는 게 얼마나 좋은지 느낄 뿐이었다. 숨 쉬는 게 얼마나 기분이 좋고 가벼운지, 환희에 도취되어 깡충깡충 뛰고 고래고래 소리 지르며 이 부드러운 길을 따라 얼마나 뛰고 싶고, 또 얼마나 전속력으로 질주하고 싶은지.

저 뒤에서 이상하게 달그락거리는 소리가 났는데, 뭐지? 마치 팽팽하게 당겨진 줄을 반복해서 튕기듯, 누군가가 갑자기 맑고 아름다운 선율로 풀밭에서 소리쳤는데? 어디서 나는 소리지? 아니면, 잘못 들은 건가? 그렇다면 도대체 왜 이 환희와 행복의 감정이 이토록 익숙했던 것일까?

무엇이 들판에서 이토록 시끄럽게 찌르륵거리는 소리를 내는 거지? 오토바이인가?

볼로쟈는 묻기라도 하듯 야슈카를 바라보았다.

"트랙터야!" 야슈카가 우쭐거리며 말했다.

"트랙터라고? 그럼 왜 저런 찢어지는 소리가 나는 거지?"

"지금 시동을 거는 중이야. 이제 시동이 걸릴 거야. 들어봐… 붕-붕… 들었어? 부르릉 부르릉거리는 소리 났잖아! 페쟈 코스 틸레프야. 밤새껏 헤드라이트를 켜고 밭을 갈았어…. 잠깐 눈 붙 이고 다시 나갔네."

볼로쟈는 트랙터의 굉음이 들려온 쪽을 바라보곤 즉시 물었 다.

"너희 마을엔 항상 안개가 저리 자욱해?"

"아니… 가끔은 맑아. 그리고 나중에 9월이 오면 서리도 내려. 그런데 대체로 안개가 있을 때 물고기가 잡혀. 그전에 물고기 낚 아 봐!"

"너희 마을엔 어떤 물고기가 있어?"

"물고기? 모든 종류가 다 있지. 강 하구에 붕어도 있고, 창꼬 치도 있고…. 음, 그리고 강농어하고, 뚝 근처엔 쥐노래미도 있 지…. 또 잉어도 있어, 잉어 알아? 새끼 돼지 같아. 뚱-뚱하다고! 처음 잡았을 땐 입이 다물어지지 않더라고."

"그럼 많이 잡을 수 있어?"

"그때그때 다르지. 언제는 5킬로그램 정도 잡았는데, 또 언제 는 그냥 뭐… 허탕이었지."

"이 쨱쨱거리는 소리는 뭐지?" 볼로쟈는 멈춰 서서 고개를 치켜들었다.

"이거? 오리가 내는 소리야."

"아하… 그렇구나…. 그럼 이 소리는?"

"개똥지빠귀들이 지저귀는 소리야. 나스챠 고모네 텃밭 마가목 열매를 찾아 날아왔거든. 개똥지빠귀들 잡아본 적 있어?"

"잡아본 적 없어."

"미슈카 카유뇨녹 씨 집에 그물 있어, 가만, 잡으러 가자. 그 개똥지빠귀들 욕심이 많거든…. 들판을 가로질러 무리 지어 날아가는데, 트랙터 아래에서 지렁이를 물어 간단 말이지. 그물을 넓게 깔고, 마가목 열매를 뿌려, 그리고 숨어서 기다려. 개똥지빠귀들이 날아들면 바로 다섯 마리 정도가 그물 아래로 기어 들어갈 거야. 그 자식들 우습거든, 전부는 아니지만, 똑똑한 놈도 있어. 한 마리는 겨울 내내 살아 남았는데, 이것저것 다 할 줄 알았어. 증기기관차든, 잔소리꾼이든…."

마을이 등 뒤로 멀어졌다. 짤막한 귀리 풀이 끝없이 펼쳐져 있었다. 앞쪽으로는 겨우 어두운 숲이 시야에 들어왔다.

"아직 멀었어?" 볼로쟈가 물었다.

"아니… 이제 다 왔어." 야슈카는 매번 그렇게 대답했다.

둘은 작은 언덕에 올라 오른쪽으로 돌아 낮은 골짜기로 걸어 내려갔으며, 아마 밭을 가로지르는 오솔길을 따라 걸었고, 전혀 예상치도 못한 순간에 그들 앞에 강이 펼쳐졌다. 강은 작았으며 반짝버들과 버드나무가 강가를 따라 무성하게 자라 있었다.

태양이 마침내 떠올랐다. 들판에서 말이 높고 가는 소리로 울기 시작했고, 웬일인지 유난히 빨리 주변 전체가 밝아졌고 불그스름해졌으며, 전나무들과 딸기나무에 맺힌 이슬이 뚜렷하게 보이기 시작했고, 안개가 걷히며 멀어져 가면서 건초 더미들과 잿빛 배경의 어두운 숲이 모습을 드러내기 시작했다.

물고기가 헤엄치고 있었다. 이따금씩 물이 거세게 철썩거렸고, 물결이 일었으며, 조용히 강변의 갈대가 흔들거렸다.

볼로쟈는 당장이라도 낚시할 준비가 되어 있었지만 야슈카는 강가를 따라 계속 걸었고 머지않아 둘은 이슬에 허리춤까지 젖어 축축해졌다. 여울에서 짤랑거리는 소리가 들려왔고, 깊고 음산한 소용돌이가 빈번히 일고 있었다. 마침내 야슈카는 "여기!"라고 속삭였고, 물 쪽을 향해 내려가기 시작했다. 본의 아니게 야슈카가 발을 헛디디자, 축축한 흙덩어리들이 다리 위로 쏟아졌고, 곧바로 어디선가 오리들이 꽥꽥거리기 시작했으며, 날갯짓으로 물을 흩뿌리며 날아올라 강을 건너 안개 속으로 자취를 감추었다. 야슈카는 거위처럼 몸을 웅크리고 씩씩거리며 투덜댔다. 볼로쟈는 마른 입술을 핥고는 야슈카를 따라 아래로 뛰어 내려갔다. 주위를 쓱 둘러보고 볼로쟈는 이 소용돌이의 음산한 기운에 경악했다. 진흙과 진탕 냄새가 진동했고, 물은 검은빛을 띠고 있었으며 무성하게 자란 버드나무들이 하늘을 거의 뒤덮고 있었다. 그리고 버드나무들의 꼭대기가 이미 태양 빛으로 붉게

저기 개가 달려가네요

물들어 있었음에도 안개 너머의 푸른 하늘이 보였으며, 이곳 물가는 습기가 스며들어 춥고 음침했다.

"여기 굉장히 깊어!" 야슈카의 눈이 둥그레졌다. "여긴 바닥도 없어⋯."

볼로쟈는 물에서 물러섰고, 반대편 기슭에서 물고기가 큰 소리로 첨벙대자 흠칫 놀랐다.

"이 깊은 곳에서는 아무도 헤엄을 치지 않아⋯."

"왜?" 볼로쟈가 힘없이 물었다.

"빨려 들어가거든⋯. 발이 빠지면, 그걸로 끝이야⋯. 얼음처럼 차가운 물이 아래로 끌고 들어가는 거야. 미슈카 카유뇨녹 씨가 강 밑바닥에 문어들이 산다고 했어."

"문어는 바다에만 살지 않나." 뭍으로 더 올라오며 볼로쟈가 미심쩍은 듯 말했다.

"바다에 사는 거⋯ 나도 알아! 그런데 미슈카 씨가 봤다니까! 낚시하러 와서 여기 근처를 지나가다가, 여기 봐 봐, 강가에서 물에 있는 탐침을 찾다가⋯. 뭐지? 미슈카 씨조차도 마을까지 뛰어서 달아났어! 아마도 미슈카 씨가 거짓말을 하는 것일 수도 있지만." 야슈카는 그렇게 갑작스레 결론을 짓고 낚싯줄을 풀기 시작했다.

볼로쟈는 기운을 차렸고, 야슈카는 이미 문어에 대해 잊은 채 초조하게 물을 바라봤다. 그리고 물고기가 물살을 철썩일 때마다 야슈카는 긴장되고 고통스러운 표정을 지었다.

낚싯대를 다 풀어 세팅하고 야슈카는 볼로쟈에게 하나를 건넸고 성냥갑에 지렁이를 덜어 주며 눈짓으로 물고기를 낚을 장소를 알려주었다.

야슈카는 미끼를 던지고 낚싯대를 놓지 않은 채 초조하게 찌를 응시했다. 볼로쟈도 거의 바로 미끼를 던졌지만, 버드나무에 낚싯대가 걸리게 되면서 큰 소리를 내며 물을 철썩 때렸다. 야슈카는 무섭게 볼로쟈를 바라보았고 중얼거리며 욕을 했다. 그러나 다시 찌로 시선을 옮겼을 때, 찌는 온데간데없었고 잔잔하게 원을 그리며 퍼지는 물결만 남아 있었다. 야슈카는 즉시 힘을 주어 낚싯대를 잡아챘고, 물고기가 어떻게 유연하게 깊은 곳으로 들어갔을지 흐뭇하게 느끼면서 부드럽게 손을 오른쪽으로 움직였다. 그러나 낚싯줄이 느슨해지자 물을 철썩이며 빈 낚싯바늘이 물 밖으로 튀어나왔다. 야슈카는 몸을 떨기 시작했다.

"놓쳤네…." 떨리는 젖은 손으로 새 미끼를 낚싯바늘에 갈아 끼우며 쉿소리가 섞인 목소리로 야슈카가 말했다.

다시 낚싯밥을 던져 넣고, 다시금 낚싯대를 손에서 놓지 않은 채 물고기가 물기만을 기다리며 찌에서 눈길을 떼지 않고 응시하기 시작했다. 하지만 물고기는 미끼를 물지 않았으며, 물이 튀는 소리조차 들리지 않았다. 야슈카는 금방 손에 힘이 빠졌고, 찌가 움직이지 않도록 조심스레 낚싯대를 부드러운 흙에 꽂아 넣었다. 야슈카가 하는 것을 보곤, 볼로쟈도 마찬가지로 자신의 낚싯대를 땅에 꽂아 넣었다.

태양은 점점 높게 떴고, 마침내 이 음울한 소용돌이를 비추기 시작했다. 강물은 곧바로 눈부시게 번쩍거리기 시작했고, 나뭇잎과 풀, 꽃에 맺힌 이슬방울들이 반짝이기 시작했다.

볼로쟈는 눈을 찡그린 채 자신의 낚시찌를 바라보았고, 그 후 주위를 둘러보고 한숨을 지었으며 반신반의하여 물었다.

"뭐, 물고기가 다른 곳으로 갈 수도 있나?"

"물론이지!" 야슈카가 매섭게 대답했다. "그 물고기가 빠져나가면서 다른 모든 물고기를 놀라게 했어. 그런데 건강한 놈이었던 게 틀림없어. 내가 낚싯대를 낚아챘을 때 심지어 손이 아래로 끌려 내려가더라! 아마도 1킬로그램은 나갈 거야."

야슈카는 물고기를 놓친 것이 살짝 부끄러웠지만, 보통 그렇듯이, 야슈카는 자신의 과실을 볼로쟈에게 돌리는 경향이 있었다. '저게 낚시꾼이라니!' 야슈카는 생각했다. '다리를 쩍 벌리고 앉아서…. 너 혼자 한다면 잡긴 하겠지만, 진정한 낚시꾼과 함께라면 끝없이 낚아 올릴 수 있을 거다.' 야슈카는 어떻게든 볼로쟈를 욕하고 싶었지만, 찌가 살짝 흔들렸기에 갑작스레 낚싯대를 붙잡았다. 긴장한 채로, 마치 나무를 뿌리까지 단번에 뽑아 올리듯, 야슈카는 천천히 낚싯대를 허공에 든 채로 살짝 들어 올렸다. 낚시찌가 다시금 흔들렸고, 옆으로 누워 그 자세로 한동안 잡고 있다가 다시 몸을 쭉 폈다. 야슈카는 숨을 죽이고 눈을 옆으로 돌려 낯빛이 창백해진 볼로쟈가 천천히 몸을 일으키는 것을 보았다. 야슈카는 덥다고 느끼기 시작했고, 작은 땀방울들이 콧등과

윗입술에 맺히기 시작했다. 찌는 다시 떨렸고 한쪽으로 끌려가 절반쯤 잠겼으며, 희미하게 보이는 원형 물결만 남긴 채, 결국 사라졌다. 야슈카는 전에 그랬던 것처럼 부드럽게 낚싯대를 낚아챘고 곧바로 기합을 넣고는 낚싯대를 곧게 펴려고 애쓰며 앞쪽으로 엎어졌다. 흔들리는 낚싯대의 찌는 물 위에서 곡선을 그렸고, 야슈카는 반쯤 몸을 일으켜 다른 손으로 낚싯대를 옮겨 잡고 강하고 연속적으로 떨리는 진동을 느끼며 다시 부드럽게 두 손을 오른쪽으로 가져갔다. 볼로쟈는 야슈카에게 깡충깡충 뛰어다가가 손을 가볍게 흔들며 열중하여 동그랗게 뜬 눈을 빛내며 높은 목소리로 소리쳤다.

"당겨! 더 빨리!"

"저리 꺼져!" 야슈카가 속삭이듯 이야기했고 발을 자주 옮겨 뒷걸음질 쳤다.

찰나의 순간 물고기는 강물에서 튀어나와 반짝이는 넓은 옆모습을 자랑하고는 세차게 꼬리를 파닥댔으며 분홍빛 물방울들이 튀어 올랐고, 다시금 차가운 강 깊은 곳으로 들어갔다. 그러나 야슈카는 물고기가 깊이 들어가는 것을 용납하지 않았다. 손을 뒤쪽으로 크게 젖히고 물고기를 뭍으로 끌어올려 단번에 풀 위로 내던졌고 곧이어 자신도 물고기 위로 배를 깔고 쓰러졌다. 볼로쟈는 목이 바싹 탔고, 심장이 격렬하게 와들와들 떨렸다….

"뭐 잡았어?" 무릎을 쪼그리고 앉아 볼로쟈가 물었다. "뭐야?"

"도-미다!" 야슈카가 환호성을 질렀다. 야슈카는 조심스럽게

저기 개가 달려가네요

배 아래에서 크고 차가운 도미를 끄집어냈고 행복감에 젖은 큰 얼굴로 볼로쟈를 쳐다봤다. 쉰 목소리로 웃기 시작했으나, 갑자기 미소를 잃고 겁에 질린 눈으로 볼로쟈 뒤에 있는 무언가를 응시했고 몸을 움츠리며 "아!"하고 탄식했다.

"낚싯대가…. 저기를 좀 봐 봐!"

볼로쟈는 돌아섰고, 흙더미들과 함께 땅에서 뽑혀 나오면서 물속으로 천천히 끌려 내려가는 자신의 낚싯대를 발견했다.

"잡아!" 야슈카가 소리쳤다.

하지만 그 순간 볼로쟈는 발아래 땅이 흔들리는 듯했고, 곧 무너져 내렸다. 볼로쟈는 중심을 잃고 낚싯대를 놓쳤으며, 허무하게, 마치 공을 잡으려는 듯, 두 손을 휙 쳐들고 높은 목소리로 소리쳤다. "아…." 그리고는 물로 쓰러졌다.

"바보 자식!" 악에 받쳐 고통스럽게 얼굴을 구긴 야슈카가 쉰 목소리로 소리쳤다. "쓸모없는 자식!"

볼로쟈는 벌떡 일어나 흙덩이와 풀을 움켜쥐었으나 강물로 시선을 돌리자 정신이 아찔해졌다. 그리고 볼로쟈는 무기력한 몸이 의지를 거스르는, 오직 꿈에서나 경험할 괴로운 감정을 느꼈다. 볼로쟈는 강기슭에서 3미터 떨어져 두 손으로 물을 철썩철썩 내리치며 때렸고, 백묵처럼 희디흰 부푼 눈의 얼굴을 뒤로 젖혔으며, 순간 사레가 들렸다. 그리고 물에 잠긴 채 계속 무언가 소리치고자 애썼지만 목에서는 그르렁거리는 "우아… 우아…" 하는 소리만 날 뿐이었다.

'가라앉는다!' 야슈카는 공포감에 휩싸여 생각했다! '끄집어내!' 야슈카는 볼로쟈를 때리고 싶었던 흙덩이를 던졌고, 끈적이는 손을 바지에 문질러 닦았으며 물로부터 멀리 뒷걸음질 쳤다. 흙이 그의 발아래에서 쏟아져 내렸고 야슈카는 흔들리는 두 팔로 땅을 짚고, 마치 완전한 꿈속인 것처럼 굼뜨고 힘겹게 위로 기어 올라갔다. 야슈카는 풀밭으로 빠져나와 달렸지만 머지않아 돌아와서 처참한 광경을 기대하는 동시에 모든 것이 무사히 끝나기를 바라는 마음으로 아래를 내려다봤다. 볼로쟈는 이미 몸부림치는 것을 그만둔 후였고, 머리카락이 삐죽삐죽 뻗친 정수리만 보일 뿐, 거의 물 아래에 잠겨 있었다. 정수리는 잠겼다가, 보였다가, 잠겼다가, 보이기를 반복했다…. 야슈카는 볼로쟈의 정수리에서 눈을 떼지 않은 채로 바지 지퍼를 내리기 시작했고, 그 후 고함치며 아래로 미끄러져 내려갔다. 바지를 벗어젖히고 야슈카는 셔츠 차림에 어깨에 가방을 둘러메고 물로 뛰어들어 물을 두어 차례 휘젓더니 볼로쟈에게 다다랐고 그의 팔을 잡아챘다.

볼로쟈는 야슈카에게 매달린 채, 셔츠와 가방을 잡고 손으로 더듬어 달라붙기 시작했다.

강물이 야슈카의 입으로 밀려들었고, 야슈카는 물 위로 얼굴을 내밀고자 시도했으나, 볼로쟈는 완전히 그에게 매달려 어깨로 기어 올라가기 위해 애쓰고 있었다. 야슈카는 물을 삼키며 숨이 막히고 사레 들려 기침을 하기 시작했다. 경험해보지 못한 자연이 주는 공포심이 그를 덮쳤고, 빨간 원들이 눈부신 힘과 함께 눈 안에서 타오르고, 태양 빛에 빛나는 들판과 나무들, 몇몇 사람들이 빙빙 돌기 시작했고, 불꽃이 반원을 그리며 사방으로 흩어졌다. 야슈카는 볼로쟈 때문에 익사하게 될 것임을 직감했고, 젖먹던 힘까지 쥐어짜 몸부림쳤으며, 불과 조금 전까지 볼로쟈가 소리쳤던 것처럼 사람의 소리라는 것이 믿기지 않을 정도로 무섭게 소리를 지르기 시작했고, 볼로쟈의 배를 발로 찼으며, 물속에서 불쑥 나와 머리카락을 털며 쏟아지는 물방울들 사이로 밝고 납작한 태양의 구를 보았고, 손과 발로 물을 철썩이기 시작했고, 거품이 이는 파도를 일으키며 겁에 질린 채 뭍으로 돌진했다.

강가의 사초만을 한 손으로 붙들고서 야슈카는 정신을 차리고 뒤를 바라봤다. 한바탕 휘젓고 지나온 소용돌이 속의 강물이 잠잠해졌고, 표면에는 언제 그랬냐는 듯 아무도 없었다.

강 깊은 곳으로부터 작은 공기 방울 몇 개가 흥겹게도 올라왔고 야슈카는 이를 부딪치기 시작했다. 야슈카는 주위를 살펴보았다. 태양이 밝은 빛을 내리쬐고 있었고, 버드나무와 떨기나무 잎들은 반짝였고, 꽃들 사이의 거미줄이 무지개색으로 빛났으며, 할미새는 통나무 위에 앉아 꼬리를 흔들며 빛나는 눈으로 야슈카를 바라봤다. 그리고 모든 것은 평소와도 같았다. 모든 것이 평온하고 고요하게 숨을 쉬었고 땅 위에 고요한 아침이 서 있었다. 그리고 방금 막, 불과 조금 전에 전례가 없는 일이 일어났으며 사람이 익사했다. 그리고 바로 그가, 야슈카가 그 사람을 때리고 익사시킨 것이었다….

야슈카는 눈을 한 번 깜빡인 후, 잡은 나뭇가지를 놓고 젖은 셔츠 아래로 어깨를 들썩였으며, 이따금씩 깊게 숨을 들이쉬고 물 속으로 들어갔다. 물속에서 눈을 뜬 채로 야슈카는 처음에 그 무엇도 알아볼 수 없었다. 흐릿한 초록빛과 누르스름한 빛과 태양 빛을 받아 반짝이는 정체 모를 가느다란 풀들이 주위에 가물거렸다. 야슈카는 더 깊이 내려가 팔과 얼굴에 걸리적거리는 풀을 헤치고 조금 헤엄쳐 볼로쟈를 발견했다. 볼로쟈는 옆으로 누운 상태였으며 다리 한쪽이 풀에 엉켜 있었다. 그리고 동그랗고 창백한 볼로쟈의 얼굴과 그의 검은 입이 태양 빛을 향해 있었고, 마치 물의 감촉을 느껴보려는 듯 손을 가볍게 떨며 볼로쟈의 몸은 느리게 회전하고 있었다. 야슈카는 볼로쟈가 연기를 하고 일부러 손을 흔들며 자신이 가까이 다가가 닿게 되면 자신을 잡기 위해 주시하고 있다고 생각했다. 순간 숨이 막혀오자, 야슈카는 볼로쟈에게 급히 헤엄쳐 다가가 그의 팔을 잡은 채 실눈을 뜨고 위로 끌어당겼다. 볼로쟈가 쉽게 순순히 따라오자 야슈카는 놀랐다. 물 밖으로 나와 야슈카는 허겁지겁 숨을 쉬기 시작했고, 이제 그에게 숨을 쉬고 또 쉬는 것과 가슴이 놀랄 만큼 깨끗하고 달콤한 공기로 끊임없이 채워지는 것을 느끼는 것 이외에 달리 필요한 것이나 중요한 것은 없었다.

볼로쟈의 셔츠를 풀지 않고 야슈까는 볼로쟈를 강가 쪽으로 밀기 시작했다. 발이 강바닥에 닿자, 야슈카는 볼로쟈의 가슴이 강가 쪽을, 얼굴이 풀을 향하게 눕히고 스스로 힘겹게 기어 나와 볼로쟈를 끌어당겼다. 야슈카는 차가운 몸에 닿자 소스라치고, 허겁지겁하며 스스로 너무나 피곤하고 또 행복하지 않다고 느꼈다.

등이 땅에 닿도록 볼로쟈의 몸을 뒤집은 후, 야슈카는 그의 양 손을 떼어놓고, 복부를 누르고 코에 바람을 불기 시작했다. 야슈카는 헐떡이기 시작했고 힘이 빠졌고, 볼로쟈의 몸은 여전히 그토록 희고 차가웠다. '죽은 건가?' 야슈카가 놀라 생각했다. 이 냉담하고 차가운 얼굴을 피해 어디로든 도망가 숨을 수 있다면!

야슈카는 두려움에 떨며 흐느껴 울었고 벌떡 일어나 볼로쟈의 다리를 있는 힘껏 위로 잡아당겼고, 용을 쓰느라 얼굴이 새빨개졌으며 몸이 떨리기 시작했다. 볼로쟈의 머리는 땅에 부딪혔다. 야슈카가 완전히 힘이 빠지고 낙심하여 볼로쟈의 몸을 내팽개치고 어디로든 도망치고 싶던 바로 그 순간, 볼로쟈의 입이 물을 토하고 신음소리를 내며 몸이 발작을 일으켰다. 야슈카는 볼로쟈의 다리를 놓고 눈을 감고 주저앉았다.

볼로쟈는 힘없는 두 팔로 지탱하며 반쯤 몸을 일으킨 후, 어디론가 재빠르게 달아나야겠다고 분명 마음을 먹지만, 또다시 옆으로 쓰러져 경련하는 듯한 기침을 뱉었고, 물을 튀기며 축축한 풀 위에서 몸을 비틀었다. 야슈카는 한쪽으로 기어가 무기력하게 볼로쟈를 바라봤다. 야슈카는 세상의 그 누구보다도 볼로쟈를 더 사랑했고, 그에게 볼로쟈의 창백하고 놀란 얼굴보다 더 귀여운 것은 없었다. 사랑에 빠진 미소로 수줍은 야슈카의 눈이 빛났고 다정하게 볼로쟈를 바라보며 실없이 질문을 했다.

"그래, 좀 어때? 응? 좀 어때?"

볼로쟈는 조금 원기를 찾고 손으로 얼굴을 문지르며 강물로 시선을 돌리곤 낯선 쉰 목소리로 더듬으며 힘겹게 말을 꺼냈다.

"어떻게… 물에 빠진 거지…."

그때 야슈카는 갑자기 얼굴을 찌푸리고 눈을 찡그렸다. 그의 눈에서는 눈물이 흘러내렸다. 그리고 위로할 수 없을 정도로 온몸을 바르르 떨고 숨을 헐떡이며 눈물을 흘리는 것에 대한 부끄러움도 잊은 채 슬피 울부짖기 시작했다. 야슈카는 두려움에, 모든 것이 끝났다는 안도감에, 미슈카 카유뇨녹 씨가 거짓말을 했고 이 강바닥에 그 어떤 문어도 없다는 사실에 눈물을 흘렸다….

볼로쟈의 눈이 까매졌고, 입이 조금 열렸으며, 놀라 당황해하며 야슈카를 쳐다봤다.

"너… 왜 그래?" 볼로쟈가 어렵사리 말을 꺼냈다.

"으응…." 야슈카는 울음을 참아내고 바지로 눈을 닦아내며 힘이 있다고 소리내어 말했다.

"네가 물에… 빠져서, 나는 너를 구하… 구하려고…."

그리고 야슈카는 더 절망적으로 크게 울부짖기 시작했다.

볼로쟈는 눈을 한 번 깜빡이고 얼굴을 찡그렸으며 다시 한 번 강물을 바라봤다. 심장이 떨렸고 모든 기억이 되살아났다.

"어… 어떻게 내가 물에 빠진 거야…!" 볼로쟈가 놀란 듯 말했고, 여읜 어깨를 썰룩거리며 힘없이 고개를 숙이고 자신을 구해 준 야슈카로부터 등을 돌린 채 따라 울기 시작했다.

소용돌이치던 물은 이미 오래전 잠잠해졌고, 물고기는 볼로쟈의 낚싯줄을 끊고 달아났으며, 낚싯대는 강가로 밀려 나왔다. 태양은 빛났고, 나무들은 이슬로 반짝였다. 오직 소용돌이 속의 강물만 여전히 검었다.

귀신 이야기, 카비아시

Кабиасы

1961

클럽 관리자인 주코프는 옆 마을 콜호스(집단 농장)에 오래 머물렀다. 때는 8월이었다. 일이 있어서 온 것이다. 주코프는 낮에 여기저기 돌아다니며 사람들과 이야기를 나눴다. 일이 바삐 진행되어 분주한 날이었지만 말이다.

주코프는 클럽에서 일한 지 채 일 년이 되지 않은 한창때의 청년으로, 혈기 왕성하고 적극적이었다. 그는 큰 마을인 주바토프에서 태어나 현재는 둡키 지역 클럽 옆에 위치한 작은방 한 칸을 빌려 살고 있었다.

둡키 지역으로 가는 차도 이미 떠났으니 바로 집에 가는 게 좋았을 것이다. 그러나 주코프는 마음을 바꿔 평소 친분이 있던 선생님을 찾아뵈어 문화를 주제로 이야기를 나누기로 했다. 하지만 기껏 찾아갔더니 때마침 선생님은 사냥을 가셨다고 했다. 원래 벌써 돌아올 시간인데 계획에 차질이 생겨 늦으신다고 했다. 주코프는 속으로 진작 떠나야 했다고 후회하며 하는 수 없이 주야장천 기다리기로 했다.

그렇게 주코프는 두어 시간 동안 창가에 서서 담배를 피우고 사모님과 맥없이 대화를 하며 시간을 보냈다. 심지어 잠깐 잠들기도 했다. 하지만 밖에서 어떤 여인이 큰 소리로 가축 떼를 부르는 바람에 잠에서 깨고 말았다.

주코프는 기다리다 지친 나머지 스멀스멀 화가 솟구쳤다. 결국 그는 길가로 나가 시큼한 크바스(러시아 곡물로 만든 알코올성 음료)를 마셨다. 이에서 뽀드득 소리가 났다. 그러고는 집을 향해 발걸음을 내디뎠다. 20킬로미터는 족히 걸어야 할 거리였다.

야간 감시원인 마트베이 영감은 다리에서 주코프를 잡아 세웠다. 그는 다 해진 겨울 모자를 쓰고 너덜너덜한 외투를 입고 다리를 넓게 벌리고 서서 한 손에는 소총, 다른 손엔 담배를 들고 걸어오는 주코프를 게슴츠레 바라봤다.

"오, 마트베이 씨!" 주코프는 여태껏 그를 두 번밖에 보지 못했지만 기억해내고 아는 체를 했다. "또 사냥하러 가십니까?"

마트베이 영감은 대답 없이 천천히 걸었다. 잠시 담배를 바라보다 성냥을 꺼내 담배에 불을 붙였다. 그리고는 담배 연기를 들이마시고 뱉기를 연발하다가 돌연 쿨럭거리며 두어 차례 기침을 했다. 그가 대답한 건 입고 있던 코트를 손톱으로 긁는 척하며 성냥을 숨기고 난 후였다.

"사냥이라니! 새벽에는 살라샤 지역 순찰 업무를 봐야지."

아직도 주코프의 입 안에 크바스가 남아 있는 것 같았다. 그도 바닥에 침을 뱉고 담배를 피우기 시작했다.

"순찰은 무슨, 맨날 자는 거 다 알아요." 주코프가 멍하게 앞을 보며 중얼거렸다.

주코프는 진작 차를 타고 마을로 돌아갔어야 했다고 속으로 불평하며, 이제는 정말 발걸음을 옮겨야 한다고 생각했다.

"잠을 자다니!" 몇 초가 흐른 뒤 마트베이 영감이 크게 소리쳤다.

저기 개가 달려가네요

"잠들어버리면 안 준다…."

"왜요. 돈을 훔쳐 가기라도 해요?" 주코프가 비꼬듯 물었다.

"훔친다고!" 웃으며 대답하던 마트베이 영감은 수줍어하는 사람이 가만히 서 있다가 한 걸음 앞으로 내디디려 하는 것처럼 우스꽝스럽게 앞으로 고꾸라질 뻔하다가 겨우 자세를 바로잡았다. 그는 주코프 쪽으로는 단 한 번도 눈길을 주지 않고, 어둑어둑 땅거미가 내려앉은 들판을 둘러보았다.

"훔쳐 가는 게 아니라 직접 돈을 받으러 온다고, 친구."

"여자가요?" 주코프는 류브카와의 데이트를 기억하고 웃으며 물었다.

"아니, 그…." 마트베이 영감이 웅얼거리며 대답했다.

"영감! 빨리 대답해줘요!" 주코프가 바닥에 가래를 뱉으며 물었다. "그래서 누구예요?"

"카비아시." 마트베이 영감이 알 수 없는 대답을 하고는 처음으로 주코프에게 불편한 기색을 내비쳤다.

"땡잡았네요." 주코프가 비웃으며 말했다. "할멈한테 가서 카비아시가 누군지 얘기하는 게 어때요?"

"그런 게 있어." 마트베이 영감이 우울하게 대답했다. "만나 보면 알게 돼."

"귀신이에요?" 주코프가 심각한 얼굴을 하고 물었다.

마트베이 영감이 다시 그에게 불편한 기색을 내비쳤다.

"비슷해." 영감은 모호하게 얼버무렸다. "초록빛이 섞인 검은 물체야."

그는 주머니에서 두 개의 구릿빛 탄환을 꺼내 묻어 있던 담뱃재를 후후 불어 털어냈다.

주코프는 총알과 화약 사이에 끼우는 종이에 잉크로 획획 그어진 십자가 문양을 보았다.

"쓸데없는 말이 많았네!" 마트베이 영감이 만족스레 대답하며 총알을 뒤로 숨겼다. "잘 아는 사이이고 말고."

"자주 만나나 봐요?" 주코프는 속으로 비웃었지만 그의 말을 믿는 척하려고 심각한 얼굴을 하고는 괜히 띄워주었다.

"그렇게 자주는 아니고." 마트베이 영감이 진지하게 대답했다. "살라샤에는 오지 않아. 어둠 속에서 하나 둘 나와 사과나무 아래에서 모이지. 바스락거리는 소리를 내면서 작은 아이들이 내 옆으로 다가오거든…."

마트베이 영감은 시선을 아래로 떨구고 손을 맞잡았다. "그러고는 일어나서 노래를 불러."

"노래라고요?" 주코프는 참지 못하고 웃음을 터뜨렸다. "클럽 애들보다는 영감이 훨씬 낫네요. 마치 학예회 같군요! 어떤 노래를 부르는데요?"

"음… 그때그때 달라…. 헤어질 땐 울적해져. 그때마다 그들은 '마트베이, 마트베이, 이리로 와! 이리 와!' 하곤 해."

"영감은요?"

"난 '아이고 너네… 엄마에게 돌아가!'라고 하지."

마트베이 영감은 그들을 떠올리며 사랑스럽다는 듯 웃었다.

"그럼 살라샤로 가서 총알을 장전하면 켁, 엑 같은 소리가 나겠네요."

"명중?"

"명중!" 마트베이가 코웃음을 쳤다. "귀신을 죽일 수 있겠나? 새벽닭이 울 때까지 그 작은 존재를 쫓는 거지…."

"맞아!" 가만히 있던 주코프가 대답했다. 그러고는 한숨을 쉬며 "나빠, 나빠요!"라고 중얼거렸다.

"누가?" 마트베이 영감이 물었다.

"이번에 제가 무신론 선전을 해야 하거든요. 그게 나쁘다고요!" 주코프가 찡그린 얼굴로 영감을 바라보며 말했다.

"숲 얘기는 거짓말이죠? 여자애들 겁주려고 만든 얘기 아니에요?" 그는 클럽 주인인 친구를 떠올리며 딱딱하게 물었다.

"카비아시라니! 당신이 카비아시겠죠."

"누구?" 마트베이 영감이 다시 한 번 물었다. 그의 얼굴이 갑자기 험상궂게 일그러졌다. "집에 가는 길에 숲을 통과해야 하지?"

"왜요? 그렇다면 어쩔 건데요!"

"가면 알게 돼. 넌 아마 집에 돌아가지 못할 거야. 걔네한테 붙잡혀서 말이야."

마트베이 영감은 그 말을 끝으로 사과도 없이 쌩하고 뒤돌아 이미 땅거미가 내려앉은 정원으로 빠르게 걸어갔다. 뒷모습만 봐도 얼마나 화가 났는지 알 수 있었다.

주코프는 길에 혼자 덩그러니 남아 담배를 피우며 주위를 둘러보았다. 벌써 해가 저물어 왼쪽 하늘은 어둠 속에 들어가 있었다. 집단 농장 콜호스 저편은 이미 보이지 않았고 터널과 티브이 안테나 사이로 보이는 지붕 색도 분간하기 힘들어졌다.

왼쪽에 자작나무 숲이 보였다. 그는 지평선을 향해 걸어갔다. 누군가 하얀 연필로 어두운 부분의 경계에 선을 그어놓은 것 같았다. 어두운 쪽으로 다가갈수록 가냘픈 하얀 선이 점점 더 선명해졌다.

왼쪽에 강물이 흘러 들어오는 고요한 호수만이 어둠 속에서 홀로 빛나고 있었다. 호숫가에선 모닥불이 타오르고 길이 있는 방향으로 연기가 흩날리고 있었다. 벌써 이슬이 맺혀 연기에서 축축한 냄새가 났다.

오른쪽 울퉁불퉁한 숲 사이로 어두컴컴한 들판과 숲길이 보였고 언덕과 언덕 사이엔 격자무늬로 된 기둥이 서 있었다. 마치 다른 세계에서 버려져 이곳까지 다다르게 된 거대한 행렬이 손으로 엉금엉금 기어 녹색 별이 떠 있는 자신의 고향으로 가고 있는 것 같았다.

주코프는 주변 어딘가에 차가 지나가지 않을까 기대하며 주변을 둘러보았다. 그리고 길을 따라 걷기 시작했다. 호수와 호숫가에서 타오르고 있는 모닥불을 바라보았다. 주변엔 아무도 없었다. 호수 위에서도, 누가 왜 불을 지폈는지 모를 외로운 모닥불 근처에서도 인기척 하나 느껴지지 않았다. 왠지 기분이

저기 개가 달려가네요

이상했다.

처음에 주코프는 담배에 불을 붙이고 정처 없이 걸으며 주변에 사람이나 차가 지나가지 않는지 둘러보았다. 그러나 앞에도, 지평선 너머에도 사람이나 자동차는 보이지 않았다. 결국 주코프는 원래 생각했던 대로 숲을 지나 집으로 가기로 했다.

완전히 어두워진 건 약 4킬로미터 정도 걷고 난 후였다. 어디에선가 몰려온 안개 때문에 보이는 길은 단 하나뿐이었다. 날씨는 따뜻했지만 주코프가 안개 속으로 들어서자 몸이 으슬으슬 떨려왔다. 하지만 안개 속에서 빠져나오자 몸이 다시 따뜻해지고 기분이 좋아졌다.

'사람들은 무지해.' 주코프는 생각했다.

그는 주머니에 손을 넣고 성난 표정으로 아까 있었던 일을 떠올렸다. 주코프가 마트베이 영감을 비웃자 그의 얼굴에 분노와 경멸이 떠올랐다.

'그래 무신론을 더 설파해야 돼. 미신은 뿌리까지 뽑아버리고!' 주코프는 생각했다. 그는 더욱 누군가와 문화와 이성에 대해 얘기를 나누고 싶어졌다.

도시에 있는 아무 대학교에라도 입학해서 공부를 할 때가 된 거라는 생각이 들었다. 그는 항상 그래왔던 것처럼 공연장 안에서 담배를 피워대는 열악한 콜호스 클럽이 아닌 다른 곳에서 지휘를 하면 어떤 기분일까 상상해보았다. 모스크바 합창단은 백 명 남짓의 일류 구성원들로 이루어져 있다고 했다.

항상 비슷한 상상을 할 때면 그의 가슴 깊은 곳에서 행복감이 밀려 올라와 하늘에 떠 있는 별이나 땅에 펼쳐진 길의 존재도 잊어버리고 주먹을 쥐었다 폈다, 눈썹을 위아래로 움직였다, 노래를 불렀다, 웃곤 했다. 주변에 누가 있건 없건 상관없었다. 심지어 옆에 동행이 없다는 사실이 기쁘기까지 했다. 그렇게 정처없이 걷다가 길 옆에 위치한 창고를 발견하고 통나무에 잠시 앉아서 담배 한 대를 피우기로 했다.

한때는 여기에 농장이 있었지만 집단 농장 확장 사업 이후 없어지고 지금은 창고만 남아 있는 것이었다. 창고 문은 열려 있었고 그 안엔 아무것도 없었다. 심지어 내부에 문도 없었다. 창고 자체도 살짝 기울어져 있었고 문구멍 저 깊은 안쪽은 특히 칠흑같이 어두웠다.

주코프는 등 뒤에는 창고가, 눈앞에는 길이 보이도록 하여 한쪽 발은 통나무에 올려놓은 뒤 높이 올려진 무릎 위에 팔꿈치를 대고는 담배를 피웠다. 서서히 행복감이 몸에서 빠져나가는 기분이었다. 이미 모스크바 합창단 생각은 머릿속에서 지우고 류브카와 마침내 키스를 하면 어떨지 상상의 나래를 펼쳤다. 그러던 중 등 뒤에서 누군가의 시선이 느껴졌다.

텅 빈 어두운 공간에, 풀숲일 수도 아닐 수도 있는 알 수 없는 검은 무더기 사이에 누군가 앉아 있는 것 같았다.

문득 마트베이 영감이, 그가 예언하던 얼굴이, 누군가 불을 붙였는지 모를 모닥불의 형상이 고요한 호숫가로 떠올랐다.

숨을 멈추고 천천히 뒤로 돌아 창고를 바라봤다. 창고 지붕은 별이 보일 정도로 훤히 드러나 있었다. 그러다 시선을 옮겨 통나무 기둥이 어떻게 지붕을 떠받치고 있는지 보려 했다. 순간 창고 뒤에서 발소리가 들리는가 싶더니 누군가 희미하게 "오! …오! …오!" 하고 속삭이는 소리가 들렸다. 소리는 점점 멀어져갔다. 주코프는 소리를 꽥 지르고 도로로 뛰쳐나왔다.

'엇, 사라졌네!' 하고 생각함과 동시에 주코프는 땅바닥으로 넘어졌다.

귀에선 바람 소리가 웅웅 울렸고 수풀 사이사이로 무엇인가 몰려 들어와 코로 숨을 크게 들이쉬었다 내쉬고 있었다. 차가운 공기가 주코프의 등 뒤에 닿았다.

'어서 성호를 그어야 해!' 주코프는 생각했다.

이제 등 뒤에서 그를 잡으려는 차가운 손길이 느껴졌다.

'주님, 당신 손에….'

성호를 긋고 나서 도망칠 힘도 없어 잠시 가만히 있다가, 천천히 뒤를 돌아보았다. 길에도, 들판에도, 창고에도 그 어떤 것은 보이지 않았다. 주코프는 길에서 눈을 떼지 않은 채 축축해진 손으로 얼굴을 쓸어 올렸다.

그리고 갈라진 목소리로 "허!" 하고 소리치고는 자신이 낸 목소리에 놀라 흠칫했다.

다시 기침을 하고 주위 반응을 살폈다. 그러고는 목소리를 떨지 않으려 주의하면서 "호! 호! 헤이!" 하고 소리쳤다.

주코프는 숨을 깊게 들이쉬고 울 것 같은 마음으로 얼마나 빨리 걸을 수 있는지 계산해보았다. 하필 주변도 너무 어두웠다. 마트베이 영감이 경고했던 그 숲을 지나려면 한참을 더 가야 한다는 사실을 떠올리고 더욱 서둘러 발걸음을 옮겼다.

길은 강가 쪽으로 나 있었다. 주코프는 꿈에서 봤던 그대로 경사 깊은 골짜기 아래에 위치한 다리로 내려갔다. 다리 아래에는 검은 물이 흐르고 주변은 버드나무 숲으로 둘러싸여 있었다. 순간 어떤 소리가 들렸다. 하지만 주코프는 착각한 건지, 정말 어떤 소리가 난 건지 알지 못했다.

"두고 봐! 널 찾을 테니까!"

주코프는 작은 산 입구로 들어서며 마트베이 영감이 얘기했던 숲이 시작된다는 걸 깨달았다. 점점 무서워졌다.

숲은 이슬과 습기로 가득 차 있었다. 주코프 안에 들어 있는 무엇인가가 숲의 냄새를 깊이 빨아들였다가 다시 따뜻하고 어두운 들판으로 습기를 머금은 이끼, 버섯, 물, 소나무 냄새를 내뱉는 것 같았다. 그의 왼쪽 시야는 무엇이 있는지 식별이 가능할 정도였지만, 오른쪽은 진한 어둠만이 깔려 있을 뿐이었다. 하늘은 별들로 반짝였고 숲은 점점 시간이 지날수록 어두워졌다. 비록 하늘이 검은색이었지만 어슴푸레한 빛이 숲을 비추고 있었고, 나무들이 빛을 뒤로하고 선명하게 자신의 위용을 드러내며 우뚝 서 있었다.

캄캄한 숲에 있는 어떤 한 나뭇가지에서 갑자기 올빼미 한 마

저기 개가 달려가네요

리가 튀어나와 미약한 소리를 내며 날아오르더니 앞에 앉았다. 주코프는 새의 날갯짓 소리를 들으며, 어디로 갔는지 보려고 했지만 보지 못했다. 그가 본 건 흔들리는 나뭇가지와 별을 등지고 앉아 있는 올빼미의 실루엣뿐이었다. 주코프가 올빼미에 다가서자 새가 다시 하늘로 날아올라 원을 그리며 빙 돌다가 어두운 숲으로 내려앉았다. 올빼미가 어디로 갔는지 보이지 않았다. 이미 해는 저물었지만 아직 들판 저 너머에 희미한 노을의 끝자락이 남겨져 있었다. 올빼미가 흐릿한 까만 점이 되어 그쪽으로 날아가고 있었다.

날아가는 새를 바라보다 나무뿌리에 발이 걸려 넘어졌다. 순간 욕이 튀어나올 뻔했다. 주코프는 감히 숲 앞이나 오른쪽을 보지 못했다. 다시 용기를 내어 앞을 바라봤을 때 갑자기 등골이 오싹해졌다. 살짝 왼쪽으로 보이는 숲을 지나 길 건너편에서 카비아시가 그를 바라보고 있었다. 마트베이 영감이 카비아시들의 키가 작다고 말해준 게 떠올랐다. 그중 한 명이 킥킥거리며 웃었고, 다른 한 명은 좀 전에 창고 뒤에서 들었던 것처럼 애처롭게 "오오… 오…"하며 울었고, 또 다른 카비아시는 메추리처럼 짹짹대며 "이리 와! 이리 와!" 하고 소리쳤다.

주코프는 하얗게 질려 이를 덜덜 떨었다. 성호를 그으려 했지만 손이 움직이지 않았다.

"아아아아악!" 주코프는 숲이 떠나가라 소리를 질렀다.

그러나 정신을 차리고 보니 길 건너편에 있었던 건 단순히 나무였다. 그는 개가 짐승을 발견했을 때처럼 긴장된 부동의 자세로 한 발 한 발 앞으로 내디뎠다. 나무 뒤에서 무엇인가 바스락거리는 소리를 내더니 불안에 떠는 비명 소리를 내지르며 들판으로 굴러 내려갔다.

"새다!" 주코프가 땀에 젖은 셔츠를 입고 어깨를 들썩이며 기쁘게 숨을 들이쉬면서 소리쳤다.

단숨에 자신을 깜짝 놀라게 한 나무들을 지나 담배와 성냥을 꺼냈지만, 문득 담배에 불을 붙이면 숲에게 자기 존재를 들킬 것 같은 기분에 휩싸였다. 누가 자기를 알아볼지 몰랐고, 알고 싶지도 않았지만, 그 사실을 확신했다.

주코프는 쪼그리고 앉아 아래를 내려다보며 머리 위로 재킷을 잡아당겼다. 그러고는 "거기로 내려간다!" 하고 소리쳤다.

비록 들판도 무서웠지만 숲을 통과하지 못하겠다는 생각에 그러기로 결심했다.

그는 소리를 내며 개암나무 옆을 지나 탁 트인 들판으로 나온 후 조금이라도 어두운 곳은 피해가며, 계속해서 오른쪽을 주시해가며 걸었다. 올빼미들은 이미 날아가 버렸고 도처에서 바스락거리는 소리와 이따금 삑삑거리는 소리가 들려왔다. 그러나 숲의 가장 깊은 골짜기로부터 비명도, 신음도 아닌 것이 오랫동안 메아리처럼 지속됐다.

하지만 주코프는 이미 어두운 숲에서 벗어나 먼지가 날리는 도로로 나온 상태였다. 그는 공포에 휩싸여 순간 헛기침을 캑캑

저기 개가 달려가네요

했다.

그리고 뒤돌아보지 않고 달리기 선수처럼 팔을 몸에 밀착시킨 채 빠른 걸음으로 앞으로 나아갔다. 얼마나 빠르던지 귀에서는 계속 크게 웅웅거리는 바람 소리가 들렸다. 그는 어둠 속에서 숲이 거의 보이지 않을 때까지 달렸다. 이미 다시 기분이 좋아진 주코프는 그냥 앞만 보고 달리면서 뛰는 데 익숙해졌다.

그리고 "티 타 타! 티 타 타!" 하는 일정한 음의 노래를 부르며 어색하게 기뻐했다.

그러다 주코프는 갑자기 멈추어 눈을 동그랗게 떴다.

이번에 그가 본 건 나무나 새가 아니라, 길의 한가운데를 가로질러 오는 알 수 없는 생명체였다. 사람도, 소도, 말도 아니었다. 게다가 형체도 분명하지 않았다. 이미 그 생명체는 바스락거리거나 약하게 쿵쿵 소리를 내며 조금씩 다가오고 있었다.

"누구세요?"

다가오고 있는 생명체가 낭랑한 목소리로 물었다.

주코프는 대답하지 않고 가만있었다.

"우리 아는 사이 아닌가요?"

다시 저편에서 걱정스러운 물음이 들려왔다.

주코프는 그제서야 자신에게 말을 거는 대상이 자전거를 탄 사람이라는 걸 깨달았다. 그러나 여전히 대답하지 못하고 숨만 들이쉬었다가 내쉬었다.

"주코프?"

확신 없는 목소리로 물으며 상대방이 점점 더 가까이 다가왔다.

"맞네! 왜 가만히 있어? 대답이 없길래 누군가 했네. 담배 있어? 한 대 피울까?"

주코프는 그제야 자전거를 탄 사람이 공산주의 청년동맹 지역 위원회에서 만난 포포브라는 걸 알아차렸다. 주코프는 너무 손을 떤 나머지 포포브에게 담배를 꺼내어 줄 때 거의 떨어뜨릴 뻔했다.

"어디서 오는 길이야?" 포포브가 담배를 빨아들이며 물었다.

"길을 잃었어. 너 있는 쪽으로 가던 중에 돌아가는 길모퉁이를 못 보고 지나쳤어. 잠시 생각하느라고…. 숲을 뒤로하고 저기에서 여기까지…. 중간에… 넌 어떻게 된 거야?"

"잠깐." 주코프가 쉰 목소리로 말했다. 어지럽고 현기증이 났다. "잠시만…."

그는 멋쩍게 웃으며 밀려오는 현기증에 어찌할 바 모르다가 잠시 후 진정됐는지 짧게 숨을 들이켜고 내쉬었다. 불쾌한 질경이 냄새가 났다.

"어디 아파?" 포포브가 놀라서 물었다.

주코프는 조용히 고개를 끄덕였다.

"그럼 잠깐 앉아 봐!" 포포브가 단호하게 말하고 자전거 방향을 틀어 주코프에게 향했다.

"핸들 잡아. 어서!"

포포브가 자전거를 타고 핸들을 불안정하게 왔다 갔다 하며 전력으로 질주했다. 그리고 몸을 기우뚱하며 안장에서 내려와 바람에 헝클어진 머리를 위로 획 넘기며 주코프에게 다가왔다.

주코프는 안장 끄트머리에 앉았다. 너무 부끄러웠다. 그는 먼지 속에서 자전거를 탄다는 게 얼마나 어려운 일인지 깨달았다. 주코프는 열심히 자전거 페달을 밟고 있는 포포브 뒤에 기대어 앉아 계속 따뜻한 숨을 뿜었다.

둘은 마을로 돌아가는 내내 말이 없었다. 마침내 콜호스의 불빛이 보이고 나서야 주코프가 입을 열었다.

"잠시만 세워줘…." 주코프가 말했다.

"앉아, 앉아!" 포포브가 헐떡이며 대답했다.

"조금만 더 가면 보건소야…."

"아냐, 됐어. 세워줘…." 주코프가 인상을 찌푸리며 대답했다. 그는 다리를 뻗어 자전거에서 내렸다.

포포브는 자전거를 잠시 길에 세웠다. 둘은 서로 무슨 말을 해야 할지 몰라 잠시 가만히 서 있었다. 옆에 마구간이 있었다. 말은 인기척을 느끼고 불안한지 계속 말발굽 소리를 냈다. 마구간에서 강하지만 기분 좋은 퇴비 냄새가 풍겨왔다.

"성냥 좀 줄래?" 다시 포포브가 부탁했다.

그는 담배 향기를 기분 좋게 음미하며 얼굴과 목에 흐른 땀을 닦았다. 그런 다음 셔츠의 목 단추를 풀었다.

"어때? 괜찮아졌어?" 그가 주코프에게 물었다.

"이젠 아무렇지도 않아." 주코프가 서둘러 대답했다.

"아까 낮에 크바스를 마신 것 때문에 그런가 봐."

둘은 어둠 속에서 잦아들어가는 마을의 소리를 느끼며 천천히 길을 걸었다.

"클럽 일은 어때?" 포포브가 물었다.

"그냥 그래…. 너도 알듯, 정리하느라 다들 바쁘지." 주코프가 건성으로 대답했다.

그리고 갑자기 떠올랐다는 듯 물었다.

"너 혹시 '카비아시'라는 단어 들어봤어?"

"카비아시라고?" 포포브가 잠시 생각에 잠겼다.

"아니. 들어본 적 없는데. 왜? 연극과 관련된 거야?"

"아니. 갑자기 생각나서." 주코프가 애매하게 얼버무리며 대답했다.

둘은 클럽 앞에 도착하고는 서로 악수를 청했다.

"성냥 가져갈래?" 주코프가 말했다. "집에 더 있거든."

"그래." 주코프가 건네주는 걸 받으며 포포브가 대답했다. "방에 들어가서 우유 좀 마셔. 소화에 도움 될 테니까…."

그는 다시 자전거를 타고 선생님 집으로 돌아갔다. 주코프는 클럽 안으로 들어가 어두운 통로를 지나 자신의 방에 도착했다. 차가운 차를 마시고 잠시 담배를 피운 뒤 불을 켜지 않고 창문을 열고 라디오를 틀고는 침대에 누웠다.

그는 서서히 잠에 빠져들고 있었다. 머릿속에서 저 위, 산에서 어두워진 들판과 아무도 없는 호수, 티브이 안테나와 여기저기

우뚝 솟아 있는 전신주, 혼자 타오르는 모닥불의 전경이 펼쳐졌
다. 깊은 새벽의 광활한 대지를 채우는 인생의 소리도 들려왔다.

주코프는 꿈속에서 아까 왔던 길을 다시 걸으며 두려움에 떨
었다. 하지만 이제는 행복감에 충만하여 어두운 새벽, 하늘 위에
떠 있는 별을 보고 공기 중에 떠다니는 냄새를 맡고 바스락거리
는 소리와 새들이 지저귀는 소리를 들었다.

그는 다시 누군가와 함께 이야기하고 싶어졌다. 문화에 대해,
영원함에 대해….

그는 류브카를 떠올리고 침대에서 일어나 맨발로 방을 돌아다
니다 옷을 갈아입고, 그녀를 만나러 갔다.

못생긴 여자

Некрасивая

1956

저기 개가 달려가네요

결혼 잔치가 한창이었다. 이미 오래전 신랑 신부는 다른 오두막집으로 갔고, 마을엔 첫 닭 울음소리가 울려 퍼졌다. 악사는 아코디언 연주를 멈추지 않았고, 오두막집은 분주한 발걸음으로 가볍게 흔들렸다. 다섯 개의 램프가 뜨겁고 눈부시게 빛을 밝혔고, 창문으로 시끌벅적한 젊은이들이 보였다.

배불리 먹고 마시고, 울고불고, 노래하고 춤췄다. 그러나 항상 테이블 위의 보드카와 안주는 가득했으며, 아코디언 악사가 떠난 후엔 축음기가 폭스트롯과 탱고 연주를 대신했다. 스텝을 밟는 구두 굽 소리는 끊이지 않고, 흥이 넘쳤으며, 길 건너 들판과 강가에서는 더 시끌벅적하게 들렸다. 이쯤 되자, 모든 이웃 마을에서도 포드보리예에서 잔치가 열렸음을 알 수밖에 없었다.

모두가 즐거웠지만, 오로지 쏘냐만 고통스럽고 우울했다. 쏘냐의 뾰족한 코는 보드카로 빨개졌고, 머릿속은 웅웅거렸으며, 그 누구도 그녀를 알아보지 않았고, 모두가 흥겨웠고, 모두가 이날 밤 사랑에 빠졌지만, 아무도 쏘냐에게 반하거나, 춤을 청하지 않았다는 모욕감에 심장은 애처롭게 뛰었다.

쏘냐는 자신이 예쁘지 않다는 사실을 알았고, 자신의 말라빠진 등을 부끄럽게 여겼으며, 춤추고 마시고 사랑에 빠지는 잔치에는 절대 가지 않겠노라고 그토록 다짐하건만, 혹시나 모를 행복을 기대하며 매번 참지 못하고 잔치에 오고 말았다.

더 이전, 쏘냐가 대학을 다니던 더 젊은 시절로 시간을 돌려봐도 그녀를 사랑한 사람은 없었다. 단 한 번도 쏘냐를 집으로 배웅해준 남자가 없었으며, 단 한 번도 쏘냐에게 입맞춤을 해주지 않았다. 대학을 졸업하고 시골 마을로 일하러 왔을 때, 쏘냐는 학교에 딸린 방 한 칸에 살게 되었다. 저녁마다 쏘냐는 공책들을 검사했고, 책을 읽으며 사랑을 노래한 시를 암송했으며, 영화관에 갔고 여자 친구들에게 장문의 편지를 쓰며 쓸쓸한 마음으로 시간을 보냈다. 이 년 만에 여자 친구들 대부분은 시집을 갔고, 이 시간 동안 쏘냐의 얼굴은 더욱 수척해졌고 등은 더욱더 앙상해졌다.

사람들은 쏘냐를 마치 조롱하는 듯 이렇게 결혼식에 초대했고, 쏘냐는 초대에 응한 것이었다. 쏘냐는 행복에 겨운 신부를 부러운 듯이 바라봤고, 다른 모든 이들과 함께 맥없는 목소리로 "키스해!"를 외쳤다. 그리고 결혼을 할 수나 있을까 생각하니 쏘냐는 정말 괴로웠다.

쏘냐는 수의사 보조원인 니콜라이를 소개받았다. 뚜렷하고 잘생긴 얼굴과 까만 눈을 가진 음울해 보이는 남자였다. 쏘냐와 니콜라이는 옆자리에 앉게 되었고, 니콜라이는 처음엔 쏘냐를 챙기려 애썼다. 쏘냐는 니콜라이가 건네는 술과 안주를 모조리 받아먹었고, 눈빛으로 고마움을 전했으며, 스스로 의미심장하고 은밀하며 다정한 눈빛을 보냈다고 여겼다.

그러나 니콜라이는 어찌 된 일인지 점점 침울해졌고, 머지않아 쏘냐를 더 이상 챙기지 않더니 테이블 너머 다른 사람과 이야기를 나누기 시작했다. 이후 니콜라이는 그녀 옆자리에서 완전히 떠났고, 소리를 지르고 긴 두 팔을 흔들어대며 열심히 춤을 추고,

몹시 놀라 주위를 둘러본 후 테이블로 다가가 보드카를 마셨다. 그리고 그 후 현관방으로 나가 다시는 돌아오지 않았다.

쏘냐는 이제 홀로 구석에 앉아, 자신의 인생을 돌이켜보았으며, 춤으로 땀에 젖어 만족하고 행복한 모든 사람이 경멸스러웠고, 자신도 경멸스럽고 또 가여웠다.

얼마 전에 쏘냐는 아주 멋진 검푸른 색의 원피스를 하나 맞췄다. 모든 사람이 원피스가 예쁘다며 칭찬했고, 쏘냐에게 어울린다고 말했었다. 그러나 보기 좋게도 원피스는 아무 쓸모가 없었고, 예전과 달라진 것은 하나도 없었다….

새벽 3시 즈음 모두가 잊어버린 불쌍한 쏘냐의 양 볼에 빨간 반점들이 피어올랐고, 그녀는 현관방을 지나 현관 입구로 나갔다.

어둠 속에 몇몇 오두막집이 우두커니 서 있었다. 마을은 잠들어 있었고, 마을 전체가 조용했다. 오직 아직도 잔치가 벌어지고 있는 집들의 열린 창 틈에서 날카로운 아코디언 소리와 환호성, 발걸음 소리가 새어 나와 어둠 속으로 울려 퍼졌다. 빛이 점점이 풀밭을 비추었고, 이에 풀밭은 빛나는 듯했다.

쏘냐의 턱이 떨려왔다. 쏘냐는 입술을 깨물었지만, 소용없었다. 쏘냐는 현관에서 나와 어둠 속에서 부드럽고 하얗게 빛나는 자작나무에 겨우겨우 다다라 어깨를 기대고 흐느껴 울기 시작했다. 쏘냐는 우는 것이 부끄러워, 누가 들을까 두려워 소리가 새어 나가지 않도록 이빨로 좋은 향기가 나는 스카프를 꽉 깨물었다. 그러나 누구도 그녀의 울음소리를 듣지 못했다. 두 눈을 꼭 감은 채 "그래, 이 정도면 됐어!"라고 쏘냐는 혼잣말로 중얼거렸다. "그래, 충분해! 이만하면 됐지! 이제 가자!" 쏘냐는 가려고 자작나무에서 몸을 뗐지만, 두 다리가 말을 듣지 않아 걸음을 옮길 수 없었다.

"거기 누굽니까?" 누군가 뒤에서 큰 소리로 물었다.

쏘냐는 숨을 죽이고 재빨리 스카프를 입에서 놓고 자작나무를 잡은 채 얼굴을 어깨에 문질러 닦은 후, 수줍게 뒤돌아봤다. 니콜라이가 서 있었다. 니콜라이는 비틀거렸고, 넘어지지 않으려고 쏘냐의 어깨를 잡았다. 니콜라이의 손은 흙투성이었다.

"아!" 취한 니콜라이가 말했다. "당신이군요? 저는… 텃밭에 있었어요." 니콜라이는 비틀거렸고 쏘냐에게 꽉 안겼다. "개자식, 결혼식에 초대하다니!" 니콜라이가 겨우 말을 꺼냈다. "아! 죽여버리겠어! 이제 끝이야! 보드카 1리터로 나를 매수하려 하다니…. 거짓말 마, 자식아! 나한텐 안 통해!"

니콜라이는 이를 뿌드득 갈고 상스러운 욕설을 퍼부었다.

"당신 괜찮으세요?" 쏘냐가 놀라서 물었다. "물 좀 드시겠어요?"

"누구시죠? 속이 메스껍습니다…."

니콜라이는 쏘냐로부터 떨어져 모퉁이로 갔다. 쏘냐는 그가 가여워졌다. 현관방에서 물 양동이를 가져와 니콜라이의 머리에 물을 붓기 시작했다. 니콜라이는 체념한 듯 몸을 구부렸고, 콧김을 뿜으며 알아들을 수 없는 말들을 중얼거렸다.

그 후 니콜라이는 머리가 젖은 채 셔츠 차림으로 현관 입구에 앉아 담배를 피웠고 쏘냐는 그의 정장 재킷을 빨았다.

저기 개가 달려가네요

"좀 괜찮아지셨나요?" 누군가 나와서 자신을 발견하지 않을까 염려하며 쏘냐가 조용히 물었다.

"살짝 나아졌습니다…. 제가 왜 당신을 전에 보지 못했죠? 이 마을 사람이라면 전부 알고 있는데 말이죠."

"저는 잔칫집에 잘 가지 않아요."

"아, 그렇군요! 학교에 있는 사택 방에 사십니까?"

"네."

"괜찮으시다면 모셔다 드릴까요?"

니콜라이는 일어서서 재킷을 입고, 젖은 머리를 흔들어 털고는 물을 마시러 현관방으로 들어갔다.

"무슨 일로 우셨어요?" 니콜라이가 돌아와 물었다. "누군가가 화나게 했나요?" 쏘냐는 고마운 마음에 심장이 두근거렸다. 쏘냐는 고개를 숙였다.

"아니요, 그런 건 아니에요…."

"그래도 말씀해보세요! 누군가가 못살게 굴었던 거라면, 제가 그 사람, 아니 그 새끼 갈비뼈를 부숴버리려니까!" 니콜라이는 쏘냐의 팔짱을 꼈다. 둘은 먼지가 가득한 길을 건너 왼쪽으로 꺾은 후, 텃밭과 울타리를 지나 오솔길을 따라 걸었다.

쏘냐는 소리 내어 웃고 싶었다. 자신이 마치 다른 사람처럼 느껴졌다. 쏘냐는 니콜라이의 어깨에 머리를 기대고 싶었지만 부끄러웠다. 하지만 니콜라이가 비틀거리며 꽉 안기자, 쏘냐는 황급히 몸을 피했다.

"저기요, 당신 완전히 취했어요!" 마치 오래된 지인에게 이야기하듯, 쏘냐는 니콜라이에게 부드럽게 핀잔을 주었다.

"그래 맞아요!" 니콜라이는 한 손으로 자신의 얼굴을 문질러 닦으며 말했다. "이렇게 고주망태가 되었죠."

두 사람은 학교에 도착했고 현관 입구에 올라섰다. 쏘냐는 어찌할 바를 몰랐다. 바로 들어가야 할지, 잠시 서 있어야 할지 알 수 없었다. 처음에 쏘냐는 바로 들어가려 했지만, 니콜라이가 맘이 상할까 두려워 그대로 남아 있었다.

어찌 된 영문인지 니콜라이는 다시 취기가 올라 씩씩거리고 숨을 내쉬며 쏘냐의 손을 붙잡았다.

"자, 무슨 말이라도 해보세요." 어둠 속에서 창백한 얼굴을 하늘을 향해 치켜들며 쏘냐가 말했다.

"무슨 말이 필요합니까?" 니콜라이는 갈라진 목소리로 대답했고, 쏘냐를 붙잡고 뼈가 우두둑 소리를 낼 정도로 강하게 힘껏 부둥켜안으며 젖은 입술로 키스를 퍼붓기 시작했다.

"놓으세요!" 빠져나가려고 애를 쓰며 쏘냐가 나직이 말했다. "놓으세요!"

"조용히!" 니콜라이가 속삭이며 말했고 쏘냐를 어두운 현관방으로 밀어 넣었다. "조용! 왜, 너 왜 그러는데, 바보처럼!"

현관방에서 니콜라이는 쏘냐를 벽 쪽으로 몰아세웠다.

"콜랴… 자기, 진정하세요! 아이고, 도대체 왜 이러는 거예요?"

"날 사랑해?" 니콜라이가 중얼거렸다. "이런, 암캐 같은 년!"

"이러지 마세요, 콜랴, 하지 마세요!" 쏘냐가 돌연 서글프게 말했고, 니콜라이는 그녀를 놓았다.

제정신을 차리고 난 후 니콜라이는 잠시 기침을 한 후, 담뱃불을 붙이고 성냥불을 비춰 쏘냐의 얼굴을 바라봤다.

"그래, 알겠어…." 니콜라이가 말했다. "화내지 마! 그, 뭐야…. 내일 곡간으로 올래? 올 거지?"

"언제요?" 쏘냐가 온몸을 바들바들 떨며 속삭이듯 물었다.

"7시 즈음. 어때?"

"갈게요…."

"그래…." 니콜라이는 몇 차례 담배를 뻑뻑 빤 후, 꽁초를 바닥에 내던지고는 오랫동안 구두 굽으로 짓밟았다. "그래, 내일 봐!"

니콜라이는 좀 전과 달리 차분하게 쏘냐에게 다시 한 번 입을 맞추고 손바닥으로 그녀의 얼굴을 감싸 쥐고는 현관에서 내려가 어둠 속으로 사라졌다. 잠시 후 니콜라이의 노랫소리가 들렸다. 취중에 부르는 음이 맞지 않는 노래였다.

집에서 쏘냐는 조심스럽게 방 안을 이리저리 돌아다녔고 옷을 벗고는 차가운 차를 마셨다. 외투를 벗고 셔츠 하나 입은 채로 쏘냐는 거울 앞에 다가가 서서 슬픈 표정으로 자신의 얼굴과 각진 어깨와 쇄골을 바라보았다. "어쩜 이렇게 못생겼을까!"라고 쏘냐는 생각하며 몸서리를 쳤다. "물고기 기름을 좀 마셔야 해! 어유를 마셔야 해!"

쏘냐는 식탁에 앉아 그릇째로 버터를 먹기 시작했다. 버터는 역겨웠지만, 쏘냐는 숟가락으로 버터를 퍼 목구멍으로 삼키며 니콜라이에 대해 생각했다. 그 후 쏘냐는 불을 끄고 누웠으나 잠이 오지 않았다. 모스크바에 있는 쏘냐의 집 맞은편엔 가로등 하나가 빛을 밝혔고, 보리수들이 있었으며, 그 그림자들이 밤새 유리창 위에서 가물거렸다. 그러나 이곳엔 창문 너머로 칠흑 같은 어둠만이 가득했다.

"이게 사랑이란 건가?" 쏘냐는 소리를 내어 혼잣말로 물었고 창문 쪽으로 고개를 돌렸다.

이튿날 온종일 쏘냐는 제정신이 아니었다. 아침부터 비가 내리는가 싶더니 이내 그쳤다. 아이들에게 어떤 단편 하나를 읽어주며 받아쓰게끔 하고 있을 때, 쏘냐는 놀라며 창문 너머의 젖은 암탉들과 웅덩이를 바라봤다. 그러나 비는 멎었고, 하늘은 개었다. 그리고 저녁 즈음 자동차들이 먼지바람을 꽁무니에 꼬리처럼 남기며 학교 곁을 지나쳤다.

일이 끝나고 난 후 쏘냐는 여자 친구에게 편지를 쓰려고 앉았다. 어제 한 남자가 자신을 집에 데려다줬고, 오늘 만나자고 데이트를 신청했다는 내용이었다. 편지는 길어졌고 즐거운 감정이 절로 묻어났다. 편지를 다 쓰고 난 후, 쏘냐는 무슨 이유에서인지 자신이 니콜라이를 사랑하게 되었다는 결론을 내렸다.

쏘냐는 니콜라이가 올까, 오지 않을까, 그리고 만약 그가 온다면 어떻게 처신할지, 그리고 무슨 말을 할지 생각했다.

쏘냐는 어제 입었던 검푸른 색의 원피스를 입고 머리카락을 살짝 곱슬곱슬하게 말아 올리고, 몸에 향수를 뿌렸다. 쏘냐의 두 손바닥은 땀에 젖었다.

마을을 걸으며 쏘냐는 모든 마을 사람들이 창문으로 자신을 쳐다보고, 자신이 어디로, 왜 가는지 알고 있다는 기분이 들었다. 부끄러움에 쏘냐는 걸음을 재촉하고 싶었지만 그러지 못했다. 들판에 다다르자 쏘냐는 한시름 놓았다. 날은 따뜻했고, 길에선 먼지가 살짝 일었으며, 태양은 자줏빛 안개로 사라지고 있었다. 길 근처 논두렁길 위에 경운기가 서 있었다. 기름때로 찌든 경운기 운전사가 모터를 꾸물꾸물 정비하고 있었다. 쏘냐를 발견하자 운전사는 허리를 펴고 손을 바지춤에 문질러 닦았고 담뱃불을 붙이곤 깊은 생각에 잠겨 그녀의 뒷모습을 바라봤다.

바닥에 소들이 밟고 지나간, 절대 바싹 마르지 않는 오물로 가득한 작은 골짜기로 내려가며 쏘냐는 니콜라이가 일찍 도착해 그녀를 기다리지 않고 떠날 수도 있다는 생각이 들자 갑자기 겁이 났다. 발걸음을 재촉했고 이내 뛰기 시작했다.

쏘냐는 저 멀리 곡간이 보이기 시작하자 멈춰 섰다. 곡간 근처에 아무도 없다는 것을 알고 쏘냐는 기뻐했다. 잠시 숨을 돌리고 난 후, 구두를 벗고 풀을 뜯어 구두의 먼지를 닦았다. 길 쪽에 앉는 것이 불편하다는 생각이 들자 쏘냐는 건너편으로 이동했다. 건너편은 낮 동안 데워진 벽으로부터 온기가 새어 나와 따뜻했다.

한 소년이 낚싯대를 들고 왔고, 지렁이를 잡기 위해 땅을 파기 시작했다. 쏘냐의 얼굴이 붉어졌고 다시 길가로 나왔다. 도시의 사람들이 마차를 타고 길을 따라 이동하며 쏘냐가 있는 쪽을 힐끔힐끔 쳐다보곤 했으며, 소년은 일부러 짓궂게도 끈질기게 떠나지 않았다. 쏘냐는 덥다고 느끼기 시작했다. 마침내 소년은 지렁이 채집을 마치고 떠났다. 소년은 마치 비웃는 듯이 몇 차례 뒤를 돌아봤다. '저 자식 눈치챘구나!' 쏘냐는 부끄러웠고 '저 아이가 우리 학교 아이가 아니라 다행이구나!'라고 생각했다.

쏘냐는 다시 곡간 뒤에 숨었고 들국화 한 송이를 꺾었다. 몇 개의 꽃잎들이 떼어져 있었고, 들국화는 마치 로켓 같았다. 쏘냐는 꽃잎들을 떼기 시작했다! '온다… 오지 않는다….' 결과는 '오지 않는다'였다. 최악인 것은 니콜라이가 어디에서 오는지 쏘냐가 몰랐다는 사실이다. 니콜라이가 등장하자 쏘냐는 대단히 고통스러웠다. 니콜라이는 두 손을 호주머니에 찔러 넣고 어깨에 재킷을 걸친 채로 강가에서부터 산기슭을 따라 걸어왔다. 가까이 다가오며 마치 무언가를 잊어버려서 기억해내려 애쓰는 표정으로 니콜라이는 쏘냐를 뚫어지게 살펴보았다. 니콜라이의 얼굴은 점점 더 지루한 표정으로 변해갔다. 다가오면서 니콜라이는 시선을 돌렸고 손을 내밀며 악수를 청했다.

"안녕…."

"안녕하세요." 감히 눈을 맞추지 못하며 쏘냐가 대답했다.

"오래 기다렸어요?"

"아니요…."

"흠… 그럼, 그늘로 가죠."

저기 개가 달려가네요

둘은 곡간을 빙 돌아가 길가를 마주하고 짚더미 위에 앉았다. 태양이 지고 있었고, 온통 어둑어둑해져 곡간의 그림자가 들판 전체를 가로지르며 길게 늘어졌다.

"어제 무사히 들어가셨어요?" 동정의 눈빛으로 이해한다는 듯이 미소를 짓고 니콜라이를 재빨리 바라보며 쏘냐가 물었다.

"평소대로 들어갔지 뭐…." 니콜라이는 하품을 했고 재킷을 벗었다. "그냥 좀 잠을 잘 못 잤어."

"당신 어제 상태가 좋지 않았어요." 쏘냐가 부드럽게 말했다.

"왜 또!" 니콜라이는 무심하게 쏘냐를 껴안고 끌어당겨 키스하려 했으나, 그만두고 목덜미에 숨만 내쉬었다.

"곧 어두워질 거예요." 쏘냐가 니콜라이에게 바짝 달라붙어 그의 쿵쾅거리는 심장 박동 소리를 들으며 귀뜸해주었다.

"좀 더 어두워지면, 완두콩 따러 가자, 응?" 니콜라이는 머리를 오른쪽으로 저으며 어딘가를 가리켰다. "저기 오두막 하나 있거든. 갈 거지?"

"그럴 필요 없어요, 콜랴." 쏘냐가 조용히 부탁하며 한숨을 쉬었다.

"어휴." 니콜라이가 갑자기 소리쳤다. "자고 싶다니까! 그러니까 빨리 누워서…."

니콜라이는 살짝 물러나 부츠를 신은 다리를 쭉 뻗고 쏘냐의 무릎을 베고 누웠다. 눈을 감은 채로 잠시 누워 있다가, 니콜라이는 팔을 휙 들고 쏘냐의 옆구리를 잡았다.

"너 왜 이렇게 말랐어?"

쏘냐는 잠시 호흡을 멈췄다.

"그냥 마른 체격이에요." 억지웃음을 지으며 쏘냐가 말했다.

"체격은 무슨! 보아하니, 어디가 아픈 거겠지. 병든 가축같이 아무리 사료를 줘도 하나같이 말라빠졌으니."

쏘냐는 순간 완전히 차가워졌고, 구역질 나는 혐오스러운 느낌을 떨쳐버리기 위해 몇 차례 침을 삼켰다.

"당신은 어찌 그리 무례합니까!" 쏘냐가 갑자기 낮은 목소리로 말했다. "아니면 저한테는 무슨 짓을 해도 상관없다고 생각하시는 건가요?"

몸을 휙 돌린 쏘냐의 얼굴은 천천히 붉게 달아올랐다.

"나한테 감히 그딴 식으로 말하지 마세요! 알겠어요?!"

쏘냐는 아랫입술을 깨물고는 옷소매로 두 눈의 눈물을 세게 닦아냈다. 그 후, 이전처럼 긴장한 채로 들판을 바라보았다. 쏘냐의 두 무릎이 가볍게 떨렸다.

"저리 가세요! 저는 당신의 가축이 아니에요, 머리 치우세요. 아시겠어요! 절 좀 내버려 두세요!"

니콜라이는 겸연스레 자리에 앉았다.

"그, 그게⋯." 니콜라이가 중얼거리기 시작했다. "사과할게! 저, 그런데, 나쁜 놈이 되고자 한 건 아니고! 내 직업이라서, 익숙해질 거야."

"아니요, 당신이 수의사 보조원으로 일해서가 아니에요." 이미 침착함을 되찾은 쏘냐가 슬프게 말했고 고개를 떨구었다. "사실은…."

쏘냐는 스카프를 만지작거렸는데 손가락이 떨렸으며 얼굴은 보이지 않았다.

"사실은 당신이, 내가 온 이상 그렇게 나에게 무례하게 대하기로 마음을 먹은 거죠!"

니콜라이는 뒤통수를 팍팍 긁었고 아무 말도 하지 않았다.

"당신 어제 욕한 거, 왜 그런 거예요?" 오랜 침묵을 깨고 쏘냐가 물었다.

"그러니까…." 니콜라이는 미간을 찌푸렸다. "나는 그 자식이랑 결판 지을 게 있어. 개자식, 조이카를 내게서 뺏어 가 결혼을 했어. 어제 너도 신부 봤지! 조이카와 데이트를 했어…."

"당신을, 틀림없이 많은 여자가 좋아하겠지요." 쏘냐가 말했다.

"아!" 니콜라이는 마치 신 것을 먹은 듯 얼굴을 찌푸렸고, 다시 쏘냐의 무릎을 베고 누웠다. "난 그들의 사랑이 뭔지 알아!"

"당신 왜 그래요, 콜랴?" 쏘냐가 재빠르게 물었다. "사람들을 믿어야죠! 한번 보세요, 우리 마을에 얼마나 훌륭한 사람들이 있는지!"

니콜라이는 고개를 들고 침을 뱉었다.

"믿지 않는 거예요?" 쏘냐가 의기소침해진 목소리로 물었다.

"뭘 믿으라는 건데?"

"인간의 순수함이요."

니콜라이는 소리내어 웃기 시작했다.

"오, 정말로 여자들이란 물 흐리기를 좋아하는구만! 순수함이라…." 니콜라이는 몸을 뒤척였고, 하품한 후 두 눈을 감았다.

그의 굼뜬 거구의 몸뚱이와 단단한 목, 무표정하며 냉정하고 아름다운 얼굴에서 황혼의 무거운 기운이 흘렀다.

쏘냐는 떨리는 손으로 니콜라이의 머리칼을 쓸어 넘겨주기 시작했고, 여전히 부끄러움에 얼굴을 붉힌 채 그의 얼굴을 정신없이 바라봤다.

"콜랴…. 당신은 좋은 사람이에요. 제가 알아요, 당신은 좋은 마음씨를 갖고 있어요." 쏘냐가 간신히 들릴 정도로 작게 속삭였다.

"잠깐만!" 니콜라이가 고개를 들고 귀를 기울였다. 그러고서 손으로 쏘냐의 무릎을 짚고 자리에 앉았다. 길에서는 두 사람이 조용히 이야기를 나누며 걷고 있었다.

"어이." 니콜라이가 소리쳤다.

"왜 그래요, 콜랴!" 쏘냐가 얼굴을 숨기며 작게 속삭였다.

길을 가던 사람들이 멈춰 섰다.

"어디로 가는 거지?" 다시 한 번 니콜라이가 외쳤다.

"잔치 갑니다. 거긴 누구요? 보아하니, 니콜라이구만!"

"그래 나야. 잔치는 어디서 열리지?"

"사스노프카."

그들은 길 위에서 담배를 피웠고, 작은 등불들로 길을 비추며 가던 길을 마저 갔다. 니콜라이는 그들의 뒷모습을 한동안 바라봤다.

"기다려!" 니콜라이가 갑자기 외쳤다. "나도 같이 갈래!" 니콜라이는 서둘러 일어나 재킷을 털고 어깨에 걸쳐 입었다. 그리고서 기침을 한차례 한 후, 쏘냐에게 손을 내밀었다.

"자, 안녕! 언젠가 또 보자…." 니콜라이는 재킷을 꽉 쥐고 돌아서서 잔달음을 치며 길 위의 일행들을 뒤쫓기 시작했다.

완전히 어두워졌다. 가느다란 초승달이 어둠을 뚫고 나왔고, 투명한 안개가 강에서 들판을 따라 퍼져 있었다. 소리는 숨을 죽여 적막이 흘렀고, 단 한 차례 곡창 뒤로 무언가 뛰어가는 소리가 들려왔다. '톱-톱-톱.'

쏘냐는 얼굴을 위로 쳐들고 벽에 기댄 채 앉았다. 쏘냐는 떨고 있었다. 손으로 목의 옷깃을 풀어 헤치면 나아지리라 생각했지만, 나아지지 않았다. 울어봤지만, 가슴에서 새어 나오는 울음소리가 너무나 낮고 무섭게 들려서 쏘냐는 놀랐고, 돌처럼 굳은 채 앉아 있었다.

결국 쏘냐는 벽을 짚고 일어나 잠시 서 있다가 집으로 향했다. 간신히 강에서 멀어졌고, 날씨는 건조하고 따뜻해졌다. 쏘냐는 다시금 부드러운 길을 따라 걸었고, 이번에는 하늘의 별들이 그녀를 비추었다. 은하수 빛으로 어둠은 힘을 잃었고, 길 양쪽으로 건초 더미들과 작은 아마 더미들이 보였고, 수확 전의 호밀 밭이 반짝였다.

"우 – 우!" 쏘냐는 전과 같은 낮고 무서운 소리를 냈다. "우 –

우!"

쏘냐는 더 이상 아무것도 말할 수 없었고, 그 어떤 것에 대해서도 생각할 수 없었다. 다시 습한 작은 골짜기로 내려갔다가 위로 올라왔다. 조금 전에 길 위에서 정비 중이던 경운기는 이제 저 멀리서 밭을 갈고 있었다. 경운기의 전조등 불빛이 작은 별 모양으로 살짝 빛났고, 미세한 모터 소리가 들렸다.

그러자 쏘냐는 기분이 나아졌다. 갑자기 쏘냐는 세상의 강렬한 아름다움과 별들이 얼마나 천천히 하늘을 가로지르며 떨어지는지 깨달았으며, 이 밤과 저 멀리의 아련히 보이는 듯한 모닥불, 그 모닥불 주위에 앉아 있는 선한 사람들이 떠올랐으며, 이미 고단하고 평온한 대지의 힘을 느꼈다. 쏘냐는 자신이 결국 여자이며, 어쨌든 간에 자신에겐 심장이 있고, 영혼이 있고, 이 사실을 알아차리는 사람은 행복해지리라 생각했다. 오! 미련한, 미련한 바보야. 쏘냐는 내면의 힘과 매력을 느끼고, 홀가분하고 또 분노했으며, 힘차게 발걸음을 앞으로 내디뎠고, 밝게 빛나며 떨어지는 별빛 아래 어둠 속 혼자라도 좋았다.

곧 어두운 마을이 나타났다. 많은 사람들이 이미 잠자리에 들어 있었고, 몇몇 집에 불이 켜져 있었다. 대문 아래로 아주 큰 흰 개가 기어 나왔다. 개는 쏘냐를 발견하곤 뒤에서 조용히 킁킁대며 뛰어오기 시작했다. '아 그래! 한번 물어봐!' 복수심에 불타 씩씩대며 쏘냐는 생각했고 개에게 얼굴을 돌렸다. 그러나 개는 물지 않았고, 그저 두어 차례 발에 입김을 내뿜고는 어둠 속으로 사라졌다. 쏘냐는 가던 길을 마저 갔고, 완전히 홀가분해졌다.

빵 냄새

Запах хлеба

1961

저기 개가 달려가네요

1

전보를 받은 것은 1월 1일이었다. 두샤는 부엌에 있었고 남편이 전보를 받으러 나갔다. 내의만 입은 채 숙취로 밀려온 하품을 하며 좋은 소식은 아닐 거라 짐작하고 서명을 했다. 그렇게 하품을 하며 그는 두메산골에 살던 두샤의 70세 어머니의 부고를 알리는 짤막하고 슬픈 전보를 읽어 내려갔다.

"참으로 적절하지 못한 시간이네!"라며 놀라 아내를 불렀다. 두샤는 눈물을 흘리지 않았고, 그저 살짝 창백해진 얼굴로 방으로 들어가 테이블보를 정돈하고 앉았다. 남편은 테이블 위의 먹다 남은 술병을 흐리멍덩한 눈빛으로 응시하더니 한 잔 따라 마셨다. 이윽고 생각에 잠긴 뒤 두샤에게도 한 잔을 따라 주었다.

"마셔!" 그가 말했다. "허허… 누구나 저세상에 가지. 당신 다녀와야지?"

두샤는 말이 없었다. 손을 뻗어 테이블 위를 더듬어 잔을 집어 들어 술을 들이켜고는 온 세상이 보이지 않는 듯 침대에 드러누웠다.

"모르겠어." 잠시 후에 그녀가 말했다.

남편은 두샤에게 다가가 그녀의 둥그런 몸을 응시했다.

"뭐, 그래… 어떡할까? 어떡할 거야!" 남편은 더 이상 어떤 말을 해야 할지 몰랐고, 테이블로 몸을 돌려 다시 자기 잔에 한 잔 따랐다. "누구나 결국엔 다 죽기 마련이야!"

두샤는 온종일 맥없이 집을 서성였다. 머리가 지끈지끈했다.

결국 두샤는 어머니의 집에 가지 않았다. 두샤는 울고 싶었지만, 그저 슬플 뿐 어쩐 일인지 울 수는 없었다. 대략 15년 정도 어머니를 만나지 못했고 시골 마을을 떠나고 나서는 그전 삶에 대해 거의 기억하지 않고 살아온 터였다. 어머니에 대한 기억이 떠오른다 해도, 어린 시절의 기억이거나 젊은 시절 어머니가 클럽에서 집으로 데려다주던 기억이 더 많았다.

두샤는 옛 사진들을 만지작거리기 시작했지만, 역시 울 수가 없었다. 모든 사진에는 어머니의 낯설고 부자연스러운 얼굴과 부푼 눈이 있었고, 무겁고 검은 손들은 차렷 자세를 하고 있었다.

밤이 되자 침대에 누운 채 두샤는 남편과 오래 이야기를 나눴고 마지막에 다음과 같이 말했다.

"난 안 가! 어딜 간다는 거야? 거긴 지금 엄청 추운데… 보잘것없는 것들만 남았을 거야, 친척들이 이미 다 가져갔겠지. 거기 우리 말고도 피붙이 많으니까. 난 안 가!"

2

겨울이 지나갔고 두샤는 어머니를 완전히 잊고 지냈다. 두샤의 남편은 일을 잘했고 그들은 만족하며 살았다. 두샤는 더 복스러워졌고 예뻐졌다.

그러나 5월 초에 두샤는 조카로부터 편지를 받았다. 비스듬한 글씨로 받아쓰여진 편지였다. 조카 미샤는 여러 사촌들의 안부를 전하며 두샤가 반드시 올 수 있도록 할머니의 집과 물건들이 그대로 있다고 알렸다.

"가!" 남편이 말했다. "어서! 특히 떨지 말고, 거기 있는 것들을 빨리 팔아 버려. 아니면 다른 사람들이 사용하거나 집단 농장이 가져갈 거야."

그리고 두샤는 떠났다. 오랜 시간 다니지 않았음에도 가는 길은 순조로웠다. 두샤는 가는 길을 제대로 즐겼고 많은 이들과 만나 이야기를 나눴다.

두샤는 자신이 가고 있다는 전보를 보냈지만 어찌 된 일인지 아무도 마중을 나오지 않았다. 걸어갈 수밖에 없었지만 두샤는 만족스러웠다. 길은 좁고 평탄했으며 길 양쪽으로 수평선에 걸린 작고 푸른 숲, 고향의 스몰렌스크 초원이 펼쳐져 있었다.

두샤는 세 시간쯤 후에 고향 마을에 도착해 개울을 건너 새로 지어진 다리 위에 멈춰 서 바라보았다. 마을에는 놀라울 정도로 건물들이 들어서고 흰 농장들이 넓게 뻗어 있어서 알아볼 수 없었다. 그런데 두샤는 이런 변화가 어쩐지 마음에 들지 않았다.

두샤는 마주치는 모든 사람을 누구인지 유심히 바라보면서 길을 따라 걸었다. 두샤는 거의 아무도 알아보지 못했지만, 많은 이가 그녀를 알아보고 성인이 된 그녀의 모습에 놀라 멈춰 섰다.

두샤의 언니는 두샤를 보고 기뻐했고 눈물을 흘리며 사모바르(찻주전자)에 불을 피우러 뛰어갔다. 두샤는 가방에서 과자들을 꺼내기 시작했다. 언니는 과자를 보고 다시금 울기 시작했고 두샤를 껴안았다. 그러나 미샤는 벤치에 앉아 그들이 우는 모습을 보고 놀랐다.

그녀들은 차를 마시기 위해 앉았고, 두샤는 친척들이 많은 물건들을 가져갔다는 사실을 알게 되었다. 새끼 돼지와 세 마리의 새끼 양, 염소, 암탉 등의 가축은 언니의 몫이었다. 두샤는 처음엔 속으로 아쉬워했지만 많은 것, 특히 집이 남아 있었기에 이내 잊어버렸다. 차를 마시고 충분히 이야기를 나눈 후 그녀들은 집을 보러 갔다.

텃밭이 개간되어 있어서 두샤가 놀랐지만, 언니는 땅이 못쓰게 되는 것을 막기 위해 이웃들이 땅을 일군 것이라 말해주었다. 하지만 집은 두샤의 기억 속 집과는 전혀 달리 그렇게 크지 않아 보였다.

창문들은 널빤지들로 봉해진 상태였고 문에는 자물쇠가 걸려 있었다. 언니는 오랫동안 자물쇠와 씨름했으며, 그다음에는 두샤가, 다시 언니가 차례로 시도했고 둘은 문을 열기까지 사투를 벌였다.

집 안은 어두웠고, 빛은 판자들을 간신히 뚫고 들어왔다. 집은 습기로 가득했고 인적이 없었지만 유년 시절에 맡았던 친근한 빵 냄새가 났고 두샤의 가슴이 두근거렸다. 두샤는 어둠에 적응해가면서 헛간 여기저기를 돌아다니며 살폈다. 천장은 낮았고 짙은 갈색이었다. 사진들은 여전히 벽들에 걸려 있었지만 성상화는 쓸모없는 하나를 제외하곤 이미 사라진 후였다. 난로 위의 자수도, 궤짝들 위의 자수도 없었다.

홀로 남겨진 후에 두샤는 궤짝을 열었고 어머니의 냄새가 풍기기 시작했다. 그 안에는 할머니들이나 입었을 법한 어두운 빛깔의 치마들과 민소매 원피스, 많이 해진 털외투가 놓여 있었다. 두샤는 모든 옷가지를 꺼내 잠시 바라보았고, 그 후에 다시 한번 집 주위를 돌며 텅 빈 마당을 훑어보았다. 그녀는 옛날 그 언젠가 이 모든 것을 꿈에서 봤다고 느꼈고 지금 그녀는 자신의 꿈속으로 돌아왔다.

3

물건을 팔 것이라는 소식을 듣고 이웃 사람들이 찾아오기 시작했다. 그들은 물건 하나하나를 꼼꼼하게 들여다보고 만져보았다. 그러나 두샤가 헐값을 불렀기에 물건들은 곧 다 팔렸다.

중요한 것은 집이었다! 두샤는 집값을 알아봤고 가격이 올랐음에 놀라고 또 기뻐했다. 두샤의 마을에서 두 명, 옆 동네에서 온 한 명을 포함해 세 명이 동시에 집을 사고자 찾아왔다. 그러나 두샤는 바로 팔아넘기지 않았고 어머니가 남긴 돈이 있을지 몰라 계속 불안해했다. 두샤는 삼 일간 돈을 찾아 헤맸다. 벽을 똑똑 두들겨보기도 하고 매트리스를 더듬어보기도 했으며, 지하실과 다락에도 기어들어 가 보았지만, 아무것도 찾지 못했다.

구매자와 가격을 합의한 후, 두샤는 지역행정소에 가서 공증

인에게 판매 절차를 밟고 통장에 돈을 넣었다. 돌아와서 언니에게 과자를 더 가져다주고, 모스크바로 갈 채비를 했다. 저녁에 언니는 농장에 나갔고 두샤는 어머니의 묘에 갈 준비를 했다. 미샤가 두샤와 함께 갔다.

오후는 어둠 속에 잠겼고 흐려졌지만, 저녁 즈음이 되자 먹구름이 흩어져 걷혔고 두샤와 미샤가 발걸음을 옮기는 방향의 지평선 위에만 여전히 잿빛 분홍색 구름이 언덕을 이루며 걸려 있었다. 구름 언덕은 어찌나 아득히 멀고 희미했는지 마치 태양 뒤쪽에 떠 있는 듯했다.

마을에서 2킬로미터 정도 떨어진 강은 굽이굽이 물돌이를 그리며 흘렀고, 반도를 닮은 그 안쪽 우측 높은 기슭에는 공동묘지가 있었다. 묘지는 한때 벽돌 벽으로 둘러싸여 있었고 사람들은 높은 아치형 대문을 통해 드나들곤 했다. 그러나 전쟁이 끝난 후, 갈라진 벽은 헐려 건설 현장으로 실려 갔고 어떤 이유에서인지 대문만 남아 있었다. 사방에 뻗어 있는 오솔길들이 공동묘지로 안내했다.

길을 걸어가며 두샤는 미샤에게 학교와 여러 골칫거리 문제들, 위원장, 추수에 대해 물어봤고 침착했고 평온했다. 그러다 마침 저물어가는 햇빛을 받아 멋지게 반짝이는 오래된 묘지가 눈에 들어왔다. 언젠가 담장이 솟아 있던, 들장미가 자라곤 했던 묘지의 가장자리를 따라 묘지라고 보기 힘들 정도로 유난히 오래된 묘지들이 있었다. 그 옆 수풀 속에는 방금 칠한 담장들과 나무로 된 높지 않은 기념탑들, 공동묘지가 보였다.

두샤와 미샤는 입구를 통과해 꽃이 피기 시작한 자작나무들 사이를, 자극적인 냄새가 코를 찌르는 수풀들 사이를 오른쪽으로, 왼쪽으로 돌아 들어갔다. 두샤의 얼굴은 계속 창백했으며 입은 살짝 열려 있었다.

"저기가 할머니의 묘지야"라고 미샤가 말했고, 두샤는 듬성듬성 뾰족한 풀로 덮인 낮은 언덕을 발견했다. 풀 사이사이로 진흙이 보였다. 겨울부터 정돈되지 못한 크지 않은 회청색의 십자가는 이미 비스듬히 기울어져 있었다.

두샤의 얼굴은 새하얘졌고, 갑자기 칼이 그녀의 가슴 아래, 심장이 있는 곳에 박힌 것만 같았다. 그러한 슬픈 그리움이 두샤의 마음을 덮치자 두샤는 숨을 헐떡이고 몸을 떨며, 미친 것처럼 소리를 지르기 시작했다. 넘어진 채로 무릎으로 묘지로 기어갔고 도저히 알 수 없는 말로 흐느껴 울기 시작했다. 미샤는 그런 두샤를 보고 놀랐다.

"우 우 우…." 무덤에 얼굴을 파묻고 손가락을 축축한 흙에 깊게 찔러 넣은 채, 낮은 목소리로 두샤는 울었다. "둘도 없이 소중한 우리 엄마…. 제일 사랑하는 정든 우리 엄마… 우 우 우… 아아… 이번 생에 다시는, 다시는 우리 만날 수 없겠지! 엄마 없이 나 대체 어떻게 살아, 누가 날 귀여워해줘, 누가 날 위로해줘? 엄마, 엄마, 엄마가 도대체 뭘 어쨌다고?"

"두샤 이모…두샤 이모…." 미샤는 두려움에 흐느꼈고 두샤의 소매를 잡아당겼다. 그러나 두샤가 쉰 소리를 내며 몸을 이리저리 구부리고 이마를 무덤에 부딪치기 시작하자 미샤는 마을로 내달렸다.

한 시간 후, 이미 땅거미가 어둑어둑 졌을 즈음 마을 사람들이 두샤에게로 달려왔다. 두샤는 완전히 실신한 채 묘지 옆에 계속 누워 있었고, 이미 울 수도 말할 수도 생각할 수도 없었으며 이를 악문 채 신음할 뿐이었다. 두샤의 얼굴은 흙으로 검게 더럽혀졌고 처참했다.

사람들은 두샤를 일으켜 세워 위스키로 문질러 닦으며 진정시켰다. 그리고 그녀를 달래 집으로 데려갔다. 그러나 두샤는 그 무엇도 이해하지 못했고 퉁퉁 부어 거대해진 눈으로 모두를 바라봤다. 그녀에게 인생은 마치 어두운 밤 같았다. 사람들이 두샤를 언니의 집으로 데려갔고 그녀는 침대 위로 쓰러졌다. 간신히 도착했고 순식간에 잠이 들었다.

다음날, 모스크바로 떠날 채비를 완벽히 마친 후 두샤는 마지막으로 언니와 차를 마셨다. 두샤는 쾌활했고 언니에게 모스크바에 얼마나 멋진 집이 있는지, 그곳이 얼마나 편리한지 이야기했다.

그렇게 두샤는 떠나갔다. 명랑하고 침착하게, 그리고 미샤에게 십 루블을 선물하고서. 이어 이 주가 지나자 새로운 사람들이 늙은 노모의 집 문을 열고 바닥을 닦고 살림을 차려 그 집에서 살기 시작했다.

꿈속의 넌 슬피 울었지

Во сне ты горько плакал

1977

저기 개가 달려가네요

따뜻한 어느 여름날이었단다….

난 친구와 함께 우리 집 옆에서 이야기를 나눴지. 너는 우리 옆에서 어깨까지 오는 풀과 꽃 사이를 거닐거나 무릎을 쪼그리고 앉아 이름 모를 바늘잎이나 작은 풀을 오랫동안 살펴보고 있었어. 네 얼굴에서는 알 듯 말 듯 가벼운 미소가 가시지 않았지. 네 미소의 의미를 알아내려 애썼지만 난 알 수 없었단다.

스패니얼 치프는 개암나무 수풀 사이를 실컷 뛰어다니다가 이따금씩 우리에게 다가오곤 했어. 치프는 네 옆에 몸을 누인 채 멈춰 서서, 늑대처럼 어깨를 쭉 내밀고 목을 쭉 돌려 커피색 두 눈으로 너를 흘겨보며, 네가 상냥한 눈길로 자신을 바라봐 주길 기다렸지. 치프는 순간 앞발을 땅에 붙이고 엎드린 채 꼬리를 빙빙 돌리며 알지 못할 소리로 짖어댔어. 그러나 어찌 된 일인지 넌 치프를 무서워했고, 조심스레 치프를 빙 둘러 피해 와서는 내 무릎을 껴안고 머리를 뒤로 젖히고 마치 하늘이 가득 담긴 듯한 파란 눈으로 내 얼굴을 쳐다보고는, 먼 여행에서 돌아온 것처럼 기쁘고 보드라운 목소리로 내게 말했지.

"아빠!"

네 작은 두 손이 스칠 때 가슴이 저미는 듯 강렬한 기쁨을 느꼈어.

갑작스러운 너의 포옹을 보고 아마 내 친구도 감동을 받았나 봐. 내 친구도 하던 말을 갑자기 멈추고는 너의 보드라운 머리카락을 헝클어주고는, 오랫동안 생각에 잠겨 너를 찬찬히 바라봤거든.

이제 그는 더 이상 상냥한 눈빛으로 너를 쳐다볼 수 없고, 네게 말을 걸 수도 없단다. 이미 세상에 없기 때문이지. 그러나 넌 수많은 것을 기억하지 못하듯, 그 친구도 기억하지 못하겠지….

첫눈이 내리던 늦은 가을날 그 친구는 총으로 스스로 숨을 끊었단다. 그러나 그가 그날 내린 눈을 보았을까, 베란다 유리창 너머로 갑자기 쥐 죽은 듯 조용해진 마을을 바라보았을까? 아니라면 그는 밤에 목숨을 끊은 것일까? 그리고 눈은 저녁부터 더 쏟아져 내리기 시작했을까? 그가 전차를 타고 마을에 도착해 골고다 언덕을 오르듯 자신의 집으로 향했을 그때, 땅은 검었을까?

첫눈은 그토록 마음을 편하게 해주고, 그토록 침울하게 만들고, 그토록 우리를 기나긴 평화로운 상념에 빠지게 하지.

그리고 언제 정확히 어느 순간에 이 독침처럼 무섭고 끈덕진 상념이 그를 사로잡은 것일까? 아마도 오래됐을 거야…. 별장에서 홀로 지내며 초봄이나 늦가을에 얼마나 터질 듯한 그리움에 사무쳤는지, 그리고 그 순간 단숨에 총으로 모든 것을 끝내고 싶다는 생각이 얼마나 간절했는지 내게 수차례 말하곤 했었거든. 그런데 말이 나온 김에 한번 이야기해보자, 우리 중 누군들 그리움에 사무친 순간 이런 말을 무심코 하지 않을 수 있을까?

무시무시한 불면의 밤이 계속되었고, 그는 누군가 집으로 기어들어와 찬 공기를 내뿜으며 자신을 홀리고 있다고 느끼게 되었어. 죽음이 집에 기어들어 온 거지!

저기 개가 달려가네요

"이봐, 제발, 자네가 내게 총알을 좀 줘!" 그가 어느 날 내게 부탁했어. "총알이 다 떨어졌어. 무슨 말인지 알겠나, 밤마다 계속 누군가 집 안을 돌아다니고 있다고 느껴진다니까! 사방이 다 조용해, 관 안에 있는 것처럼 말이야….총알 줄 거지?"

그리고 난 그에게 총알 여섯 개 정도를 건네주었어.

"이거면 깨끗하게 해결될 거야." 나는 살짝 웃으며 말했어.

열심히 일하고, 언제나 씩씩하고 활동적으로 생활하는 그는 나의 모델이었어. 그의 집에 들어가면, 여름에 베란다로 가면, 위쪽의 활짝 열린 창문을 바라보고, 다락방에서, 낮은 목소리로 외쳐봐.

"미차!"

"어이!" 곧바로 그의 대답이 울려 퍼질 거야, 그리고 창문에 그의 얼굴이 나타나지, 그는 서글프고 얼빠진 눈빛으로 널 한동안 바라볼 거야. 그러고는 옅은 미소를 짓고 가는 손을 흔들겠지.

"잠시만!"

그러고는 순식간에 그는 아래로 내려와 투박한 스웨터를 입은 채 베란다에 서 있지. 그리고 작업을 마치고 깊고 고른 숨을 쉬고 있다는 생각이 들면, 그 순간 만족스럽게 질투하듯 쳐다보게 되지. 마치 고삐를 당겨 돌진하는 씩씩하고 혈기왕성한 말을 보는 것처럼.

"정말 어지간히 말도 안 들어 처먹는구만!" 내가 아프고 우울해하던 당시 그는 내게 말했어. "날 좀 보고 배워! 나는 늦가을까지 야스누슈카 강에서 수영한다고! 넌 허구한 날 앉아 있거나 누워 있잖아! 일어나서 체조라도 좀 해봐…."

내가 그를 마지막으로 본 것은 시월 중순이었어. 눈부시게 화창한 어느 날 언제나처럼 멋지게 차려입고, 보드라운 캡모자를 쓰고 나를 찾아왔지. 그는 슬픈 표정을 짓고 있었지만, 우리는 활기찬 대화를 시작했지. 어쩌다 보니 불교에 관해 이야기를 나눴고, 이제는, 이제는 매일같이 반복되는 일상에서 유일한 기쁨인 장편소설을 쓰기 시작해야 할 때라고 이야기했어. 대작을 쓸 때만 집필에 힘을 쏟을 수 있는 거니까….

난 그를 배웅하려고 나갔지. 갑자기 그는 뒤돌아 울기 시작했어. "내가 네 아들 알료샤와 같은 나이였을 때…." 좀 진정한 그가 이야기를 꺼냈어. "하늘이 너무나 높고, 너무나 파랗게 느껴지더라고! 나중에는 그 의미가 퇴색됐지만, 그런데 그게 정말 나이 때문일까? 정말로 그 높고 파란 하늘은 과거일 뿐일까? 너도 알겠지만, 나는 아브람체프가 싫어! 싫다고, 싫단 말이야…. 여기 더 오래 살수록, 점점 더 이곳에 끌리게 된다고. 그런데 정말로 이렇게 오랫동안 한 장소에 머무는 것이 나쁜 것일까? 너 알료샤 목말 태워줬지? 나도 처음엔 내 아이들에게 목말을 태워주곤 했는데, 나중에는 함께 자전거를 타고 숲 어딘가로 떠나곤 했어. 나는 항상 아이들과 이야기를 나눴고, 아브람체프에 대해, 이곳 라도네쉬 땅에 대해 이야기를 했지. 난 아이들이 이 땅에 정을 붙일 수 있길 바랐

어, 이 땅이야말로 아이들의 진정한 고향이니까! 아! 봐 봐, 곧 단
풍이 들겠지!"

그리고 그는 자신의 겨울 계획에 대해 이야기를 시작했지. 그
리고 하늘은 어찌나 푸르던지, 태양 아래 단풍잎들은 어찌나 황
금빛으로 진하게 반짝이던지! 그리고 우리는 평상시보다 더 다
정하게, 평상시보다 더 애틋하게 작별 인사를 나눴지….

그리고 삼 주 후 난 가그라에서 청천벽력 같은 소식을 듣게 되
었어! 마치 아브람체프에서 밤중에 울려 퍼진 총성이 해안가에
있던 나에게 닿기까지 러시아 전체를 가로질러 날고 또 날아온
것 같았어. 그리고 내가 이 글을 쓰는 바로 이 순간에도 바다는
해안가를 두들기며 어둠 속에서 깊은 바다 냄새를 토해내고 있
고, 저 멀리 오른쪽엔 작은 만을 빙 두르고 있는 가로등들이 굽은
활처럼 쭉 늘어서 진주 목걸이처럼 빛나고 있지….

네가 벌써 다섯 살이라니! 나는 너와 어둠에 숨어 보이지 않는
부서지는 파도 옆 칠흑 같은 해안가에 앉아 으르렁거리는 파도
소리를 들었고, 멀어져 가는 파도가 앞으로 굴려 올린 젖은 조약
돌들 사이로 물이 빠지며 돌들이 탁탁 부딪히는 소리를 들었어.
네가 아무 말 하지 않아서 무슨 생각을 했는지는 모르지만, 나는
내가 역에서 아브람체프의 집으로 가는 상상을 했었어, 그런데
난 평소에 가던 길이 아닌 다른 길로 가고 있었지. 그리고 바다는
사라지고, 오직 산등성이 위에서 몇몇 집들이 밝힌 빛으로 존재
를 드러내던 밤중의 산들도 사라졌어. 나는 첫눈이 내려앉은 자

갈길을 따라 걸었고, 뒤돌아봤을 때, 뽀얗게 빛나는 눈 위의 내가 남긴 선명한 검은 발자국들을 발견했어. 나는 왼쪽으로 꺾어 반짝이는 기슭을 따라 어둑어둑한 연못을 지났고, 전나무 숲의 어둠 속으로 들어가 오른쪽으로 꺾었어…. 나는 앞쪽을 똑바로 바라봤고, 작은 길이 끝나는 지점에서 전나무 그림자로 덮인 창문들이 밝게 빛나는 그의 별장을 발견했지.

도대체 언제 그 일이 일어났던 것일까? 저녁에? 아니면 한밤에?

11월 초, 반짝이는 흰 눈과 하나의 거대한 암흑을 벗어나 모습을 드러내는 나무를 보아야 하루의 시작을 짐작할 수 있는 그 시간, 위태로운 새벽이 어서 오길 기다렸어.

그렇게 그의 집으로 다가가 나는 쪽문을 활짝 열어젖히고, 베란다 계단을 따라 올라가 바라보았지….

"이봐." 그가 언젠가 내게 물은 적이 있어. "그런데 산탄용 탄알, 이거 센가? 근거리에서 쏜다면?" "당연하지!" 내가 대답했어. "50센티미터 거리에서 사시나무를 쏜다면, 뭐, 예를 들자면, 이 손바닥 두께의 사시나무를 면도기로 벤 것처럼 잘라낼걸!"

맨발로 방아쇠가 당겨진 총을 들고 베란다에 앉아 있는 그를 봤다면 어떻게 했을까? 문을 잡아 뜯고, 유리를 깨고 온 동네에 소리쳤을까? 아니면 두려움에 시선을 거두고 그를 방해하지 않는다면 마음을 고쳐먹은 그가 총을 치우고 조심스럽게 엄지손가락으로 장전 칸을 내리고 마치 악몽에서 깬 것처럼 깊은 한숨을 쉬며 짧은 장화를 신지는 않을까 하는 희망을 마음속에 품었을까? 이런 생각에 나는 아직도 괴로워.

내가 유리를 깨고 고함을 쳤다면, 그는 어떻게 했을까. 총을 내던지고 기뻐하며 나에게 달려와 안겼을까, 아니면, 오히려 이미 생기를 잃은 질투심 가득한 두 눈으로 나를 쳐다보곤 서둘러 발로 총 방아쇠를 당겼을까? 아직까지도 내 마음은 그 집으로, 그날 밤 그에게로 날아들어 그의 생각과 하나 되기 위해 힘쓰고, 그의 행동 하나하나를 살피고 그의 생각들을 읽기 위해 애쓰고 있지. 그러나 결국 실패하고 뒤로할 수밖에….

늦은 저녁에 그가 집으로 돌아왔다는 건 알아. 마지막 순간 그는 뭘 했을까? 우선 옷을 갈아입었을 거고, 언제나처럼 시내에 갈 때 입는 외출복을 조심스레 옷장에 걸어뒀겠지. 그러고는 난로에 불을 피우기 위해 땔감을 가져왔을 거야. 사과를 먹었지. 그가 느닷없이 운명을 결정짓는 판단을 했다고는 생각하지 않아. 세상에 어떤 자살하는 사람이 사과를 먹고 난로에 불을 지필 준비를 하냔 말이야!

그다음 그는 갑자기 불 피우기를 그만두고 누웠어. 아마도 바로 그때, 그 생각이 그를 사로잡았을 거야! 뭘 생각해낸 걸까, 그리고 자신의 마지막 순간에 무엇을 생각하긴 했을까? 아니라면 그냥 준비한 걸까? 눈물을 흘리긴 했으려나…?

그리고는 목욕을 한 후 깨끗한 속옷을 입었어.

총은 벽에 걸려 있었어. 그는 총을 집어 들었고, 차갑게 식은 무거운 강철로 된 총신을 느꼈어. 자연스럽게 총 손잡이를 왼쪽 손바닥으로 가져갔지. 엄지손가락으로 노리쇠를 오른쪽으로 팽팽하게 당겼어. 총은 노리쇠에서 마치 두 개의 터널처럼 갈라지며 두 총신의 뒤쪽 절단면을 드러냈어. 그리고 그중 하나의 총신에 쉽고 부드럽게 총알이 들어갔지. 내가 건네준 총알이!

집의 모든 불을 켰어. 베란다 불도 켰지. 의자에 앉아 오른쪽 장화를 벗었어. 관 속인 듯한 정적 속에서 딸각 소리를 내며 장전 손잡이를 당겼어. 총을 입 안에 밀어 넣고, 윤활유 묻은 총신의 차가운 금속 맛이 느껴지게끔 이빨로 꽉 깨물었어….

그래! 그런데 그는 앉자마자 바로 장화를 벗었을까? 아니면 이마를 유리창에 댄 채 밤새 서 있었고, 창은 눈물범벅에 김이 서렸을까? 아니면 나무들과 야스누슈카 강, 하늘, 자신이 그토록 좋아했던 목욕탕과 작별하며 마을을 돌아다녔을까? 아니면 발가락으로 방아쇠를 곧바로 당겼을까, 아니면 항상 그렇듯 그의 미숙함으로, 순진함으로 인해 방아쇠를 누르지 못했고, 그 후 오랫동안 식은땀을 닦고 재차 힘을 가다듬으며 숨을 돌리고 있었을까? 총을 쏘기 전에 눈을 가늘게 뜨고 있었을까, 아니면 크게 뜬 눈으로 뇌 속에서 검은 섬광이 마지막으로 나타나기 전까지 무언가를 응시했을까?

아니, 그렇게 나약하진 않았을 거야. 그가 그랬듯이, 제 인생을 단번에 끝내려면 엄청난 삶의 힘과 확신이 필요할 테니까!

그러면 왜, 도대체 왜? 대답을 찾아보지만 찾을 수가 없어. 아니면 그토록 활기차고, 그토록 씩씩했던 그의 인생에 남모를 고통이 있었을까? 그런데 우리 주변에는 고통받는 사람이 많지 않은가? 아니야, 그 이유는 아닐 거야, 고통스럽다고 해서 총구를 들이밀지는 않으니까. 그러니까, 태어날 때부터 어떤 운명이 그에게 주어진 걸까? 정말로 우리 모두에게는 우리가 알 수 없는 예정된 운명의 도장이 찍혀 있는 것일까?

내 영혼이 어둠 속에서 방황하고 있어….

글쎄, 그 당시엔 우리 모두 살아 있었고, 그리고 이미 내가 말했듯이, 몇 년 후 우리 기억 속에서, 마치 무한한 시간처럼 느껴지는 그 어느 여름날 길고 길었던 해는 중천에 떠 있었지.

그는 나와 작별 인사를 하고, 다시 한 번 너의 머리를 쓰다듬고, 콧수염과 턱수염에 뒤덮인 입술로 너의 이마에 입을 맞추고, 너는 간지러워하며 행복한 웃음소리를 냈지. 미차는 자기 집으로 돌아갔고, 너와 나는 큰 사과를 들고 아침부터 손꼽아 기다리던 행군에 나섰어. 치프는 우리가 길을 나서는 것을 보고 천천히 우리를 뒤따라왔고, 곧 우리를 앞질렀고, 발로 차는 바람에 너는 넘어질 뻔했지. 그리고 허공에 넓게 쫙 펴진 두 귀를 흔들며 나비가 날갯짓하듯 높이 멀리 뛰어올라 숲속으로 사라졌어.

오, 얼마나 먼 길이 우리 앞에 펼쳐져 있었나, 거의 무려 1킬로미터에 달했어! 그리고 얼마나 많은 일이 이 길 위에서 우리를 기다리고 있었는지, 사실 이미 너도 여러 차례 경험해서 어느 정도는 알고 있겠지만, 정말로 어떤 시간이 다른 시간과 같을까, 한 시간이라도 다른 한 시간과 같을까? 우리가 길을 걸을 때는 음침하기도 했고, 맑기도 했고, 이슬이 덮이기도 했어. 먹구름이 끝없이 하늘을 뒤덮기도 했지. 천둥이 치고 그 소리가 멀리까지 울려퍼졌고, 비가 부슬부슬 내렸고, 물방울의 작은 구슬들이 전나무 아래 마른 가지들에 촘촘히 꿰어 있었고, 너의 빨간 장화는 윤이 나듯 반짝였고, 오솔길은 자르르하게 검게 빛났고, 바람이 불자 사시나무는 살랑거렸고, 자작나무와 전나무들의 윗부분은 윙윙거리는 소리를 냈고, 낮이 되고 정오가 찾아왔고, 춥고 또 더웠어. 어떤 날이 다른 날과 같은 날은 단 하루도 없었어, 단 한 시간도, 수풀 하나도, 나무 한 그루도, 그 무엇도 똑같지 않아!

이번에는 하늘은 차분한 옅은 파란색으로 구름 한 점 없었고, 이른 봄에 강물처럼 우리의 눈에 흘러들어 오거나 늦은 가을 낮게 뜬 먹구름 사이로 우리의 가슴을 때리는 쨍쨍한 파란색은 없었어. 그날 너는 갈색 샌들과 노란 양말을 신고, 빨간 바지와 레몬색 티셔츠를 입고 있었지. 너의 두 무릎엔 긁힌 상처가 있었고, 두 다리와 어깨, 두 팔은 하얬으며, 담황록색의 작은 반점들이 있는 너의 큰 두 눈은 왠지 모르게 검고 파랗게 빛났어….

먼저 우리는 태양 흑점으로 얼룩진 오솔길을 따라 땅 위로 드러난 전나무의 뿌리 사이로 발을 디뎌가며 대문 반대편 쪽문을 향해 걸어갔는데, 발아래 바늘잎이 부드럽게 치였지. 이후에 너는 얼어붙은 듯 멈춰 서서 주위를 살폈어. 이유는 알 수 없지만 지팡이 없는 산책을 상상하지 못하는 너였기에, 난 순간 너에게 지팡이가 필요하다는 것을 알아챘고, 호두나무 가지를 찾아 꺾어 네게 지팡이를 만들어주었지.

네 마음을 알아주어 기뻤는지, 너는 눈을 내리깔고는 어둠 속에서 오솔길 가까이에 서 있는 나무 기둥들과 위쪽에 바이올린 모양의 나선형 장식을 단, 촉촉하게 젖은 키 큰 고사리를 지팡이로 탁탁 건드리며 곧장 다시 앞으로 내달렸어.

빛나는 너의 작은 두 다리와 은색 곱슬머리가 내려온 부드러운 가는 목, 정수리 위의 부스스하게 뜬 머리카락을 보며 나는 나도 어린아이라고 상상하려 애썼고, 곧 옛 기억 속으로 빠져들었으나, 그 어떤 어린 유년 시절의 기억이 떠오르더라도, 그 어디를 가도 나는 너보다 나이가 많았어. 갑자기 야스누슈카 강이 흐르는 얕은 계곡으로부터 태양 빛에 달궈진 들판의 따스한 냄새가 왼쪽 숲의 빛줄기로, 우리를 둘러싸고 있던 숲의 영혼으로 불어오기 전까지는 말이야.

"알료-샤의 귀여운 다리…." 나는 무심코 노래를 부르듯 속삭였어.

"기-일을 따라 달리지…." 너는 곧바로 고분고분 대답했고, 네 떨리는 투명한 작은 두 귀를 보고 난 네가 미소 짓고 있다는 것을 알아챘지.

그래, 나 역시 언젠가 시간의 어둠 속에서 내달리곤 했어. 여름이었고, 태양이 내리쬐고 있었고, 오늘과 같은 들판의 냄새가 향기로운 산들바람을 타고 전해졌지….

교외 드넓은 들판에서 사람들이 두 무리로 따로 떨어져 서 있었지. 먼지가 자욱한 숲 가장자리에 서 있던 한 무리에는 여자들과 아이들뿐이었는데 많은 여자들이 울고 있었어. 그리고 들판 다른 쪽엔 남자들이 대열을 갖추고 서 있었지. 그 당시 내 눈에는 끝없이 펼쳐진 들판 대열 뒤편으로 둑이 솟아 있었고, 둑 위엔 난방화차들과 칙칙폭폭 소리를 내는 기관차가 있었어. 그리고 군복을 입은 남자들이 어마어마하게 큰 개 여러 마리를 데리고 있었지.

그리고 근시였던 엄마도 하염없이 쏟아지는 눈물을 닦으며 울고 있었어. 엄마는 눈을 찡그리며 계속 내게 물었어. "아들아, 아빠 보이니? 보여? 어디에 있니? 어느 쪽에 있는지라도 가리켜주렴." (그 당시엔 왠지 근시인 사람들이 안경 쓰는 것을 부끄러워했었다.) "보여요!" 나는 대답했어. 오른쪽에 서 있던 아빠를 난 정말로 봤거든. 그리고 아빠 역시 우리를 보고 미소를 지으며 이따금 손을 흔들어줬지. 그런데 나는 아빠가 왜 우리에게, 그리고 우리가 왜 아빠에게 다가가지 않는지 알 수가 없었어.

갑자기 우리가 서 있던 무리에 긴장이 감돌더니 아이들은 된다고 이야기했던 것이 분명하게 기억나. 몇몇 소년소녀가 보따리를 손에 들고 쭈뼛대며 넓은 들판으로 나갔어. 엄마는 나를 밀었고 흥분해서 말했어. "아들아, 아빠에게 어서 뛰어가서 우리가 기다린다고 말해줘!" 그리고 이미 더위에 오랫동안 서 있어 지쳤던 나는 기뻐하며 뛰기 시작했어.

나는 다른 아이들과 함께 들판을 가로질러 뛰었어. 아빠를 쳐다보니 아빠의 얼굴이 회색으로 보였지만, 아빠 쪽으로 가까이 갈수록 편안해졌는데, 아빠가 있던 곳의 군복을 입은 사람들이 소리치기 시작했고 큰 개들이 짖으며 목줄에서 벗어나려 기를 쓰고 있었지. 아빠가 있던 대열 전체가 갑자기 무릎을 쪼그리고 앉았고 두 팔을 머리 위로 들어 올렸는데, 내가 왜 다들 그런 행동을 하는지 파악하기도 전에 짐승 같은 큰 개의 분홍색 혓바닥이 보였고 우렁차게 짖는 소리가 들려와 순간 넋을 잃고 말았지. 바로 그때 군복 입은 사람이 개 목줄을 감아 개를 내게서 떼어 놓더니, 다른 한 손으로 내 목덜미를 잡아 돌리더니, 내가 거꾸로 내동댕이 쳐질 정도로 발로 나를 걷어찼어. 그는 내 꼬리뼈의 가장 아픈 부분을 장화로 걷어찼어. 정확히 일 분 전처럼 아빠에게 달려갔는지, 아니면 엄마에게 달려갔는지, 눈물이 뒤범벅이 되어 난 아무것도 볼 수 없었어. 그런데 정말 묘한 일이지. 웬일인지 난 울부짖지 않았고 오히려 아무 일 없었다는 듯 웃었다는 거야. 육감적으로 난 수많은 사람의 시선을 느꼈고, 특별한 일 없이 전혀 아프지 않은 것 같은 표정을 지었던 거야. 세상에 정말 죽을 만큼 아팠는데 말이야.

하지만 나는 이미 다섯 살이었어.

쪽문을 통해 숲으로 나온 우리는 둥근 지붕 건물이 있는 오른쪽으로 꺾었어. 그 건물은 언젠가 내 이웃이 짓기 시작했는데, 마저 다 짓지는 못했어. 지금은 둥근 콘크리트 지붕과 기둥들은 자연 상태에서 전나무와 오리나무 숲의 녹음 사이에서 희끄무레한 색으로 변했어. 넌 오랫동안 감탄하며 그 건물을 바라보는 것을 좋아했지.

우리 왼쪽엔 아주 작은 야스누슈카 강의 물줄기가 돌멩이들 사이로 흐르고 있었어. 우리는 빽빽하게 자란 개암나무와 산딸기나무에 가려 아직 강을 보지는 못했지만, 오솔길이 둥근 지붕 건물 아래 낭떠러지로 이어져 있다는 것을 알고 있었어. 그 아래에선 바늘잎들과 보기 드문 잎들이 크지 않은 어두운 소용돌이 속에서 천천히 뱅뱅 돌고 있었어.

태양은 수직 기둥의 빛줄기를 터트리며 우리를 내리쬐었고, 그 빛을 받아 물결 모양으로 흐르는 수액이 달콤하게 반짝였고, 여기저기서 딸기가 새빨간 물방울들을 빛냈지. 등에 모기들이 무리를 지어 가볍게 날아다녔고, 나뭇잎들은 빽빽해서 보이지 않았으며, 새들이 서로 지저귀었어. 햇빛에 반짝이는 다람쥐가 이 나무에서 저 나무로 뛰어다녔고, 조금 전 다람쥐가 떠나간 나뭇가지는 오랫동안 흔들렸어, 세상이 향기로운 냄새를 내뿜고 있었지….

"저것 봐, 알료샤, 다람쥐야! 보이니? 저기 다람쥐가 널 쳐다보고 있구나…."

넌 올려다보고 다람쥐를 발견하곤 지팡이를 떨어뜨렸어. 뭔가 갑작스레 다른 것에 집중하게 되면 넌 항상 지팡이를 떨어뜨리곤 했지. 다람쥐가 숨기 전까지 넌 다람쥐를 살펴봤고, 이후에 생각이 났던지 지팡이를 집어 들고는 다시 발길을 재촉했어.

오솔길 맞은편에서 치프가 마치 날고 싶은 듯 높게 껑충 뛰며 우리를 향해 달려왔어. 치프는 멈춰 서서 한동안 사슴처럼 깊고 긴 두 눈으로 우리를 관찰하는데, 마치 우리에게 계속 앞으로 가는지, 뒤로 돌거나 옆으로 꺾지는 않는지 묻는 듯했어. 나는 말없이 치프에게 우리가 걸었던 오솔길을 가리켰고, 치프는 이해한 듯 부리나케 다시 앞으로 뛰쳐나갔지.

잠시 후 치프가 흥분해서 짖는 소리가 들렸어. 그 울음소리는 소리가 가깝거나 멀어지는 것이 아닌, 한곳으로부터 들려오고 있었어. 그것은 즉, 치프가 뭔가를 쫓고 있는 것이 아니라 이미 뭔가 찾았다는 것이고, 우리에게 빨리 오라고 보내는 신호였어.

"들리니?" 내가 너에게 물었어. "치프가 뭔가를 찾아서 우리를 부르나 봐!"

네가 전나무 가시에 찔리지 않고 더 빨리 가게 하려고 나는 너를 손으로 번쩍 들었어. 치프의 울음소리는 점점 더 가깝게 울려 퍼졌지. 그리고 머지않아 자극적인 녹색과 연보라색, 노란색의 이끼가 덮인 숲속 공터와 조금 떨어진 곳에 있던 거대하고 아름다운 자작나무 아래에서 치프를 발견했고, 치프의 짖는 소리뿐 아니라 숨을 들이마실 때마다 몹시 헐떡이며 흐느껴 우는 소리가 들려왔어.

치프는 고슴도치를 발견했어. 자작나무는 오솔길에서 약 30

미터 정도 떨어져 있었고, 나는 새삼 치프의 감각에 놀라움을 금치 못했어. 고슴도치 주변의 이끼는 전부 짓밟혀 있었어. 멀리서 우리를 알아보고 치프는 더 우렁차게 짖기 시작했어. 난 너를 내려놓고 개 목줄을 잡고 치프를 옆으로 끌고 왔지. 우리는 고슴도치 앞에 쭈그리고 앉았어.

"고슴도치구나." 내가 말했어. "따라 해보렴, 고슴도치."

"고슴도치…." 네가 말했고 지팡이로 고슴도치를 건드렸어. 고슴도치는 흥흥 소리를 냈고, 가볍게 깡충 뛰어올랐어. 너는 지팡이를 끌어당겼고, 균형을 잃고 이끼 위에 엉덩방아를 찧었어.

"무서워할 필요 없어." 내가 말했어. "건드리지만 않으면 돼. 저기 이제 고슴도치가 몸을 웅크리고 가시를 꺼냈네. 그런데 우리가 떠나면, 다시 주둥이를 내밀고 자기 할 일을 하러 달려갈 거야. 고슴도치도 너처럼 걷고 있는 거지…. 겨우내 잠을 자기 때문에 고슴도치는 많이 걸어야 해. 눈 속으로 들어가 잠을 잔단다. 겨울 기억나? 너 썰매 탔던 것 기억하니?"

너는 신비롭게 미소 지었어. 아이고, 네가 그냥 혼자서, 또는 내 말을 들으며 어떤 까닭에 웃는지 알 수만 있다면 그 무엇이라도 다 내어줄 텐데! 내 모든 지식과 경험보다 훨씬 중요한 무언가를 넌 벌써 알고 있는 거니?

네가 태어난 조산원에 너를 보러 갔던 날이 떠올라…. 그 당시 왠지는 모르겠지만 간호사가 내게 건네준 너는 상당히 무겁고 뻣뻣하고 딴딴한 꾸러미 같았어. 널 안고 차가 있는 곳까지 걸어

가기도 전에, 네 얼굴은 가려져 있었고 네 숨결을 느낄 수 없었음에도, 그 안에 따뜻하고 살아 있는 무언가가 있다고 느꼈어.

우리는 집에 도착해서 곧바로 싸개를 풀었어. 사람들이 항상 신생아를 묘사한 대로 빨갛고 주름진 무언가를 보게 될 거라고 기대했어. 그러나 빨간색과 주름이라곤 찾아볼 수 없었지. 넌 하얗게 빛났고, 놀랄 만큼 가는 팔과 다리를 흔들었으며, 묘사하기 힘든 잿빛 파란색의 큰 두 눈으로 점잖게 우리를 쳐다봤어. 넌 완전한 기적이었고, 배꼽에 붙은 헝겊 반창고가 너의 모습을 망치는 유일한 것이었지.

곧바로 다시 기저귀를 채우고, 젖을 먹인 후 잠자리에 누이고 우리는 부엌으로 갔어. 차를 마시며 여자들이 좋아할 만한 이야기를 시작했어. 기저귀, 수유 전 모유 착유, 목욕 시키기, 그리고 그만큼 중요한 다른 것들에 관해 이야기를 나눴어. 자리에서 일어나서 네 곁에 앉아 오랫동안 네 얼굴을 바라봤어. 그리고 세 번째였나, 네 번째였나, 네게 다가갔을 때, 문득 꿈을 꾸며 미소 짓고 새근대며 가볍게 떨리는 네 얼굴을 보았지….

네 미소의 의미는 무엇이었을까? 꿈을 꾼 것일까? 그런데 네가 어떤 꿈을 꿀 수 있었을까, 무엇이 네 꿈에 나올까, 네가 무엇을 알 수 있을까, 네 생각이 어디서 떠돌았을까, 그리고 그 당시에 너는 어떤 생각을 했을까? 미소 때문만은 아니라 너는 전체적으로 고상하고 현명한 지식이 깃든 얼굴을 하고 있었지. 어떤 그림자가 너의 얼굴을 스쳐 지나갔고, 매 순간 표정은 바뀌었지만, 전체적인 얼굴의 조화는 가시지 않았고, 변하지 않았어. 네가 울거나 웃으면서, 또는 잠자코 너의 침대 위에 걸려 있던 알록달록한 장난감 딸랑이를 바라보면서 밤을 지새울 때, 나를 놀라게 했던 잘 때의 네 표정을 난 단 한 번도 볼 수 없었단다. 그리고 나는 숨을 죽이고 네 안에서 무슨 일이 벌어지고 있는 것일까 생각했어. 나중에 할머니가 말해줬단다. "아기들이 저런 미소를 짓고 있는 것은 천사들이 내려와 놀아주고 있다는 뜻이란다."

그리고 지금, 고슴도치를 내려다보며 앉아 네가 나의 질문에 애매한 미소로 답하고 침묵했기에 나는 네가 겨울을 기억하는지, 기억하지 못하는지 좀처럼 알 수 없었어. 그런데 아브람체프에서의 너의 첫 겨울은 기적과 같이 아름다웠어! 밤마다 눈이 무척이나 많이 왔고, 낮에는 태양이 분홍색으로 빛나서 하늘도, 서리 덮인 거칠거칠한 자작나무들도 분홍빛으로 물들었지…. 넌 펠트 장화를 신고, 털외투를 입고, 장갑 안에 너의 손가락들이 활짝 펴질 정도로 두터운 벙어리장갑을 끼고 밖으로 나가 눈이 쌓인 곳으로 다가갔어. 넌 썰매에 앉았고, 꼭 지팡이를 챙겨 들었어. 다양한 길이의 지팡이 몇 개가 현관문에 기대어 세워져 있었고 넌 항상 다른 지팡이를 집어 들었어. 우리는 썰매에 너를 태우고 대문 밖으로 나갔고, 우리의 황홀한 여정이 시작되었지. 눈 위에 지팡이로 그림을 그리며 너는 너 자신과, 하늘과, 숲과, 새들과, 우리 발과, 썰매 아래에서 뽀득거리는 눈과 이야기를 나누기 시작했고. 너의 소리를 들을 때면 오직 우리만이 너를 이해하지

못한다는 걸 깨달았지. 아직 말을 하지 못할 때였거든. 넌 다양한
음조로 낭랑하게 노래를 불렀고 꾸르륵 소리를 내며 옹알거렸
어. 와-와-와, 랴-랴-랴, 유-유-유, 우입-우입-우입 하는 너의 모든
소리를 듣고 우리는 오직 네가 좋아하고 있다는 사실만 알 수 있
었어.

그러다가 넌 조용해졌고, 주위를 둘러보니 네 지팡이가 저 멀
리 길 위에서 까만 점으로 사라져가는 걸 발견했어. 그리고 넌 두
팔을 벌리고 잠을 잤고, 너의 탱탱한 두 볼은 힘껏 빨갛게 달아올
랐지. 나는 한두 시간이나 널 썰매를 태우고 돌아다녔는데 넌 잠
에서 깨지 않았어. 이후에 널 안고 집으로 들어가 신발을 벗기고,
옷을 벗기고, 단추를 풀고, 옷깃을 열고, 침대에 눕힐 때에도 넌
깨지 않을 정도로 그렇게 깊게 잤단다.

고슴도치를 실컷 보고 우리는 다시 오솔길을 걷기 시작했는
데, 머지않아 둥근 지붕의 건물에 가까워졌지. 넌 그 건물을 처음
봤고, 멈춰 서서 언제나처럼 흐뭇하게 말했어.

"어엄-청나게 크으-고 아음다운 타비다!"

마치 건물을 생전 처음 본 것처럼 놀란 목소리로 '엄청난 탑이
다!'를 계속 반복하면서 넌 잠시 동안 멀리서 건물을 바라봤어.
그리고 우리는 더 가까이 다가갔고, 너는 지팡이로 건물의 기둥
들을 순서대로 건드리기 시작했지. 그다음 너는 시선을 아래로
옮겨 투명한 강의 소용돌이의 작은 수면을 바라봤고, 난 그 순간

너에게 손을 내밀었지. 그렇게 손을 꼭 잡고 우리는 조심스레 절벽을 내려가 바로 그 물 쪽으로 다가갔어. 조금 더 낮은 곳에 여울이 있었고, 여울의 물은 흐르며 소리를 냈으며, 소용돌이는 거의 멈춰 있는 듯했어. 거의 시계의 분침처럼 느리게 여울 쪽으로 흘러가며 소용돌이 위에 떠 있는 나뭇잎을 오랫동안 응시하고 있으면 물이 흐르고 있다는 것을 알아차릴 수 있긴 했어. 나는 쓰러진 전나무 기둥에 앉아 담배를 피웠어. 네가 소용돌이의 모든 아름다움을 다 즐길 때까지 여기에 앉아 있어야 한다는 것을 알고 있었거든.

지팡이를 손에서 떨어뜨리고 너는 물 옆의 눕기 편한 나무뿌리로 다가가 가슴을 대고 엎드려 물을 관찰하기 시작했어. 이상하게도 넌 그 여름에 평범한 장난감을 가지고 노는 것을 좋아하지 않았고, 아주 작은 물체를 가지고 노는 것을 좋아했지. 너는 작은 손바닥 위에서 어떤 작은 모래알이나 바늘잎, 아주 작은 풀을 끝없이 굴리면서 놀 수 있었어. 집 벽에서 벗겨낸 작은 페인트 조각을 가지고 넌 아주 오랫동안 관찰의 기쁨에 잠겨 있곤 했지. 꿀벌과 파리, 나비, 등에와 같은 생명과 존재가 고양이나 개, 소, 까치, 다람쥐, 새보다 놀랄 만큼 더욱 너의 흥미를 끌었지. 네가 나무뿌리 위에 누워 얼굴을 물에 거의 닿을 정도로 가까이 가져가 소용돌이의 바닥을 꼼꼼히 바라보았을 때, 그토록 끝이 없고 그토록 헤아릴 수 없는 그 무언가가 소용돌이의 바닥에서 펼쳐졌어. 그곳에 얼마나 많은 크고 작은 모래알들이 있었는지, 얼마나 다양한 색의 조약돌들이 있었는지. 세상에서 가장 보드라운 녹색 솜털이 큰 바위들을 뒤덮었을 뿐 아니라, 움직이지 않은 채 멈춰 있다가 순간 사방으로 흩어져 쏜살같이 달아나는 투명한 아기 물고기들이 얼마나 많이 있었는지. 그리고 또 너의 눈에만 보이는 미세한 물체들이 얼마나 많았는지!

"자근 물-꼬기들이 헤엄쳐…." 잠시 후 네가 말했어.

"아-아." 네게 다가가 곁에 앉으며 내가 답했어. "그림, 아직 큰 강으로 떠나지는 않았겠구나? 이렇게 작은 물고기들이니까, 아기 물고기…."

"아기이 물-꼬기…." 너도 기쁘게 동의했지.

소용돌이 위의 물은 너무나 투명해서 물 위에 비친 푸른 하늘과 나무 꼭대기들이 물이 있음을 알려주었어. 너는 나무뿌리에 기대어 몸을 굽힌 채, 바닥에서 조약돌을 한 움큼 집어 들었어. 아주 작은 모래 알갱이 구름이 바닥 부근에 나타났고, 한동안 물에 떠 있다가 가라앉았어. 너는 조약돌을 물에 던졌고, 물에 비친 나무들이 흔들거리기 시작했어. 그것을 본 너는 황급히 자리에서 일어났고, 나는 네가 너 스스로 가장 좋아하는 취미를 생각해냈다는 것을 알아챘지. 돌 던지는 시간이 너를 찾아온 거지.

나는 다시 쓰러진 나무 기둥에 앉았고, 너는 더 큰 돌을 골라 사랑스러운 눈길로 모든 면을 살펴본 후 물 바로 앞으로 다가가 소용돌이의 중심을 향해 던졌어. 물방울들이 튀어 올랐고, 굽이치는 공기의 흐름에 둘러싸인 돌이 둔탁한 소리를 내며 바닥에 가

닿았으며, 물 위엔 원들이 그려졌어. 물결이 일렁이는 모습과 튀어 오르는 물방울, 돌 부딪히는 소리, 물이 철썩철썩 튀는 것을 즐기고 난 후 완전히 잠잠해질 때까지 기다렸고, 다시 돌을 집어 처음 그랬던 것처럼 돌을 유심히 살펴본 후 다시 던졌어….

물 튀는 소리와 일렁이는 물결에 도취되어 너는 그렇게 돌을 던지고 또 던져댔고, 주변의 세계는 조용했고 아름다웠지. 전차의 시끄러운 소리도 들려오지 않았고, 비행기 하나도 날아가지 않았으며, 그 누구도 우리 곁을 지나가지 않았고, 우리를 보지 않았어. 오직 치프만이 이따금씩 이쪽저쪽에서 나타나 혀를 내민 채로 물을 튀기며 강으로 달려가 크게 짖어댔고, 마치 묻기라도 하는 듯 우리를 바라보고는 다시 사라졌어.

네 어깨 위에 모기가 앉았지만 너는 오랫동안 발견하지 못했고, 나중에야 모기를 쫓은 후 울상이 되어 내게 다가왔어.

"모기이 물렸어…." 네가 얼굴을 찌푸리며 말했어.

나는 너의 어깨를 긁어주었고, 호 불어주곤 물린 자리를 가볍게 두드려주었어.

"자? 이제 뭘 할까? 조금 더 던지고 놀다가 갈까 아니면 가던 길을 마저 갈까?"

"더어 가요." 네가 결정했어.

네 손을 잡고 나는 야스누슈카 강을 건넜어. 우리는 빽빽하게 끝없이 이어지는 흰 조팝나무가 쭉 뻗어 자라 있는 습한 계곡을 지나야 했었지. 갯지치의 흰 모자들은 햇빛에 용해되어 흘러내리는 듯했고, 꿀벌의 행복한 날갯짓 소리가 한가득 들려왔어.

오솔길의 오르막길이 시작되었어. 처음엔 전나무와 개암나무 숲속을 걸었고, 이후엔 참나무와 자작나무 사이를 걸었지만, 아직 오른쪽이 숲과 맞닿아 있고 왼쪽엔 울퉁불퉁한 들판이 펼쳐진 넓은 초원이 나오지는 않았어. 계속 오르막길을 오르다 보니 이미 초원 위를 걷고 있었고, 정상에 오를 때까지 계속 위로 올라갔어. 그리고 어느 순간 멀리까지 보이게 되었고, 저 멀리 안테나 선들이 겨우 보이는 지평선이 펼쳐졌으며, 보이지 않는 자고르스크 위로 가느다란 아지랑이가 피어올랐어. 들판에서는 이미 풀베기가 한창이었고, 아직 건초들이 더미로 쌓여 있었지만, 미세하게 느껴지는 산들바람이 벌써 땅 위로 시든 냄새를 몰고 왔어. 나는 너와 함께 아직 베지 않은 풀과 꽃 위에 앉았어. 난 어깨까지 잠겼지만 너는 풀 안에 쏙 들어가 머리도 보이지 않았지. 네 위로 보이는 것은 하늘 하나뿐. 나는 가져온 사과가 생각났고, 주머니에서 꺼내 반짝일 때까지 풀로 문지른 후 너에게 건네주었어. 넌 두 손으로 사과를 받고 곧바로 한입 베어 물었어. 베어 문 자국은 다람쥐가 문 자국과 닮아 있었지.

우리 주변으로 가장 오래된 러시아의 땅 중 하나인 모스크바 공국의 고요한 영지였던 라도네쉬 땅이 펼쳐져 있었어. 들판 가장자리엔 솔개 두 마리가 유유히 매끄러운 원을 그리며 높게 날고 있었어. 과거의 그 어떤 것도 우리의 것이 되지 않았고, 땅 자체도 변했지. 나무와 숲들, 그리고 라도네쉬도 마치 처음부터 존재하지 않았던 것처럼 사라졌어. 딱 한 가지, 그 기억만이 남아 있었지, 그리고 저 두 솔개는 마치 천 년 전과 같이 원을 그리며 날고 있고, 사실, 아마도, 야스누슈카 강도 여전히 그 방향으로 흐르고 있는 것일 테지….

너는 사과를 다 먹었는데, 네 생각들은 어딘가 저 멀리 가 있는 것 같았어. 너도 솔개들을 발견했고 날아가는 모습을 오랫동안 바라보았어. 몇 마리의 나비가 네 머리 위에서 날아다녔고, 그중 몇 마리는 네 빨간 바지 색에 이끌려 그 위에 앉으려 했지만, 곧바로 날아올랐어. 넌 나비들의 황홀한 비행을 눈길로 따라갔어. 너는 말을 많이 하지 않고 짧게 말했지만, 너의 표정과 두 눈을 보면 네가 항상 생각에 잠겨 있다는 것을 알 수 있었지. 아, 잠시만이라도 나는 네가 되어 너의 생각을 읽을 수 있기를 바랐는데! 너도 이미 한 명의 사람이었으니까!

아니, 우리의 세계는 축복받았고 아름다웠어! 폭탄이 터지지 않았고, 도시들과 마을들이 불타지도 않았으며, 시체에 기생하는 파리들이 길 위에서 노는 아이들 위를 빙빙 돌며 맴돌지도 않았고, 아이들의 몸이 추위에 얼지도 않았고, 기생충이 득실대는 낡은 누더기 옷차림으로 다니지도 않았으며, 폐허 속이나 야생 동물처럼 어떤 동굴 같은 곳에서 살지도 않았으니까. 지금도 아이들의 눈물이 쏟아졌고, 쏟아졌지, 하지만 그 이유는 완전히, 완전히 다르지…. 그것이 천국의 기쁨이 아닌 것일까, 그것이 행복이 아닌 것일까!

난 다시 주위를 둘러보았고, 그날과 그 순간 아마도 우리 마을에서 우리를 제외한 누구도 보지 못했을 그 구름들, 숲을 흐르는 작은 강과 네가 던진 강 밑바닥의 돌멩이들, 그 돌멩이들을 휘감으며 흐르는 깨끗한 물, 이 들판 위의 공기, 들판 위 푸르스름한 은빛 성에로 덮인 귀리들 사이로 난 잘 다져진 흰 오솔길, 그리고 언제나처럼 저 멀리 보이는 예쁜 작은 마을, 그 뒤로 가물대는 지평선, 그날 역시 내 인생에서 가장 멋진 몇몇 날과 마찬가지로 내 안에 영원히 남게 되리라고 생각했어. 그런데 넌 그날이 기억나니? 언젠가 가끔은 시선을 멀리, 깊이 뒤로 던지니, 살아온 날들이 마치 없었던 것처럼 느껴지고 네가 다시 어깨까지 오는 꽃들 사이를 달리며 나비를 쫓는 아주 어린아이가 된 것처럼 느끼니? 정말로, 정말로 너 자신과 나, 너의 어깨를 뜨겁게 내리쬐던 태양과 믿을 수 없을 정도로 긴 여름날의 그 맛, 그 소리를 기억하지 못하니?

이 모든 것이 어디로 자취를 감춘단 말인가, 어떠한 기이한 법칙을 따라 떼어져 나와 무(無)의 안개로 뒤덮여버리고, 가장 행복하고 눈부신 인생의 첫 구간, 가장 사랑스러운 어린아이의 시간이 어디로 사라진단 말인가.

가장 위대한 시간이란 사람이 태어나고, 어떠한 덮개로 우리에게 가려지는 그 시간이라는 생각이 들자 나는 두 손을 위로 획 쳐들며 절망감에 빠졌어. 그게 바로 너야! 넌 이미 그렇게 많은 것을 알고 있었고, 성격, 습관이 형성되었으며, 말하는 것을 배웠고, 말을 이해하는 건 그보다 더 잘했고, 너에게는 이미 좋아하는 것과 좋아하지 않는 것이 있었지….

그러나 누구에게 물어보든 5~6세의 기억은 다들 갖고 있어. 그런데 그전의 기억은 어떨까? 그런데 또 모든 것이 잊히는 것은 아니고, 이따금 가장 어렸던 시절, 생명의 기원으로부터 순간적으로 터져 나오면서 우리에게 다가오기도 하는 걸까? 심지어 분명하지 않은 것이나 평범한 어떤 것을 봤을 때, 가을날 길 위의 어떤 물웅덩이를 봤을 때, 특정한 소리를 듣고 또 어떤 냄새를 맡았을 때, 돌연 격정적인 생각에 사로잡혀 놀라게 되는 것을 정말로 거의 모든 사람들이 경험하지 못했을까? 나 이런 적 있는데, 이거 본 적 있는데, 경험한 적이 있는데! 언제, 어디서지? 이번 생에서인가? 아니면 완전히 다른 생에서였나? 그리고는 그 기억을 회상하고 과거의 찰나의 순간을 잡아채려고 오랫동안 노력하지만, 결국은 수포로 돌아가고 말지.

네가 낮잠을 잘 때가 되었고, 우리는 집으로 돌아왔어. 치프는 이미 오래전에 도착해서 무성하게 자란 풀 속에 구덩이를 판 뒤 몸을 길게 펴고 누워 꿈속에서 두 앞발을 떨며 잠을 자고 있었지.

집은 조용했어. 햇살은 창문을 통해 사각형 모양으로 집에 들어와 바닥을 비추고 있었지. 너의 방에서 내가 너의 옷을 벗기고 잠옷으로 갈아입히는 동안 넌 오늘 본 모든 것을 떠올렸어. 우리 대화가 끝나갈 즈음 넌 두어 번 정도 대놓고 하품했어. 널 침대에 눕히고 난 내 방으로 갔어. 생각해보면, 넌 내가 나가기 전에 잠들었지. 난 열린 창문 옆에 앉아 담배에 불을 붙였고 너에 대해 생각하기 시작했어. 난 너의 미래의 삶을 상상했지만, 이상하게도 어른이 되어 면도를 하고 여자들에게 구애하고 담배를 피우는 너를 보고 싶지가 않더라고…. 난 그저 어린 너를 더 보고 싶었어. 그러나 그 시절 여름날, 뭐, 말하자면, 열 살의 널 보고 싶었던 건 아니야. 너와 나는 정말 여러 곳을 여행했고 많은 것에 매료되었었지!

그리고 나서 난 미래에서 현재로 돌아왔고, 다시 우수에 잠긴 채로 네가 나보다 더 현명하고, 나도 전에는 알고 있었지만 지금은 잊은, 잊어버린 그 어떤 것을 너는 알고 있다고 생각했어…. 세상의 모든 것은 오직 아이의 눈으로만 볼 수 있게끔 창조되었어! 신의 제국이 너의 것이지! 이 말은 지금 처음 나온 말이 아니야. 그렇다면, 수천 년 전에도 수수께끼 같은 아이들의 우월함이 느껴졌다는 말이겠지? 도대체 무엇이 아이들을 우리보다 위대하게 하는 것일까? 순진함일까, 아니면 나이를 먹을수록 사라져가는 최고의 지식일까?

그렇게 한 시간 이상이 흘렀고, 네가 울기 시작했을 때는 해가 눈에 띄게 이동했고, 그림자는 길어져 있었지.

난 담배를 재떨이에 꽂아 넣고, 네가 잠에서 깼기에 무언가가 필요할 것이라는 생각을 하며 너에게 다가갔어.

그런데 넌 무릎을 접어 올리고 자고 있었어. 눈물을 너무 많이 흘려서 베개가 빠르게 젖어 들었어. 너는 절망감에 자포자기한 채 슬피 흐느껴 울었지. 다쳤거나 어리광을 부릴 때의 울음과는 완전히 달랐어. 그럴 때는 그저 대성통곡했거든. 그러나 지금은 마치 영원히 떠나간 어떤 것을 슬퍼하며 눈물을 흘리는 듯했어. 너는 흐느끼며 숨을 헐떡였고, 목소리도 평소와 달랐단다!

꿈이란 그저 현실의 혼란스러운 반영인 걸까? 만약에 그렇다고 한다면, 도대체 어떤 현실이 너의 꿈에 나타난 걸까? 우리의 세심하고 부드러운 눈과 미소, 장난감, 태양, 달, 별 이외에 무엇을 보았니? 물 흐르는 소리와 숲이 살랑거리는 소리, 새들의 노랫소리, 마음을 진정시켜주는 지붕을 때리는 빗소리, 어머니가 불러주는 자장가 말고 또 무엇을 들었니? 조용한 삶의 행복이 아닌 무엇을 또 이 세상에 나와 알게 되었기에 꿈에서 그토록 슬프게 울었니? 넌 고통받거나 과거를 아쉬워하지 않았고, 죽음의 두려움도 알지 못했어! 도대체 무슨 꿈을 꾼 거니? 아니면 어린아이 시절부터 우리의 마음은 슬퍼하고, 앞으로 직면하게 될 고통을 두려워하는 것일까?

나는 너의 어깨를 툭툭 건드리고 머리를 쓰다듬으며 조심스레 너를 깨우기 시작했어.

"아들아, 사랑하는 아들아, 일어나렴." 너의 손을 가볍게 잡아당기며 내가 말했어. "일어나, 일어나, 알료샤! 알료샤! 일어나렴…."

너는 잠에서 깼고 재빠르게 자리에 앉아 나에게 손을 내밀었어. 난 너를 안아 들고 꽉 껴안고는 일부러 더 씩씩한 목소리로 네게 몇 번이고 반복해 말했지. "자, 무슨 일이야, 무슨 일이니! 꿈에 뭐가 나왔는지, 한번 보자, 쨍쨍한 해님이네!" 그리고는 커튼을 양쪽으로 밀고 열어젖히기 시작했어.

방은 햇빛으로 밝아졌지만, 너는 나의 어깨에 얼굴을 묻고 고르지 못한 숨을 들이쉬며 내가 아픔을 느낄 정도로 강하게 손가락으로 내 목에 매달린 채로 여전히 울고 있었어.

"이제 점심 먹을 건데…. 자, 어떤 새가 날아갔는지 보렴…. 그나저나 우리 보드라운 흰둥이 바시카는 어디 있지? 알료샤! 음, 사랑하는 알료샤야, 아무것도 두려워하지 마, 다 지나갔어…. 저기 오는 거 누구지? 엄마 아니야?" 너의 기분을 달래기 위해 나는 그저 입에서 나오는 대로 말했지.

너는 점차 진정되기 시작했어. 너의 입은 아직 괴로운 듯 비죽였지만, 미소는 이미 얼굴에 퍼져 있었지. 네가 가장 좋아하는 창문에 걸려 있는 아주 작은 유약을 바른 주전자를 보고는 마침내 너는 얼굴에 웃음꽃을 활짝 피웠고 기쁨에 넘쳤으며, 오직 한 단어에 즐거워하며 부드럽게 소리 내 말했지.

"주전-자…."

너는 주전자로 손을 뻗지도, 아이들이 대개 가장 좋아하는 장난감을 잽싸게 낚아채듯 잡으려고 하지도 않았어. 아니, 넌 주전자의 모양과 유약의 그림에 심취하여 눈물 고인 눈으로 주전자를 바라봤고, 그 때문에 두 눈이 특히 더 투명해 보였지.

너를 씻기고, 냅킨을 매주고, 테이블에 앉힌 후, 너에게 무슨 일이 일어났다는 사실을 갑자기 깨달았어. 너는 숟가락으로 테이블을 탁탁 두드리지도, 웃지도, "빨리"라고 말하며 재촉하지도 않았어. 넌 나를 진지하고 진중하게 바라볼 뿐 말을 하지 않았어! 나는 네가 나에게서 떠나가고, 지금까지는 나의 마음과 하나였던 너의 마음이 이제는 저 멀리 있으며, 해를 거듭할수록 앞으로 점점 더 멀어지고 또 멀어지겠구나, 넌 이미 내가 아니고, 나의 연속이 아니며, 내 마음이 널 따라잡는 것은 절대로 불가능하며, 넌 나로부터 영원히 떠나가는 것이라고 느꼈어. 너의 깊고 어린 아이답지 않은 미소에서 나는 나를 떠나는 너의 마음을 발견했고, 너의 마음은 나를 애처로이 바라봤고 나와 영원의 작별 인사를 했지!

나는 너의 곁에라도 가기 위해 네게 다가가려고 애썼고, 서둘렀지. 난 내가 뒤에 남겨져 있고, 나의 삶이 나를 과거의 방향으로 이끄는 것을 봤어. 너는 이제부터 너의 길을 가는데 말이야….

굉장한 절망감이 나를 사로잡았어, 굉장한 슬픔이! 그러나 내 안에 잠긴 연약한 목소리로 희망이 말해주었지, 우리의 마음은 언젠가 다시 하나가 되어 앞으로 다시는 헤어지지 않을 거라고. 그래! 그런데 도대체 언제, 어디서 만나게 될까?

늦지 않게 오길, 나의 형제여, 나도 울기 시작했어….

그해 여름 넌 18개월이었지.

작은 초

Свечечка

1973

저기 개가 달려가네요

그날 밤 갑자기 나는 몸 둘 바를 몰라 목이라도 매어 죽고 싶을 정도로 너무나 우울해졌어.

우리는 단둘이 환하고 따뜻하고 커다란 우리 집에 있었어. 이미 오래전부터 창문 너머로 11월 밤의 어둠이 내려 있었고, 돌풍이 자주 불었지. 그럴 때면 집을 둘러싼 숲에서 구슬픈 소리가 스산하게 들려오기 시작했어.

나는 비가 오지는 않는지 확인하러 현관으로 나갔어.

비는 오지 않았지.

그래서 우리는 옷을 더 따뜻하게 껴입고 산책하러 떠났지.

그런데 먼저 네가 무엇을 끔찍하게 좋아했었는지 말하고 싶구나. 그 당시 너는 오직 자동차만 좋아했었단다! 그 시절 너는 자동차를 제외하곤 아무것도 생각할 수 없었지. 너는 장난감 자동차를 스무 개 넘게 갖고 있었어. 다리를 오므리고 앉은 너를 태워 내가 이 방 저 방 끌고 다녔던 가장 큰 나무 덤프트럭부터, 성냥갑만 한 아주 작은 플라스틱 자동차까지 크고 작은 장난감 자동차를 갖고 있었어. 넌 잠자리에 들 때도 자동차와 함께 잠들었고, 잠이 들기 직전까지 오랫동안 이불과 베개 위로 자동차를 굴렸지.

그래, 우리가 11월 밤 칠흑 같은 어둠 속을 걸어 들어갈 때에도 너는 당연히 작은 플라스틱 자동차를 손에 꽉 쥐고 있었지.

천천히, 어둠 속에서 어림짐작으로 길을 따라 대문으로 걸었어. 얼마 전 내린 눈이 수북이 쌓였던 길 양쪽의 덤불은, 이제는 눈이 녹아 우리 얼굴과 손을 스쳤고, 그 닿는 느낌은 아침 이슬로 촉촉이 젖어 있어 우리가 함께한 돌아갈 수 없는 그 시절 추억으로 남았지.

차고가 있던 우리 집 옆에 다다르자, 너는 갑자기 차고로 뛰어가 자물쇠를 붙잡았어.

"진짜 자동차 타고 싶다!" 네가 말했어.

"사랑하는 아들, 왜 그러니!" 나는 반대했다. "지금은 늦었어, 곧 잘 시간이야…. 그리고 어디 뭐 갈 곳도 없잖아?"

"가자…. 가자…." 너는 머릿속으로 우리가 갈 수 있을 만한 곳을 생각해내려 애쓰고는 머뭇거리며 말했어. "모스크바 가자!"

"음, 모스크바!" 내가 말했어. "어째서 모스크바지? 모스크바는 시끄럽고, 축축하고, 게다가 정말로 멀단다!"

"멀리 가고 싶다." 너는 내 말에 고집을 부렸어.

"알았어." 내가 찬성했지. "가자꾸나, 그런데 삼 일 후에 가는 거야. 그 대신에 약속하자. 내일은 같이 가게에 가고, 지금은 우리 그냥 산책만 하는 거야? 손을 주렴…."

너는 얌전하게 한숨을 쉬고는 작고 따뜻한 손바닥을 내 손에 밀어 넣었어.

대문 밖으로 나가 잠시 생각한 후, 우리는 오른쪽으로 걸어갔어. 온통 장난감 자동차에만 정신이 팔린 채로 너는 앞장서서 걸었지. 그리고 어둠 속에서 어렴풋이 알아볼 수 있는 너의 움직임을 보고는 한 손으로 자동차를 굴리고, 이어 또 다른 손으로 굴리고 있음을 짐작했단다. 가끔은 참지 못하고 무릎을 쪼그리고 앉

저기 개가 달려가네요

아 장난감 자동차를 땅바닥에서 굴리기도 했어.

상상 속에서 너는 어디로, 얼마나 머나먼 아름다운 곳으로 간 것일까? 나는 네가 어딘가에 도착해서 너의 먼 길이, 내가 모르는 미지의 길이 끝나고 우리가 함께 가게 되리란 기대를 품고 멈춰서 있었어.

"아들아, 늦가을이 좋으니?" 내가 너에게 물었어.

"좋으니!" 너는 기계적으로 답했지.

"난 늦가을이 싫어!" 내가 말했어. "아, 이 어둠과, 이 이른 어스름과 늦은 아침 노을, 우울한 회색의 날이 난 싫구나! 모든 것이 마치 풀처럼 시들고, 모든 것이 결국 땅속에 묻혀버리지…. 무슨 말을 하는지 알겠지?"

"알겠지!" 너는 곧바로 대답했어.

"아아, 아가야, 너는 아무것도 모르지…. 오래전부터 여름이었는지, 오래전부터 노을이 밤새 푸르스레하게 빛났는지, 그리고 태양이 틀림없이 새벽 3시에 뜨곤 했는지? 그리고 여름은 영원히 계속될 것같이 여겨졌지만, 계속 약해지고, 또 약해졌어…. 여름은 심장이 한 번 뛴 것처럼, 찰나의 순간처럼 지나갔지. 그러나 오로지 내게만 여름은 찰나의 순간이었어. 나이가 들수록, 낮은 짧아지고 어둠을 더욱 두려워하게 되는 법이지. 하지만 어쩌면 너는 올여름을 평생처럼 길게 느낄지도 몰라."

그러나 초가을은 좋아. 태양이 고요하게 빛나고, 아침마다 안개가 끼고, 집 유리창엔 김이 서리지. 그리고 우리 집 근처의 단풍나무들은 빛났고, 우리는 함께 정말 커다란 다홍색 잎들을 주우러 다녔지!

그러나 이제 모든 것이 소멸하고, 빛도 사라지고 땅은 검어졌어, 정말로 간절히 애원해. 제발 날 떠나지 마, 슬픔은 코앞에 있고 나를 도와줄 사람이 아무도 없단다! 알겠지!

너는 마치 별처럼 내게서 멀어지면서 자동차를 타고 어디론가 내달리며 대답하지 않았어. 네가 그토록 멀리 자동차를 타고 떠나버렸기에, 우리가 길에서 방향을 돌려야 할 때 나는 돌렸지만, 너는 그러지 못했어. 나는 너를 쫓아가 어깨를 잡아 너의 몸을 돌렸고, 너는 순순히 나를 뒤따랐지. 너는 걷는 것이 아니라 자동차를 타고 갔기에 어디로 가든 상관이 없었어.

"그런데." 내가 말을 이어 나갔어. "신경 쓰지 마, 이런 밤이면 그냥 우울해지곤 하는 거니까. 그리고 사실, 아들아, 지구상의 모든 것은 아름답단다. 11월도 마찬가지야! 11월은 마치 잠이 든 사람 같아. 어둡고, 춥고, 활기가 없는 것은 사실 그렇게 생각이 되는 것뿐이지. 실은 모든 것이 살아 있어."

늦가을에 장화를 신고 비를 맞으며 걷는 것이 얼마나 멋진 것인지, 그때 어떤 냄새가 나는지, 나무줄기들은 어떻게 젖어 있는지, 우리 마을에서 겨울을 난 새들이 얼마나 분주하게 수풀 사이를 날아드는지, 언젠가는 네가 알게 될 거야. 봐봐, 너의 방 창문 위에 모이통을 만들자, 그럼 다양한 박새와 동고비, 딱따구리들이 너에게 날아들기 시작할 거야.

음, 지금 나무들이 죽은 듯 보이는 것은 그저 내 그리움 때문이지, 사실은 나무들이 살아 있고 잠을 자고 있는 거야.

왜 우리가 11월이면 이토록 그리움에 젖게 되는지 어찌 알까? 왜 우리가 이토록 콘서트에 달려가고, 서로의 집을 방문하고, 왜 이토록 불과 등불을 사랑할까? 아마도, 백만 년 전 사람들 역시, 마치 지금 곰, 너구리, 고슴도치가 그러하듯 겨울잠을 잤을 거야. 그런데 지금은 그렇지 않잖아?

그리고 일반적으로 어둡다는 것이 불행은 아니야! 우리에겐 따뜻한 집과 빛이 있어. 그리고 집으로 돌아가면 벽난로를 피우고 불타오르는 것을 바라보자….

갑자기 마치 쥐가 내 팔을 따라 등으로 그리고 다른 팔로 뛰어간 듯, 네가 나의 양가죽 외투를 따라 자동차를 타고 달렸고, 어느 정도 상상 속 길을 주행하고는 다시 앞장서서 달리기 시작했어.

"괜찮아." 내가 다시 말했어. "머지않아 첫눈이 올 거고, 눈으로 더욱 밝아질 거야. 그러면 우리는 작은 언덕에서 신나게 썰매를 타자. 우리 집 옆에 글레보보 마을이 있어. 바로 거기로 갈 거야. 그곳에 얼마나 멋진 언덕들이 있는지 몰라, 너에게 딱 맞는 언덕이지! 털외투를 입고 털장화를 신게 될 날이 올 거고, 벙어리장갑을 끼지 않고는 뜰로 나갈 수 없을 거야. 그리고 너는 눈을 뒤집어쓴 채 돌아와 몸이 꽁꽁 얼어붙어 빨개진 얼굴로 집으로 들어오겠지."

나는 주위를 둘러봤어. 벌거숭이 나무들 사이로 오직 우리 집 창문들만 칠흑 같은 어둠 속에서 빛나고 있었지. 모두 주변 별장들을 떠난 지 이미 오래고, 별장들 창문에 이따금 고독하고 고요하게 어슴푸레 희미한 가로등이 반사되어 빛나고 있었어.

"알료샤, 넌 집이 있으니 행복한 사람이야!" 갑자기 무심결에 혼잣말을 했어. "아들아, 네가 나고 자란 집이 있다는 건 좋은 거야. 평생 행복한 거지…. 아버지의 집이라는 표현이 괜히 있는 게 아니야! 왜 그런지는 모르지만 '어머니의 집'이라고는 하지 않잖아? 어떻게 생각하니? 아마도, 예로부터 사내들이, 남자들이, 아버지들이 집들을 짓거나 샀기 때문이 아니겠어?"

자, 사랑하는 아들아, 너에겐 집이 있어, 그런데 나는… 이 아빠는 아버지의 집이 있던 적이 한순간도 없었단다, 아들아! 내가 살아보지 않았던 곳이 어딜까! 난 정말 다양한 여러 집에서 인생의 나날을 보냈단다! 부표 지기의 초소에서도, 산림감시초소에서도, 천장에 닿지도 않는 칸막이 같은 것들이 쳐져 있는 그런 곳에서도, 불을 지피면 실내 전체가 검게 그을리는 그런 곳에서도, 도자기와 피아노들과 벽난로들이 있는 훌륭한 낡은 집에서도 살았어. 한번 상상해봐! 심지어 성에서 살아야 하기도 했지. 실제 중세 시대의 성에서 말이야. 멀리서 살았어, 프랑스의 성 라파엘 근처에서도!

나의 아들아, 그 성에는 모퉁이와 계단 위에 기사단 갑옷들이 서 있었고, 벽마다 십자군 군인들이 행진할 때 들었던 칼과 창들이 걸려 있었지. 그리고 바닥은 나무 대신 석판으로 되어 있었으

저기 개가 달려가네요

며, 황소 한 마리를 통째로 구울 수 있을 만큼 거대한 벽난로가 있었단다. 그리고 주위엔 굉장한 참호들이 파여 있었고, 쇠사슬로 들어 올려지는 다리도 있고 네 모퉁이엔 탑들이 서 있었어.

그리고 다시 돌아가지 않을 생각으로 그 모든 거처를 떠나야 했단다….슬픈 일이야, 아들아, 아버지의 집이 없다는 것은 슬프구나.

"그러니까, 어느 화창한 날 친구와 함께 신비로운 오카 강을 따라 통통배를 타고 가고 있었어(보렴, 아들아, 네가 조금 더 자라면 오카 강으로 데려가마. 그때 너는 오카 강이 얼마나 멋진 강인지 알게 될 거야!). 그래, 나는 친구와 배를 타고 친구의 집으로 가고 있었어. 하지만 친구는 일 년 넘게 집을 비웠었지. 친구의 집까지는 아직 15킬로미터 정도가 더 남아 있었지만, 친구는 벌써 뱃머리에 서서 흥분하며 나에게 모든 것을 보여주었고 이야기해주었지. 바로 여기서 아버지와 함께 낚시를 했고, 저 멀리 어떤 언덕이 있고, 작은 강이 어디서 유입되는지, 그리고 저기엔 어떤 계곡이 있는지…."

그런데 그때는 봄이었고, 강이 범람했었으며, 부잔교가 아직 설치되지 않았기에 우리가 도착했을 때, 우리가 탄 통통배는 손쉽게 강기슭에 가 부딪쳤어. 던져준 잔교를 밟고 우리는 뭍으로 내려갔어. 그런데 강가에 벌써 내 친구의 아버지가 나와 기다리고 계셨지. 마차를 끌고 있는 말도 한 마리 서 있었어.

마침 너도 계속 자동차에 앉아 달리지만, 마차나 썰매를 타고 숲길 또는 들판 길을 따라 어디로 달리는 것이 더 나을지 모르잖아. 주위를 둘러봐, 그리고 무언가에 대해서 생각하지. 네 주변 모든 것이 바로 너의 고향이라고 진심으로 느껴지기에 기분이 좋을 거야!

우리는 모든 트렁크와 배낭을 마차에 실었고, 경사면을 타고 봄철의 깨끗한 숲을 따라 낮은 언덕으로 내려갔어. 집이 가까워질수록 내 친구는 더욱 흥분을 숨기지 못했지.

게다가! 아들아, 그 집은 내 친구의 할아버지가 지은 집이고 친구의 아버지와 어머니는 일생을 그 집에서 살았어. 내 친구도 거기서 나고 자랐지.

우리가 그 집으로 들어가자마자 내 친구는 눈 깜짝할 사이에 어디론가 사라져서 여러 방을 뛰어다니며 집과 인사를 나누었어. 진짜 인사를 할 만했어! 정말로 그 집은 우리 집과는 비교할 수조차 없는 집이었고, 괜히 '박물관-대저택'이라고 불리는 게 아니더라.

그 집에는 정겨운 옛 물건들이 수없이 많았고, 다리가 굽은 소파들과 조각된 의자들이 그렇게 많았어. 정말 멋진 그림들이 벽 여러 곳에 걸려 있었고, 창문 너머로 쓸쓸하고 또 즐거운 풍경이 펼쳐졌어! 그리고 방은 또 얼마나 다양하던지. 환한 방, 거대한 창문이 난 방, 좁은 방, 긴 방, 나무들의 그림자가 드리운 방, 정말로 자그마한 방, 천장이 낮은 방까지 정말 다양했어! 그리고 창문들은 또 어땠는지. 큰 창문, 작은 창문, 뜬금없이 위쪽 채광 창이

저기 개가 달려가네요

스테인드글라스로 된 창문, 무늬가 그려진 성의 창문을 연상시키는 의외의 모양의 창문, 총구멍까지…. 그리고 방과 복도, 좁은 통로, 공간들 사이에는 삐걱거리는 소리를 내는 붙박이장들과 어두운색의 난간과 층층이 마모된 계단이 있었지. 또 마지막으로, 아주 오래된 반가운 냄새가 물건 하나하나에 스며 있었어. 무슨 냄새인지는 알 수 없었지. 어떤 낭만적인 공상가가 언제인가 꺾었던 백리향 냄새도 아니었고, 무려 한 세기 동안 책장에만 꽂혀 있던 빛이 다 바랜, 종이와 겉의 가죽이 다 말라버린 낡은 책 냄새도 아니었고, 이 모든 계단과 난간, 가구, 참나무로 된 대들보, 마룻바닥의 닳아 얇아진 나무판자에서 나는 냄새도 아니었어.

아들아, 사람이 만든 집과 물건이 살아 있지 않고, 기뻐할 줄도 모르며, 희열을 느끼거나 슬픔의 눈물을 흘리지 않고, 기억하지 못한다고 생각하지 말거라. 우리는 집과 여러 물건에 대해 잘 모르고 때로는 무심하고 심지어는 비웃기도 하지. 고물 잡동사니라고 생각해버리는 거지!

너도 언젠가 아버지의 집을 떠나고 오랫동안 집을 비우게 될 거야. 그리고 많은 것을 보게 될 것이고, 여러 곳에 머물기도 하면서 완전히 다른 사람이 되겠지. 그리고 수많은 선과 악에 대해 알게 될 거야.

그리고 때가 되면 너는 오래된 네 집으로 돌아올 거야. 현관문에 올라서면 너의 심장은 뛰기 시작할 것이고 너는 슬픔에 젖어 가슴이 턱 하고 막히는 느낌이 들 거고 두 눈은 쓰라리게 될 거야.

그리고 어느새 늙으신 어머니의 떨리는 발걸음 소리를 듣게 될 거야. 아마도 나는 그때쯤 이미 이 세상에 없을 것이고 집이 널 맞이할 거야. 집에서 유년 시절부터 익숙했던 냄새들에 넌 휩싸이게 될 것이고 방들이 너에게 미소를 짓고, 모든 창문이 자기에게 오라고 손짓할 거야. 찬장에서는 네가 이전에 좋아하던 찻잔이 달그락거릴 것이고, 시계는 유난히 쟁쟁하게 행복한 순간을 울려줄 거야. 그리고 집은 네 앞에 펼쳐지게 될 거야. "여기가 내 다락방이고, 여기에 방들이 있어. 네가 숨기 좋아했던 복도는 여기야…. 혹시 이 벽지 기억하니, 그리고 네가 언젠가 벽에 박은 이 못 보여? 아, 네가 다시 돌아와서 기쁘네. 넌 지금 많이 자랐지만, 괜찮아. 날 용서해줘, 나는 오래전 내가 지어질 당시에 다 자라버렸고, 지금은 그냥 살아 있어. 하지만 난 너를 기억하고, 너를 사랑한단다. 내 안에 살아 줘. 어린 시절로 돌아와 줘"라고 집이 너에게 이야기할 거야.

이따금 시골의 아버지 집이나 할아버지 집이 아닌, 모스크바에서 태어난 것이 아쉬울 때가 있어. 새가 자신의 둥지로 돌아오듯이 그리움에 사무쳐서 또 기쁜 마음으로 고향 집에 가고 싶어.

사랑하는 아들아, 언젠가 내 친구가 전쟁 중에, 공격하러 돌진하려고 탱크에서 뛰어내리던 이야기를 들려주었단다. 아, 그 친구는 공수부대원이었대. 주위의 모두가 '조국을 위해!'라고 소리쳤고 내 친구도 모두와 함께 '조국을 위해'라고 소리쳤지만, 아마도 인생의 마지막이 될 수 있던 그 순간 몇 초 동안 조국이 아니라, 백해 연안에 위치한 로슈펜그 고향 마을의 아버지 집과 곡간, 건초 창고, 텃밭, 헛간이 보이더라는 얘기가 정말 진심으로 느껴졌단다!

그렇게 이러저런 이야기를 나누면서 너와 나는 방향을 돌려 이제 막 밝게 개인 오솔길을 따라 매우 작은 야스누슈카 강 쪽으로 완만하게 경사진 숲으로 들어갔어. 밤이 어두워져서 나는 네가 거의 보이지 않았고, 다시 너의 부드러운 손을 잡았지.

강에 이르러, 어둠 속에서 미끄럽고 좁은 다리를 건너지 않으려고 발걸음을 멈추었어.

아래엔 조약돌들을 따라 간신히 들릴 정도로 작고 또렷한 물소리를 내며 강물이 흘렀어. 바람이 이따금 자작나무들과 전나무들의 머리를 스치고 지나갔고 저 멀리서 소리를 내기 시작했지. 촉촉한 흙과 주위 낙엽의 쓰고 고독한 냄새를 몇 차례 들이켠 후, 나는 담배를 한 대 피우려고 네 손을 놓았어.

담뱃불을 붙이는 동안 성냥불이 눈부시게 밝게 느껴졌고, 몇 초 후엔 주황색의 점들이 눈앞에서 떠다니는 것처럼 느껴졌어.

너의 어깨를 만지고, 다시 너의 부드러운 손을 잡고 집으로 돌아가려고 손을 아래로 뻗었을 때, 너는 내 곁에 없었어!

"알료샤!" 내가 불렀지.

너는 대답이 없었어.

그리고 그 찰나에 우리가 놀 때, 내가 불러도 자주 대답하지 않던 너를 떠올렸지!

순간적으로 내가 거의 한 시간 동안 송이버섯과 개암버섯을 따며 간간이 네가 어디에 있는지 둘러보며 기어 다녔던 8월의 햇볕이 잘 드는 풀밭이 떠올랐어. 어디 있니? 하지만 너는 그 한 시간 동안 단 한 번도 나에 대해 생각하지 않았고 나에게 달려오지 않았었지. 넌 가장 큰 그루터기들을 찾아 헤매며 숲 가장자리를 걷고 있었고, 그루터기들 위에서 장난감 자동차를 굴리고 있었어.

나는 이 어둠 속에서 장난감 자동차를 들고 점점 더 숲 안으로 들어가는 너를 떠올리고 죽은 사람처럼 창백해졌어. 곳곳에 버려진 별장들이 있는데, 낮에도 근처에서 사람 그림자도 찾을 수 없었거든!

그리고 저 멀리 숲 안 어디에선가 놀다가 결국 정신을 차리게 되면 날 부르기 시작하고, 목메어 울부짖으며 숲에서 나오려고 할 텐데, 너의 목소리는 이미 내게 들리지 않겠구나!

내가 가게에 다녀오려고 차고에서 차를 몰고 나올 때면, 넌 전속력으로 진짜 자동차로 뛰어왔지. 내가 너에게 차 문을 열어주면, 너는 자동차 문턱에 무릎이 걸려 넘어지지 않고 재빠르게 뛰어 들어왔어. 그땐 네가 더 작았으니 좌석에 앉으면 앞쪽 길이 보이지 않기에 하얀 손가락으로 계기판을 꽉 잡고는 이후로 계속 발끝으로만 행복하게 서 있었어. 아스팔트에 난 작은 균열을 넘어가면서 바퀴가 부드럽게 두어 번 덜컹거리는 소리를 들었을 때 네가 얼마나 기뻐하며 너 스스로 생각해낸 단어들을 속삭이듯 웅얼댔는지 몰라.

"쥬달-쥬달!"

나무 기둥이나 자신의 팔에 장난감 자동차를 굴리며 나로부터 점점 멀리 떠나가면서 아마도 네가 진짜 자동차를 타고 가고 있고, 모터 소리가 들리고, 전조등이 밝게 앞길을 밝히며, 자동차 계기판이 빛나고, 붉은 계량기 바늘들이 떨리고, 녹색 신호등이 괴이하게 빛나는 상상을 하고 있으리라 생각하니 나는 끔찍했어. 어두워진 것도 모른 채 넌 멀리 가고 있고, 나는 네가 어느 쪽으로 가는지 방향조차 모르고 있다!

혹시라도 멀리 가지 않았다면 아래에서 너의 창백한 얼굴 한 점을 찾을 수 있지 않을까 바라면서 잠시 쪼그리고 앉았어. 그 후 성냥불을 붙이고 손바닥으로 꺼지지 않게 가린 후 한 방향으로 몇 걸음을 옮겼어. 이후에 성냥불을 하나 더 붙이고 다른 방향으로 걸었지…. 겨우 두 걸음밖에 비춰주지 못한 희미한 꺼질 듯 말 듯한 성냥 불빛이 꺼지고 난 후엔 어찌 더 어두워진 듯했어.

"알료슈카! 어서 당장 내게 오거라!" 나는 너를 상냥하게, 또 엄하게 불렀지.

숲 위에서 윙윙거리는 소리가 들려왔다….

"알료샤, 집에 가자, 가서 불을 켜고 촛불을 켜자꾸나…." 네가 얼마나 집에서 무수히 많은 전등을 켜고 끄는 것을 좋아하는지, 불 켜진 양초를 좋아하는지 생각해내고는 내가 안타까운 마음에 덧붙였어.

"아빠, 나 스위치로 안고 가 줘!" 너는 나에게 다가와서 내 무릎을 껴안고, 머리를 위로 들어 올려 행복한 얼굴로 나를 바라보면서 그렇게 부탁을 하곤 했지.

난 너를 두 팔로 안아 들어 올렸고, 너는 손가락을 스위치에 갖다 대고, '짤깍' 하고 스위치를 켜고, 즉시 돌아서서 램프를 쳐다보곤 기쁨에 넘쳐 노래를 불렀어.

"램프 켜져-었다!"

그러나 스위치들도, 초들도 소용이 없었어. 너는 대답하지 않았지.

그때 다행히도 마지막 수단을 생각해냈어. 그리고 나는 연기하는 것처럼 생기 있는 목소리로 크게 외쳤어.

"자, 어서, 여기로 어서 오거라! 주머니에 이런 자동차가 있단다! 어서 빨리!"

그러자 곧바로 너의 서두르는 발걸음에 잎사귀들이 바스락거렸고, 넌 내게로 달려왔지. 넌 어찌나 눈이 밝던지!

"그 자동차 갖고 싶어!" 처음엔 나의 한쪽 손을, 그다음엔 반대쪽 손을 잡으며 새로운 행복을 재빨리 맞이할 준비를 하고 네가 말했어.

"너에게 줄 자동차는 없어!" 고통스럽게, 심지어 매섭게 난 소리치며 대답했고, 이제야 겨우 식은땀에 젖은 나를 발견했고, 심장이 요동치고 있음을 느꼈어.

"못된 짜식아! 아빠가 부르는데 감히 대답도 하지 않다니!"

그러나 너는 나에게 속았다는 것과 새로운 자동차를 받지 못할 것이라는 사실을 아직 믿지 않았고, 내 주머니 속으로 손을 넣었지.

너는 속았다는 사실에 굉장히 놀랐고, 나는 아주 오랫동안, 무릎을 꿇고 앉아 널 달래고, 안아 주고, 등을 쓰다듬고 손바닥으로 너의 눈물을 닦아 주어야 했지.

어린아이의 슬픔이 정말 대단했지!

우린 서로에게 삐진 채 집으로 왔어.

"너에게 벽난로도 피워주지 않을 거고, 초도 켜주지 않을 거야, 스위치도 없을 거야. 더 이상 산책도 가지 않을 거야!" 나는 길을 걸으며 너를 혼내며 말했어. "그리고 앞으로 어떤 경우에도 그렇게 어리게 행동하지 마. 무려 한 시간 동안 구석에 세워놓을 테니까! 그리고 장난감 자동차 전부 다 압수하고 가둬놓을 거야!"

너는 나와 이야기하고 싶지 않아 하며, 아무 말 없이 내 앞에서 뛰어갔지. 집에 도착해서 나는 화가 나서 텔레비전을 켰고, 너는 부엌을 돌아다니며 혼자 놀았어.(너에게 화가 나서 그렇게 오랫동안 시시한 어떤 방송을 보고 있던 나를 지금까지도 용서하지 못하겠구나!) 너는 다른 사람을 신경 쓰지 않고도 몇 시간이나 혼자 놀 수 있었는데, 그날 밤엔 괴로워했지.

혼자 있기 싫었던 넌 나와 대화하고 함께 있고 싶은 듯, 때때로 이전의 미안한 마음에 텔레비전 쪽으로 다가왔고, 동시에 까부는 듯 웃으며 아무 버튼이나 누르려고 시도했고, 내가 어떤 말을 할지 미리 알고 곧바로 혼잣말로 스스로 야단치듯 소리쳤어.

"알료샤, 도대체 왜 그러는 거니?"

괘씸한 생각에 네 팔을 밀치며 말했어. "방해하지 마!" 그리고 너는 한숨을 쉬고 순순히 물러나, 장난감 자동차를 식탁에 굴리며, 장난감 자동차가 어떤 장애물을 넘어갈 때 앞바퀴와 뒷바퀴들에서 나는 소리를 흉내 내며 속삭이듯 중얼거렸어.

"쥬달-쥬달!"

나는 네가 해서는 안 되는 것을 하지는 않았는지 확인하기 위해 이따금 너를 건성으로 쳐다봤어. 사실 너의 삶은 해서는 안 되는 것들로 꽉 차 있었잖아. 식탁에서 식탁보를 끌어내리는 것, 성냥을 가져가는 것, 책에 그림을 그리는 것, 이외에도 너무 많아서 다 열거할 수가 없네!

그러나 나는 너를 주의 깊게 바라봤고, 너의 어떤 특별한, 무언가를 바라는 듯한 시선을 보았고, 너의 근심과 어떤 간절한 바람을 알았어. 나를 책망하는 듯한, 나에게 묻고 싶은 것이 있는 듯한 소리와 느낌이 네게서 새어 나왔고, 내 심장은 뛰기 시작했어.

"아이고, 그래, 사랑스러운 아들아, 알겠다!" 내가 말했어. "이리 오너라…."

고개를 푹 숙이고 겁먹은 듯 눈치를 보며 엷은 미소를 띤 채 네가 나에게 다가왔을 때, 나는 너를 안아 주었고, 가슴이 조여오는 것을 느끼며 너의 머리카락 냄새를 들이켜면서 어떠한 이유에서인지 너의 귀에 대고 조용히 말했다.

"어때, 같이 놀고 싶니?"

"놀고 싶니!" 너는 그 즉시 큰 소리로 대답했어.

"흠… 그런데 뭘 하고 놀지? 하고 싶은 거 있어? 저쪽 벽에 가 앉아, 자동차를 굴려주는 거야. 어때?"

갑자기 네 얼굴이 환해졌고, 행복한 감정이 널 곧바로 사로잡 았으며, 부리나케 몸을 앞으로 숙이고, 마치 나는 것처럼 나에게 서 튀어 나갔고, 아직 벽에 도달하지 않았는데도 전속력으로 달 리는 동시에 이미 몸을 반쯤 돌리며 네 발로 털썩 넘어진 후에 자 리에 앉아 몸을 돌려 내 얼굴을 쳐다봤어. 이미 등진 채 뒤로 움 직이며 벽에 등을 밀착하고 자동차를 더 편하게 잡을 수 있게끔 두 다리를 넓게 벌렸지. 아주 기뻐하며, 기다리는 심정으로, 그러 나 동시에 내 마음이 바뀌지 않을까 겁을 약간 먹은 채 말이지. 흥분하여 검게 빛나는 커진 두 눈으로 나를 보며!

네가 완전히 제대로 자리를 잡을 때까지 기다린 후 나는 너에 게 장난감 관성자동차를 굴려주었고, 부드럽게 왱왱 소리를 내 며 자동차는 부엌 전체를 가로지르며 네게 굴러갔어. 넌 바닥까 지 몸을 숙인 채로 묘하고 신기한 회전하는 바퀴들에 심취해 바 퀴 아래를 보려고 애쓰며 애타게 자동차가 다가오기를 기다렸 어. 자동차를 잡고는 너의 짧은 손가락으로 힘껏 쥐었지. 이미 온 순한 눈빛으로 우리 둘이 함께하고 있음을 느끼며 나를 쳐다보 면서, 너처럼 작은 아이들 특유의 한없이 울려 퍼지는 폭소를 터 뜨리며, 속삭이는 듯한 웃음소리로 날숨뿐만 아니라 들숨에도 작은 목구멍이 떨리는 듯 웃기 시작했어.

안락의자를 옆으로 치우고, 너를 완전히 기쁘게 해주고 싶어 나도 바닥에 앉아 너와 마찬가지로 두 다리를 넓게 벌렸어. 이제 완전히 너와 나의 것이 된 선홍색 장난감 소방차는 윙윙거리는 가는 소리를 내며 너에게서 나에게로, 나에게서 너에게로 굴러 다녔지.

나중에 나는 네 앞에서 바닥에 누웠지만 너는 계속 앉아 있었어! 그러고는 더 이상 장난감 자동차를 굴려서 보내지 않았고, 가장 훌륭하게 바퀴를 감는 방법을 알아내려 하며 모터의 소리와 신호음을 흉내 내며 천천히 굴렸어. 그리고 너는 완전히 긴장한 채, 마치 너의 의지 하나, 눈빛 하나로 조종하는 듯 가는 목을 쭉 내밀고는 자동차의 가장 작은 움직임과 바퀴가 감기고 풀리는 모든 과정을 관찰했어. 자동차가 마룻장에서 마룻장으로 넘어 갈 때, 넌 때때로 피리 부는 듯한 작은 목소리로 부드럽고 열렬히 애정 어린 소리만을 냈지.

"쥬달-쥬달!"

그날 밤 또 하나의 행복이 널 기다리고 있었어, 너도 그걸 알고 있었지!

이제 네가 잠자리에 들 시간이 되자, 난 너의 옷을 벗긴 후에 침대에 눕히고 이불을 덮어주고 불을 끄고 나갔어. 너의 방에서 그어떤 소리도 나지 않았지만, 나는 네가 그날의 마지막 즐거움을 고대하며 아직 자고 있지 않다는 걸 알았어. 베개에 머리를 파묻고, 숨을 꾹 참고, 날뛰는 심장으로 내가 작은 초를 들고 너에게 다가가는 그 흥미로운 순간을 네가 기다리고 있다는 것을 알고 있었지.

우리에게 신비로운 촛대가 있었다는 것을 말할 필요가 있겠다 싶구나. 독일에서 선물로 받은 촛대였지. 그리고 아래엔 도자기로 된 온화한 표정의 작은 사람이 구리 받침대 위에 서 있었어. 포동포동한 두 뺨과 둥근 배를 드러내고 조끼와 쫙 달라붙는 짧은 바지를 입고 흰 긴 양말을 신고, 그의 삼각 중절모 위에 촛대가 서 있었지.

그리고 바로 이 촛대 위에서 난 초에 불을 붙였고 초가 더 활활 타오를 때까지 잠깐 기다렸오. 그러고는 천천히 기사단장의 발걸음으로 너의 방에 다가갔고 문 앞에 멈춰 섰어.

그래, 넌 틀림없이 내 발소리를 들었고 내가 왜 너의 방문 앞으로 다가왔는지 알았을 거야. 넌 문과 문기둥 사이의 작은 틈으로 촛불을 보았지만, 완전히 긴장한 채 끈기 있게 기다렸지.

마침내 내가 엄숙하게 천천히 네 방 문을 세 번 두드렸어. "똑! 똑! 똑!" 곧바로 날랜 바스락거리는 소리가 들렸고, 너는 용수철처럼 튀어 올라 문을 열고 (너의 침대는 문 바로 옆에 있었거든) 노래를 부르듯 말했어.

"초-오다!"

촛불을 받아 너는 환하게 반짝였고, 너의 두 눈은 봄날의 하늘빛으로 빛났으며, 작은 두 귀는 불타오르듯 빨개졌고, 희게 빛나는 솜털 같은 머리카락이 너의 머리를 감쌌지. 그리고 일순간, 마치 네가 앞뿐 아니라 뒤에서도 촛불로 비친 듯 투명하게 보였어.

"아들, 네가 바로 촛불 같구나!"라고 나는 생각했고 말했어.

"그래! 시작하자!"

"이건….이건…." 너는 받침대를 손가락으로 만지작거리며 서둘러 말하기 시작했어. "촛대!"

"그래. 그다음은?"

"이건 배…."

"에, 토끼 같은 아들아, 앞서가지 말고, 순서대로 해보자!"

"알아, 알아!" 제일 중요한 것까지 더 빨리 가기 위해 너는 서두르기 시작했어. "촛대, 그리고 다리, 그리고 바지, 그리고 이제 배….그리고 머리….모자…."

"또 건너뛰었네!" 내가 말해주었지.

"뺨, 코…." 네가 알아채고는 말했어. "그리고 모자, 아, 이건…이거는…." 삼각 중절모에 고정되어 있는 촛대가 생각나지 않았는지 너는 말을 더듬었어. "이건 어떤 물건인데…."

마침내, 이제 제일 중요한 거다!

"비-잇나는 초-오오!" 환희에 젖어 너는 길게 소리쳤어!

"그래 맞아." 나는 기쁘게 대답했어. "자 이제 다 했구나. 이제 잘 시간이야. 초를 불고 바이바이 하는 거야, 알겠지?"

너는 크고 빛나는 두 눈으로 촛불을 몇 초간 더 바라봤고, 마치 네가 이 순간을 멈추고 싶어 한 것처럼, 너의 얼굴 위로 어떤 수

저기 개가 달려가네요

수께끼 같은 그늘이 일순간 나타났다 사라졌어. 그 후 너의 얼굴
은 다시금 밝아졌고, 가볍게 한숨 쉬고 초를 분 후, 신나서 두 다
리로 힘차게 뛰어올라 머리를 베개로 내던졌어.

숱이 많은 너의 머리카락을 쓰다듬고 이불을 덮어준 후, 나는
방에서 나와 부엌을 서성이기 시작했어.

나는 너를 생각했고, 북쪽 땅에서 겪었던 외로운 방랑의 시기
가 불현듯 기억났어. 어느 날 저녁 나는 사냥을 하고 돌아오는 길
이었다. 오늘과 같은 깊은 어둠이 진 저녁이었고, 게다가 이슬비
도 내리고 있었기에 난 길을 잃었지. 하루 종일 나는 40킬로미
터 이상 걸었고, 소총과 배낭이 너무 무겁게 느껴져 던져버리고
싶은 마음도 들었었어.

나는 이미 집에 갈 수 있다는 모든 희망을 잃은 상태였지만, 내
주위로 수백 킬로미터가 황량한 숲으로 둘러싸여 있어도, 바로
그 사실이 나를 압박한 것은 아니었어! 모든 것이 질척거리고, 발
아래 땅이 절벅거렸으며, 모닥불을 피우고 휴식을 취하고 옷을
말릴 수 있는 기회가 없다는 사실이 나를 절망케 했지.

그런데 마침 멀리서, 마치 우주에서 꺼져가는 별처럼, 어둠 속
에서 노란색의 작은 불빛이 아른거렸어. 나는 그쪽으로 나아갔
어. 아직 그 불빛이 사냥꾼들이 피운 모닥불인지, 산림감시원이
피운 모닥불인지 모른 채로 말이지. 나는 이따금 나무 기둥에 가
려 보이지 않았다가 다시 보이기를 반복하는 그 불빛을 향해 끈
질기게 걸음을 옮겼고, 몇몇 사람들과 나눴던 이야기들, 온기,

빛, 삶이 머릿속에 그려지자 갑자기 상태가 좋아졌어….

그리고, 오래전 그때를 떠올리고, 너를 생각하며 나는 갑자기 기분이 좋아졌어. 얼마 전에 겪은 우울한 감정이 씻은 듯이 사라지고, 다시 살고 싶어졌지.

1973년 12월 가그라

섬에서

На острове

1958

저기 개가 달려가네요

1

자바빈 감독관을 태운 정기 여객선이 낮고 떨리는 기적 소리를 내며 오른쪽으로 기울어지며 방향을 틀었고 북쪽에 위치한 조용한 마을로 더 나아갔다. 그러나 자바빈은 마을 쪽으로 눈길도 주지 않았다. 더러운 흰색 여객선과 정박지에서 들려오는 권양기의 요란한 굉음, 모터 도는 소리, 짧은 다리의 선장, 뻔뻔하고 방탕한 얼굴의 일등 항해사, 무례한 승무원들을 삼 일간 보고 있자니 지루했던 탓이리라.

서쪽으로 다가갈수록, 자바빈은 더 무료하고 지루해졌다. 이미 오래전부터 어두컴컴한 기암절벽의 아름다움과 바다와 북쪽 자연 경관의 아름다움이 눈에 들어오지 않았다. 이전에 그가 이 모든 걸 매우 좋아했음에도 불구하고 말이다.

이제 자바빈은 배 안에서 불만에 차 면도도 하지 않은 채로 바다 쪽으로 몸을 기울여 물속에 얼굴을 파묻은 괴물과 닮아 있는 섬의 기괴한 윤곽에도, 해수면 위로 즐비하게 늘어선 암녹색 바위에도, 주위에서 들리는 유쾌한 대화에도 눈길을 주지 않았고, 그저 어서 빨리 연안의 따뜻한 방 안에 들어가고 싶을 뿐이었다.

배가 수많은 돛단배와 모터보트, 거룻배 들을 뚫고 나무 부두에 정박했을 때, 자바빈은 뭍으로 제일 먼저 빠져나왔고, 단단한 땅을 두 다리로 느끼며 기쁨에 넘쳐 두 발을 굴렀다.

부두는 연보라색과 갈색의 말린 해조류가 담긴 커다란 짐짝들과 시멘트 통, 파이프, 낮은 창고 벽 옆에 여러 묶음으로 쌓여 있는 녹슨 궤조로 발 디딜 틈이 없었다. 비린 냄새가 정신이 아찔할 정도로 강하게 풍겼으며, 그보다는 좀 더 옅게 생선, 밧줄, 석유, 판자, 건초, 바다 냄새 등 보통 연안 부두에서 나는 냄새가 풍겼다.

자바빈은 낮은 소리를 내며 작동하는 기계가 즐비한 작업장을 지나고, 쌀쌀한 아침 공기에 열기를 내뿜는 보일러실을 지나 평평한 광재 위를 힘없이 걸었다.

주변 사방으로 희끄무레한 꽃이끼가 덮인, 회색빛 돌이 울퉁불퉁하게 여기저기 삐죽삐죽 박혀 있는 음침한 땅이 있었다. 말과 소 여러 마리가 쓸쓸하게 꽃이끼 위를 거닐고 있었는데, 매우 여위어 있었다. 야생의 섬에 버려진 완벽히 쓸모없으며 제게는 필요치 않은 이 동물들을 자바빈은 가여운 듯 바라봤다.

자바빈은 얼굴을 찌푸리고 한숨을 쉬더니 노동자들에게 사무실이 어딘지 물었고, 더는 주위를 둘러보지 않고 그저 더 빨리 누울 생각에 일러준 그곳을 향해 걸어갔다. 배에서 마지막 밤에 잠을 거의 자지 못했기 때문이리라.

자바빈은 방 하나를 배정받았고, 깊은 잠을 잤다. 일어나서는 면도하고 얼굴에 로션을 바르고 깔끔하고 꼼꼼하게 머리를 빗었다. 그 후 물을 끓여 뜨겁고 진한 차를 멋진 잔에 따라 마시고 맛있게 담배를 피웠다. 마침내 지겹고 구역질 나는 짭짤한 대구 비린내를 더는 맡지 않는다는 사실과 말쑥하게 정돈된 제 모습에 기뻐하며 넥타이를 매고 서류철을 집어 들고 생기 있게 활기찬 발걸음으로 로션과 고급 담배 냄새를 풍기며 자신이 이 섬에서 맡은 일을 본격적으로 하려고 사무실로 향했다.

그날 하루 종일 그리고 이틀을 더 자바빈은 사무실로 배달된 두꺼운 서류철의 서류들을 확인하고 우무 갤런틴이 든 통들과 쇄광기, 창고, 연구실을 검사하는 등 소소한 일을 하며 지냈다.

그동안 자바빈은 냉정하고 사무적으로 일했지만, 새로 온 사람이 반가운 현지 지배인은 부산스럽게 재잘거리며 수다를 떠들어 댔고, 자바빈에게 아르한겔스크에 대해 꼬치꼬치 캐물었다. 지배인은 타키야[01]를 쓰고 두 눈은 눈꺼풀이 부풀었고 광대뼈에 두 뺨의 주름이 깊었다. 소장은 설레는 마음으로 책상다리 같은 두 다리로 둔탁한 소리를 내며 걸었고, 숨을 헐떡이며 자바빈이 가는 곳마다 따라다녔다. 자바빈은 잘 빠진 바지를 입은 데다 날씬하고 머리가 검다. 몸집이 큰 소장 옆에서 자바빈은 마치 청년처럼 보였다. 젊은 여자 노동자들의 노골적인 관심 어린 시선을 느끼며 더 냉정하고 착실하게 업무에 임했다.

2

그러던 어느 날 자바빈은 아르한겔스크에 전보를 보낼 일이 생겨, 사람들이 일러준 대로 무전기가 있다는 기상관측소로 향했다. 자바빈은 지면의 사방팔방으로 전선들을 팽팽하게 내리

---

01   사우디아라비아 등지에서 남성이 예배할 때 전통적으로 쓰는 모자. 챙이 없는 납작한 원통형 모자로 천 장식인 구트라 위에 쓴다.

꽂고 있는 높게 솟은 라디오 송전탑이 있는 곳을 따라 쉽사리 기상관측소를 찾아갔다.

현관에 올라서서 자바빈은 문을 두드렸다. 대답이 없자 자바빈은 문을 활짝 열고 안으로 들어갔다. 문을 열고 들어선 방엔 서너 개의 문이 더 있었다. 그중 하나가 갑자기 확 열리더니, 젊은 남자 무선 기사가 얼굴을 내밀었다. 무선 기사의 목은 가늘고, 두 귀는 크고 분홍색을 띠고, 앞머리가 이마를 덮고 있었다. 그는 자바빈을 보고는 의아한 표정을 지었다.

"누구시죠?" 좀 더 엄한 목소리를 내려고 애쓰며 무선 기사가 물었다. 그러고는 자바빈의 말을 듣기도 전에 눈을 가늘게 뜨더니 서둘러 지금은 기상관측소 소장이 부재중이라며, 그녀 없이는 그 어떤 전보도 전송할 수 없어서, 아르한겔스크와의 무선 연락은 저녁에나 될 거라고 말했다.

자바빈은 저녁에 다시 오겠다며 무선 기사의 놀라움과 의심에 찬 눈길을 뒤로한 채 현관으로 나갔다. 날씨가 좋아서 자바빈은 섬을 돌아보기로 마음먹었다.

자바빈은 등대의 흰 망대에 올라 주위를 둘러보았고, 섬에 온 후 처음으로 바다가 얼마나 아름다운지, 안개 자욱한 바다가 햇빛에 반짝이는 풍경을 느낄 수 있었다. 자바빈은 등대 근처에서 우연히 작은 목조 기도실을 발견했고, 기도실 아래에 있는 오래된 묘지를 찾아냈다. 묘지 안으로 들어가 숨을 고르고는 푹 꺼진 작은 무덤들과 땅에 박힌 거무스름한 묘비 사이사이를 걸었다.

자바빈은 어렵사리 한 묘비 문구를 겨우 읽을 수 있었다. '여기에 스몰렌스크 주 벨로이 시(市)의 육군 소위이자 등대지기 바실리 이바노프 프루드니코프가 잠들다. 향년 58세. 1858년 9월 6일, 솔로베츠 수도원으로의 여행을 끝으로 여기 잠들다. 주여, 안식을 주소서.'

'이런….' 아련한 우수에 잠겨 자바빈은 생각했다. '백 년이 지났다니…. 백 년이라는 세월이!'

자바빈은 다른 묘비 문구도 읽어보려 했지만, 다른 묘비들은 그보다 더 오래되어 완전히 이끼로 뒤덮여 있어 전혀 알아볼 수 없었다. 자바빈은 바다를 바라보며 한 묘비 위에 앉았다. 가을의 정취와 잊힌 무덤의 처량함을 느끼며 백 년도 더 전에 이곳에 살던 사람들을 생각하며 오랫동안 미동 없이 앉아 있었다. 그러고는 불편한 생각에 깊게 잠겨 천천히 아래로 내려갔고, 잠을 자러 숙소로 돌아갔다.

하지만 자바빈은 잠을 설치고 곧 잠에서 깨어나 창문을 바라보며 앉았다. 그가 잠든 사이 안개가 온 섬을 뒤덮었다. 안개는 아주 짙었고, 이제 주위에 아무것도 보이지 않았다. 라디오 송전탑과 등대, 길고 어두운 돌길도 안개 뒤로 숨었고, 작업장과 공장의 굴뚝들도 자취를 감추었다.

염소들은 떼를 지어 창문 아래로 모여들어 꼼짝 않고 서 있었다. 섬에서의 삶이 마치 멈춘 것만 같았다. 안개는 모든 소리들을 삼켰으며, 오직 북쪽에서만 침묵을 깨고 고동 소리가 울려 퍼졌고, 그 소리는 구슬프고 음침하게 들려왔다.

묘지에 다녀온 후, 자바빈은 섬에 대한 묘한 감정에 사로잡혔다. 백 년 전 살다 간 등대지기가 여기에 살던 시기엔 아마 더욱 음울했을 것이란 생각이 그의 머릿속을 떠나지 않았다.

그리고 안개 때문에, 울부짖는 듯한 거친 기적 소리 때문에, 우두커니 서 있는 염소들 때문에 자바빈은 기분이 나빠지고, 대화와 사람들, 음악이 그리웠다. 자바빈은 곧바로 떠날 채비를 하고, 안개와 덮쳐오는 가을날의 이른 어스름 속에서 조심스럽게 주위를 살피며 겨우 길을 찾아 기상관측소로 향했다.

기상관측소의 소장은 아프구스타라는 흔치 않은 이름의 스물다섯 살 정도의 여자였다. 소장은 체구가 작고 다리는 매우 가늘며 짧은 머리를 하고 있어서 유난히 부드럽고 가는 목이 드러났다. 동그랗고 거무스름한 얼굴과 짙은 쌍꺼풀에 큰 눈을 가진 여자였다.

모든 섬사람은 그녀를 애칭으로 구스차라고 불렀다. 구스차가 미소를 지으면 그녀의 두 볼은 옅은 붉은색을 띠었고, 곧이어 작은 두 귀도 분홍빛으로 물들었다. 구스차를 바라보며 자바빈은 마음이 동요하였고, 그녀를 안고 숱이 많은 짧은 머리칼을 쓰다듬으며 자신의 목에 그녀의 숨결을 느끼고 싶어졌다….

무선 기사에게 전보의 원문을 넘겨 주고, 자바빈은 잠시 앉아 라디오를 듣게 해달라고 부탁했다. 구스차는 재빠르고 기꺼이, 자바빈이 느끼기에 흔쾌히 자바빈을 자신의 작은 방으로 안내

저기 개가 달려가네요

했고, 탁상 등불에 불을 붙이고 차를 끓이러 갔다.

구스차가 찻잔을 내오고, 숟가락 달그락거리는 소리를 내며 가느다란 두 팔로 테이블 위에 찻잔을 놓고 설탕 그릇에 설탕을 붓는 동안, 자바빈은 위로 말려 올라가는 꽉 붙는 바지를 아래로 잡아당기며 습관대로 다리를 꼬고 앉아 땅거미가 져 새빨갛게 빛을 내는 라디오 수신기를 켜고 가까운 노르웨이 어느 방송 신호를 잡았고, 담배에 불을 붙이고는 만족감에 입가에 미소를 지었다.

자바빈은 사랑스러운 방의 여주인을 뚫어져라 꼼꼼히 세심하게 살펴보았고, 이 아담한 방에 남향으로 난 창 하나가 있다는 사실과 책꽂이에 꽂혀 있는 십여 권의 책과 작은 카펫, 딱딱한 그러나 세심하게 정돈된 좁은 침대가 놓여 있는 것을 보았다…. 자바빈은 작업장에서 자신을 바라보던 여자 노동자들의 그 욕망 어린 노골적인 시선을 떠올리며, 웃음을 참으려고 섬과 무덤, 창문 너머의 어둠과 안개에 대해 생각하기 시작했다.

그러나 이상하게 이제는 이런 생각이 자바빈을 불안하게 하거나 괴롭히지 않았다. 오히려 아주 즐겁게 자바빈은 노르웨이 음악과 방에서 난로가 타닥타닥 타는 소리를 들으며, 은근슬쩍 구스차의 행동 하나하나를 유심히 지켜보았다.

"아, 젠장!" 잼과 구스차의 팔을 보며 자바빈이 말을 뱉었다. "미안해요…. 아시다시피, 여기저기 다니다 보면 항상 뜨거운 물에 딱딱하게 굳은 회색 빵을 먹고 고독하지요…. 아, 젠장! 수백 년에 한 번쯤 올까요, 오늘처럼 운수 좋은 날이 있네요!"

"아!" 구스차가 두 눈을 살포시 내리며 말했다.

"진심이에요!" 자바빈이 힘차게 말했다. "마당엔 안개가 자욱하고 이 저주받은 듯한 고동 소리가 무섭게 들리네요. 저녁에 호텔 방에 홀로 앉아 있노라면 생각에 잠기게 되지요. 사랑을 꿈꾸고, 성공과 행복을 꿈꾼 지가 언제였는지 아련하다는 것. 그리고 그런 건 아무것도 아니고, 세상을 방랑하노라면, 생각을 바꾸게 되고, 가족과도 멀어지게 되겠죠."

자바빈은 문득 구스차의 야릇한 시선을 포착했고, 그 뜻을 알아차리고는 얼굴을 붉혔다.

"미안합니다…." 순간적으로 자기 혐오감에 가득 찬 자바빈이 나지막이 뱉었다. "당신은 재미없을 텐데, 제가 말이 많았네요. 한 주 내내 제대로 대화할 기회가 없었는데, 오늘 같은 밤에는 그만…."

"아니에요, 괜찮습니다!" 자바빈에게 차를 따라주며 구스차가 말했다. "차 드세요!"

자바빈은 소리내어 웃으며 찻잔을 들었다. 둘은 대화를 나눴고, 자바빈은 곧 구스차가 오랫동안 여기서 근무하고 있으며 계약에 따라 벌써 임금이 두 배 올랐다는 것과 무료함에 아르한겔스크나 레닌그라드로 가고 싶어 한다는 사실을 알게 되었다.

무료함에 관해 이야기를 나누고, 두 사람이 모두 알고 있는 지인들이 누가 있는지 확인을 한 후, 사랑과 행복에 대해 이야기를 나누기 시작하면서 둘의 대화는 더욱 활기를 띠기 시작했다.

저기 개가 달려가네요

"당신은 바로 이성적인 사랑에 대해 이야기하고 계시네요." 구스차가 이성적인 사랑에 대해 전혀 말을 꺼낸 적이 없는데도 자바빈이 갑작스레 말을 꺼냈다. "모두가 사랑을 논하고, 말하고, 그리고 결정하고, 누구는 누구를 좋아해야 하는지 판단하죠. 작가들은 사랑에 관해 쓰고, 독자들은 학술대회를 개최하여, 그가 그녀를, 그리고 그녀가 그를 사랑하는 것이 적절한지, 둘 중 누가 더 좋고 높으며 이성적인지, 누가 더 공산주의 시대에 적합한지에 대해 논쟁을 펼치곤 합니다. 하지만 실은 우리 모두는 각자의 관점에서 사랑이 도대체 뭔지 밝혀낼 수 없다는 거죠! 그리고 저는 사랑에 대해 생각하면 할수록 지혜, 재능, 품위 등과 같은 자질들이 사랑 내에서 극히 작은 부분을 차지한다는 확신이 더욱 자라나더군요. 그리고 중요한 건 완전히 다른 거죠, 말할 수도, 결코 이해할 수도 없는 그런 것이죠. 멀리서 예를 찾을 필요도 없어요! 제가 아는 한 남자는 바보, 주정뱅이에다가 철면피, 품위와 양심이라곤 찾아볼 수 없는 사람이랍니다. 한번 상상해보세요, 여자들은 그 남자를 지독히도 사랑합니다. 심지어 지혜롭고 똑똑한 여자들이 말이에요. 그리고 그 남자도 여자들이 자신을 좋아한다는 사실을 알고 있고, 여자들에게 돈을 빌려대고 마치 짐승을 대하듯 여자들을 대합니다. 여자들은 모욕감에 눈물을 흘리죠. 제가 실제로 봤다니까요! 도대체 왜 그럴까요?"

"어쩌면 여자들이 알아보는 그 남자의 장점을 당신이 모르는 것이겠지요." 구스차가 진지하게 답했다.

"아이고! 뭘 알아본단 말입니까! 지혜를요? 재능을요? 넓은 아량을요? 그렇지 않아요. 그 남자는 바보에다가 뻔뻔하고 게으르다니까요! 심지어 잘생기지도 않았어요, 완전히 찌그러진 상판대기죠."

무선 기사 방에서 삑삑 소리가 났다. 이어 열쇠 소리가 들리더니 이내 잠잠해졌고 발걸음 소리가 들려왔다.

"자, 전부 승인해서 전달했습니다…. 책상 위에 보고서 올려놨어요!" 무선 기사가 크게 소리치고는 바깥 문을 쾅 닫았다. "클럽에 다녀 오겠습니다!" 이미 길가로 나간 무선 기사가 현관에서 발을 구르며 소리쳤고, 실내는 조용해졌다.

구스차의 표정은 곧바로 변했고, 마치 무언가에 놀란 듯이 뒤를 돌아 어두운 창밖을 살폈고, 자바빈을 신중하고 뚫어지도록 바라봤으며, 곧이어 얼굴을 붉힌 채 두 눈을 떨구었다. 자바빈은 마치 서른다섯 살이 아닌 듯, 군대도, 가족도, 업무도 사라진 듯, 갑자기 입이 바짝 마르며 짜릿한 설렘을 느꼈다. 젊은 날, 학창 시절 여자아이들과 사랑에 빠져 고요한 백야의 깊은 밤에 입맞춤을 하며 느꼈던 바로 그 감정이었다.

"그리고 또 행복이란 말이죠…." 자바빈이 조용히 말을 꺼냈고, 그가 말을 하는 것을 보며 지금 자바빈이 무언가 진지하고 멋진 말을 하리라는 것을 짐작한 구스차는 아름답고 부드러운 두 눈을 더욱 크게 뜨고 자바빈의 얼굴에 시선을 고정하고 평온하게 그에게 미소를 지었다.

저기 개가 달려가네요

"사람들은 보통 미래에 희망을 걸곤 하죠." 차를 조금 들이켜고 창밖의 어둠과 바다의 차가운 숨결을 느끼며 자바빈이 말을 이었다. "미래를 기대하며 시시하게, 바쁘고 재미없게 현재를 사는 겁니다…. 주위에서 그 어떤 좋은 것도 깨닫지 못하며 삶을 욕하고, 머지않아 행복이 찾아올 거라고 믿으며 그렇게 사는 것이죠. 모두가 그래요, 당신도 마찬가지고, 저 역시도…. 하지만 사실은 행복은 우리 모두에게 모든 곳에, 어디에나 존재합니다. 행복은 지금 바로 당신과 제가 함께 앉아 차를 마시는 것이고, 제가 당신을 좋아한다는 것입니다. 당신도 아시겠지만, 좋아합니다…."

자바빈은 말문이 막혔고, 숨을 돌리고는, 부끄러운 듯 겸연쩍은 미소를 지었고, 구스차는 완전히 붉게 물들어 감히 눈을 들지 못했다.

"누군가 강한 사람이 와서 우리 모두 정신 차리게 해줬으면 좋겠어요. 정말이지 계속 살면 살수록, 행복은 더 작아지더군요! 인류는 항상 청춘이지만, 우리는, 우리는 늙잖아요…. 저는 이제 서른다섯 살이에요, 당신은…."

"스물다섯이에요." 구스차는 속삭이듯 이야기했고, 붉게 달아오른 얼굴을 들어 자바빈의 눈을 똑바로 쳐다보기로 마음먹었다.

"그것 봐요! 일 년 후엔 저는 서른여섯 살이 되고, 당신은 스물여섯 살이 되겠죠. 우리 둘도, 그리고 사람이라면 누구나 한 살을 더 먹게 될 것이고, 어떤 것은 우리를 떠나며, 활력의 어떤 부분과 일정 수량의 세포들은 영원히 시들겠죠. 그러한 것들이 매년 반복될 거예요. 그리고 몸이 늙고 머리카락이 희끗희끗해지고 벗겨지며, 지금은 없는 다양한 질병들이 생길 뿐만 아니라 우리 마음도 모르는 사이에 조금씩이지만 어쩔 수 없이 결국엔 늙어갈 것이라는 게 중요한 사실입니다. 이게 무슨 행복입니까? 아니요, 여기엔 그 어떤 행복도 없어요. 그리고 저는 그냥 살아가고, 여름이 오면 행복해질 거야, 그러고는 여름이 와도 행복하지 않으면, 그럼 겨울이 오면 행복해질 거야라고 말하는 사람들이 이해가 가지 않네요…. 할 말이 없어요!"

"그럼 행복은 어디에 있을까요?" 구스차가 조용히 물었다.

"어디에 있냐고요? 저도 어디에 있는 것일까? 생각하곤 합니다. 당신은 일단 이 섬에서 벗어나고 싶어 하고, 무언가를 기다리며 일 년, 이 년 그리고 삼 년이 지나면 행복해질 것이라 생각하잖아요! 당신은 지금이야말로 행복한 거예요. 어디 아픈 곳도 없고, 젊은 데다가, 예쁜 두 눈을 갖고 있잖아요. 그렇기 때문에 지금 당신이 스물다섯 살일 때, 당신의 눈을 쳐다보는 것은 큰 기쁨이에요. 그리고 우리에겐 중요한 일이 있고, 바다가 있고, 이 섬이 있지요…. 생각해보세요!"

"말이야 쉽죠!" 믿기 어렵다는 듯 미소 지으며 구스차가 말했다.

"그래요! 물론, 세계엔 위대하고 멋진 곳이 많은데, 왜 결국 섬이냐! 물론, 아르한겔스크는 흥미로운 것들이 작은 섬보다 더 많은 곳이긴 하죠. 당신, 그리고 저 역시도 아르한겔스크나 모스크바, 레닌그라드에 대해 생각해보면 극장, 불, 박물관, 전시회, 소음, 교통 뭐 이런 것들을 떠올리죠…. 삶이란, 한 단어로! 진리입니다! 그런데 제가 저기, 집에 있으면 이 모든 사실을 인지하지 못하고, 이 모든 것들에 대해 멀리 떨어져 생각하기 시작하죠. 그런데 제가 아르한겔스크에 도착하면, 아들이 아프고, 직장에서 저녁에 회의가 있으며, 보고서를 재촉한다는 것을 가자마자 알게 되지요…. 그렇게 다람쥐가 쳇바퀴를 돌 듯 반복되는 삶을 살게 되는 거예요. 극장이나 다른 것 따위는 전혀 보이지도 않죠. 제 삶이 당신의 삶보다 나은 게 있나요? 이를테면, 좀 더 고상한가요? 아니, 아니에요, 당신이 저보다 훨씬 더 행복하답니다. 당신은 스물다섯이고, 저는 서른다섯이니까요!"

"그게 뭐가 중요한가요!" 위로 얼굴을 쳐들고 한숨을 쉬며 구스차가 물었다.

"이게 중요해요! 언제든 당신은 이곳을 당연히 떠날 것이고, 레닌그라드에 살게 될 것이고 네바 강과 다리, 이삭 성당을 보게 되겠죠…. 하지만 제 말을 믿어주세요. 당신이 이곳을 떠나면 반드시 이 섬과 섬사람들, 바다, 해조류 냄새, 솜털 구름, 태양, 소나기, 오로라, 폭풍을 머릿속에 떠올리게 될 거예요. 그리고 이곳에서의 생활이 바로 행복이었다는 사실을 수년 후에 깨닫게 될 겁니다."

"글쎄요." 구스차는 깊은 생각에 잠긴 채 말했다. "그렇게 생각한 적은 없어요…."

"맞아요, 보통 모두가 그렇죠. 우리는 지나간 것을 아쉬워하기 마련이에요. 멀리 떨어져서 보면 더 잘 보이거든요."

자바빈은 구스차를 바라보며 흥분했고, 자기도 모르게 그녀와 어디에서든 오래오래 함께 산다면 얼마나 좋을지 생각했다. 자바빈은 제 인생을 바꿀 능력이 없음을 뼈저리게 깨닫곤 이런 생각에 혼란스러웠다. 그러나 이런 생각을 떨쳐버릴 수 없었고, 이미 늦은 시간이었음에도 구스차 곁을 떠날 수가 없었다.

자바빈은 무선 기사가 클럽에서 돌아와 제 방으로 가고 나서야 떠날 채비를 했고, 들려오는 재즈 음악에 맞춰 휘파람을 불기 시작했다.

구스차는 자비빈과 함께 현관으로 나와 두 사람은 어둠에 익숙해지며 오랫동안 서 있었다.

"배웅해드릴게요, 이곳은 전선들이 팽팽하게 여기저기 뻗어 있어서요." 구스차가 자바빈의 손을 잡으며 말했다. 구스차의 손은 거칠고 뜨거웠으며 떨리고 있었다. '사랑스러워!' 자바빈은 마음으로 고마움을 전하며 곧 자기 연민을 느꼈다.

안개가 걷히고 고동 소리도 이미 오래전에 잠잠해졌으며, 머리 위로는 작은 별들이 투명하게 반짝이고 선명하게 두 줄기로 나뉘어 은하수가 흘러갔다.

어둠에 금방 익숙해진 구스차가 앞장섰고, 간신히 그녀의 밝은색 스카프를 눈으로 쫓고, 주저하면서 이끼 사이의 돌들이 많이 박힌 오솔길을 더듬더듬 찾으며 자바빈이 뒤에서 따라 걸었다. 서로 아무 말 없이 몇 분을 걷다가 구스차가 멈춰 섰고, 자바

저기 개가 달려가네요

빈도 그 순간 아래쪽에서 마을로부터 희미하게 뻗어 나오는 노란 불빛을 발견했다.

"바로, 저기예요….." 구스차가 말했다. "이제 당신 혼자 가세요, 길 잃지 마시고요. 안녕히 가세요."

"조금만 더 기다려주세요." 자바빈이 부탁했다. "담배 한 대 피울게요."

"알겠어요." 잠시 머뭇거린 후 구스차가 대답했고, 다시 자바빈의 손을 잡고 몇 걸음 더 걸어가 어느 담장에 기대어 자바빈을 바라보며 멈춰 섰다. 자바빈은 성냥불을 밝혀 구스차의 표정을 읽으려고 담뱃불을 붙였지만, 구스차 표정의 의미를 파악하지는 못했다.

아래에서 파도 소리가 일정하고 넓게 울려 퍼졌고, 밀물이 차올랐고, 쌀쌀해졌다. 가을 바다의 쓸쓸한 내음이 바람을 타고 전해졌다. 그러나 바다 자체는 깊고, 신비로운 검은색이었다.

자바빈은 문득 구스차의 얼굴빛이 창백하게 떠올랐다가, 또 어둠 속으로 사라지는 것을 보았다. 자바빈은 주위를 둘러보았고, 삼사 초 후, 후광에 둘러싸인 채 어두운 밤에 밝은 빛으로 타올랐다가 이내 꺼지는 별빛처럼 높게 뜬 등대의 흰 불빛을 발견했다. 잠시 후, 등대의 불빛은 다시 타올랐고 또 꺼졌다. 그렇게 계속 반복되었고, 뭔가 암시하는 듯한 찰나의 불빛을 보고 있노라니, 기분이 묘하고 좋았다.

자바빈은 다시 몸을 틀어 구스차를 바라봤다.

"등대네요." 자바빈이 무표정하게 말했다. "등대가 우리를 비추고 있어요."

그러고는 마치 자기 자신을 옆에서 바라보며 비난이라도 하듯이, 자바빈은 몸을 굽혀 미동도 없이 약간 벌어진 구스차의 입술에 진하게 입을 맞췄다.

아무 말 없이 구스차는 자바빈에게서 얼굴을 돌렸다. 자바빈은 구스차의 가녀린 어깨를 잡고 어둠 속으로, 바스락거리는 어느 수풀과 떫은 가을 냄새를 내며 부드러운 이끼 사이로 딱딱하고 차가운 돌의 감촉이 느껴지는 낮게 자란 질긴 나무들 사이로, 등대의 불빛으로부터 멀리 떨어진 곳으로 그녀를 데려갔다. 마침내 둘은 멈춰 섰고, 앞엔 고요한 어둠이 펼쳐져 있었으며 멀리서 바닷소리가 들려왔다.

"왜죠?" 구스차가 슬픈 목소리로 말했다. "당신은 저를 전혀 모르시잖아요! 그런데 도대체, 왜죠?"

자바빈은 다시 구스차에게 키스했다. 키스하는 동안 자바빈은 바로 이 순간이 그들이 조금 전에 이야기했던 행복일 수도 있다고 생각했음에도 불구하고 그의 얼굴엔 슬픔이 가득했고 두 눈은 감겨 있었다.

"이제 그만해요, 되돌아가죠." 구스차가 조용히 말했다.

"화내지 마세요!" 자바빈 역시 조용한 목소리로 부탁했고, 순순히 그녀의 뒤를 따랐다.

구스차는 둘이 처음 입을 맞췄던 담장 옆에 멈춰 섰고, 흐느껴

울며 자바빈의 차가운 외투에 얼굴을 묻고 바짝 다가가 안겼다.

"내일 봐요." 마침내 눈물을 닦고 한숨을 쉬며 구스차가 말했다. "이제 밤새 한숨도 못 자겠네요…. 왜, 도대체 왜 그러신 거죠?"

구스차는 자바빈을 밀어내고 마치 뛰어가는 듯한 빠른 속도로 집을 향해 걸었고, 자바빈이 떠나는 그녀를 바라보았을 때, 구스차의 뒷모습은 매우 처량해 보였다. 자바빈은 그 후로도 오랫동안 우두커니 서서 번쩍이는 등대의 섬광과 저 멀리 구스차네 집 창문에서 새어 나오는 따뜻한 빛을 바라보았다. 자바빈의 얼굴은 붉어졌고, 목이 간지러워 기침이 터져 나올 것만 같았다. 그리고 자바빈은 더욱 얼굴을 찌푸리고 신음했고, 그곳을 떠날 힘도 없었으며, 천천히 그리고 무겁게 심장이 울렁거렸다.

3

자바빈을 태우고 아르한겔스크로 돌아갈 예정인 배는 일주일 후 섬에 들르기로 되어 있었다. 앞으로 칠 일간 일상에서 벗어난 행복한 날이 약속되어 있었던 것이다! 그러나 다음 날 아침, 기상 관측소의 무선 기사가 자바빈의 사무실로 찾아와 말없이 전보를 전해주었다. 전보용지에는 '아르한겔스크에서 긴급하게 당신을 찾고 있습니다 마침표 배를 기다리지 마십시오 반점 오늘 또는 내일 스쿠너 스보이 호가 섬에 들를 예정입니다 마침표 막시모프 배상'.

자바빈은 온몸에 찬물이 끼얹어진 것 같았다. 무선 기사는 사무실을 떠났고, 자바빈은 일에 집중하려 했으나, 방금 무슨 이야기를 들은 것인지 이해할 수 없었고, 숫자도 눈에 들어오지 않았다. 일을 되는대로 처리하고 마지막 서류에 서명한 후, 지배인과 출장 일정을 취소하고 집으로 갔다.

그러나 자바빈이 마지막으로 구스차를 보러 가기로 마음을 먹은 그날 저녁 스쿠너가 섬에 도착했다. 스쿠너는 운명처럼 갑작스레 나타났고, 짧은 사이렌 소리와 돛대 위의 흰색과 녹색 불빛, 처음에는 등대에서 이후에는 기상관측소에서 수신된 전보를 통해 스쿠너가 온 것을 알 수 있었다. 자바빈은 마음을 졸이며 답장 전보를 보냈고, 스쿠너는 아침까지 정박해 있었다.

새벽 2시까지 자바빈과 구스차는 꿩들을 쫓으며 섬을 돌아다녔고, 그럴 때면 꿩들은 조용히 바스락거리는 소리를 내며 날아올랐다. 두 사람은 서로를 향한 더욱 강렬한 사랑을 키워가며 차갑고 까칠까칠한 바위 위에 앉기도 했다. 그리고 스쿠너 위의 불빛은 곧 다가올 이별을 말해주듯 항상 둘을 밝게 비추었다.

이후 둘은 기상관측소에 도착했다. 라디오 수신기는 이전과 같이 어둑어둑한 심홍색 불빛을 반사했고, 조용하고 흥겨운 음악이 흘러나왔으며, 라디오 진행자들이 중얼거리며 떠들어댔다. 두 사람은 이번에도 차를 마시고, 이야기를 나눴지만, 말수는 적었다. 서로를 더 오래 바라보았으나 아무리 보아도 충분하지 않았다….

저기 개가 달려가네요

"우리가 느끼는 이거, 뭐죠?" 구스차가 물었다. "이게 행복인가요? 말해주세요! 저는 모르겠네요….."

"그래요, 그래." 자바빈은 아무렇게나 대답했다. "그냥 기분 좋은 저녁인 거죠."

"세상에!" 구스차가 말했다. "어떻게 그러실 수 있어요…. 어떻게 떠나실 수가 있나요? 갑자기 떠난다니요! 이제 막 오셨는데 벌써 간다니요!"

"작별의 선물로 표를 주세요…." 자바빈이 느릿느릿 말했다. "어디론가 떠나는 기차표를…."

"네?" 구스차는 무슨 말인지 알아듣지 못했다. "어떤 표를 말씀하시는 건지요?"

"이런 노래가 있어요…. 그리고 어디로 가는지는 상관없지, 어디론가 떠나기만 한다면! 이런 흥겨운 노래죠. 모르세요?"

"당신이 말했었죠…." 구스차는 라디오를 돌렸다. "아들이 있으시죠?"

"둘… 둘이 있습니다! 아들 하나, 딸 하나. 이렇게 있어요, 내 사랑!"

오지 않길 바라던 냉정한 새벽이 밝았다. 창문 밖으로 하얗게 날이 밝아왔다. 자바빈은 일어서서 언뜻 거울 속에 비친 자신의 창백하고 불행한 얼굴을 본 후, 창가 쪽으로 다가가 손으로 김 서린 유리창을 닦았다.

하늘은 밝은 파란색이었고, 마치 유리로 된 것처럼 텅 비어 있는 듯했다. 바다는 거대하고 볼록하고 고요했다. 그리고 해변으로부터 약 200미터가량 떨어진 곳에 검은색 스쿠너가 마치 환영처럼 단단하게 매인 채 정박해 있었고, 돛대 위에는 불빛이 아직도 희미하게 빛나고 있었다.

시야에 들어오는 모든 것은 고요해졌다. 해안도 해수면도 고요했고, 인적도 없이 죽은 듯 조용했다.

자바빈은 창문에서 고개를 돌려 구스차를 바라보았다. 구스차는 두 손을 심장이 있는 가슴 위에 꼭 댄 채 책상에 앉아 있다. 두 눈을 감은 구스차의 작고 창백한 얼굴은 마치 잠을 자는 듯 평온해 보였다. 자바빈은 조심스럽게 외투를 입었다.

"구스차… 이제 갈 때가 되었어요." 쉰 목소리로 자바빈이 말했고, 담배를 피우기 시작했다. 그러나 웬일인지 담배가 독하게 느껴지지 않았다.

"네, 벌써요? 기다리세요! 지금… 제가 배웅해드릴게요!" 구스차가 바삐 서두르기 시작했다.

자바빈은 다시 창문 쪽으로 고개를 돌리고 몸을 굽혀 구스차의 고르지 못한 숨소리와 방 안을 분주하게 돌아다니는 발소리를 들었다.

둘은 함께 현관으로 나갔다. 자바빈은 차갑고 날카로운 공기를 들이마셨고, 몸을 웅크린 채 격렬해진 서광과 희끗희끗 서리 낀 이끼를 바라봤다. 둘은 나란히 걸었지만 오솔길을 따라 걷지 않고 직선거리를 따라 곧장 바다 쪽으로 갔다. 두 사람 발아래에서 이끼가 바삭거렸다.

썰물이었기에, 물로부터 멀리 굴림대 위에 배가 놓여 있었다. 자바빈과 구스차는 오랫동안 배를 떠밀었고, 얼굴이 새빨개진 채 숨을 헐떡거렸다. 마침내 둘은 뭍으로부터 배를 물로 밀고 들어 갔다.

자바빈은 두 손으로 노를 잡고 천천히 젓기 시작했다.

구스차는 선미에 앉아 이 순간에 특히 더욱더 거무스름하게 보이는 얼굴로 자바빈의 머리 위를 쳐다보며 뒤쪽의 노를 저었다.

물은 유난히 맑았다. 돌과 모래, 말의 꼬리같이 생긴 해조류, 미역 잎들이 둘 아래로 조용히 떠다녔다. 이따금 자바빈은 노 젓기를 잠시 멈추고 움직임 없이 어두운 분홍색의 해파리들을 넋 놓고 바라봤고, 이 순간에도 무언가에 흥미를 느낄 수 있다는 사실이 놀라웠다.

배는 스쿠너의 뱃전에 둔탁한 소리를 내며 다가가 부딪쳤다. 그 즉시 파란색 솜 깔깔이를 입고 높은 부츠를 신은 선장이 갑판으로 올라왔다. 모자도 쓰지 않은, 머리는 희끗희끗했으나 젊은, 광대뼈가 튀어나온 선장은 채 잠에서 덜 깨어 얼굴이 부어 있었다.

"자바빈 동지?" 강한 억양으로, 위쪽에서 몸을 굽히며 선장이 말했다. "끝 쪽으로요!"

자바빈은 선장에게 트렁크를 건네고 줄을 던졌다. 그리고 구스차 쪽으로 몸을 돌려 비틀거리며 배꼬리로 세 발자국 걸어갔다. 일어선 구스차는 앞을 가리는 눈물을 뚫고 자바빈의 얼굴을 바라보았다.

　둘은 아픔을 느낄 때까지 오랫동안 진한 키스를 나눴다. 그 후 자바빈은 숨을 헐떡거리며 뒤로 돌아 스쿠너 뱃전으로 기어 올라갔다. 심각한 얼굴로 그 둘을 지켜본 선장은 자바빈이 올라오는 것을 도와주었고, 재빨리 뱃머리의 수부실로 내려갔다.

　잠시 후 잠이 덜 깬 선원들이 수부실에서 기어 나오기 시작했고, 걸어가며 솜 깔깔이를 착용했으며, 스쿠너가 북적이기 시작했다. 서리가 내린 갑판이 까만 부츠 발자국으로 뒤덮였고, 디젤 모터가 소리를 냈으며, 닻줄이 쩔렁쩔렁 울려댔다. 거의 느껴지지 않을 정도로 가벼운 산들바람이 불었고, 잔잔한 물 위에 잔물결이 일기 시작했다. 머리카락이 이마에 내려왔지만 다시 올려 매만지지 않은 채 구스차는 움직이지 않고 앉아 있었다.

　선장이 직접 키를 잡고 섰고, 자바빈을 쳐다본 후 낮게 속력을 냈다. 스쿠너가 움직이기 시작했고, 구스차가 탄 배는 점점 멀어지기 시작했다. 뱃머리에 서 있던 털북숭이 선원이 짐을 묶은 줄을 던졌으며 갈라진 목소리로 외쳤다.

　"8시 방향!"

　깊은 바다 곳곳에서 여전히 푸르스름한 바위가 보이고, 해조류와 해파리가 검은 점처럼 보였다.

　자바빈은 뱃전에 서서 해안가와 구스차가 탄 배가 점점 더 멀어져 가는 것을 지켜봤다. 구스차는 그대로 더는 움직이지 않은 채 선미에 앉아 있었다. 높게 솟은 배의 검은 뱃머리는 바람결에 아주 천천히 해안가 쪽으로 돌아가고 있었다. 머릿속을 울려 퍼지는 공허한 소리가 들려왔고, 자바빈은 섬과 배를 보았고, 그의 두 눈은 말라 쓰라렸다.

위험 지대를 지나 넓은 바다로 빠져나온 스쿠너는 속력을 내기 시작했고, 선장은 키를 선원에게 넘겨주고는 수부실에서 나와 자바빈 옆에 섰다.

"내일 저녁 즈음이면 아르한겔스크에 도착할 겁니다." 선장이 나지막이 말했다.

섬은 어느새 검고 푸르스름한 줄로 보였고, 오로지 등대의 흰 망대만 알아볼 수 있었을 뿐 더는 보이지 않는다. 바다엔 세찬 물결이 일기 시작했고, 스쿠너의 선체는 디젤 모터의 동력에 떨렸다. 마침내 줄로 보이던 섬도 사라지고 주위엔 바다와 수평선 끝까지 비스듬히 매끈하게 치는 파도뿐이었다. 태양이 떠오르고 태양과 함께 동쪽으로부터 구름이 몰려왔지만 왠지 모르게 주위는 밝아지지 않았다.

"미풍이 불어올 겁니다." 선장이 하품하며 말했다. "어이! 어이! 갑판 청소, 더 신속하게!" 선장이 갑자기 날카롭게 소리쳤다. "그리고 수부실로 가시죠." 선장이 자바빈을 초대했다.

둘은 수부실로 내려와 좁은 테이블을 마주 보고 앉아 담배를 피우기 시작했다.

"한잔하시겠습니까?" 선장이 묻고는, 작은 궤짝에 손을 넣고 뭔가를 찾기 시작했다.

자바빈은 한 잔 들이켠 뒤 얼굴을 찌푸렸다.

"자, 어떠십니까?" 선장이 물었다. "한 잔 더 드릴까요?"

"괜찮습니다, 선장님!" 자바빈이 말했다. "감사합니다!"

"누굽니까, 아내 분이셨습니까?" 한동안 침묵을 지키던 선장이 물었다.

"아닙니다." 자바빈이 맥없이 대답했고, 그의 입술은 떨리기 시작했다.

"누워서 편히 쉬시지요." 선장이 권했다. "바로 이 침상을 쓰시면 됩니다."

자바빈은 고분고분 옷을 벗었고, 머리맡에 구명조끼가 놓여 있는 좁고 딱딱한 침상에 몸을 뉘었다. 수부실은 겨우 느낄 정도로 살짝 오르락내리락을 반복했다. 선체 밖에서 물소리가 들려왔다.

'음, 이게 바로 행복이지.' 자바빈은 생각했고, 곧바로 구스차의 얼굴이 떠올랐다. '이게 바로 사랑이지! 참으로 묘하단 말이지…. 사랑아! 내게 작별 인사로 티켓을 선사해주렴….'

그리고 자바빈은 슬프게 두 입술을 꽉 다물고 누워 구스차와 섬에 대한 생각을 계속했다. 구스차의 얼굴과 두 눈이 그려졌고, 목소리가 들려왔으며, 자바빈은 이미 이게 꿈인지 아니면 현실인지 분간할 수 없었다.

선체 밖에서 물소리가 들려왔고, 그것은 흥겹게 흐르며 결코 잠잠해지지 않는 시냇물 소리와 닮아 있었다.

참나무 숲의 가을

Осень в дубовых лесах

1961

저기 개가 달려가네요

우물물을 길으려고 양동이를 챙겼다. 그날 새벽 난 그녀가 배를 타고 오는 날이어서 행복감에 취해 있었다. 그런 행복이 무엇인지, 얼마나 변하기 쉬운 것인지 알고 있었다. 그래서 그녀가 오는 걸 전혀 고대하지 않았다는 듯, 그냥 물을 길으러 왔을 뿐이라는 걸 보여주려고 일부러 양동이를 들고 간 것이었다. 그해 가을엔 왠지 모르게 모든 일이 잘 풀렸다.

늦은 가을밤은 특히 고요하고 깜깜했다. 그날 난 집에서 나가고 싶지 않았지만 결국 집을 나섰다. 등에 초를 고정시키는 데 오래 걸렸다. 마침내 초를 고정시키고 불을 붙였을 때 일 분 동안 유리에 습기가 찼고 불빛이 깜빡깜빡거렸다. 결국 초에 불이 붙지 않았고 유리는 바싹 말라 투명해졌다.

일부러 집에는 불을 켜지 않았다. 활엽수 나뭇잎이 깔린 길을 따라 오카 강으로 내려갈 때 빛나는 창문이 매우 잘 보였다. 내가 들고 있는 등불은 앞으로, 모든 방향으로 떨리는 빛을 냈다. 내 모습은 마치 전철 기수(轉轍 旗手) 같았을 수도 있다. 신발 밑으로 어두운 속에서도 황금색으로 빛나는 단풍잎과 침엽수 잎 더미가 새벽에 조용히 축축해지는 소리를 낼 뿐이었다. 앙상한 매발톱나무엔 열매가 거의 달려 있지 않았다.

등불에 의지한 채 홀로 새벽길을 걷는 건 무시무시했다! 한 손으로 등불을 비추고 바스락 소리를 내며 홀로 걸으면, 온 세상이 숨죽인 채 조용히 바라보는 듯하다.

오솔길은 가파르게 경사져 있었고 집 창문의 불빛은 머지않아

꺼졌다. 길이 끝나고 아무렇게나 난 관목들, 참나무, 전나무가 펼쳐졌다. 마지막으로 높게 핀 카밀라와 전나무 가지 끝, 이름 모를 앙상한 나뭇가지들을 양동이로 스치며 지나갔다. 그럴 때면 때론 작게, 때론 크게 "붐! 붐!" 소리가 났고, 소리는 고요 속에 멀리까지 퍼져나갔다.

길은 더 가파르고 구불구불해졌고 어둠 속에서 자작나무와 하얀 나무줄기가 자주 등장했다. 그런 다음 자작나무가 있는 구간이 끝나면서 돌들이 나타나기 시작했고 신선한 공기가 느껴졌다. 비록 점 크기의 빛 때문에 아무것도 보이지 않았지만 앞에 넓은 공간이 있는 것처럼 느껴졌다. 강가로 나온 것이다.

여기서 오른쪽 멀리 있는 부표를 바라봤다. 빨간 불빛이 물에 비쳐 두 개로 보였다. 다음 내 쪽에서 훨씬 가까운 곳에서 부표가 보였고 조금씩 깜빡이는 모습이 강물에 비쳤다.

누군가 버드나무 숲 나무 사이를 지나 이 조용한 곳으로 올 때면 항상 작은 배가 정박하는 강가 쪽으로 내려갔다. 어둠 속에서 작은 샘물이 조용하게 일정한 속도로 졸졸 흘렀다. 나는 들고 있던 등불을 놓고 샘물로 가서 물을 푼 다음 마시고 손을 씻었다. 그러고는 젖은 양동이를 등불 옆에 놓고 저 멀리 나루터를 바라보기 시작했다.

작은 배는 이미 나루터 근처에 정박해 있었고 갑판마다 빨간색과 초록색 불빛이 희미하게 보였다. 난 자리에 앉아 담배를 피웠다. 손은 떨렸고 차가웠다. 갑자기 그녀가 배에 타고 있지 않다

저기 개가 달려가네요

면⋯. 어쩌면 배에서 사람들이 내 등불을 보고는 내가 배 타러 나온 거라 생각할 수도 있겠다 싶었다. 그래서 등불을 껐다.

금방 날이 어두워졌고 오직 부표만이 바늘에 찔린 듯 강가 전체에서 타올랐다. 고요함이 가득했다. 이렇게 늦은 시간에 수 킬로미터에 달하는 강가에 있는 사람은 나 혼자밖에 없을 것이다. 자작나무 숲 저 위쪽엔 어두운 마을이 있었다. 모두가 오래전 잠들었고 오직 변방에 있는 내 집에서만 불빛이 새어 나왔다.

문득 그녀가 내게 오는 긴 여정을 상상했다. 그녀가 어떻게 아르한겔스크에서 왔는지, 열차 안에서 잤는지 아니면 창문 옆에 앉았는지, 누군가와 대화를 나누었는지, 나처럼 그녀도 그동안 우리 만남을 생각했는지를 말이다. 그리고 지금 오카 강을 따라오며 그녀를 초대할 때 보낸 편지에 적었던 강가를 보고 있는지, 갑판에 나와 습기를 가득 담은 자작나무 숲의 냄새를 실은 바람을 정면으로 맞고 있는지, 김 서린 창문 너머로, 따뜻함 속에서, 아래 지방으로 내려오며 어떤 대화를 나누었는지, 만약 아무도 그녀를 마중 나오지 않는다면 어디서 내리고 잠을 잘지, 사람들이 어떻게 설명해줄지 상상해보았다.

그런 다음 난 북쪽을, 북쪽 지역을 방랑했던 시기에 어떻게 지냈는지 떠올렸다. 백야일 때 나와 그녀는 이리치[02](Anarhichas orientalis)를 잡았었다. 고기잡이들은 코를 골거나 낑낑대며 힘

02　농어목(Perciformes) 아나리카디다이과(Anarhichadidae)에 속하는 9종의 해양 어류. 북대서양과 북태평양에 서식한다.

겹게 잠들었고 우리는 간조를 기다렸다가 바다 위 갑판으로 나왔었다. 그녀는 소리 없이 배를 저었고 난 해초 더미와 깊은 물속을 바라보며 물고기의 형상을 쫓았다. 난 조용히 작살을 가져와서 희고 매서운 승냥이치의 목덜미를 작살로 찔렀다. 물에서 물고기를 잡아 끌어올렸고 승냥이치는 우리 얼굴로 뛰어오르며 교묘하게 작살에서 벗어나려 몸부림쳤고 입을 쩍 벌리며 원 모양으로 몸을 비틀다가 탄력 있게 꼿꼿해졌다. 마치 트리톤(반인반어의 바다의 신) 같았다. 그리고 나서 배 위에서 오랫동안 주둥이에 작살이 박힌 채로 꿈틀대며 몸을 떨었다.

행복했던 날, 많은 이야기를 쓸 수 있던 날, 그리고 아마도 이미 겨울을 앞둔 이 어두워진 자연을 배경으로 고요한 강에서 적막하고 조용한 나날들에 대해 쓰게 될 올해를 떠올렸다.

벌써 밤이었다. 담배를 피우자 불꽃이 손, 얼굴, 신발을 비췄지만 별을 보는 데 방해가 되진 않았다. 이번 가을엔 밝게 빛나는 별이 수없이 펼쳐져 있었으며 별 주변의 희미한 빛이 보일 정도로 밝았다. 별에 의해 강과 나무들, 강기슭의 하얀 돌, 언덕에 사각형 모양의 어두운 평원이 보였고 골짜기는 평원보다 훨씬 어둡고 향기로웠다.

나는 그 자리에서 서른 살, 쉰 살, 여든 살이든, 얼마나 오래 사는지가 중요한 게 아니라고 생각했다. 왜냐하면 몇 년이든 그 시간은 짧으며 어차피 죽는 건 끔찍하기 때문이다. 중요한 건 살면서 이런 밤을 몇 번이나 보낼 수 있는가 하는 점이었다.

배는 나루터에서 멀리 떨어져 있었다. 아직 너무 멀리 있어서 움직임을 가늠할 수조차 없었다. 배가 제자리에 있는 것만 같았다. 하지만 나루터에서 떨어졌다는 건 이제 배가 위쪽으로, 나에게 온다는 걸 의미했다. 곧 높은 음의 엔진 소리가 들렸고 갑자기 그녀가 오지 않으면 어쩌나, 그녀가 배에 타지 않았는데 괜히 기다리는 건 아닌지 덜컥 겁이 났다. 갑자기 난 그녀가 여기 오기까지의 거리와 날을 가늠해봤고 이곳에서 둘이 행복하게 지내려는 계획이 헛된 망상은 아닐지 걱정이 앞섰다.

"이게 뭐야!" 난 소리 내어 말하고 자리에서 일어났다.

더 이상 앉아 있을 수 없어서 강가를 돌아다니기 시작했다.

"이게 뭐야!"

이따금 배를 바라보며 힘없이 이를 반복했고 혼자서 양동이에 물을 길어 집으로 돌아간다면 가는 길이 얼마나 황량할지, 집이 얼마나 허전할지 생각했다. 운이 따라주지 않아 그 많은 시간과 고통에도 불구하고 재회하지 못하고 모든 일이 수포로 돌아간다면?

난 삼 개월 전 북쪽 지역을 떠날 때가 떠올랐다. 갑자기 그녀가 날 배웅하러 마을로 왔던 것, 내가 멀리 정박항에 있는 여객선으로 가기 위해 모터보트에 탔을 때 그녀가 다리에 서 있었던 것, 그녀가 계속 '어디 가는 거야? 넌 아무것도 몰라! 넌 아무것도 모른다고! 어디 가!'는 말을 반복했었다. 이미 난 모터보트에 앉아 작별 인사를 나누는 사람들, 눈물 흘리는 여자들과 소리치는 남자들 속에서 유치한 행동을 하고 있다는 걸 스스로도 알았지만 모든 걸 미래에 맡기고 떠났었다.

이제 작은 배가 가까워졌다. 난 걷지 않고 모래의 가장자리, 검은 물과 땅의 경계에 서서 눈을 가늘게 뜨고 배에 시선을 고정한 채 긴장과 기대감으로 크게 숨을 들이쉬고 내쉬었다.

갑자기 모터 소리가 잦아들더니 조종실에서 탐조등을 켰고 습기 어린 빛이 나무에서 나무를 비추며 연안을 훑어보았다. 배가 오른쪽으로 향하더니 내 얼굴로 빛을 쐈고 난 뒤돌았다가 다시 배를 바라보았다. 갑판 위에 선원이 서 있었고 아래로 내려가 연안에 건널판을 내리기 위해 뱃전을 열었다. 선원 옆엔 밝은색 옷을 입은 그녀가 서 있었다.

뱃머리가 부드럽게 깊숙한 연안으로 들어왔고, 선원이 건널판을 내린 뒤 그녀가 내리는 걸 도와주었다. 난 그녀의 여행 가방을 챙기고 조금 이동한 다음 양동이 옆에 세워 놓고서 천천히 뒤를 돌아보았다. 탐조등 빛이 나를 비추고 있어 그녀를 전혀 바라볼 수가 없었다. 비탈길 위쪽 우거진 산림에 크게 요동치는 그림자를 드리우며 그녀가 내게 다가왔다. 그녀에게 입 맞추고 싶었지만 탐조등 빛 아래에서 그러고 싶지 않아 생각을 바꿨다. 단지 우린 손으로 빛을 가리고 옆에 나란히 서서 긴장된 웃음을 지으며 배를 바라보았다. 배는 뒤로 빠졌고 탐조등 빛도 아래로 향하다 마침내 꺼졌다. 다시 연료가 나오기 시작하더니 아래 칸이 밝게 빛나는 긴 창문의 작은 배는 빠르게 강 위쪽으로 벗어나기 시작

저기 개가 달려가네요

했다. 이제 우리 둘뿐이었다.

"안녕." 내가 어색하게 말했다.

그녀는 발끝으로 서서 내 어깨를 아프게 잡고 눈에 키스했다.

"가자!" 내가 말하고 기침했다. "제길. 너무 어둡잖아. 잠깐만. 등불을 켤게."

등에 불을 붙이자 또다시 습기가 찼다. 등 유리가 바싹 마르고 투명해져서 제대로 주변을 비출 수 있을 때까지 기다렸다. 그런 다음 내가 짐 가방과 등불을 들고 앞섰고 그녀가 물이 담긴 양동이를 들고 뒤를 따라왔다.

"안 무거워?" 일 분 정도 흘렀을 때 내가 물었다.

"계속 가!" 그녀가 쉰 목소리로 말했다.

그녀는 항상 낮고 쉰 목소리를 냈고 강경하고 센 성격을 갖고 있었다. 난 오랫동안 그녀의 그런 점이 마음에 들지 않았다. 상냥한 타입을 좋아했기 때문이다. 그러나 수없이 서로를 미워하고 이별한 나날들, 셀 수 없는 편지를 주고받은 시기와 이상하고도 무서운 밤이 지난 지금은 새벽 강가에서 앞서거니 뒤서거니 하며 집으로 가면서 그녀의 목소리, 튼튼한 몸, 거친 손, 그리고 북쪽 지방 사투리가 가을 철새 무리에서 떨어져 나온 야생의 철새 같았다.

우리는 계곡이 있는 오른쪽으로 방향을 틀었다. 계곡 위엔 개암나무, 소나무와 마가목이 자랐고 누가 언제 만든 건지 모를 짧고 좁은 포장도로가 나 있었다. 우리는 어둠 속에서 등불에 겨우

의지하며 계곡을 오르기 시작했다. 우리 앞에는 반짝이는 별이 비치는 좁은 강이 흘렀다. 강을 따라 검은 소나무 가지들이 떠내려왔고 순서대로 별이 반짝였다가 없어지기를 반복했다.

겨우 숨을 고르며 나뭇잎으로 뒤덮인 오솔길에 접어들었다. 우린 가까이서 걷고 있었다. 난 갑자기 그녀에게 이곳에 대해, 사람들에 대해, 여러 작은 사건들에 대해 얘기해주고 또 보여주고 싶어졌다.

"숨을 들이켜봐." 내가 말했다. "무슨 냄새가 나?"

"와인 냄새." 걷던 그녀가 숨을 가쁘게 쉬며 대답했다. "배에 탔을 때부터 계속 나던 냄새야."

"이건 나뭇잎이야. 이리 와 봐!"

우리는 오솔길에 짐을 두고 작은 도랑을 뛰어넘고 등불을 비추면서 나무들 사이로 기어들어 갔다.

"여기 어디 있는데…." 내가 중얼거렸다.

"버섯이네." 그녀가 놀라며 뒤에서 말했다. "시라예시카 버섯이야. 드디어 원하는 걸 찾았어. 풀과 침엽수 잎, 나뭇잎 위에 흐트러져 있는 병아리의 하얀색 깃털이야."

"이걸 봐." 내가 말하고 불을 비췄다. "이 마을에 양계장이 있어. 병아리들이 자라서 방생했지. 그런데 매일 여우가 찾아와 나무들 사이에 앉아 있는 거야. 숲속에서 병아리들이 뿔뿔이 흩어지면 여우가 그중 한 마리를 잡는 거지. 그리고 이 자리에서 먹어치우는 거야."

나는 어두운색 부리에 흰 털을 가진 여우가 어떻게 입맛을 다시고 코의 솜털을 불어 날리려고 코를 흥흥대는지 상상해보았다.

"여우를 죽여야 해!"그녀가 말했다.

"나에겐 무기가 있어. 운이 좋으면 숲을 돌아다니다 만날 수 있겠지."

우린 다시 오솔길로 돌아와 가던 길을 갔다. 내 집 창문에서 빛이 새어 나왔고 난 우리가 집 안에 들어가면 무슨 일이 벌어질까 생각했다. 난 바로 술을 마시고 싶었다. 마침 직접 담근 마가목 열매 술이 있었다. 숲엔 마가목 열매가 많았다. 열매를 따서 집으로 가져와 즙을 짜고 노란색 거품을 거르고 남은 액체를 보드카가 담긴 병에 섞어 술을 담갔던 것이다.

"내가 살던 곳엔 겨울이 왔어!"그녀가 놀란 듯 얘기했다. "드비나 강은 얼었고 쇄빙선이 가는 곳에만 길이 생겨. 주변이 다 하얀데 통행로는 검은색이고… 수증기가 나와. 배가 검은 물을 따라 지날 때 얼음 주변에 있는 개들도 같이 달려. 왜인지는 모르겠지만 세 마리가 같이."

그녀가 북쪽 지방 사투리 억양으로 '세 마리'라고 말했다. 난 드비나 강, 증기선, 아르한겔스크, 그녀가 살던 백해의 마을을 머릿속으로 상상해보았다. 높고 텅 빈 이층짜리 오두막집, 검은색 벽, 침묵, 적적함.

"벌써 얼음이 얼었다고?"내가 물었다. "바다에?"

"따라잡을 수 있어."그녀가 생각에 잠겨 말을 이어갔다. 그곳에 두고 온 것을 생각하고 있는 것 같기도 했다. "사슴을 타고 돌아와야 할 수도 있어. 만약에……."

그녀가 말하다 입을 꾹 닫았다. 난 그녀의 숨소리와 발소리를 들으며 기다리다 물었다.

"만약에 뭐?"

"아무것도 아니야." 그녀가 유독 쉰 목소리로 느리게 말했다. "만약에 얼음이 점점 가까워지면 말이야!"

현관 계단을 올라 집에 들어갔다.

"오우!" 그녀가 집 안을 둘러보고 머릿수건을 벗으며 말했다.

그녀는 놀라거나 기쁠 때면 항상 특유의 느리고 낮은 톤으로 "오우!"라고 말했다.

작고 오래된 이 집은 어느 모스크바 사람한테 빌렸다. 그는 여름에만 와서 머물렀다. 이 집엔 낡은 침대와 책상, 의자를 제외하고는 가구가 거의 없었다. 벽은 딱정벌레가 갉아먹었고 전체적으로 하얀 밀가루가 묻어 있었다. 그래도 집에 응접실과 난로가 있었고 전기가 들어왔으며 두껍고 오래된 책들이 있었다. 난 밤마다 그 책들을 읽는 걸 좋아했다.

"코트 벗어!" 내가 말했다. "난로에 불을 지필게."

난 장작으로 쓸 마른 나뭇가지를 베러 문밖으로 나갔다. 행복감에 취해 정신을 차리지 못할 지경이었다. 머리는 웅웅 울리고 손은 떨렸으며 힘이 빠져서 주저앉고 싶었다. 별들이 희미하면서도 분명하게 반짝였다.

난 '눈이 올 거야'라고 생각했다. '아침이 되면 나뭇잎들이 날아다니겠지. 곧 첫눈이 내리겠어!'

오카 강엔 세 음역대의 느린 뱃고동 소리가 들렸고 언덕마다 소리가 울려 퍼지며 오랫동안 머물렀다. 아래 어딘가에는 요즘엔 거의 보이지 않는 옛날 견인선 한 척이 지나갔다. 최신식 작은 배나 짐배를 미는 밀배는 높고 얇은 소리를 짧게 낸다. 뱃고동 소리에 닭장 안에선 수탉들이 가성으로 우는 소리가 들렸다. 난 마른 나뭇가지를 자르고 장작을 챙겨 집으로 왔다. 그녀는 외투를 벗고 나를 등진 채 신문을 바스락거렸고 짐 가방에서 무엇인가를 꺼냈다. 그녀는 조금 꽉 끼는 화려한 원피스를 입고 있었다. 이런 차림의 그녀를 모스크바에 사는 누군가의 집이나 클럽에 데리고 간다면 모두가 뒤에서 비웃었겠지만 이게 그녀가 갖고 있는 것 중 가장 좋은 원피스였을 것이다. 그녀는 북쪽에선 주로 운동복 바지를 부츠에 넣어 입고 그 위에 오래되고 빛바랜 치마를 입었던 게 기억났다. 그곳에선 아주 잘 어울렸었다.

난 찻주전자를 놓고 난로에 불을 지피기 시작했다. 곧 난로에선 뱃고동 소리가, 나뭇가지에선 타닥타닥 소리가 났고 연기와 장작 냄새가 나기 시작했다.

"네 거야!" 뒤에서 그녀가 말했다.

난 뒤돌아 책상 위에 있는 큰 은빛 연어를 보았다. 연어는 어두운 색깔의 등에 아래턱 쪽으로 등이 굽어 있었다. 집에 생선 냄새가 풍기기 시작했고 다시 여행의 향수가 밀려왔다.

그녀는 백해 출신인 데다 심지어는 금빛으로 수놓인 여름 밤 바다 위 모터보트에서 태어났다. 하지만 그녀는 밤에 무관심했다. 타지에서 온 사람들은 밤의 고요와 고독에 미치는 것 같았다. 네가 이방인이라면, 모든 일에 지쳐버리고 잊힌 사람이 된 기분을 느낄 때면 밤에 잠을 이루지 못하잖아. 생각하고 또 생각하다가, '야! 아무것도 아니야. 그냥 밤일 뿐이야. 네가 평생 이곳에 있지도 않을 거고. 바다가 태양을 가져가게 내버려 둬. 이제 자자…' 하고 스스로에게 말하지.

그렇다면 그녀는 어떤가? 그녀는 밤마다 꽃무늬 커튼을 치고 푹 잤는데 그 이유는 새벽이 되면 일어나 건장한 어부들과 배를 젓고 어망에서 물고기를 빼내고 생선 수프를 끓이고 설거지를 해야 했기 때문이다. 내가 있는 곳으로 놀러 오기 전까지 여름엔 항상 그렇게 살았다.

이제 우리는 오카 강에서 마가목 열매로 담근 술을 마시고 연어를 먹으며 다양한 주제로 얘기하거나 추억을 떠올렸다. 백야일 때 우리가 이리치를 잡고, 폭풍 속에서 어부들과 그물을 잡아당기고, 뜨거운 물을 마시고 나서 고통스럽게 사레가 들렸던 추억, 등대에서 빵을 찾아 돌아다닌 것, 어느 날 밤 마을 도서관에 앉아 신발과 재킷을 벗어던지고 당시 나온 모든 잡지와 신문을 읽었던 추억을 떠올리며 이야기를 나누었다.

난 난로 가까운 쪽 바닥에 털외투의 털이 위로 오게 깔고 주변엔 찻주전자와 달콤한 과자들을 놓았다. 찻잔을 들고 그 털외투

저기 개가 달려가네요

에 누워 서로를 바라보거나 구석에서 붉게 타오르는 난로에서 불꽃이 움직이는 모습을 바라보았다. 그리고 그 자세로 더 오래 누워 있기 위해 가끔 일어나 난로 안으로 마른 나뭇가지를 넣었고 그럴 때면 불이 탁탁 소리를 내며 타올랐고 우리는 열기 때문에 뒤로 물러나곤 했다. 새벽 두 시쯤 잠에 들 수 없어 어둠 속에서 일어났다. 내가 잠들면 그녀가 나도 모르게 어디론가로 떠나버릴 것만 같은 느낌이 들었다. 난 그녀가 계속 나와 함께 있어주길 바랐다. 그럼 그녀가 언제 떠나는지도 알 수 있을 테니…. '너의 꿈속으로 들어갈 수 있게 해줘. 항상 함께할 수 있도록!'이라고 말하고 싶었다. '오래 떨어져 있으면 안 되거든.' 그런 다음 우리를 떠나 더 이상 만나지 않는 사람들은 이미 우리에겐 죽은 것이라고 생각했다. 우리도 그들에겐 죽은 것이라고. 행복이나 슬픔에 취해 잠에 들지 못하는 밤이면 이상한 생각들이 떠오른다.

"자?" 내가 조용히 물었다.

"아니." 그녀가 침대에 누워 대답했다. "난 괜찮아. 보지 마. 옷 입을 거야…."

난 벨트가 걸려 있는 벽 구석으로 가 그곳에 있는 수신기를 켰다. 튀는 소리와 아나운서 목소리가 웅얼거리는 중에 음악이 나오는 주파수를 찾았다. 어디에서 음악이 나오는지 알고 찾은 것이다. 한 남성이 낮은 목소리로 영어로 말하다가 멈추었다. 이제 음악이 나올 것이었다.

첫 음이 나오자 어떤 멜로디인지 알고 전율했다. 기분 좋을 때

나, 반대로 아플 때 항상 이 재즈 음악 멜로디를 떠올린다. 멜로디에는 슬픔인지 행복인지 알 수 없는 숨겨진 무언가가 담겨 있어 신선했다. 난 어딘가로 갈 때나 기쁠 때나, 반대로 의기소침해질 때 이 멜로디를 자주 떠올렸다. 멜로디를 들으면 우리 모두가 외롭고 불행한 채 계속해서 돌아다녔던, 새벽 내내 나나 그녀나 아무 말도 하지 않아 부끄러웠던 그 모스크바의 밤이 떠올랐다.

그녀는 모스크바에서 의미 없는 닷새를 보내고 아르한겔스크로 돌아갔다. 모든 게 모스크바 역에 항상 보이는 풍경 그대로였다. 저마다 짐을 끌었고 자동차 소리가 들렸으며 빙 둘러서서 서둘러 인사하고 헤어질 시간을 기다리고…. 그녀는 아직 며칠 여유가 있었는데 가버렸다. 난 화가 나고 슬펐다. 나 자신에게, 그녀에게 화가 났다. 그녀가 없으면 얼마나 공허할까, 슬픔을 덜어내기 위해 또다시 술을 마셔야 되는 걸까 싶었다.

"떠나지 마!" 내가 말했다.

그녀는 가볍게 웃더니 떨리는 눈동자로 나를 내려다보았다. 그녀는 초록색 불꽃이 담긴 어두운색 눈동자를 갖고 있었다. 그녀의 눈동자 색깔이 초록색인지 검은색인지 알 수가 없었다. 그러나 그때 그녀가 나를 보았을 땐 검은색이었다. 그건 확실히 기억한다.

"바보 같아!" 내가 말했다. "난 아무것도 알지 못한 채 북쪽 지방을 떠났고 이젠 네가…. 다시 원점이야…. 바보 같아! 떠나지 마!"

"이제 와서 무슨 말을 하는 거야." 그녀가 화난 목소리로 중얼거렸다.

"평생 고향에서만 살 필요는 없었어!"

"누구 집? 네 집? 어쨌든." 그녀가 직설적으로 말했다. "이제 와서 무슨 말을 해….

"호텔로 가자. 거기서 며칠 지내면 돼."

"곧 열차 출발 시간이야." 그녀가 말하며 문을 활짝 열었다.

"아니야. 잠깐만. 생각해봐! 오랫동안 편지로만 연락했는데 이제 우린 함께 지낼 수 있어. 생각해봐!"

그녀는 오랫동안 내 얼굴에 시선을 고정하며 입술을 깨물다가 결국 애처롭고 상처받은 목소리로 물었다.

"넌 내가 여기 남으면 행복할 것 같아?"

난 숨이 막히고 목이 꽉 메었다. 뒤돌아서 누군가와 부딪히고, 사람들을 뚫고 지나가면서 빠르게 열차 칸 안으로 들어가 그녀를 찾아 짐을 들고 나왔다. 아직도 그 순간 주변 사람들이 우리를 어떻게 봤는지, 누가 있었는지 기억난다.

"가자." 내가 말했다.

"표는?" 그녀가 눈을 반짝이며 물었다.

"표, 그까짓 거!" 내가 말하고 그녀의 손을 잡았다. 우리는 광장으로 나가 택시를 잡았다.

"호텔로요." 내가 말했다.

"어떤 호텔이오?" 운전기사가 물었다.

"어디든 상관없어요!"

택시가 움직이기 시작했고 벌써 네온 불빛이 켜진 신호등과 역, 사람들, 집들을 빠르게 지났다.

"늙은이, 멈춰봐요." 한 가게 근처에 멈춰 택시에서 내린 나는 와인 한 병을 샀다. 주머니에 와인 병을 넣고 돌아왔다. 난 둘이서 이 와인을 마시고 술잔을 들고 서로의 눈을 바라보는 상상을 했다. 호텔에 도착했을 땐 벌써 와인의 맛이 느껴지는 것 같았다. 호텔 리셉션으로 갔다.

"방이 없어요." 리셉션에선 차분하게 일러주었다.

"아무 데나요. 제일 나쁜 방이나 제일 좋은 방, 상관없어요!"

"남은 객실이 없어요." 리셉션에선 쉰 목소리로 반복했고 짜증스럽게 계속 울려대는 전화기를 들었다.

그녀는 호텔의 웅장한 기둥과 거울을 수줍게 바라보며 현관에서 나를 기다렸다. 그녀는 마치 내가 이 호텔의 주인인 양 부끄러움을 타며 나를 바라보았다! 우리는 택시 정류장으로 갔다.

"다른 곳으로 가자." 내가 슬퍼하며 말했다.

그녀는 불평 없이 차에 탔고 우린 모스크바를 빠르게 달렸다. 난 친구 집에 들러 돈을 빌리고 하룻밤 머물게 해달라고 하려 했지만 그의 누이가 집에 놀러 와 있었고 책상 위에 놓인 와인, 소파, 꽉 끼는 가죽신을 신은 맨다리를 보고 생각을 거두었다. 대신 돈을 더 받았다.

"다 마셔!" 친구가 내 시선을 돌리며 말했다.

"아니야. 기다리는 사람 있어. 고마워!"

한 시간에서 두 시간 정도 지났다. 우리가 가는 호텔마다 한결 같이 '남은 객실이 없어요!'라는 말만 했다. 길가로 나오며 거대한 호텔과 집들, 대부분 불이 꺼진 여러 층의 창문들을 바라보았고 이 시간 마음 편하게 자기 방에 앉거나 누워 라디오를 듣거나, 꿈에서 무언가를 읽거나, 여자를 안고 있을 사람들을 생각하자 심장이 아프기 시작했다.

결국 지쳐버린 우리는 그녀의 짐을 역 짐 보관소에 맡기고 느릿느릿하게 소콜니키로 향했다. 밤 12시였다.

"이제 어떡하지?" 내가 웃으며 물었다.

"몰라." 그녀가 맥없이 대답했다. "식당 갈까? 배고파….."

"식당들은 닫았지." 내가 시계를 보며 말했고 다시 바보처럼 웃었다. "시내 가로수길로 가자."

우리는 그녀가 사는 지역에서 데이트할 때 클럽 영화 상영에 늦지 않기 위해 바닷가를 20킬로미터 정도 걸었을 때처럼 빠른 걸음으로 걸었다. 가로등은 한쪽 길에만 켜져 있거나 하나 걸러 하나씩 켜져 있었다. 거리엔 사람이 거의 없었다. 마침내 우리는 트베르스카야 가로수길에 도착해 벤치에 앉았다.

"너네 집에 가면 안 돼?" 그녀가 기대감을 안고 물었다.

"너랑 같이 걷고 싶었던 건데! 아버지 어머니 계신데 어딜 가!"

"됐어." 그녀가 말했다. "슬퍼하지 마. 난 내일 떠나지만 아침 열차도 있잖아. 그다음엔…." 그녀가 숨을 들이쉬었다. "그다음 엔 언젠가 네가 내가 사는 곳으로 오고."

난 그녀를 안았고 그녀는 내게 바싹 붙어 눈을 감았다.

"우리 이렇게 계속 앉아 있는 거지. 그렇지?" 그녀가 더 편하게 기대려고 몸을 움직이며 중얼거렸다. "넌 좋은 남자야. 널 사랑해, 바보야. 거기 있을 때도 사랑했어. 넌 몰랐지만…. 바보. 너. 바보야!"

일 분 정도 움직이지 않고 앉아 있다가 그녀는 구두를 벗고 치마로 덮은 채 다리를 들어 올렸다.

"다리 아파." 그녀가 졸려 하며 중얼거렸다. "이 구두는 길이 들지 않아…."

옆 가로수길에 경찰 두 명이 지나갔다. 우리를 보고는 그중 한 명이 불이 켜진 쪽으로 오더니 가까이 다가왔다.

"거기, 가세요!" 경찰이 내게 말했다. "거기 있으면 안 돼요."

"왜 안 된다는 거예요?" 그녀가 당황하며 구두를 신으려 하고 있을 때 내가 물었다.

"입 다무세요! 말했어요. 가세요!"

우리는 일어나서 걸었다. 난 다시 집과 창문들을 바라보았고 계속 소파가 있는 방을 생각했다. 이제 상상 속의 방엔 희미한 분홍색 빛과 소파를 제외하고는 아무것도 없었다.

"저기, 현관으로 들어가자." 내가 확신 없이 말했다.

"들어가자." 그녀가 동의하며 약하게 미소 지어 보였다. "저기서 구두 벗을게. 계단에 앉자."

우리는 어두운 문으로 들어가 가장 멀리 있는 현관 쪽 구석으

저기 개가 달려가네요

로 가 문을 닫고 계단에 앉았다. 그녀는 바로 구두를 벗고 계단을 손으로 쓸었다.

"피곤해?" 내가 묻고 담배를 피웠다. "아이고, 모스크바에선 운이 없네."

"그러게." 그녀가 내 어깨에 볼을 댔다. "엄청 큰 도시네."

발소리가 들리더니 문이 열렸다. 문지기가 현관 안을 살피다가 우리를 발견했다.

"뭐야, 여기서 나가요!" 그녀가 소리를 질렀다. "악마가 쫓아올 거야! 고양이처럼 문 근처에서 얼쩡거리다니! 썩 꺼져요. 아니면 당장 호루라기를 불 테야!"

그리고 그녀는 앞치마 주머니에서 빛나는 호루라기를 꺼냈다. 그녀는 광대뼈가 튀어나와 있었고 노한 표정을 지었다. 우리는 다시 문밖으로 나갔고 문지기가 뒤따라 나와 욕을 해댔다. 우리는 길가에 서서 서로를 바라보며 웃음을 터뜨렸다.

"여기는 네 고향이 아니야." 내가 말했다.

"괜찮아." 그녀가 다시 날 진정시켰다. "그냥 이렇게 걷자. 아니면 역 안 벤치로 가서 조금이라도 눈을 붙일까?"

"그러자." 그렇게 말하자 나는 갑자기 힘이 났다. "세상에, 바보인가 봐. 우리 근교로 가자. 돈 있으니까 택시 잡아서 30킬로미터 정도 떨어진 곳으로. 여기선 그렇게 많이 하거든!"

길엔 택시가 느리게 지나다녔다. 난 예전에 집에 늦게 들어갈 때 새벽 택시를 보는 걸 좋아했다. 택시들은 마법에 걸린 것처럼 초록색 불빛을 내며 빠른 도시 속을 느리게 배회했다. 그 초록색 불빛을 볼 때마다 어디론가 멀리 떠나고 싶어졌다.

우린 택시를 잡았다.

"근교로 가요?" 택시 운전사가 다시 물어보고는 갑자기 눈에 띄게 뻔뻔스러워졌다. "칠 점 오 루블에 갈게요."

"알겠어요." 내가 말했다. 이젠 얼마든 상관없었다.

가는 동안 자고 싶었다. 길은 텅 비어 있었지만 서쪽은 아직 어둡고 동쪽은 해가 뜨면서 밝아지고 있었다. 밖에서부터 일정한 속도로 바람이 불어왔고 택시 안에선 기름 냄새가 코를 찔렀다.

"여기요?" 운전사가 어느 숲 근처에서 속도를 줄이며 물었다. "여기서 더는 못 가요. 지방에서 왔어요?" 택시 운전사가 그녀를 바라보며 물었다.

우린 택시에서 내렸고 해 뜨기 전 추위 때문에 몸이 덜덜 떨려 오기 시작했다.

"삼십 분이면 돼요?" 운전사가 나를 평가하듯 보며 물었다. "난 잠깐 눈 붙이고 있을 테니 와서 깨워요. 담배 있어요? 좀 피우게…."

그리고 기사는 숲 가장자리에서 뒤로 돌았고 우리는 풀이 우거진 숲으로 들어갔다. 그때 내가 유일하게 느꼈던 건 습기와 한기였다. 내 옷은 뻣뻣해지고 무거워졌으며 신발은 축축해졌고 바지 주름이 펴졌다. 숲에선 희미한 빛이 보였다. 난 그 빛을 보며 이제 무엇을 해야 할까 고민했다. 그녀는 피곤해 보였다. 얼굴은 핼쑥해지고 눈 밑엔 다크서클이 드리워졌다. 갑자기 그녀는 입을 벌리고 하품을 하더니 왜 여기로 왔는지 의아하다는 듯 지루한 표정으로 주변을 바라보았다.

"또 숲이야…." 그녀가 중얼거리더니 갑자기 나를 원망하듯이 쳐다보았다.

나도 하품을 했다. 내가 집 침대에 있지 않고 이런 습기와 추위 속에 있다는 데에 무료함과 분노를 느꼈다.

"지겨워." 그녀가 낮고 쉰 목소리로 '지겹다'는 말 대신 '지교워'라고 말하며 또다시 하품을 했다. "제발! 아무것도 하기 싫어. 그냥 돌아가자…."

"또 돌아간다고?" 나도 힘없이 말하며 하품을 했다. "술이나 마시자. 주머니에 계속 넣고 있으니까 무거워."

난 와인을 꺼내 마개를 뽑으려 했지만 너무 빽빽해서 잘 되지 않았다. 그래서 마개를 와인 안으로 밀어 넣었다.

"마셔." 그녀에게 따뜻해진 와인병을 건네며 말했다.

"싫어." 그녀가 중얼거렸지만 이내 와인병을 가져가더니 숨을 한 번 들이쉬고 와인을 마시기 시작했다.

와인 두 줄기가 그녀의 턱을 따라 흘렀다. 그녀는 콜록대다가 내게 와인병을 주었다. 난 다 마신 후 병을 던져버렸다.

"가자." 마음을 진정시키고 내가 말했다.

우리는 다시 고사리가 있는 습한 숲속과 자그마한 초원 언덕을 걸었다. 그녀는 치맛자락에 이슬이 묻지 않게 하려고 계속 치마를 들고 다녔다.

"왜 이렇게 금방 왔어?" 운전사가 묻고 비웃는 표정으로 나를 바라보았다. "성격이 안 맞아?"

"돌아갑시다!" 난 화가 났지만 그를 때리지 않으려 겨우 인내심을 쥐어짰다.

돌아가는 길에 잠에 들었다. 운전사가 모퉁이를 끝내주게 세게 돌 때면 서로의 몸이 닿기도 했다. 내 몸이 그녀에게 닿았을 때 불쾌한 기분이 들었던 기억이 난다. 아마 그녀도 불쾌했을 것이다. 새벽 5시였고 열차가 올 때까지 세 시간 정도 더 떠들어야 했다. 숙취가 올라와 상태가 별로 좋지 않았다. 몸이 무거웠고 열이 올랐다.

세 시간 동안이나 이러고 있는다는 게, 무엇보다도 집에 갈 수 없다는 게 고통스러웠다. 그녀가 떠날 때까지 함께 있어야 했다. 겨우 열차를 기다리면서 그녀를 배웅해주었다. 머리가 띵해서 무슨 말을 해야 할지도 몰랐다.

"됐어. 편지 써." 그녀가 말하고 난간을 붙잡았다.

내 안에서 그녀를 잠시 멈춰 세울 힘이 생겼다.

"화내지 마." 그렇게 중얼거린 나는 그녀의 이마에 입을 맞추고 출구로 나갔다. 그녀와 헤어지는 게 이렇게 쉽다는 것이 놀라운 동시에 슬펐다. 내 영혼 어딘가에 난 상처가 쓰라렸고, 또 창피했다.

나는 수신기 쪽으로 털모자를 끌어당겨 놓았고 우리는 서로를 껴안은 채로 가까이 앉았다. 지난 몇 달 동안 내 안에는 상실감이 자리했다. 그리고 지금은 모든 걸 찾았다. 찾고 보니 상상했던 것보다 더 좋은 것이었다.

콘트라베이스가 어둠 속에서 대위법을 찾아 풀기 어려운 문제 속을 헤매며 올라갔다 내려갔다 슬픈 음악을 연주했다. 그 느린 선율은 별이 가득한 하늘을 연상케 했다. 음악을 들으며 색소폰 소리에 불평했다. 계속 광기 어린 선율을 쏟아내다가, 가끔씩 피아노가 종말론적 화음을 넣으며 치고 들어왔다. 마치 메트로놈처럼, 음절마다 타악기를 치듯이 작은 움직임으로 리듬을 넣었다.

"불은 켜지 말자. 알겠지?" 그녀가 바닥에서 위로 시선을 향하며, 초록색 수신 장치 눈금과 그의 이글거리는 눈을 보며 말했다.

"그래." 동의한 나는 이런 밤은 평생 다시없을지 모른단 생각이 들었다. 벌써 세 시간이나 지났다는 게 슬퍼졌다. 난 처음으로 돌아갔으면, 서로를 추억할 수 있도록 다시 등불을 들고 기다리던 때로 돌아갔으면, 그래서 어둠 속에서 서로 헤어지기를 두려워했으면 좋겠다고 생각했다.

그녀는 잠시 동안 무언가를 꺼내려 일어섰다가 창문을 바라보고 쉰 목소리로 말했다.

"눈이다…."

나도 자리에서 일어나 창문 너머 어둠을 바라보았다. 소리 없는 눈이 내렸다. 올해 가을 첫눈이었다. 난 내일 낮 숲에 쌓인 마른 나뭇가지 주변에 쥐의 발자국이, 밤마다 토끼들이 갉아먹는 아카시아 나무 주변에 그들의 흔적이 어떻게 남아 있을지 상상해보았고 내 총을 떠올리고는 기쁨에 전율했다. 눈이 내리고 그녀가 왔다는 것, 우리가 함께 있으며, 음악을 들을 수 있다는 게 얼마나 좋은가. 우리의 과거, 과거보다 나을 미래를, 그리고 내일 그녀를 내가 가장 좋아하는 장소로 데려가 오카 강, 평야, 언덕, 숲과 계곡을 보여주는 걸 상상해보았다.

밤은 지나갔다. 우린 잠에 들 수 없어 귓속말로 속삭이며 서로를 잃을까 두려워 껴안았고 다시 난로에 불을 지펴 불이 타오르는 걸 지켜보았다. 붉은빛이 우리 얼굴을 달궜다. 우린 7시가 다 되어서야 잠에 들었다. 창문 밖이 푸르러졌고 집에 깨울 사람이 아무도 없었기 때문에 오랫동안 잠에 빠져 있었다. 자는 동안 해가 떠서 눈이 약간 녹았다가 다시 얼었다.

우린 차를 마신 후 총을 챙겨 집을 나섰다. 하얀 겨울빛이 우리 눈을 강타했고 공기는 매우 깨끗했으며 바람이 세게 불었다. 눈은 그쳤지만 여기저기에 얼음층이 생겼다. 얼음은 뿌연 색으로, 불투명했다. 외양간에서 향기로운 수증기가 날아왔고 송아지들이 서로 밀치자 나무로 된 다리를 구르는 것처럼 큰 소리가 났다. 아직 얼음 위쪽에 있는 걸쭉한 거름이 얼지 않았기 때문이었다. 송아지 몇 마리가 꼬리를 위로 들고 다리 사이 곱슬곱슬한 털을 정리하며 하얀색 가을 작물을 밟으며 놀았다. 그들이 오줌을 눈 곳엔 축축한 어린 호밀 같은 에메랄드 점이 생겼다.

길을 걷는 건 우리가 처음이었다. 바큇자국은 흐릿하게 펼쳐져 있었지만 얼음 밑에 진흙 섞인 물이 있었고 신발로 얼음 표면을 깨자 갈색 얼음이 튀었다. 숲의 얼음 밑에서 겨우 노래져가는 늦게 핀 민들레가 삐져나왔다. 얼음 속에 꽁꽁 언 나뭇잎과 침엽수 잎, 마지막으로 열린 버섯들이 있었고 우리가 발로 얼음을 깨자 소리를 내며 부러지거나, 튀어 오르거나, 오랫동안 얼음 위를 굴러다녔다. 우리가 밟고 있는 얼음은 내려앉았고 멀리까지 바삭거리는 소리가 뻗어나가 앞, 뒤, 옆에서 울렸다.

멀리서도 언덕들 위 평원에 습기를 머금은 초록빛이 보였고 마치 밀가루를 뿌려놓은 것처럼 건초 더미가 시꺼메졌다. 숲은 검게 보였고 나무가 거의 없었으며 바람이 불었고 오직 하얀 자작나무만이 눈에 띄었다. 자작나무 줄기는 초록빛으로 번들거렸고 이리저리 휘청거렸다. 숲 언덕 어딘가에 아직 나무에서 떨어지지 않은 마지막 꽃이 피어나 빛났다. 숲을 관통하는 강은 매우 길었으며 눈으로 보았을 때 춥고 텅 비어 있었다. 우리는 눈이 쌓인 계곡을 따라 내려갔다. 눈이 깊이 쌓인 곳에서는 멈춰 섰고 처음엔 지저분한 발자국을, 이내 깨끗한 발자국을 남겼고 사시나무를 벌목한 장소 근처 우물에서 목을 축였다. 움직이지 않는 우물 밑바닥엔 단풍나무와 참나무 잎사귀가 빽빽하게 가라앉아 있었다. 벌목된 사시나무에서는 쓰고 찬 기운이 돌았으며, 그 나무는 호박색을 띠고 있었다.

"좋아?" 내가 그녀를 바라보며 물었고 경탄했다. 그녀의 눈 색깔은 초록색이었다.

"좋아!" 그녀가 입술을 축이고 사방을 둘러보며 말했다.

"백해보다 더?" 내가 또 물었다.

그녀는 다시 강과 계곡 위쪽 경사면을 바라보았다. 그녀의 눈이 다시 초록색으로 빛났다.

"음, 백해는…." 그녀가 애매하게 말했다. "거기… 그곳은…. 여긴 참나무가 있네." 그녀가 하던 말을 바꾸며 말했다. "어떻게 이런 장소를 찾아냈어?"

난 행복감을 느꼈지만 무언가 이상하고 두려운 기분도 들었다. 이번 가을엔 일이 다 잘 풀렸다. 마음을 진정시키려 담배를 피웠고 주변은 담배 연기와 입김으로 뿌예졌다. 알렉시나 쪽 오카 강에 작은 배가 나타났다. 배는 빠르게 하류로 내려왔고 파도를 일으켰다. 우리는 조용히 그 광경을 지켜보았다. 배에선 엄청난 양의 수증기가 뿜어져 나왔고 배에서, 어두운 색깔의 물 위로 난 구멍에서 물줄기가 흘러나왔다.

배가 방향을 틀어 보이지 않게 되었을 때 다시 오카 강을 위에서 내려다보려고 우리는 서로 손을 잡고 나무가 얼마 남아 있지 않은 환한 숲을 오르기 시작했다. 마침내 함께하게 된 꿈을 꾸듯 우리는 아무 말 없이 조용히 걸었다.

저기 개가 달려가네요

간이역에서

На полустанке

1954

저기 개가 달려가네요

음산하고 쌀쌀한 가을이었다. 통나무로 된 나지막한 간이역이
비를 맞아 거무스름했다. 이틀째 거센 북풍이 불어 다락방 창문
이 휘파람 소리를 냈고 간이역의 종이 잉잉거렸으며, 앙상하게
마른 자작나무 가지가 세차게 흔들렸다.

부러진 말뚝 옆에 머리를 낮게 숙이고 부석부석한 다리를 벌
린 채 말 한 마리가 서 있었다. 바람에 말의 꼬리가 한쪽으로 날
렸다. 갈기와 마차 위의 건초를 살살 흔들고 말고삐를 잡아당겼
다. 그러나 말은 고개를 들지도, 눈을 뜨지도 않았다. 아마도, 무
언가 심각한 생각에 잠겨 있거나 졸고 있음에 틀림이 없었다.

마차 옆에는 가죽 코트를 입은 주근깨투성이의 털북숭이 남자
가 험상궂고 답답하고 밋밋한 얼굴로 트렁크 위에 앉아 있었다.
남자는 담배를 자주 빨아대며 침을 뱉고 손가락 마디가 짧은 뻘
건 손으로 턱을 쓰다듬으며 땅을 우울하게 내려다봤다.

그 옆에는 머릿수건에서 머리카락 뭉치가 삐져나오고 눈이 퉁
퉁 부은 여자가 서 있었다. 창백하고 피곤해 보이는 그녀의 얼굴
에는 이미 어떤 희망도, 바람도 더 이상 없었다. 표정은 차갑고
무감했다. 애수에 찬 검은 두 눈에는 말로 다 할 수 없는 고통이
서려 있을 뿐이었다. 연골이 돌출되어 도드라진 남자의 흰 귀에
서 눈을 떼지 않은 채, 바람이 부는 쪽으로 등을 돌리기 위해 더
러운 장화를 신은 짧은 다리를 끈질기게 내디뎠다.

낙엽은 조용히 바스락거리며 승강장을 쓸며 굴러다녔고, 몇몇
무더기로 뭉쳐 저마다 서글픈 자신의 이야기들을 속삭이며 들

려주었다. 이후 바람에 흩어진 채 다시금 축축한 땅 위에서 바람에 말려 공중으로 소용돌이쳤다가 웅덩이에 빠져 물에 닿자 이내 잠잠해졌다. 주변은 습기로 가득했고 시리도록 추웠다…….

"그, 인생이란 거, 어떻게 바뀌었어? 응?" 남자는 갑작스레 말을 꺼냈고 입술로만 가볍게 웃었다.

"이제 난 일이 잘돼가고 있어! 이제 내가 집단농장에 있을 필요 없잖아? 집? 집은 엄마와 누이가 가지면 되지 뭐. 딱히 아쉽진 않아. 난 도시로 갈 거야. 지금 코치 붙여준다고 하고, 아파트도 하나 준다고……. 우리나라에서 역도 선수로 산다는 게 어떤지 알아? 경쟁하면서 알게 된 건데, 가장 뛰어난 선수들이 일급 선수가 되는 경우가 흔치 않더라고. 그런데 나는 마스터 중량을 그냥 들잖아! 뭔 소린지 알겠어?"

"그럼 나는?" 여자가 조용히 물었다.

"너는 뭐?" 남자는 여자를 곁눈질로 흘겨보곤 기침을 한 차례 뱉었다. "이미 이야기가 다 된 거잖아. 가서 자리 잡으면, 다시 올게. 나 이제 시간이 없어……. 기록 세워야지. 모스크바로 또 가서, 본때를 보여줄 거야. 하나 아쉬운 게 있는데, 전에는 이 체계를 몰랐다는 거? 오래전부터……. 그 사람들이 어떻게 사는지 알아? 운동하는 거지……. 그렇지만 나에겐 타고난 힘이 있어, 두고 보자 애송이들, 가서 모조리 찍어 눌러버리겠어. 해외로 갈 거고, 편안한 삶이 시작될 거야. 그러길 바라! 음, 그래……. 그리고 너에게 올 거야……. 나중에… 편지 쓸게……."

멀리서 희미한 기차 소리가 들려오기 시작했다. 날카롭게 늘어지는 경적 소리가 음산한 오후의 쓸쓸한 정적을 갈라 놓았다. 역의 문이 쾅 하는 소리를 냈고, 기름때가 묻어 검게 얼룩진 붉은 제모를 쓴 역장이 제복 옷깃에 얼굴을 파묻고 잠이 채 가시지 않은 얼굴로 승강장으로 걸어 나왔다.

역장은 고독한 승객들을 곁눈질로 흘겨보고는 궐련을 꺼내 손가락으로 구겨 쥔 채 담배 냄새를 코로 들이켰고 하늘을 잠시 응시한 후 주머니에 도로 집어넣었다. 이후 하품을 하고는 쉰 목소리로 "몇 호 차입니까?"라고 물었다.

남자는 짧고 굵은 목 위의 머리를 힘겹게 돌린 다음 역장의 새로운 덧신을 바라보았고, 표를 꺼내기 위해 주머니에 손을 넣었다. "9호 차입니다. 어디로 가면 되죠?"

"흠-흠….." 역장이 중얼거렸고 다시 한번 하품을 했다. "9호 차라고요? 그럼… 9호 차라. 그런데 날씨가 참으로 개같군요. 아이고…." 역장은 얼굴을 돌리고 웅덩이를 피해 짐칸으로 허둥지둥 다가갔다. 기차는 숲 너머에서 모습을 드러냈고, 속력을 낮추며 빠르게 가까워졌으며, 맥없이 높고 가는 경적 소리를 한 차례 더 뱉어냈다. 남자는 일어나 담배를 버렸고 여자를 바라보았다. 여자는 웃으려고 애썼으나 입술이 말을 듣지 않은 채 떨렸다.

"아 또, 이제 그만해!" 트렁크를 들기 위해 몸을 굽힌 채 남자가 투덜거리며 말했다. "내 말 들었어? 이제 그만하라고 내가 말하잖아!"

두 사람은 다가오는 기차를 향해 승강장을 따라 천천히 걸었다. 여자는 남자의 얼굴을 애타게 바라봤고, 소매를 붙잡은 채 놀라 허둥대며 말했다.

"가서도 몸 챙기고, 너무 높게 올라가지는 말고…. 그러지 않으면 혈관 같은 게 터질 수도 있으니…. 몸 생각해, 너무 몸 상하게 하지 말고…. 난 뭐 할 거냐고? 난 기다릴 거야! 신문에서 당신 이야기를 찾아볼 거야…. 당신은 내 꿈 꾸지 마. 난 당신을 사랑해, 그래서 이렇게 울고, 생각하는 거야…."

"아 좀, 그만해!" 남자가 말했다. "말했잖아— 올게…."

땅을 뒤흔들고 열기와 눅눅한 증기를 내뿜으며 기관차가 그들 곁을 지나갔다. 그러고는 지친 객차들이 하나, 둘, 셋 천천히 또 천천히 속력을 줄여가며 다가왔다.

"저기 9호 차다!" 여자가 재빨리 말했다. "기다리자!"

9호 차는 부드럽게 그들 옆에 멈춰 섰다. 객차 승강장 안은 지치고 창백한 얼굴을 한 승객들이 모여 붐볐고, 승객들은 호기심 어린 표정으로 창밖을 내다보았다. 창문 뒤에 줄무늬 잠옷을 입고 면도를 하지 않은 뚱뚱한 사람이 이맛살을 찌푸리고 창틀을 세게 잡아당기며 서 있었다. 창틀은 꿈쩍도 하지 않았고, 그 승객은 고통스러운 표정으로 얼굴을 찌푸렸다. 마침내 창문이 열렸고, 승객은 곧바로 얼굴을 내밀고는 눈을 가늘게 뜨고 미소를 지은 채 간이역을 둘러보았고, 여자를 발견하고는 더 크게 미소를 짓고 가볍게 소리쳤다. "아가씨, 여기 무슨 역인가요?"

"룬단카 역입니다." 승무원이 쉰 목소리로 대답했다.

"시장 열리나요?" 잠옷을 입은 승객이 여전히 여자를 응시한 채 물었다.

"장은 열리지 않아요." 승무원이 다시 대답했다. "이 분간 정차합니다."

"왜 그렇게 짧게 정차하죠?" 여전히 여자를 응시한 채 승객이 깜짝 놀라 물었다.

"창문 닫으세요!" 객차 안에서 까탈스러운 목소리가 들려왔다.

잠옷을 입은 승객은 살이 찐 등을 보이며 돌아섰고, 그 후 아쉽다는 듯 미소를 지으며 창문을 닫더니, 마치 증발한 듯 갑자기 사라졌다.

남자는 트렁크를 객차 발 디딤대에 세워둔 후 여자를 향해 돌아섰다.

"그럼, 이제 작별 인사를 하지." 남자는 힘겹게 말을 꺼냈고 두 손을 주머니에 찔러 넣었다.

여자의 두 뺨을 타고 눈물이 흘러내렸다. 여자는 흐느껴 울었고, 남자의 어깨에 머리를 파묻었다.

"보고 싶을 거야." 여자가 속삭이며 이야기했다. "좀 자주 편지해… 알겠지? 편지… 써. 돌아올 거지?"

"이미 말했잖아." 남자가 기겁하여 마지못해 말했다. "눈물 좀 닦아… 좀!"

"난 괜찮아." 여자가 헐떡이며 속삭였고, 재빨리 다람쥐 같은 눈물을 훔치며 남자의 얼굴을 사랑스럽게 바라봤다. "나 혼자 남아. 내가 말한 거 기억해…."

"기억하고 있어, 나더러 어쩌라고!" 고개를 들어 올리고 두 눈을 움직이며 남자가 침울하게 중얼거렸다. "그런데 나에게는… 내 모든 인생이 당신을 위한 거야…. 당신도 그걸 알잖아!"

"말했잖아…." 무관심한 눈빛으로 자신의 발밑을 보며 남자가 투덜거렸다.

떨리는 약한 소리로 종이 두 번 울렸다. "승객 여러분, 객차에 탑승하여 대기해주시기 바랍니다…." 승무원이 말하며 첫 번째로 황급히 승강장에 올라섰다.

여자의 얼굴은 창백해졌고, 한 손으로 입을 틀어막았다.

"바샤!" 여자가 소리쳤고 그 순간 뒤를 돌아본 승객들을 멍한 눈빛으로 바라봤다. "바샤! 키스 한번 해줘…."

"내가 뭘…." 남자는 중얼거렸고, 지칠 대로 지친 채로 곁눈질로 앞을 보고는 여자 쪽으로 몸을 구부렸다. 그러고는 마치 힘든 일을 마친 것처럼 다시 몸을 똑바로 폈다. 여자는 가볍게 탄식했고 실룩이는 입술을 깨물었으며, 두 손으로 얼굴을 가렸지만, 곧바로 두 손을 치웠다….

열차들 아래에서 씩씩거리는 소리가 났고, 기관차는 낮은 소리로 앞으로 경적을 울렸다. 그러자 마찬가지로 숲에서 짧고 공허한 메아리가 들려왔다. 열차는 눈으로 겨우 보일 정도로 미세하게 움직였다. 침목들이 삐걱거리는 소리를 내기 시작했다. 남자는 발 디딤대 위에 서서 침울하게 여자를 바라봤고, 그 후 얼굴을 붉히며 크지 않은 소리로 외쳤다.

"잘 들어…. 난 이제 돌아가지 않아! 들어봐…." 남자는 이를 보이며 웃었고, 공기를 힘껏 들이마신 후, 승강대에서 트렁크를 집어 들고 옆으로 객차 승강장에 올라서며 무언가 알아들을 수 없는 잔인한 말들을 더 뱉어댔다.

여자는 그렇게 곧바로 고꾸라졌고, 머리를 숙였다…. 그녀 곁으로 열차들이 피뜩피뜩 지나갔고, 침목들이 잠잠하게 숨을 내쉬었으며, 뭔가가 삐걱거리고 빽빽거리는 소리를 냈다. 그러나 여자는 눈도 깜빡이지 않은 채 주의 깊게 선로 위 중유의 무지갯빛 얼룩점을 바라보았다. 그 얼룩은 순간 바퀴 아래에서 사라졌다가 다시 모습을 나타내기를 반복했다. 마치 얼룩이 그녀에게 손짓하고 부르는 듯, 여자는 깊은 생각에 잠긴 채 벌벌 떨며 자신도 모르는 사이 점점 가까이 다가가며 얼룩을 바라봤다. 여자는 긴장했고, 견딜 수 없이 아파오는 심장에 손을 꽉 댔으며, 그녀의 소심한, 아직 어린아이 같은 입술은 점점 더 창백해져갔다….

"몸 챙겨!" 갑자기 그녀의 머리 위에서 거친 외침이 들려왔다.

여자는 몸을 떨었고 눈을 깜빡였으며, 무지갯빛 얼룩은 반짝였고, 침목의 삐걱거리는 소리와 바퀴가 쿵쿵 굴러가는 소리가 멎었다. 그리고 여자는 고개를 들어 완충기 위 빨간 원형 열판이 달린 마지막 열차가 거의 공중에 뜬 것처럼 소리 없이 점점 멀어져가는 것을 바라보았다. 그때 여자는 낮게 뜬 무심한 하늘 쪽으로 고개를 들고 얼굴에 스카프를 대고 휘청거리며 농촌의 아낙네의 울음소리로, 마치 취한 것처럼 울부짖기 시작했다. "떠–났–어…!"

기차는 곧 가까운 숲으로 자취를 감추었다. 주위가 조용해졌다. 땅에 두 발을 질질 끌며 역장이 다가와 여자의 등 뒤에 멈춰 섰고 하품을 했다.

"떠났어요?" 역장이 물었다. "음, 네…. 오늘 모두 떠나네요."

역장은 잠시 침묵한 후, 시원하게 침을 뱉고는 발로 침을 문질러 닦았다.

"곧 저도 떠나요…." 역장이 중얼거렸다. "우린 남쪽으로 떠날 겁니다. 이곳은 무료하고, 비도 자주 오죠…. 그러나 그곳, 남쪽 어딘가에는 따뜻한 날씨가 기다리고 있죠! 그– 이름이 뭐더라? 삼나무들도 있고…."

역장은 여자의 몸매를 훑어봤고 오랫동안 더러운 부츠를 바라봤으며 크지 않은 소리로 무관심하게 물었다.

"당신 '크라스늬 마야크 마을' 출신 아니신가? 네? 뭐, 그래요…. 그렇지요…. 날씨가 엉망이죠, 사실!"

그러고는 두 다리를 질질 끌며 힘겹게 웅덩이를 피해 떠났다.

여자는 텅 빈 승강장에 오랫동안 서 있었고, 바로 앞만 바라볼 뿐, 어둡고 습한 숲도, 희미하게 빛나던 선로도, 시든 갈색 풀도, 그 어느 것도 바라보지 않았다…. 여자에게는 그저 남자의 주근깨투성이 거친 얼굴만이 보였다.

마침내 숨을 깊게 내쉬고 눈물 젖은 얼굴을 닦고 말에게 다가 갔다. 묶어 놓은 끈을 풀고, 가슴걸이를 제대로 놓고, 건초 더미 를 뒤적거린 후, 미끄러지듯 마차 안으로 들어가 고삐를 쥐었다. 말은 몸을 뒤로 젖혔고 꼬리를 맥없이 흔든 후 스스로 방향을 틀 었고, 힘겹게 발걸음을 옮기며 작은 정원과 건초 더미, 시골길에 십자가 모양으로 쌓아 올려진 침목을 지나 걸어갔다.

　여자는 아치형 천장 꼭대기를 바라보며 미동도 없이 앉았고, 그 후 마지막으로 간이역을 유심히 바라본 후 마차 안에 엎드려 누웠다.

12월의 연인

Двое в декабре

1962

저기 개가 달려가네요

1

그는 그녀를 오랫동안 역에서 기다렸다. 춥지만 해가 떠 있고 모든 것이 좋은 날이었다. 스키를 타는 사람이 많았다. 그는 아직 모스크바에서 치우지 않은 눈을 밟을 때 나는 뽀드득 소리도 좋았다. 자신의 모습도 마음에 들었다. 그는 무릎까지 오는 털양말에 튼튼한 스키화를 신고 두껍고 보풀이 나 있는 스웨터를 입고 차양이 달린 오스트리아산 모자를 쓰고 있었다. 그중에서도 제일 마음에 든 건 스키화와 가죽끈으로 고정시킨 멋지고 고급스러운 스키였다.

그녀는 언제나처럼 늦었다. 예전엔 화가 났지만 지금은 별 불만이 없었다. 지각이 그녀의 유일한 단점이기 때문일 것이다. 지금 그는 스키를 벽에 세워두고 편안한 마음으로 그녀가 나타날 듯한 방향을 바라보며 다리가 얼지 않도록 조금씩 제자리에서 발을 움직였다. 그렇다고 행복한 건 아니었다. 그저 마음이 편안했고 그 상태가 좋았다. 그리고 차분히 생각하니 직장 사람들이 자신에게 호의적인 것부터 직장에서도 가족에게도 별일이 없다는 것과 이번 겨울까지 모두 마음에 들었다. 12월이었지만 쨍쨍한 햇빛과 반짝거리며 빛나는 눈을 보고 있자니 마치 3월 같았다. 가장 중요한 건 여자친구와 잘 만나고 있다는 점이었다. 힘든 싸움, 질투, 의심, 불신, 갑작스러운 전화벨, 숨소리만 이어지는 침묵, 심장이 아팠던 순간은 모두 지났다. 정말 다행이다. 이제 둘 사이에는 다른 감정이 싹텄다. 바로 편안함, 신뢰감, 부드러움이었다. 지금은 그렇다!

마침내 그녀가 도착했고 그는 가까이서 그녀의 얼굴과 몸매를 바라봤다.

"오! 이제 왔네…." 그가 말했다.

그는 세워 두었던 스키를 들고 그녀가 숨을 고를 수 있도록 천천히 걸었다. 그녀는 허겁지겁 와서 그런지 가쁜 숨을 들이쉬고 내쉬고 있었다. 빨간 모자를 쓴 그녀의 이마로 머리카락 몇 가닥이 내려와 있었고 어두운색 눈은 항상 옆을 흘겨보며 떨고 있었고 코에는 작은 주근깨 하나가 올라와 있었다.

그는 기차에서 물건을 꺼내려다 그녀보다 조금 뒤에 서서 그녀의 뒷모습과 다리를 바라보고, 문득 그녀가 얼마나 아름답고 옷을 잘 입었는지를 깨닫고 항상 예쁘게 하려다 보니 늦는 것이 아닌가, 일부러 이마로 머리카락이 삐져나오도록 한 게 아닌가, 그렇다면 감동적이고 사려 깊은 거란 생각이 들었다.

"해가 뜨다니! 너무 멋진 겨울이다. 그치?" 그가 표를 챙기는 동안 그녀가 말했다. "뭐 잊은 거 없지?"

그는 고개를 저었다. 문득 가방이 매우 무겁다는 걸 느끼고 너무 많은 짐을 챙겨온 게 아닌가 싶었다.

열차 칸은 배낭과 스키로 가득했고 사람들이 소리치거나 서로를 부르거나 부산스럽게 자리에 앉거나 스키를 두들겨 매우 시끄러웠다. 창문은 투명하고 차가웠으나 난로가 딸린 구멍가게에서 건조한 열기가 뿜어져 나왔다. 그는 기차가 움직일 때 창밖

저기 개가 달려가네요

으로 햇빛이 반사된 눈을 바라보며 발아래에서 빠르고 부드럽게 굴러가는 바퀴 소리를 듣는 게 좋았다.

2

이십 분쯤 지났을 때 그는 담배를 피우러 화물칸으로 나갔다. 바깥문의 절반은 유리가 없었고 플랫폼에 차가운 바람이 불었으며 벽과 천장에 서리가 서려 있었고 서리와 철 냄새가 강하게 났다. 열차 바퀴는 덜덜거리는 소리가 아닌 덜컹거리는 소리를 냈으며 선로도 낮고 둔탁한 소리를 냈다.

그는 담배를 피우며 유리문을 통해 열차 안을 이리저리 살피고는 의자에 앉아 있는 승객들을 바라봤다. 그는 자신만큼 오늘과 내일을 잘 보낼 사람은 없을 거라는 생각이 들자 약간 동정하는 마음이 일었다. 그는 다른 사람과 함께 짝 지어 다니는 활기찬 얼굴의 아가씨들도 바라보았는데 젊은 아름다움을 볼 때면 늘 그렇듯 약간은 슬프고 걱정스러운 마음이 들었다. 그러다 그는 자기 애인을 보고 기뻐했다. 젊고 예쁜 아가씨들 중에서도 그녀가 제일 아름다웠다. 그녀는 긴 속눈썹에 생기 없는 얼굴과 어두운 눈동자로 창문을 바라보고 있었다.

그 역시 밝은 빛과 바람 때문에 실눈을 뜨고 유리가 없는 쪽으로 문밖의 눈과 풍경을 내다봤다. 옆으로 눈으로 뒤덮여 삐걱거리는 나무 화물칸이 지나갔다. 이따금 화물칸에 파란색 합판으로 만들어진 간이식당이 있었고 식당 지붕 위에는 파란색 연기가 피어나는 철로 된 굴뚝이 솟아 있었다. 그리고 그는 옆 열차가 휙휙 지나가는 소리를 들으며 간이식당에 앉아 난로에 몸을 녹이며 맥주를 마시는 게 얼마나 좋은지에 대해 생각했다. 모든 게 좋았다. 아름다운 겨울, 행복감, 사랑하는 사람이 있고 바로 그 사람이 열차 칸에 앉아 있다는 것, 그녀를 볼 수 있고 그녀와 시선을 나눌 수 있다니! 감사할 수 있다는 것마저 기뻤다. 그녀가 없었을 때 수없이 많은 밤을 외로이 보내거나 동료와 거리를 거닐며 토론을 하거나 상대성이론 등 어려운 주제에 대해 논의하고 집에 돌아와서 우울했었다. 그는 시를 지은 적도 있었는데 애인이 없던 그 동료에게 보여주면 마음에 들어 했었다. 지금은 결혼했지만….

  그는 사람이 이상하게 만들어졌다고 생각했다. 그는 변호사로, 벌써 서른 살이었지만 그 어떤 특별한 성과를 이루지도, 번뜩이는 아이디어를 생각해내지도 못했으며 어린 시절 꿈꿨던 시인도, 챔피언도 되지 못했다. 꿈꾸던 것과 달리 평범한 직업을 얻었고 영광스러운 일도 없었기 때문에 슬플 이유는 많지만 조금도 슬퍼하거나 괴로워하지 않았다. 오히려 지금이 좋았고 편안하게 잘 살고 있었다. 마치 어린 시절 꿈꿔왔던 모든 게 이뤄진 것처럼 말이다.

  평소에 그가 걱정하는 단 한 가지는 여름 계획이었다. 11월부터 여름휴가를 어디로 갈지 생각하고 고민했다. 비록 휴가 기간은 짧아도 미리 모든 계획을 짜야 했고 휴가를 망치지 않도록 가장 괜찮은 장소를 고심해서 골라야 했기 때문에 항상 휴가 계획을 짤 때면 끝나지 않을 것처럼 느껴졌다. 그는 겨울과 봄 내내 걱정하며 여행지로 어디가 좋을지, 자연환경과 사람들은 어떤지, 어떻게 가야 하는지 꼼꼼히 알아보고 계획을 짜는 걸 오히려 여행과 휴가 자체보다 더 재미있다고 느끼기도 했다.

3

그는 이번 여름에 시냇가로 떠나볼까 생각하고 있었다. 시냇가에 텐트를 가져가 고무보트에 바람을 넣으면 인도식 파이처럼 부풀어 오를 것이고…. 그렇게 모스크바와 아스팔트 도로와 여러 절차들과 법률 상담에서 벗어나 떠나는 것이다!

그는 그녀와 처음으로 여행을 갔던 추억을 떠올리기도 했다. 당시 에스토니아에 위치한 아주 작은 도시에 출장이 있었다. 그들은 버스를 타고 새벽이 다 되어 왈다이[03]에 도착했는데 칠흑 같은 어둠 속 음식점 하나에 불이 켜져 있었다. 그는 독한 술을 마시고 취했었다. 그는 버스 자리 옆에 그녀가 앉아 있다는 것, 이따금 그녀가 그의 어깨에 기대어 잠든다는 게 기뻤다. 그들이 새벽에 모스크바에 도착했을 땐 8월 중순인데도 비가 쉴 새 없이 내렸고 깨끗했고 밝았으며 해가 떠 있었고 하얀 외벽의 집과 강

---

03 노브고로드 주의 도시 이름

렬한 빨간색의 기와지붕, 나무와 꽃으로 우거진 정원, 숲, 고요 그리고 돌 사이로 난 풀이 무성한 길이 펼쳐져 있었다.

　그들은 창문턱, 침대 밑, 찬장 등 방 전체에 안토노프카[04]가 놓여 있고 과일 향기로 가득한 깨끗하고 밝은 방에 머물렀다. 성대하게 열리는 시장도 있었는데 함께 가서 훈제 돼지고기와 양봉 꿀 조각, 버터, 토마토, 오이를 샀다. 가격이 황당무계할 정도로 저렴했던 기억이 난다. 당시 빵 가게에서 풍겨오는 냄새와 비둘기가 끊임없이 우는 소리, 날개를 파닥거리는 소리도 떠올랐다. 중요한 건 그 순간 갑자기 그녀가 완전한 타인이자 동시에 사랑스럽고 가까운 사람으로 느껴졌다는 것이다. 아마 그럴 일은 없겠지만 세상에 전쟁이 없었더라면 얼마나 행복했을까!

　최근 그는 자주 전쟁에 대해 생각하고 전쟁을 싫어했다. 하지만 지금은 반짝이는 눈과 숲, 들판을 바라보며 철길에서 나는 덜컹거리는 소리를 듣고 있자니 앞으로 그 어떤 전쟁도, 심지어 죽음도 없을 것이라는 확신이 생겼다. 살다 보면 무서운 일이 발생할 거라 생각조차 할 수 없으며 악이란 존재하지 않는다고 믿는 순간들이 있기 마련이다.

　그들은 멀리 위치해 있는 역에서 거의 마지막에 내렸다. 역 플랫폼에서 발걸음을 뗄 때마다 바닥에 쌓인 눈에서 사각사각 소리가 났다.

　"날씨 너무 좋다!" 그녀가 눈을 가늘게 뜨고 다시 말했다. "이런

04　향기롭고 시고 단 사과의 일종. 러시아 중부 지방에서 주로 난다.

겨울 오랜만이야!"

다차까지 20킬로미터 정도 걸어가, 거기서 밤을 보내고 다음
날 낮에 스키를 타다가 저녁에 다른 철도로 집에 돌아가는 일정
이었다.

그의 다차에는 여름용 나무판자로 만들어진 집과 작은 과수원
이 있었다. 집 안에는 침대 두 개, 책상, 투박한 접의자, 그리고 쇠
로 만들어진 독일식 난로가 있었다.

4

그가 스키를 신고 제자리에서 몇 번 뜀박질을 하자 눈가루가
이리저리 튀었다. 그리고 그는 그녀의 스키화가 스키에 잘 고정
되었는지 확인하고는 천천히 움직였다. 처음에 그들은 집에 빨
리 도착해서 몸을 녹이고 휴식을 취하고 싶은 마음에 속도를 내
려 했지만 이곳 평지와 숲에서는 빨리 움직이기가 힘들었다.

"사시나무 줄기 좀 봐!" 그녀가 말하며 멈춰 섰다. "고양이 눈
색깔이야."

그 또한 멈춰 서서 바라봤다. 정말로 사시나무 줄기 위쪽은 고
양이 눈 색깔처럼 노랑이 섞인 초록색이었다.

숲 나무 사이사이로 햇빛이 들어와 마치 연기가 피어나는 듯
이 보였다. 나뭇가지 사이에 눈이 쌓여 있었고 나뭇가지가 눈의
무게를 견디지 못할 때면 가지를 부르르 떨며 눈을 아래로 떨어

뜨렸다.

그들은 언덕을 오르내리며 스키를 타다가 언덕 위에서 하얀 지붕 마을을 바라보기도 했다. 지붕 굴뚝에서 연기가 나 온 마을을 뒤덮었다. 연기가 굴뚝에서 하늘로 솟아올랐다가 다시 아래로 가라앉으며 흩어졌고 주변 언덕을 투명한 푸른빛으로 덮었다. 심지어 마을에서 1~2킬로미터 떨어진 곳에서도 연기를 피우는 소리가 들렸다. 그 냄새 때문에 어서 집으로 가 난로를 피우고 싶어졌다.

둘은 제초하는 사람이 거름을 뿌리고 광택이 나도록 닦아놓은 도로를 건넜다. 12월이었지만 건초 더미와 투명하고 푸른 그림자를 배경으로 기차선로에 봄의 기운이 서려 봄 내음이 났다. 그러다 한번은 검은 말이 마을로 향하는 길을 따라 질주하는 모습을 목격하기도 했다. 말은 털에서 윤기가 흘렀고 근육이 우락부락 튀어나와 있었으며 말굽을 디딜 때마다 얼음이나 눈이 약하게 부서지는 소리를 내며 뛰어 올랐다. 말의 콧김 소리도 들렸다. 그들은 다시 멈춰 서서 달려가는 말의 뒷모습을 바라보았다.

너무나 불안해 보이는 작은 까마귀가 방향을 제대로 잡지 못하고 날아갔고 그 뒤로 다른 까마귀가 뒤따랐으며 앞에 날아가는 까마귀의 모습을 가린 채 멀리 날아갔다. 까마귀들이 뭔가를 찾아낸 걸까? 그것을 눈여겨 보아야만 했다. 눈에서 날아올라 날갯짓을 하며 까치는 흥얼거리듯 능숙하게 날아다녔다. 추위와 눈 속에서 열대 지방에 사는 새처럼 특별했고 그들의 단단하고 두꺼운 부리에서 마른 씨앗이 튀어나와 눈으로 뒤덮인 길바닥 위에 떨어졌다.

가끔 여우의 흔적을 보기도 했는데 구불구불한 짐승 발자국이 쭉 이어져 있었다. 그러다 어느 순간 방향이 바뀌고는 눈 속으로 사라졌다. 둘이 스키를 타고 이동해 사시나무와 자작나무 숲에 들어가자 토끼와 다람쥐의 흔적도 보였다.

이렇게 춥고 황량한 평원과 숲의 비밀스러운 새벽의 흔적들을 보자 심장이 두근거렸고 사냥 가기 전 새벽에 마시는 따뜻한 차와 외투, 총, 천천히 움직이는 별, 검은 건초 더미와 새벽마다 그 주변에서 먹이를 찾는 토끼, 가끔 멀리서부터 와 두 발로 코를 앞으로 내밀며 돌아다니는 암여우의 모습이 머릿속에 떠올랐다. 우레와 같은 총성, 번쩍이는 빛, 언덕 사이에서 점점 희미해지는 총소리, 마을의 고요를 깨는 개 짖는 소리, 차갑게 생기를 잃어가는 눈동자를 하고 축 늘어진 토끼, 그 눈에 비친 별, 서리가 내려 앉은 두꺼운 콧수염, 그리고 무겁고도 따뜻한 토끼의 가죽도 눈 앞에 그려졌다.

5

아래 계곡과 골짜기에 건조한 눈이 꽤 높이 쌓여 사람이 다니기 어려웠다. 하지만 언덕 경사면엔 가벼운 눈가루와 얼음이 물결무늬로 뒤덮여 있었다. 언덕을 올랐다가 내려가는 건 좋았다.

먼 언덕의 지평선에 펼쳐진 숲은 분홍빛으로 빛났고 하늘은 푸르렀으며 평원이 무한히 펼쳐져 있었다.

그렇게 그들은 언덕을 올랐다가 스키를 타고 내려오거나 땅에 누워 있는 나무에 걸터앉아 쉬기도 하고 서로 눈이 마주치면 미소를 짓기도 했다. 가끔 그는 그녀의 뒤에서 목을 잡아 끌어당겨 그녀의 차갑고 바람에 튼 입술에 키스하기도 했다.

둘은 이따금 "이거 봐!" 혹은 "들어봐!"와 같은 말을 주고받는 것 외에는 거의 대화를 나누지 않았다.

그녀는 실로 슬퍼했고 무관심했으며 계속 뒤처졌지만 그는 그녀가 왜 그러는지 알지 못하고 그냥 피곤해서 그런 거라고 지레짐작했다. 그는 멈춰 서서 그녀를 기다렸고 그녀가 그의 곁으로 왔을 땐 평소와 다른 표정에 성난 눈초리로 바라보았다. 그는 그녀가 그런 말을 좋아하지 않는다는 걸 알면서도 조심하라고 일렀다.

"네가 지쳤다는 건 아니야. 조금만 쉬었다가 가자."

"무슨 소리야!" 그녀가 급히 대답했다. "그저… 생각에 잠겼을 뿐이야."

"알겠어!" 그가 말하고 아까보다 속도를 높여 계속 앞으로 나아갔다.

해가 지고 있었고 오로지 한 언덕 꼭대기 평원만 여전히 빛나고 있었다. 숲과 계곡, 협곡엔 이미 고요와 어둠이 내려앉은 지 오래였지만, 끝없이 펼쳐진 숲과 평원에서 두 외로운 존재만이 움직이고 있었다. 남자가 앞에 여자가 뒤에 가고 있었는데 남자는 여자의 스키가 눈에 닿으며 사르륵거리는 소리와 그녀가 스키봉으로 바닥을 구르며 내는 소리가 좋았다.

갑자기 숲 뒤편 아직 해가 떠 있는 분홍빛 하늘에서 일정한 속도로 우르릉거리는 모터 소리가 들리더니 일 분 정도 지나자 비행기가 모습을 드러냈다. 고요하고 어둡고 눈으로 뒤덮인 아래에서 하늘을 바라보면 태양 빛이 비행기에만 반사된 풍경이 마치 그림같이 멋졌다. 그리고 비행기에 누가 타고 있는지, 도착지는 어디인지, 곧 모스크바에 도착할 텐데 누가 그들을 맞이할지 등을 상상했다.

두 남녀는 땅거미 질 때가 다 되어서야 다차에 도착했다. 추운 베란다에서 뻣뻣하게 굳어진 스키화에 묻은 눈을 털어낸 뒤 문을 열고 안으로 들어갔다. 다차 안은 어두웠고 바깥보다 더 추운 것처럼 느껴졌다.

그녀는 바로 침대에 누워 눈을 감았다. 그녀는 다차로 들어올 때만 해도 열이 올라 땀이 났지만 지금은 땀이 식어서 그런지 지켜보기 무서울 정도로 오슬오슬 떨고 있었다. 그녀는 눈을 뜨고 어둠 속에서 판자로 만든 천장과 김 서린 램프에서 타오르는 불꽃을 바라보다가 서서히 눈을 감았다. 그러자 눈앞에 오늘 하루 동안 봤던 노랑, 초록, 하양, 푸른색이 서로서로 뒤섞이는 향연이 펼쳐졌다.

6

그는 테라스 아래에서 장작을 꺼내 들어 요란한 소리를 내며 난로 근처에 가 종이를 바스락대고 끙끙대며 불을 붙이고 있었지만 그녀는 아무것도 하고 싶지 않았다. 이번 여행은 별로 기쁘지 않았다.

난로가 달아올라 공기가 훈훈해져서 옷을 벗을 정도가 되었다. 그는 옷과 신발, 양말을 벗은 후 난로 근처에 걸어놓았다. 그러고는 속옷만 입은 채 만족스러운 기분으로 눈을 반쯤 감은 상태로 발을 꼬고 앉아 담배를 피웠다.

"피곤해?" 그가 물었다. "옷 벗자!"

그녀는 우울함과 분노에 휩싸여 손 하나 까딱하고 싶지 않은 상태였지만 순순히 옷을 벗고 외투, 양말, 스웨터를 벗어서 난로 근처에 걸어놓고 카우보이모자만 쓴 채로 소파에 앉아 어깨를 축 늘어뜨리고 램프를 바라봤다.

그는 신발에 발을 욱여넣고 외투를 대충 걸친 뒤 아까 베란다에 갔을 때 갑자기 소리를 내던 물통을 들었다. 다시 돌아와 그는 난로에 찻주전자를 올려놓고 배낭을 뒤적이며 안에 있던 물건을 모조리 꺼내 테이블과 창틀 위에 놓았다.

그녀는 아무 말 없이 차가 끓기를 기다렸다가 차를 머그잔에 따랐다. 그런 다음 조용히 앉아 램프를 바라보면서 버터 바른 빵을 먹으며 따뜻한 머그컵을 잡고 손을 녹이면서 차를 홀짝홀짝 마셨다.

"왜 그렇게 조용해?" 그가 물었다. "오늘 어땠어? 응?"

"음… 오늘 너무 피곤하네…." 그녀가 그를 보지 않고 일어나 기지개를 켜며 말했다. "이제 자자!"

"그래, 자야지." 그가 가볍게 동의했다. "조금만 기다려. 장작을 더 넣어야 추워지지 않으니…."

"오늘은 혼자 잘게. 여기 난로 근처에서. 괜찮지? 화내지 마." 그녀가 빠르게 얘기하고 바닥을 바라봤다.

"왜 그래?" 그가 놀라서 물었고, 오늘 하루 내내 외롭고 쓸쓸해 보였던 그녀의 모습을 떠올렸고 갑자기 화가 나 심장이 아프게 뛰기 시작했다.

그는 갑자기 그녀에 대해 전혀 모른다는 사실을 깨달았다. 그는 어떻게 그녀가 대학에서 공부를 하고, 누구와 친한지, 어떤 대화를 나누는지 알지 못했다. 그리고 그녀가 첫 만남 때와 같이 낯선 사람처럼 느껴졌다. 아마도 자신이 멍청하고 둔해서 그녀가 무엇을 필요로 하는지 몰랐을 것이다. 하지만 그녀가 자신 옆에서 항상 행복하도록, 그래서 이 세상에 그 어떤 물건도 그 누구도 필요로 하지 않도록 하는 건 불가능했고 그건 그녀도 원하지 않는 일이었다.

그리고 그는 오늘 하루가, 비루한 다차와 난로가, 심지어 추위와 태양, 그리고 자신의 안일한 생각이 부끄러워졌다. 왜 여행을 왔는가? 이게 다 무슨 소용인가? 조금 전까지 느꼈던 그 저주스러운 행복은 도대체 어디로 사라졌는가?

"어, 그래…." 그가 감정 없이 입을 열고 깊이 숨을 들이쉬었다.
"마음대로 해."

7

그녀는 그를 보지 않고 옷을 입은 채로 곧바로 누웠고 손을 가슴에 얹은 채 난로에서 타오르는 불을 바라보았다. 그는 다른 침대로 가서 앉아 담배를 피우고 램프 불을 끄고 누웠다. 그는 그녀가 자신을 떠날 거라는 생각이 들자 가슴이 쓰렸다. 둘 사이에 행복이 사라졌다는 것에, 그가 이를 눈치채지 못했다는 것에 화가 났다.

일 분 정도가 지나자 그녀의 울음소리가 들렸다. 그는 다시 일어나 책상 너머에 있는 그녀를 바라보았다. 난로 근처는 꽤 밝았고 그녀는 엎드려 타고 있는 나무를 바라보고 있었다. 그는 그녀의 눈물로 뒤범벅이 된 불행한 얼굴, 안쓰럽고 안 예쁘게 비틀어진 입술과 턱, 그녀가 가녀린 손가락으로 닦은 흔적이 남아 있는 젖은 눈을 바라보았다.

그녀는 왜 갑자기 오늘 힘들어하고 불행해했던 걸까? 그녀 자신도 몰랐다. 오직 첫사랑은 지나갔으며 무엇인가 새로운 게 다가오고 있다는 것, 예전과 같은 삶은 지루해졌다는 것만 느낄 뿐이었다. 그녀는 애인의 부모님, 삼촌, 고모, 그와 자신의 친구들 앞에서 별 의미 없는 존재에 불과한 현실에 지쳐버렸다. 그녀는 아내이자 엄마가 되고 싶었다. 하지만 그는 그럴 생각이 없었고 지금 이대로 충분히 만족해했다. 문득 불투명하고 모호하고 서툴렀지만 뜨거웠고 새로운 경험으로 충만했던 연애 초기의 가슴 떨리던 순간들이 너무나 아까웠다.

그녀는 어느새 잠에 들었고 어린 시절 매일같이 꾸던 꿈을 또 꿨다. 마치 그가 강인하고 남자다우며 그녀를 사랑하고, 그녀 또한 그를 사랑하지만 왠지 모를 이유로 그녀가 "싫어!"라고 말하는 상황이었다. 그는 먼 북쪽으로 떠나 어부가 되었고 그녀는 힘겨워했다. 그는 해안 절벽에서 사냥을 하거나 이쪽 바위에서 저쪽 바위로 뛰어다니기도 하고 작곡을 하거나 바다로 나가 물고기를 잡으며 항상 그녀를 생각했다. 어느 날 문득 그녀는 오직 그와 함께 할 때만 행복하다는 마음을 깨닫고 모든 걸 버리고 그의 곁으로 가기로 결심했다. 그를 만나러 가는 길에 만난 비행사, 운전기사, 뱃사람이 그녀의 미모에 반해 관심을 표했다. 하지만 그녀의 머릿속은 사랑하는 이로 가득 차 그 누구에게도 눈길을 주지 않았다. 그와의 만남은 상상할 수 없을 정도로 특별해야 했다. 그래서 조금이라도 시간을 지체하려고 계속 새로운 핑곗거리를 생각해냈다. 그렇게 그녀는 그와 만나지 않고 평소처럼 잠에 들었다.

그녀는 오랫동안 꿈 같은 건 꾸지 않았지만 오늘은 왠지 모르게 다시 한번 꿈을 꾸고 싶어졌다. 그러나 오늘도 꿈속에서 모터보트를 탔을 때 이런저런 생각들이 떠오르기 시작하면서 잠에서 깨버렸다.

새벽에 그녀는 추위를 느끼고 일어났다. 그는 쪼그리고 앉아 불이 꺼져버린 난로에 다시 불을 지피고 있었다. 그의 얼굴이 슬퍼 보여 안쓰러웠다.

아침에 그들은 단 한마디도 하지 않았다. 침묵 속에서 아침식사를 하고 차를 마셨다. 그러나 그 후에 기분이 좋아져서 밖으로 나가려고 스키를 챙겼다. 그들은 조금 더 가파르고 위험한 쪽 언덕으로 올라갔다가 스키를 타고 내려왔다.

둘은 다차에서 몸을 녹이며 일 얘기나 올해 겨울이 괜찮다는 등 별 의미 없는 얘기를 나눴다. 밖이 어두워지기 시작하자 짐을 싸고 나와 다차의 빗장문을 잠그고는 스키를 타고 역으로 갔다.

8

모스크바에 다다른 건 저녁이 다 되어서였다. 꾸벅꾸벅 졸다가 눈을 떴을 때 그는 큰 집 여러 채와 불이 켜져 있는 창문을 보며 이제 이별을 해야 할 때라고 생각하다가 문득 그녀가 자신의 아내가 된다면 어떨까 하는 상상을 해보았다.

아내라니! 집, 아내, 가족과 같은 구속에 얽매이지 않고 원하는 대로 단순하게 살던 청춘은 다 지나갔다. 이미 시간은 흘러 서른 살이 되었고 그의 곁에 그녀가 있다는 것, 그리고 그녀가 좋은 사람이라는 사실을 여느 일처럼 마음 한구석에 그냥 남겨놓을 수 있었다. 그래야 언젠가 다른 여자와 만날 수 있고 또 그는 그럴 자유가 있기 때문이다. 개인적으로 별로 위로가 되지 못하는 생각이었다.

내일은 하루 종일 법률사무소에서 상소나 탄원서를 쓰고 가족 문제와 같은 여러 불행에 대해 생각하고 집에 돌아갈 것이다. 그런데 누구의 집으로? 여름, 아주 긴 여름을 생각하면 여행, 카약, 텐트가 떠오른다. 그런데 누구와? 그는 그녀가 행복하도록 더 잘해주고 인간적으로 대해주고 싶었다.

그들이 역 밖으로 나오자 가로등이 빛나고 도시의 소음이 들렸으며 이미 눈은 다 치워져 있었다. 두 사람 모두 마치 여행을 다녀오지 않은 것 같다고, 함께 보낸 지난 이틀이 마치 신기루 같다고 느꼈다. 이렇게 헤어져 각자의 집으로 돌아가면 이틀이나 사흘이 지나서야 보게 될 것이었다. 둘은 평소처럼 차분하고 가볍게 인사를 하고 서둘러 미소를 지어 보이고는 헤어졌다. 그는 그녀를 바래다주지 않았다.

러시아가 사랑하는 작가, 유리 카자코프의 첫 한국어 번역서

유리 파블로비치 카자코프(Юрий Павлович Казаков, 1927~1982)는 러시아의 단편작가이다. 산문 쓰는 시인이라 불리며 서정성과 그만의 문체로 사랑받고 있다. 자연과 인간의 조화로운 삶을 추구하며, 그러한 삶의 태도가 서정적인 문체를 통해 드러난다. 시각·후각·청각·미각 등 감각을 통한 묘사 기법은 인간의 인식과 보편 자연을 서로 교호(交互)시킨다.

카자코프는 소외와 고독, 무관심과 권태가 개인주의와 이기심에서 비롯된다고 본다. 「"저기 개가 달려가네요!"」 속 크리모프의 경험이 보여주듯이 개인만의 행복을 추구하다가 주위에게 무관심하게 되고, 무관심은 인간관계로부터 멀어지게 한다. 결국 스스로 소외되는 것이다. 소외와 고독, 무관심과 권태의 아픔을 견디어 낼 이기심은 없다. 그래서 그의 인물들은 길을 자주 떠난다. 「파랑과 초록」의 알료샤도 떠나고, 「테디」의 곰 테디도 길을 떠난다. 어쩌면 삶의 통과의례랄까.

카자코프는 인간과 자연을 하나의 단일체라고 보았다. 그의 길이 자연으로 향하는 이유는 인물들이 자연으로부터의 단절 즉 소외를 극복하고, 자연과의 교감을 통하여 자연과의 전일성을 회복하고 조화를 이루기 위함이다. 「못생긴 여자」의 쏘냐는 자연과

교감하며 그 아름다움을 느끼고 위안을 얻는다. 자연은 인간을 있는 그대로 받아들이고 위로하며, 인간 내부의 아름다운 본성과 재능을 일깨운다. 쏘냐는 자연과 자신이 연결되어 있다는 전일적 사고에 이르고, 직선적 시간 개념을 넘어 순환의 세계로 의식의 확장을 경험한다. 의식의 확장은 인간의 눈만으로는 부족하다. 자연은 인간만이 사는 공간이 아니기 때문이다. 그가 못생긴 여자 쏘냐, 철부지 알료샤 등 못난 인물들을 등장시키고, 서커스단의 곰 테디, 눈먼 사냥개 아르크투르와 같은 동물의 시선으로 인간과 세상을 바라보게 되었던 이유도 여기에 있다.

삶에는 외부 자연도 관계하지만 내부 자연도 관계한다. 음악 연주가로 활동했던 카자코프는 음악·미술·문학 등 예술과 인간 정신세계의 상호관계에 주목하였으며, 진정한 예술의 발현을 통해 인간의 정신세계가 확장될 수 있다고 보았다. 예술을 통해 내부의 자연과 만나는 것이다.

인간의 모든 관계도 자연 위에 서 있다.「작은 초」의 주인공이 겪는 소외와 고독은 길 위에서 해결을 본다. 길 위에서 비로소 남녀가 있고 아버지와 아들도 있다. 가족이나 가정의 울타리가 있기 때문에 남녀, 부자가 있는 것이 아니다. 남녀, 부자가 있어 가족과 가정이 있는 것이다.

비트겐슈타인의 말처럼, 가족의 울타리 안에서는 나와 닮은 사람만 있을 뿐, 나도 너도 찾을 수는 없다. 누구든 길을 떠나 함께 삶을 부딪쳐야만, 나도 찾고 너도 찾을 수 있다. 인생의 길을 떠나 돌아오면서 진정 가족이 된다. 「간이역에서」의 바샤, 「섬에서」의 자바빈은 무관심과 권태를 느낀다. 바샤는 도시로 떠나며 자바빈은 여행 중 우연히 만난 구스차를 사랑하며 무관심과 권태를 극복한다. 새로운 가족도 이렇게 만들어지며 이들은 또다시 길을 떠날 것이다. 길이 끝날 때까지……

2020년 여름

방교영

저기 개가 달려가네요

Вон бежит собака

2020년 7월 8일 1판 1쇄 펴냄

지은이	유리 파블로비치 카자코프
번역	방교영
펴낸이	김성규
편집	김은경 조혜주
디자인	김동선
펴낸곳	걷는사람
주소	서울특별시 마포구 월드컵로16길 51 서교자이빌 304호
전화	02 323 2602
팩스	02 323 2603
등록	2016년 11월 18일 제25100-2016-000083호
ISBN	979-11-89128-76-0
	979-11-89128-70-8 [04890] 세트

* 이 책은 한국문학번역원, 러시아문학번역원의 지원을 받아 출간되었습니다.
* 이 책 내용의 전부 또는 일부를 재사용하려면 반드시 지은이와 출판사의 동의를 얻어야 합니다.
* 잘못된 책은 교환해 드립니다.
* 이 책의 국립중앙도서관 출판시도서목록(CIP)은 서지정보유통지원시스템 홈페이지
(http://www.seoji.nl.go.kr)와 국가자료공동목록시스템 홈페이지
(http://www.nl.go.kr/kolisnet)에서 이용할 수 있습니다.(CIP제어번호: 2020024106)